NAGEL & KIMCHE

TEA RANNO

AGATA und das zauberhafte Geschenk

Aus dem Italienischen von
Ulrike Schimming

NAGEL & KIMCHE

Die Arbeit der Übersetzerin am vorliegenden Text wurde im Rahmen des Programms »NEUSTART KULTUR« aus Mittel der Beauftragten der Bundesregierung für Kultur und Medien vom Deutschen Übersetzerfonds gefördert.

Deutscher Übersetzerfonds

Titel der italienischen Originalausgabe:
Terramarina
erschienen bei Mondadori 2020

1. Auflage 2021

Satz: im Verlag, gesetzt aus Adobe Devanagari, 11 pt
Herstellung: JournalMedia GmbH, München
Druck und Bindung: CPI Books GmbH

ISBN 978-3-312-01230-5
Printed in Germany

FSC www.fsc.org MIX Papier aus verantwortungsvollen Quellen FSC® C083411

Für Emanuele,
der die Türen zu Terramarina öffnete.

Die wichtigsten Figuren und ihre Aussprache

Agata Lipari, die Tabbacchera, gesprochen: Tabakera, Bürgermeisterin und Witwe von Costanzo Di Dio

Loredana delle Rose, genannt Lori, 16-jährige Ausreißerin

Luce, gesprochen: Ludsche, Findelkind, »Luce« bedeutet »Licht«

Andrea Locatelli, Maresciallo vom Kontinent

Sarino Motta, verheiratet mit Franca Cortese

Don Bruno, Priester

Toni Scianna, Lehrer, gesprochen: Schanna, verheiratet mit Violante Scianna

Lucia Montalto, genannt Lucietta, gesprochen: Lutschetta, Ehefrau von Ugo Calcaterra

Giulio Acquaforte, Medizinstudent

Dottore Grimaldi, Arzt, verheiratet mit Lisabetta, der Kräuterfrau

Giona, gesprochen: Dschona, Großonkel von Lori, der Mann, der die Erinnerungen repariert

Costanzo Di Dio, der Tabbacchere, gesprochen: Tabakere, Tabakwarenhändler und verstorbener Ehemann von Agata

Occhi janchi, gesprochen: Okki janki, ehemaliger Gegenspieler von Agata

Die Kains, Pflegeeltern von Lori

Nach Terramarina ziehe ich,
wenn ich nicht wach bin,
aber auch nicht schlafe,
wenn meine Augen Boote
erblicken,
Esel bepackt
mit ungeschälten Mandeln
den Hügel besteigen,
wenn meine Füße im Wasser
die Goldnetze der Sonne
zerreißen
und die Geschmeide an meinen Ohren
wie die Chöre der Toten klingen,
die nun zwischen meinen Haaren leben.
Ich wohne dort, wenn
die Ringe an meinen Fingern
kreisrunde Worte bilden
oder das Licht im Stein des Eherings
in allen Facetten funkelt,
wenn der Frieden
mit Brot im Mund lacht
und um den Hals einen wolkenverzierten
Himmelsschleier trägt.
In Terramarina steht das Haus,
in dem ich lebe, wenn
ich nicht wach bin,
aber auch nicht schlafe.

1

Von hier oben, von der Kuppe des Hügels wirkt das Dorf wie ein Haufen Bauklötze in der Hand Gottes, dachte sie. Andere sagten, dieses Dorf sähe aus wie eine *Weihnachtskrippe*, und vielleicht hatten sie damit recht, aber eine Krippe ist es nur im Dunkeln, sagte sie sich, wenn das Licht der Straßenlaternen die Mauern in eine keksgoldene Farbe taucht und die Hässlichkeiten der Moderne verbirgt.

Es war Heiligabend, und es war eiskalt. Nun fing es sogar an zu nieseln, und sie war ohne Schirm und ohne Mantel hinausgelaufen; im letzten Moment hatte sie einen Schal gegriffen und sich darin eingewickelt wie eine alte Frau, die in dem Schwarz und den Fransen völlig verschwand. Sie wollte nicht erkannt werden, wollte weg von den Festessen und Familientreffen, von den Feierlichkeiten, Umarmungen, der Schalmeienmusik, den Geschenken in Glitzerpapier, dem *frohe frohe frohe Weihnachten*, das den Ritus der – ernst gemeinten oder vorgeschobenen – Liebesbezeugungen erneuerte, denn es ist doch Weihnachten und so gehört es sich. Sie wollte das alles nicht.

Deshalb war sie hier hinaufgestiegen, über steile Pfade, hatte die Einkaufsstraßen gemieden, die Horde der Auf-den-letzten-Drücker-Käufer, die den Gabentisch noch ordentlich mit Glitzerkram bestückten. Sie wollte weder Lichter noch Glitzer, sondern nur diese atemberaubende Aussicht, auf die verstreuten Häuser am Hang und auf das schwarze Meer im Hintergrund, auf die unzähligen Lichter der Küste, als gäbe es dort eine Metropole, doch da war keine Metropole, sondern nur eine Industrieruine, die das Dunkel mit blauen, rubinroten, smaragdgrünen und goldenen Punkten durchbohrte und in ein Märchenreich verwandelte.

Agata zog den Schal fester um sich. Der Nordwind ließ den Regen wie Nadelspitzen auf ihr Gesicht prasseln. Sie sollte nach Hause gehen, doch sie blieb und betrachtete in der Ferne die Provinzstraße mit der langen Autoschlange der Heimkehrer: Alle fuhren nach Hause, selbst vom Kontinent kamen sie und aus den entlegensten Ecken Siziliens, denn am Weihnachtsfest ist Einsamkeit nicht erlaubt.

»Wenn's sein muss, hol ich dich mit Gewalt«, hatte Toni Scianna gesagt, ihr bester Freund. Einst war er von ihr verzaubert gewesen, nun jedoch war er wie verrückt in Violante verliebt, seine blutjunge Ehefrau, die ihm erst kürzlich einen zweiten Sohn geboren hatte. »Wir treffen uns alle bei mir. Da dürfen Sie einfach nicht fehlen, Bürgermeisterin.«

Bürgermeisterin … So nannte er sie, wenn er einem Gespräch einen offiziellen Ton verleihen oder eine trügerische Distanz herstellen wollte, mit der sie im Rathaus Schulter an Schulter arbeiteten, sie als Bürgermeisterin, er als Stadtrat für Öffentlichkeitsarbeit und ihr Stellvertreter. Er war der Mann, dem sie so sehr vertraute, dass sie im Notfall sogar ihr Leben in seine Hände legen würde.

»Was sagen Sie?«, drängte er.

»Wir feiern morgen, Professore«, erwiderte sie müde.

»Aber auch heute Abend, Bürgermeisterin!« Es war mehr ein Befehl als eine Bitte.

Sie schüttelte den Kopf. »Ich will allein sein, Toni.«

»Aber warum?« Er war wütend.

Sie hatte ihm nicht geantwortet. Was hätte sie ihm auch sagen sollen? Andrea fehlt mir? Ich kann ohne ihn nicht leben?

Sie wäre sich dumm vorgekommen. Sentimental.

Sie sah zum Haus des Freundes. Es funkelte wie ein Weihnachtsbaum. Diese Überfülle hätte der alte Scianna gehasst, der neue hingegen bestaunte sie genauso fasziniert wie sein Sohn Francesco, ein Knirps von gerade einmal zwei Jahren, der bereits flink durch die Gegend flitzte und unaufhörlich plapperte.

Seit er Violante geheiratete hatte, war Toni ein anderer: Vom besserwisserischen Latein- und Griechischlehrer, Weiberheld, Dichter im Verborgenen, der einst mit Dante und zuletzt auch mit Gott diskutiert hatte, war wenig geblieben. Jetzt schien er sich in einem Zustand ständiger Aufregung zu befinden, und auf ihre diesbezügliche Feststellung hatte er die Arme ausgebreitet und gesagt: »Stimmt. Violante macht mich ganz wuschig. Sie steckt so voller Energie, dass ich neben ihr wieder zwanzig bin oder fünfzehn oder zehn, und manchmal kommt es mir vor, als wäre ich wieder der kleine Junge, den schon ein Lutscher glücklich macht.«

Genervt schüttelte Agata den Kopf. Bist du eifersüchtig auf sein Glück?, fragte sie sich. Und wieder fühlte sie sich töricht. Und traurig. Und betrübt. Und einsam in dieser Dunkelheit und dieser Stille, in dieser Nieselschönheit, die die entfernten Lichter durchfurchte und mit Traurigkeit tränkte.

Agata wollte weinen, doch die Tränen kamen nicht.

Die Uhr am Turm begann zu schlagen. Acht Schläge, die in der kristallklaren Luft noch schärfer klagen.

»Um acht Uhr bei mir«, hatte Toni gesagt.

Und tatsächlich klopften zwei Gäste überpünktlich an seine Tür. Selbst von hier oben erkannte sie Lisabetta an ihren üppigen Locken, die der Wind wie die Schlangen eines Gorgonenhauptes bewegte. Für einen Moment sah Agata sie mit den Augen anderer Leute, dieses Weib, das mit ihren Kräutermischungen selbst Tote wiedererwecken konnte, so hieß es im Dorf; doch statt Angst zu haben oder ehrfürchtigen Respekt zu empfinden, bewunderte Agata sie umso mehr. An ihrem Arm ging Peppino Grimaldi, der Arzt, über den selbst die schlimmsten Giftzungen nur Gutes sagen konnten.

Anfangs, als Grimaldi und Lisabetta ihre Verlobung bekannt gegeben hatten, waren die Leute äußerst verwundert gewesen: Wie jetzt? Der Dottore vertraut der Megäre? Der Mann der Wissenschaft verbürgt sich für ihr Hexengebräu?

Doch wurden alle eines Besseren belehrt, denn der Doktor und die Megäre gaben ein hervorragendes Paar ab, selbst bei der Ausübung ihrer Berufe, denn dort, wo sie mit ihren Heilkräutern nicht weiterkam, übernahm er mit seinen Pharmazeutika, und noch nie waren Kranke so schnell von ihren Wehwehchen geheilt worden.

Auch Lisabetta hatte sie gedrängt, am heutigen Abend mit den Freunden zu feiern: »Schwes, ich will nicht, das du allein bleibst.«

Schwes, Schwester, so nannten sie sich gegenseitig, denn das waren sie – die beiden Einzelkinder – füreinander wirklich geworden: die Schwester, die die andere nie gehabt hatte.

»Ich muss was erledigen«, hatte Agata geantwortet.

»Wie? Ausgerechnet an Heiligabend? Kommt gar nicht in Frage.«

»Bitte, Lisa, versteh doch …« Ihre Stimme hatte versagt, und Lisa hatte aufgegeben.

»Andrea, wo bist du?«, murmelte Agata und blickte in die Ferne zum Meer.

Als Antwort ertönte ein Klagelied, gespielt von vorbeiziehenden Musikanten, und steigerte ihre Traurigkeit noch.

Agata sah zur Kaserne. Verschlossen und dunkel, nicht ein Fitzelchen erinnerte daran, dass Weihnachten war und man froh sein musste. Besser gesagt, glücklich. Ist es nicht so, Maresciallo?

Ein Kloß verschloss ihr die Kehle. Sie schob den Schal vom Kopf, damit der Wind ihre trübsinnigen Gedanken forttrug. Alles wollte sie vergessen: dass sie die Bürgermeisterin dieses Dorfes war, das sich durch »Poesieschüsse« tatsächlich veränderte – indem es vor allem der Jugend Kultur einflößte –, dass sie die Tabbacchera war, die seit vier Jahren jeden Morgen aufstand und dabei an den toten Ehemann dachte, an Costanzo Di Dio, dem sie am Grab »nie endende Liebe« geschworen hatte, und *nie* war nun einmal ein bindendes Wort.

Und doch hatte sie sich in den Maresciallo verliebt, ganz langsam: Ein angedeuteter Gruß an einem Tag, ein höfliches Lächeln an einem anderen, dann die Bitte um einen Rat bei einer Sache, die er, der Neuling vom Kontinent, nicht lösen konnte, später ein Buch als Geschenk: »Das müssen Sie lesen, Signora. Es wird Ihnen gefallen.« Und so war aus ihnen Andrea und Agata geworden: Verschwunden war der Maresciallo, verschwunden die Tabbacchera, außer im Scherz oder wenn die Bürgermeisterin sich ganz offiziell an den Maresciallo wandte und sie gemeinsam gegen das organisierte Verbrechen kämpften, das dieses Land wie eine Quecke besiedelte. Er war an ihrer Seite, rücksichtsvoll, hilfsbereit, höflich, nie ein Wort zu viel, nie eine ungebührliche Geste, und doch überkam beide die Glut des Begehrens, und Agata spürte sie, spürte sie in jeder zurückgehaltenen Handbewegung, in jedem unvermittelt abgebrochenen Satz. Andrea Locatelli wusste, dass sie Witwe war und respektierte sie.

Im Laufe der Zeit hatten sie es sich angewöhnt, kurze SMS hin- und herzuschicken, meist poetische Verse, die ihnen wichtig waren. Er hatte angefangen: »Frage uns nicht nach der weltenöffnenden Formel …« Sie hatte sofort geantwortet: »… such nach der Silbe, die knorrig und dürr ist wie Reisig …«

Ein wunderschönes Spiel, das sie einander noch näher gebracht hatte, und das zu einem E-Mail-Wechsel wurde, in dem sie sich ihre Geschichten erzählten.

So erfuhr sie von seiner Kindheit in Turin, seiner Vorstellung von Gerechtigkeit, die er zusammen mit der Milch seiner Mutter eingesaugt hatte, einer eisernen Richterin, die ihm die grundlegenden Prinzipien der Verfassung in Reimform eingebläut und ihm beigebracht hatte, dass das Recht über allem steht.

»Wie hätte ich da nicht Bulle werden sollen?«, schrieb er ihr eines Tages.

Sie wiederum hatte ihm von dem über alles geliebten Vater erzählt, der auch zur Mutter wurde, als diese starb.

Und so hatten sie weitergemacht.

Bis eines Tages plötzlich der eine auf der anderen lag, und dieser eine lange Kuss sie völlig verwirrte.

»Ich liebe dich, Agata«, hatte er gemurmelt.

Und sie liebte ihn, wusste er das etwa nicht? Aber sie war so dumm gewesen zu erstarren, auf Abstand zu gehen, weil sie dem toten Gatten die Treue halten wollte: Wenn ihr Herz raste, nur Geduld, der Körper würde ihr schon noch gehorchen.

Und ihr Körper hatte gehorcht: Hölzern und immer auf der Hut war er, sodass zwischen Agata und Andrea eine Verlegenheit entstand, die die nachfolgende Zeit vergiftete, weswegen sie sich wieder mit vorsichtiger Höflichkeit behandelten, so als wollten sie kein wertvolles Kristall zerschlagen und alles dafür taten, dass dies auch ja nicht passierte. Eine Vorsicht, die das Einvernehmen und das Vertrauen tiefgefror.

Und dann war er gegangen. Einfach so. Von einem Tag auf den anderen. Er hatte seine Rückkehr nach Turin beantragt, und man hatte sie ihm bewilligt.

Schluss. Aus. Ende der Geschichte, hatte Agata sich gesagt und gedacht, dass es so das Beste sei: Sie allein, Costanzo treu, und er lebt sein Leben bei seinen Leuten.

Stattdessen hatte sich Jammer breitgemacht, ein Schmerz aus Vermissen und Begehren, über nicht mehr geteilte Worte, sie wartete, dass er käme und mit ihr spräche, sie sehnte sich nach dem Händedruck, der am Morgen oder am Abend die Freude des Zusammentreffens offenbarte, ihr fehlte der Vormittagskaffee, den sie unter einem Vorwand zusammen im Rathaus tranken, ihr fehlte der Austausch von Blicken, mit denen sie sich das gestanden, was sie mit Worten niemals hätten ausdrücken können.

Die Erinnerungen daran verschlimmerten ihren Schmerz: Ein Köter schlug seine Zähne in das zarte Fleisch ihres Herzens, das alle Schutzschilder und Verteidigungswälle niedergerissen hatte und wie ein Vögelchen im spitzzähnigen Maul des Hundes flatterte.

»Genug!«, sagte sie sich.

Sie drehte der Aussicht den Rücken zu und begann mit dem Abstieg.

War der Aufstieg auch anstrengend gewesen, so »helfen beim Abstieg alle Heiligen«, hatte ihr Vater immer gesagt.

Dieses Mal jedoch nicht. Der Regen verwandelte sich in Schneetreiben, das den Weg rutschig machte. Daher musste sie sich langsam an den Mauern entlangtasten und sich bei jeder Stufe festhalten wie eine alte Frau.

So, mit unsicherem Schritt und eingehüllt in den Schal, hätte in dieser Alten wirklich niemand die herrliche Tabbacchera erkannt, die immer von den begehrlichen Blicken aller Männer verschlungen wurde. Denn Agata war überaus schön: groß, schlank, ein üppiger, heller Busen, runde Hüften, leuchtende azurblaue Augen, mädchenhafte Haut und schwarze Haare, die in langen Wellen auf ihre Schultern herabfielen.

Gleich nach Costanzos Tod waren die Verehrer über sie hergefallen wie Raubvögel über ein Lamm, aber dort, wo sie dachten, Weichheit vorzufinden, waren sie auf die Stahlhärte eines Panzers gestoßen: Uneinnehmbar war diese Tabbacchera, gepanzert durch ihre Witwenschaft, die keine Eindringlinge duldete.

Die Gehässigen lästerten, dass sie ihrer Schönheit künstlich nachhalf: Denn wie konnte man mit siebenunddreißig Jahren noch so schön sein?

»Wie erklärt ihr euch denn sonst so eine?«, fragte die neue Zeitungsverkäuferin, eine Klatschbase aus Syrakus, schnatternd wie ein Papagei.

»Das werden die Kräuter der Megäre sein«, antwortete der Automechaniker, der ebenfalls von auswärts kam und daher nicht dieser Frau verfallen war, die von viel zu vielen geliebt wurde.

»Aber die Megäre wird sich doch auch ihren Matsch ins Gesicht klatschen, oder?«, erwiderte die Zeitungsfrau. »Und ihr sieht man ganz deutlich an, wie die Jahre vergehen!«

»Wollen Sie damit sagen, dass die Tabbacchera einen Pakt mit dem Teufel geschlossen hat?«

»Natürlich! Ein Teufel mit Vornamen *Plastischer* und Nachnamen *Chirurg*«, und damit lachte sie sich kaputt.

»Und warum sollte sie das bitte tun?«, mischte sich Roberto Mancuso ein, der sich für die Tabbacchera hätte vierteilen lassen.

»Junge, dieses Weib ist einfach viel zu schön«, antwortete der Mechaniker mit leiser Stimme, um nicht die Zeitungshändlerin zu verärgern, hinter der er her war. »Oder glaubst du etwa, die Schönen tun nichts, um das Geschenk der Schönheit zu behalten, das die verräterische Zeit ihnen mit scharfen Krallen raubt?«

»Die Zeit erweist der Tabbacchera die Ehre«, schnitt Roberto ihm das Wort ab. Dann wandte er sich an Agata, die gerade dazukam: »Signora Tabbacchera, es heißt, dass Sie einen Pakt mit dem Teufel geschlossen haben, um so frisch und jung zu bleiben. Geben Sie das zu?«

»Aber selbstverständlichst!«

Sie brachen in Gelächter aus. Dann sagte Agata: »Los, Roberto, beeilen wir uns. Wir müssen neuen Tabak bestellen.« Aber schon verdüsterte sich ihr Blick. Dieses Gerede tat ihr nicht gut, ganz und gar nicht gut.

Und während der Junge – der mittlerweile die Leitung des Tabakladens übernommen hatte und ihn mit der gleichen Leidenschaft wie Costanzo führte – die Bestellung von Zigarren und Zigarillos vorbereitete, stellte sie sich vor den Spiegel und musterte sich: Also sehen die anderen diese Merkwürdigkeit auch, sagte sie sich, also sehe nicht nur ich mich so.

Es war, als ob das Alter ihr aus dem Weg ging, als ob die Zellen, aus denen sie bestand, sich nicht im verlangsamenden Rhythmus des Älterwerdens erneuerten, sondern sich weiter mit der Euphorie der Jugend teilten und sie immer noch wie ein junges Mädchen aussehen ließen.

Aus einer Seitengasse tauchten plötzlich zwei Personen auf. Agata erkannte sie sofort, es waren Sarino Motta und seine Ehefrau Franca Cortese, Robertos Mutter.

Rasch drückte Agata sich in eine Nische zwischen zwei Mauern: Schal oder nicht, Franca hätte sie auf jeden Fall erkannt. Sie war Schneiderin und es gewohnt, alle zu vermessen. Sie brauchte den Menschen nicht ins Gesicht zu sehen, um sie zu erkennen: Taillen-, Hüft- und Brustumfang, Schulterbreite, Länge von Schulter zu Ellenbogen, von Ellenbogen zu Handgelenk, Schenkellänge: Sie hatte die Maße von allen im Kopf und irrte sich nie.

Die beiden waren wie ein verliebtes Pärchen, obwohl sie erst in spätem Alter geheiratet hatten, nachdem Franca – sie war Witwe geworden, als Roberto erst vier war – der Beharrlichkeit dieses Mannes nach zwanzig Jahren nachgegeben hatte, der wie ein steter Tropfen, langsam und unerbittlich, den Stein ihrer Ablehnung durch rastlose Verehrung gehöhlt und schließlich das große Glück der Ehe mit ihr erlangt hatte. Mit einer Hand umfasste Sarino ihre Taille, in der anderen Hand hielt er einen großen Korb mit gefüllten Fladenbroten frisch aus dem Ofen, die verführerisch nach Kartoffeln, Brokkoli, Paprika und Würsten dufteten. Vier Hunde lauerten schon in dieser Duftwolke, vier hungrige Streuner, die knurrend die Zähne fletschten: Doch statt sie mit Fußtritten zu vertreiben, holte Sarino eins der Fladenbrote aus dem Korb und zerbröselte es an einer Hausecke. »Kommt, auch für euch ist heute Weihnachten«, sagte er.

Tränen stiegen Agata in die Augen.

Raubein nannten die Leute den Bauern Motta, der mehr den Umgang mit dem Vieh auf seinem Land gewohnt war als den mit Menschen und den Franca Cortese zunehmend in einen Mann verwandelte, der sich *in Gesellschaft* sogar anständig benahm.

Das Fladenbrot verschwand in den vier Mäulern, die Hunde bettelten jaulend um mehr. Sarino sah Franca an, die nickte und sagte: »Aber dann ist genug«, und schon riss er ein zweites auseinander, »denn was bringen wir sonst dem Professore mit?«

Eng aneinandergeschmiegt gingen sie weiter, als eine Stimme rief: »Franca! Sarino! Wartet auf uns.«

Agata drückte sich noch weiter in die Nische, gerade noch rechtzeitig, denn fast hätte ein anderes Pärchen sie gestreift: Carmine Acquaforte und seine Frau Luisa, auch sie auf dem Weg zu Scianna, auch sie mit einem Mitbringsel in der Hand.

Sie hörte, wie Carmine sagte: »Verdammt, Franca, jetzt habe ich deinetwegen eine Wette verloren!«

Sie hörte, wie Luisa lachte und hinzufügte, dass sie sich absolut sicher gewesen war, dass Franca gefüllte Fladenbrote backen würde, auch wenn Toni befohlen hatte: »Ihr bringt nichts mit, es gibt genug zu essen für ein ganzes Regiment!«

»Ja, habt ihr etwa geglaubt, dass Franca Cortese mit leeren Händen kommt?«, fragte Luisa.

»Und habt ihr etwa geglaubt, dass Franca Cortese«, Sarino zwinkerte, »sich mit Fladenbroten begnügen würde?«

»Was hast du noch gemacht?«, fragte Carmine.

»Zimtgelee.«

»Geil!«

Berühmt war dieses Gelee »auf der Insel und außerhalb der Insel«, um es mit Mottas Worten zu sagen, dem glühendsten Verehrer von Francas Kochkünsten.

»Ich hab ein paar Flaschen Nero d'Avola mitgebracht«, erwiderte Carmine. »Den Guten, für besondere Anlässe. Damit kann man nichts falsch machen.«

»Hast du etwa«, fragte Franca, »einen Wein der ersten Liga und einen der zweiten?«

»Du etwa nicht?«

Sarino flüsterte etwas, das alle zum Lachen brachte.

Agata fühlte sich wie eine Diebin, die das Leben der anderen plündert, um ihrem eigenen einen Sinn zu geben. Sie stellte sich die Freunde zu Hause in ihrer Privatsphäre mit all den kleinen vertrauten Gesten vor: Sie steht am Herd, er deckt den Tisch, sie fällt müde ins Bett, er massiert ihr die Füße, sie erzählt von dem Mal, als sie als Kind … er erinnert sich an eine ähnliche Situation, sie kuschelt sich im Bett an ihn, er schlängelt sich zwischen ihre Schenkel …

Am Ende der Gasse ertönte derweil ein altes sizilianisches Weihnachtslied: »*'Na rutta c'è friddu, ci cari lu jelu, c'è u Re do Celu, si chiama Gesù …*« Ein paar Sackpfeifenspieler sangen von Kälte und Eis in der Grotte, dem Himmelskönig Jesus, von Hirten, die sich aufmachen, die nicht schlafen sollen, denn das Jesuskind sei geboren. Besser gesagt: Einer sang und die anderen spielten.

Schon wurde es lebendig auf der Straße, Türen und Fenster gingen auf, manch einer stimmte in den Gesang mit ein, Grüße zogen von Haus zu Haus wie ein Band: »Wir sehen uns später in der Kirche …«.

»Aber seid pünktlich.«

»Vergiss die Blumen nicht.«

»Die habe ich schon in die Sakristei gebracht …«

Sackpfeifen und Handtrommeln, Freude über eine Feuerschale, die irgendjemand auf die Straße zerrte, und von der sofort durch den Wind lange, lebendige Funken aufstoben.

Lisabetta behauptete, dass man aus diesem explodierenden Gewirr das Schicksal herauslesen kann. Sie sagte es natürlich im Scherz, denn das Schicksal bedient sich nicht eines entzifferbaren Codes, um irgendjemandem mitzuteilen: *Hör mal, morgen lasse ich eine Blume des Glücks in deiner Brust erblühen,* oder: *Morgen werden deine Augen nicht genug weinen können über das Unglück, das ich in deinem Herzen ausschütten werde.* Das Schicksal lässt dich nicht wissen, ob du morgen glücklich oder unglücklich, lebendig oder tot sein wirst, denn es interessiert sich nicht für die Dinge des Lebens und des Todes.

›Was für törichte Gedanken‹, sagte Agata sich, doch umso mehr wurde sie von den Funken angezogen, die der Wind aus den Kohlen hochwirbelte, von diesem verrückten Lichterspiel, das ihr vorkam wie der Wink eines schicksalhaften Grenzbeamten, der die Trauer abweist und nur das Leben passieren lässt.

Eine Glücksvision, die jedoch nur ein paar Momente andauerte. Denn schon wurde die Feuerschale wieder ins Haus gezogen, die Funken verglühten, die Freunde verstreuten sich, die Musiker ebenso, Stille umfing die Mauern, die Puppen in den Schränken schlossen die Augen, die Engel an den Krippen gähnten, und Agata war wieder allein.

Immer allein war diese schöne Tabbacchera; der Tod hatte ihr alle genommen, die sie geliebt hatte.

Jetzt liebte sie Andrea.

War er gegangen, um sich zu retten? Um nicht wie die anderen zu sterben?

»Was reden Sie da für einen Schaisz, Signuruzza?«, schrie jemand aus einem Fenster.

Sie erschauderte, sie meinte, Costanzos Stimme zu hören: der gleiche höhnische Ton, die gleiche liebevolle Offenheit.

Sie dachte an ihn, sie dachte an Andrea und war fix und fertig.

2

So gut es ging, versuchte Lori, sich zu schützen, sich in die ranzige Daunenjacke zu hüllen. Sie hatte sich unter dem Vordach ausgestreckt, der Regen verwandelte sich in Schnee, und langsam breitete die Eiseskälte sich in ihr aus. Um sie herum war es dunkel, nur das Flackern der Festbeleuchtung – glänzendes Rot, Gelb und Blau – erhellte in regelmäßigen Abständen die Hausdächer jenseits des Hofes.

Sie erinnerten Lori an glückliche Zeiten, als ihre Eltern noch bei ihr gewesen waren, als sie sich an Weihnachten an Tüten voller Röstkastanien die Hände gewärmt und die lebendige Krippe mit Menschen und Tieren bewundert hatten: das Holzhäuschen mit dem Ofen, wo man ein Stück warmes Brot bekam, der Hirte einem etwas Käse schenkte, eine Verkäuferin eingelegte Oliven und hartgekochte Eier verteilte, und dann der Töpfer, die Weber, der Schmied, der die Funken auf dem Amboss sprühen ließ, und der Tischler, der das Kind bewachte wie Josef, Marias Mann, in der Grotte neben Ochs und Esel.

Sie war aus dem Bus ausgestiegen, weil sie meinte sterben zu müssen. Nicht einen Moment länger hielt sie es in dieser überfüllten und überhitzten Kiste aus, in der ein Typ Brot und Pecorino futterte, ein anderer sich die Schuhe ausgezogen hatte und das widerliche Parfum der Frau neben ihr sie benebelte. Sie musste würgen und sprang auf, drängte sich mühsam zum Ausgang, wo sich bereits andere Fahrgäste zum Aussteigen sammelten.

Die roten Ziffern ihrer Uhr zeigten 17 Uhr 17 an: Sie hatte sich gefragt, ob es in Terramarina auch 17 Uhr 17 wäre, ob auch in Terramarina die Uhren elektronisch wären oder eher große dickbäuchige Wecker, die niemals all die Zeit herauslassen würden, die sie in sich trugen.

»*Nach Terramarina ziehe ich, wenn ich nicht wach bin, aber auch nicht schlafe*«, sang ihre Mutter leise. »*... wenn meine Füße im Wasser die Goldnetze der Sonne zerreißen ... wenn der Frieden mit Brot im Mund lacht ...*«

Terramarina. Immer sprach sie von Terramarina, als ob dort, in diesem wunderschönen Land, ein Stück ihres Herzens zurückgeblieben wäre, das ihr mit Sirenenstimme zurief: »Komm, komm.« Aber vielleicht stammte diese Stimme gar nicht von einer Sirene, sondern von einem Mann, der Filippo hieß und sie viel zu früh verlassen hatte.

»Eines Tages fahren wir dahin, Lori, ich versprech's dir«, wiederholte ihre Mutter. »Und es wird wunderschön.«

»Wann ist eines Tages, bald oder irgendwann?«

»Vielleicht bald, vielleicht irgendwann. Wer kann das schon sagen?«

Eines Abends hatte Lori beim Herumwühlen in einer Schublade ein Foto von einem Haus mit einem Laubengang gefunden, weiß wie der Schleier einer Braut, mit dem Meer im Hintergrund, und zwischen den Blumen des Gartens lachte ihre Mutter und winkte. Auf der Rückseite stand geschrieben: ICH LIEBE DICH, TERRAMARINA.

»Also bist du Terramarina«, hatte Lori gerufen und ihr das Foto gezeigt.

Sie hatte den Kopf geschüttelt. »Ich bin Concetta.«

»Nein, nein, hier stehts doch. Du bist Terramarina.«

»Concetta ...«

»Terramarina ist viel schöner.«

Sie hatte gequält gelächelt und dann gesagt: »Der Name ist viel zu lang, Nnica.«

Nnica, Kleine. Niemand nannte sie mehr so.

»Also dann eben Mina«, hatte Lori beschlossen. Und davon hatte sie sich nicht mehr abbringen lassen und sagte ständig: »Mina, ich will Brot… Mina, ich hab Durst… Mina, erzähl mir eine Geschichte… Mina, halt mich ganz fest… Mina, lass mich fliegen…«

Dann war ihre Mutter gestorben. Concetta war gestorben. Mina jedoch lebte in ihr weiter.

Nein. In ihr war dieses Ding, das jeden Tag ein Stück größer geworden war. Und das keinen Namen hatte.

Während sie auf die roten Ziffern ihrer Uhr blickte, bemerkte sie nicht, wie ein Mann sie musterte: Er kniff die Augen zusammen, als erinnerte er sich an etwas, runzelte die Stirn, als wollte er diese Erinnerung mit einer Vision in Einklang bringen.

»Das ist noch nicht deine Haltestelle«, sagte der Busfahrer.

Sie nickte mehrmals, um anzudeuten, dass sie das wusste, dass es ihr aber egal war.

Die frische Luft belebte sie und vertrieb die Übelkeit.

Eingehüllt in die zwei Nummern zu große Daunenjacke lief sie los. Sie wusste nicht, wohin. Dieser Ort war ihr fremd, sie war noch nie hier gewesen.

Eine steile Gasse. Oben die Spitze einer Kirche. Darüber viele Lichter. Ein Kreuz.

Sie hatte keine Tasche. Nicht mal einen Schirm.

Aufgetrennte Mädchen haben nur sich selbst, sonst nichts, dachte sie und stieg den Weg hoch, bis die Kirche halb zu sehen war. Das restliche Stück – etwa zwei Dutzend Stufen – schaffte sie nicht mehr.

Ausgestreckt lag sie nun unter dem Vordach, die Augen geschlossen, die Kälte fraß ihre Beine, Erinnerungen kamen und gingen, da spürte sie plötzlich auf dem Gesicht einen warmen Hauch, als ob ein Tier an ihr schnupperte und gleich zubeißen wollte. Sie drückte sich hoch und riss die Augen auf.

Da war kein Tier.

Langsam stäubte der Schnee zur Erde. Weihnachten wärmte die Herzen in den fremden Häusern. Aus den angelehnten Fenstern erklang fröhliches Kindergeschrei, Geschirr klapperte, das normale Glück derjenigen, die sich lieb haben.

Ihr taten die Knochen weh, das Herz. Für sie verging die Zeit mit dem Schritt eines Soldaten, der einen Krieg verloren hatte: Müde schleppte er sich in seiner zerrissenen Uniform voran, gestützt auf einen Stock, den Trompetenstoß im Ohr, der die Niederlage verkündete.

Erneut schloss sie die Augen.

3

Agata machte die Tür hinter sich zu. Sie lehnte sich dagegen, um wieder zu Atem zu kommen. Für einen Moment funkelten die Schneekristalle in ihrem Haar.

Sie zog die Schuhe aus, die nassen Strümpfe. Barfuß trat sie zum Balkon. Durch die angelehnten Fensterläden sah sie, was gegenüber, im Hause Scianna, vor sich ging: Lichterglanz, ein geschmückter Tisch, ein Weihnachtsbaum bis unter die Decke, Geschenke und Durcheinander. Leute kamen und gingen, der Fernseher zeigte Bilder von erleuchteten Städten, Toni kümmerte sich um die Gäste, hin und wieder schielte er zu ihrem Balkon (wie gut, dass sie kein Licht gemacht hatte), als fragte er sich, ob er sie überfallen und zu ihnen herüberzerren sollte.

»Wag es ja nicht!«, murmelte sie leise.

Sie war genervt: Konnte es sein, dass sie wirklich so verbittert war?

»Lasst mich bloß in Ruhe!«, beharrte sie.

Die gleichen Worte hatte sie Franca gesagt, als auch diese darauf bestand, dass sie das Fest nicht allein verbringen sollte, wie *Eine ohne Familie*.

Barfuß ging Agata in die Küche. Sie hatte keinen Hunger, trotzdem öffnete sie den Kühlschrank. Sie zog einen Mozzarella auf einem Tellerchen heraus: klein, blass, erfroren; er erinnerte sie an das Krankenhaus, in dem man ihr vor langer Zeit den Blinddarm herausgenommen hatte. Sie bekam Mitleid und stellte ihn wieder zurück. Dann schloss sie den Kühlschrank.

Sie nahm ein Stück Brot, biss hinein. Es schmeckte bitter. Sie öffnete das Fenster und legte den Rest des Brotes auf die Fensterbank, als Futter für die Spatzen am Morgen.

Nervös war sie. Unruhig.

»Kann man denn zwei Männer gleichzeitig lieben? Einen aus Fleisch und Blut und einen Geist?«, fragte sie die Stehlampe. ›Verdammt, Agata!‹, antwortete ihr Costanzos Stimme. ›Jetzt ist aber endlich mal Schluss!‹

Sie hörte ihn nicht.

Sie trank etwas Wasser. Auch das hinterließ einen bitteren Geschmack im Mund.

Agata kehrte ins Wohnzimmer zurück und beobachtete das Haus gegenüber. Sie sah, wie Violante mit Marco, dem Neugeborenen, auf dem Arm eintrat. Sie sah, wie sie sich auf das Sofa setzte und sich den Sohn an die Brust legte. Violante kam ihr vor wie eine Madonna: Die langen Haare fielen ihr wie ein Schleier über die Wange, ein süßes Lächeln ließ ihr Gesicht strahlen, ihre ganze Gestalt verströmte den Eindruck der Vollkommenheit, die Agata beunruhigte. Sie wünschte sich, an Violantes Stelle zu sein. Sie wünschte sich, die Mutter dieses Kindes zu sein, das an ihr saugte und den eigenen Daumen mit seinen kleinen, neugeborenen Fingern umkrallte. Sie wünschte sich, dass Costanzo sich zeigte, hier in dieser Dunkelheit, in dieser Stille und ihr sagte: ›Ich bin hier, bei dir, *amore mio*, ich verlasse dich nicht, was glaubst du denn?‹ Aber die Dunkelheit blieb dunkel, und von Costanzo gab es schon seit Langem keine Spur mehr.

Dennoch war er dort, neben ihr, und regte sich über sie auf und litt mit ihr: Wie war es möglich, dass sie nicht begriff, dass er mittlerweile jenem anderen Leben angehörte, in dem die Liebe ein Teil der universellen Liebe ist, die sich nicht um Ehemänner, Kinder, Verlobte und Verliebte scherte? War es möglich, dass sie nicht begriff, dass der Maresciallo sie glücklich gemacht hätte, und dass ihr Glück auch sein Glück gewesen wäre, weil er sie an der Seite dieses Prachtburschen gewusst hätte und dann beruhigt gewesen wäre? Kann das sein, Agata Lipari?

Nichts. Auf diesem Ohr war Agata Lipari taub.

Den Blick auf das Haus gegenüber gerichtet, sah sie zwei weitere Gäste ankommen, genauer gesagt, drei: Lucietta mit ihrem Ehemann Ugo und dem Hundchen Patuzzu. Das Trio brachte sie zum Lächeln: Vom früheren Klageweib – das aus Verzweiflung über die eigene Einsamkeit auf allen Beerdigungen geweint hatte – war nicht das kleinste bisschen übrig geblieben, und wenn heute noch jemand diesen Spitznamen in den Mund nahm, so geschah das nur zum Trost, zur Unterscheidung zwischen einem Davor und einem Danach, als wollte diese Person sagen: *Siehst du, das Leben kann alles, es verwandelt sogar ein unscheinbares Wesen wie das alte Klageweib in eine strahlende Frau.* Es war das Verdienst dieses Hundchens, das ihr einen Ehemann gefunden hatte, sagten die Missgünstigen: einen schmucken Ingenieur – dazu noch einen Catanesen –, der sie wie ein Zuckerpüppchen behandelte, besser gesagt, wie eine Reliquie!

Eine Reliquie … Agata musste lachen.

Bei diesem Lachen hob Patuzzu die Schnauze, witterte in ihre Richtung – sie stand im Dunkel, von der Straße aus nicht zu sehen – und bellte.

»Du vermisst Agata, nicht wahr?«, fragte Lucietta ihn. Sie starrte ebenfalls zu dem Dunkel, das die Tabbacchera verbarg.

Noch lauter bellte das Hundchen. »Hoffentlich überlegt sie es sich noch«, sagte Lucietta. »Es macht mich traurig, dass das Kind an Heiligabend allein ist!«

Falls Patuzzu lächelte, so merkte sein Frauchen es nicht, denn in diesem Moment öffnete jemand die Haustür, und alle drei wurden vom Licht geblendet.

Agata zog sich zurück. Sie seufzte. Du kannst immer noch hingehen, sagte sie sich.

Ach was!

Störrisch war sie, und wenn sie einmal eine Entscheidung getroffen hatte, änderte sie ihre Meinung nicht, selbst wenn der Papst höchstpersönlich vorbeikäme – so hatte ihr Vater es immer gesagt.

Sie dachte an ihn, als ein stürmisches Klopfen sie aufschreckte.

Agata wurde wütend. »Toni Scianna, was erlaubst du dir?«, rief sie, weil sie den Überfall des Freundes vermutete und fest entschlossen war, nicht zu öffnen.

Fäuste polterten gegen ihre Haustür.

Sie tat, als hörte sie nicht.

Fäuste und noch mehr Fäuste.

Wie wäre es mit ein bisschen Respekt? Sie trat ins Treppenhaus, um dem Freund ein paar Takte zu erzählen, als sie die Stimme des Priesters erkannte.

»Mach auf, schnell!«, rief Don Bruno.

»Ich will allein …«

»Schaisze, mach endlich auf!«, brüllte er.

Sie stürzte die Treppe hinunter. Noch nie hatte Don Bruno sich so aufgeführt.

Sie öffnete.

Blitzschnell trat er ein, blitzschnell sauste er an ihr vorbei, flog die Stufen hinauf und stürmte ins Badezimmer.

Verwundert folgte sie ihm: Ein dringendes körperliches Bedürfnis mag so eine Eile sicher rechtfertigen, auch das schlimme Wort und dieses fast gewaltsame Eindringen … Aber war das wirklich Don Bruno?

Durch die offene Tür sah sie, wie er den Hahn aufdrehte und die Temperatur des Wassers kontrollierte. Er war es.

»Don Bruno …«, sagte sie.

In diesem Moment zog er etwas unter seiner Soutane hervor, etwas, das sie nicht sofort erkannte: ein bläulich-rotviolettes Wesen voller Blut mit einer verkrusteten Nabelschnur auf dem Bäuchlein …

Sie presste sich eine Hand vor den Mund, um den Schrei zu unterdrücken, während er flüsternd befahl: »Hol den Doktor.«

Dann tauchte er das Kleine langsam in das warme Wasser und murmelte: »Schätzchen, schönes Schätzchen, Töchterlein des Herren, mach die Äugelchen auf. Los, Schatz, atme …« und zärtlich streichelte er es und wusch es vorsichtig. »Kindchen«, säuselte er weiter mit honigsüßer Stimme, die man einem Koloss wie ihm nie zugetraut hätte, »öffne die Augen, komm, Liebling, Töchterlein des Herren …«

Nichts, es bewegte sich nicht, es atmete nicht.

»Ist es tot?«, fragte Agata leise.

Wütend drehte er sich zu ihr. »Du bist ja immer noch da!«, knurrte er.

Sie schreckte auf, stürzte die Treppe hinunter und lief auf die Straße. Barfuß war sie, barfuß lief sie hinaus, ohne Schal rannte die verrückte Tabbacchera flink wie ein Wiesel um die Ecke, fiel hin, sprang wieder auf, lief weiter und spürte nicht den vom Sturz schmerzenden Knöchel, keuchend lief sie, keuchend erreichte sie Sciannas Haus, klopfte und hämmerte stürmisch an die Tür.

Toni öffnete. »Oh, Tabbacchera!«, sagte er und zog sie in eine erdrückende Umarmung, die seine ganze Freude offenbarte.

Sie schob ihn zur Seite, machte sich los, während die anderen auf sie einredeten und lachten und sagten, dass es also doch nur ein Scherz gewesen sei, Tabbacchera, nur um sich den triumphalen Auftritt zu sichern: »Herrgott, ich hab mir solche Sorgen um dich gemacht!«, und Küsse und Umarmungen, und niemand merkte, dass sie barfuß und zerzaust war, dass ihr das Herz bis zum Hals schlug: Zu viel Liebe macht blind, meine Herrschaften, und verhindert das Zuhören.

»Ruhe!«, schrie sie da.

Alle wunderten sich.

»Wo ist der Dottore?«, fragte sie außer Atem.

Barfuß und zerzaust, gerötete Wangen, wehende Haare: Nun erst sahen die Freunde sie richtig an.

»Was ist passiert?«, fragte Grimaldi und drängte sich durch die versammelten Gäste. Das Unglück erkannte er bereits an ihrer Stimme.

»Ein Baby…«, presste sie heraus. »Vielleicht ist es tot.«

»Was?«, schrie Toni.

Aber Grimaldi war schon draußen und Agata mit ihm.

Er läuft wie eine Katze, dieser Dottore, der die Fünfzig längst überschritten hat, und sie neben ihm, der Schnee rieselt, und die Leute in den Häusern lachen, die Leute in den Häusern essen: gekochten Fisch, gebackenen Fisch, mit Brokkoli und Kartoffeln gefüllte Fladenbrote. Und die beiden laufen, immer schneller laufen sie.

Im Hause Scianna bricht das Chaos aus, Violante zieht sich die Stiefel an, um ihnen nachzurennen, die Kinder heulen, die Frauen wundernehmen sich.

»Was ist?«, fragt Lisabetta, als sie vom Balkon zurückkommt, von dem sie sonst was geholt hat.

»Keine Ahnung…«, murmelt Franca. »Ein totes Baby«, fügt sie weinend hinzu. Sie zittert, denn sie durchlebt wieder den Moment, als man ihr mitteilte, dass ihr Mann gestorben war: *»Giorgio ist tot! Schnell, Francuzza, schnell!«*

Sie zittert und weint. Franca, die Schneiderin, die die Maße aller im Kopf hat, verliert vor der Maßlosigkeit des Todes die Fassung.

Lisabetta zieht sie an sich, umarmt sie fest, und mit der Anmaßung – oder Voraussicht? – einer Megäre flüstert sie: »Hab keine Angst. Es ist nichts. Niemand ist gestorben.« Dann nimmt sie ihren Mantel. »Ihr bleibt hier«, sagt sie und reicht Franca an Lucietta weiter, dann rennt auch sie hinaus, gefolgt von Toni und Sarino, von Ugo Calcaterra und Giulio, dem Sohn der Acquafortes, Medizinstudent und Grimaldis Schatten.

Langsam nimmt das winzige Geschöpf eine normale Farbe an. Langsam beginnt es sich zu bewegen: die Hände, die Finger umklammern den, der es hält, die Beine strecken sich, der kleine Kopf dreht sich zur Quelle des so liebevollen Klangs. Dann beginnt es zu weinen. Anfangs ist es nur ein Jammern, wie ein verängstigtes und verlorenes Kätzchen. Aber schon wird es lauter: Es brüllt vor Hunger und Durst, jetzt da es nicht mehr wegen der Kälte jammern muss, und es brüllt vor Wut über den schlechten Empfang, den die Welt ihm bereitet.

Um dieses Geheul zu beruhigen reicht diese eine Stimme aber nicht mehr aus, die unentwegt flüstert: »Schönes Kindelein, süßes Kindelein.« Don Bruno weiß nicht, was er noch tun soll und betet zum Allmächtigen, damit ihm jemand zu Hilfe eile, da er leider wirklich ungeeignet ist.

Das Weinen dringt bis zum Hauseingang, bis zur Tabbachera, die beim Eintreten atemlos ruft: »Es lebt.« Und allen Engeln und Heiligen dankt, die sie auf dem Hin- und Rückweg angefleht hat, und noch nie hat sie ein schöneres Weinen gehört als dieses, so verständlicherweise wütend und beleidigt, vor allem aber lebendig.

»Schönes Kindelein …«, versucht es Don Bruno noch einmal verzweifelt. Er fürchtet, dass seine großen Hände etwas kaputt gemacht haben könnten, dass seine Unzulänglichkeit Schaden angerichtet hat.

Da taucht Grimaldi hinter ihm auf und sagt: »Geben Sie es mir.« Er hält ihm ein Frotteehandtuch hin, in das er das Baby einhüllt. Dann murmelt auch er mit zuckersüßer Stimme: »Schätzchen! Schnuckelchen …«, und nur kurz fällt er in einen Befehlston: »Dreht sofort die Heizung voll auf.« Und schon wird seine Stimme wieder Zucker, ein Singsang, während er dem Baby geschickt eine Hand auf die Brust legt, die Herzschläge zählt, das Gehör prüft, die Regelmäßigkeit der Atmung, während er die Reflexe untersucht, indem er über den winzigen Mund streicht, der sofort aufgerissen wird.

»Es hat Hunger«, murmelt er.

»Gebt es mir«, sagt da Violante, nass und durchgeschwitzt auch sie von der Rennerei, mit roten Wangen und strahlend vor Glück, weil dort, wo sie fürchtete, den Tod zu finden, jetzt dieses quicklebendige Würmchen ist und gefüttert werden will. Sie knöpft sich die Bluse auf und flüstert: »Süße, komm her.«

Dann nimmt sie es in den Arm. Sie sucht sich einen Sitzplatz – der Rand der Badewanne reicht vollkommen –, lässt sich nieder und legt sich das Baby an die Brust.

Die Clique ist vollständig eingetroffen, es herrscht absolute Stille. Nicht einmal das Atmen ist zu hören. Nur das hungrige Saugen, wobei das winzige Mädchen die Augen öffnet – die groß, tief und dunkel sind, noch voll des Bewusstseins für die Bilder des Jenseits. Es schaut zu Violante. Diese sieht das Baby an und lächelt, sie schuckelt es ein bisschen und sagt: »So hübsch bist du, Maus, so hübsch und süß. Aber wer bist du denn? Wo kommst du denn her? Hat ein Engel dich gebracht?« Sie drückt das Baby an sich.

Und niemand fragt: »Wieso hat deine Mutter dich ausgesetzt? Wieso hat deine Mutter dich vor den Müllcontainer gelegt?« Nicht *in* den Müllcontainer, zum Glück, wie Don Bruno berichtet. War es Glück oder ein Anfall von Mitleid?

»Was'n für Mitleid? Hier streunen hungrige Köter durch die Straßen. Die hätten sie in Nullkommanichts zerfleischt!«, regt sich später Sarina Motta auf.

Niemand spricht. Alle schauen das Wunder an, das sich vor ihren Augen abspielt.

Agata ist verstört, von wegen *Lasst mich in Ruhe!*, von wegen Dunkelheit und Klage: »Zündet alle Lichter an«, sollte sie rufen, »lasst uns feiern, weil der Schmerz sich in Freude verwandelt hat, jetzt da der Herr uns dieses Kind geschickt hat, jetzt ist wahrlich Weihnachten!«

Doch stattdessen schwankt sie zwischen Lachen und Weinen, was sie auf dieses Übermaß an Emotionen zurückführt. Und während sich bei den anderen unverhohlene Freude breit macht, wird ihr, während sie unbeweglich am Türrahmen steht und wieder ruhig atmet, plötzlich bewusst, dass, wäre auch Andrea hier, ihr Glück vollkommen wäre.

Der Euphorischste von allen ist ausgerechnet Sarino. Er betrachtet das Baby mit leuchtenden Augen, mit einer so offensichtlichen Freude, dass Franca sich umgehend Sorgen macht: Sie ist schon alt, hat aber immerhin einen Sohn; Sarino jedoch hat keine Kinder. Hätte er eine Jüngere geheiratet, hätte auch er jetzt Vater sein können. Bei diesem Gedanken schmerzt ihr das Herz.

Da dreht sich Sarino zu ihr, er versteht den Schatten nicht, der über ihr liegt, er zieht sie an sich und flüstert ihr durch das Haar zu: »Was hast du für schlimme Gedanken, Francuzza? Bist du etwa eifersüchtig auf die Kleine?«

»Niemals!«

»Was dann?«

Sie zögert, ein bisschen schämt sie sich, doch dann antwortet sie: »Ich kann dir kein Kind mehr schenken.«

»Jetzt hör mal zu!«, flüstert er völlig beglückt. »Hab ich je Kinder von dir gewollt? Hab ich dir je das Gefühl gegeben, dass ich Kinder will?« Er drückt sie noch fester an sich. »Ich will dich, mein Schatz, nur dich!« So vertreibt er ihre üblen Gedanken und Gewissensbisse, aber weil auch der betrübte Blick der Hausherrin ihm nicht gefällt, fragt er: »Also, Tabbacchera, wollen wir nich was essen?«

Franca bringt ihn mit einem Ellenbogenstoß zum Schweigen.

Schaisze!

»Was denn? Hab ich was Falsches gesagt?«, fragt er verwirrt.

Agata denkt mit Schrecken an den leeren Kühlschrank, an den verwaisten Mozzarella, an das harte Brot und dass sie nichts anderes im Haus hat. Sie hat absichtlich nicht eingekauft, hat absichtlich Weihnachten in eine Fastenzeit verwandelt.

Und jetzt?

Verlegen breitet sie die Arme aus: »Ich hab nichts vorbereitet«, sagt sie. »Ich kann euch nichts anbieten …«

»Du lässt uns verhungern?«, fragt Toni mit gespielter Enttäuschung.

Sie sieht ihn entgeistert an. Sie wird rot, dreht sich zu Lisa auf der Suche nach Hilfe, aber die sagt nur zärtlich: »Ach, du Dummerchen!«

Und die Freunde um sie herum brechen in Gelächter aus.

Und so beginnt der Umzug vom Hause Scianna in das Haus der Tabbacchera. Eine Prozession aus Töpfen und Pfannen, Schüsseln, Blechen und sogar einer Terrine mit Stockfischsoße.

Lisabetta übernimmt das Kommando über die *Operation Weihnachtsessen* und besetzt die eiskalte Küche: Sie wirft den Ofen an, um einzuheizen, kocht Milch mit Stärke und Zucker auf, die sich in eine weiße Masse mit Zimtgeschmack und sonst noch etwas verwandelt: Die Süßspeise wird dieser Nacht den exotischen Geschmack des Landes verleihen, das von einem Gotteskind aufgesucht wurde, zu dessen Füßen Hirten und Könige niederknieten.

Lisabetta bewegt sich flink und sicher in diesem Haus, in dem sie nach Costanzos Tod eine Weile gewohnt hat, jeder Handgriff sitzt, sie sagt kein Wort zu viel, nur, um so schnell wie möglich wieder in das Zimmer zu können, in dem das Baby Aufnahme gefunden hat.

Carmine Acquaforte und Sarino Motta kümmern sich um die Weine, Toni um seinen Sohn Francesco, der auf dem Arm der Mutter ein fremdes Baby gesehen hat und nun ganz verwirrt ist. »Das ist meine Mama!«, hat er geschrien und sich sofort auf sie gestürzt, um die Besitzverhältnisse klarzustellen.

Toni schnappt ihn sich. »Wollen wir Verstecken spielen?«

Die Augen des Jungen leuchten, denn Verstecken ist das, was er im Leben am liebsten hat (nach seiner Mama natürlich).

Das Haus füllt sich mit Lichtern, Geplapper, Durcheinander, einer Invasion, während Costanzo, oben auf dem Spiegel sitzend, mit den Beinen baumelt und mit Patuzzu einen verschwörerischen Blick tauscht. Ein Blick, der zu sagen scheint: ›Und wieder einmal wird alles gut!‹, und der Costanzo ein Lachen entlockt.

Agata steht einfach nur da, steht verzückt vor Violante und dem Baby, so wie die Hirten ganz verzückt vor Maria gestanden haben müssen, als sie ihr Kind stillte.

»Wie nennen wir sie?«, fragt Grimaldi plötzlich.

Alle sehen die Tabbacchera an, die ohne nachzudenken sagt: »Luce.«

Licht.

Absonderlicher Name, denkt Sarino Motta, der in seinem Wesen und seinen Gedanken immer noch ein Raubein ist.

»Ein großartiger Name«, erklärt Don Bruno. Er sieht auf die Uhr. »Ihr Lieben, beeilt euch, denn um Mitternacht ist Messe.«

»Machen Sie sich keine Sorgen, Hochwürden«, beruhigt ihn Luisa Acquaforte, »es wird gleich angerichtet.« Still und leise, da eh schon zu viele um das Kind herumstehen, hat sie bereits die vielen Kaltspeisen, die Platten mit den Süßigkeiten und die Weinflaschen auf das Büffet gestellt und dazu diesen großen goldschimmernden Kranz, das wackelnde Zimtgelee, auf das immer wieder wie zufällig die begehrlichen Blicke der Anwesenden fallen.

»Dieses Mädchen ziehen wir groß«, sagt da Ugo Calcaterra, ein Ingenieur der Tat und Signore der guten Manieren, der bis zu diesem Moment abseits stand und nun bereit ist, alle Anwesenden über seine Projekte bezüglich dieses Geschöpfes zu unterrichten.

»Dieses Mädchen ...«, setzt Sarino an, der sich jegliche Einmischung in die Vaterschaft verbittet.

»... dieses Mädchen muss erst einmal was zum Anziehen bekommen!«, fällt Violante ihm resolut ins Wort, wie es nur eine Mutter kann.

Sie hat noch nicht zu Ende gesprochen, als Toni ihr schon die winzigen Kleidungsstücke von Marco reicht, die er geholt hat, während alle anderen die Verpflegung herübergeschafft haben.

»Aber die sind ja hellblau«, ruft Sarino. »Können wir denn das Weibchen hellblau anziehen?«

»Seit wann macht eine Farbe aus einem Baby Männlein oder Weiblein?«, fragt Franca, die ihn immer ein wenig – wenn auch liebevoll – wegen seiner unverwüstlichen Raubeinigkeit aufzieht.

»Aber, Signuruzzu, erklären Sie mir doch mal«, erwidert er überheblich, »welche Farbe haben denn die Taufbonbons: etwa hellblau für die Weiblein und rosa für die Männlein?«

»Werden wir jetzt etwa kleinlich?«, entgegnet sie, die sich niemals geschlagen geben würde.

»Notgedrungen!«, ruft er, der diesen Ausdruck in einem Wörterbuch gefunden hat und ihn immer wieder einstreut, ganz gleich, ob er grade passt oder nicht.

Und während die anderen lachen – denn *notgedrungen* ist einfach kein Wort, das aus dem Munde Mottas stammen kann –, zieht Violante das Baby an: Ganz in hellblau strahlt dieses Kind ein Licht aus, so wie das Haus der Tabbacchera, das bis vor einer Stunde noch im Dunkel lag, nun Signale wie ein Leuchtturm aussendet, die man im Tal sieht und sogar noch auf dem Meer, die klar machen, dass wir der Hafen sind, meine Herrschaften, der Hafen, der wie eine Mutter aufnimmt und nicht abweist, sich öffnet und nicht verschließt, umarmt und den Hunger stillt, allen Kötern zum Trotz, die etwas von Grenzen dichtmachen und Pause knurren und von Abschiebungsgesetzen, während das Leben mitten auf dem Mördermeer mit dem Tod ringt – und verliert.

»Es sieht wie ein Jungelchen aus«, murmelt Lucietta mit glänzenden Augen.

»*Wie ein Mädelchen*«, verbessert Sarino sie sofort, denn selbst im hellblauen Strampler ist unmissverständlich klar, dass das Baby ein Weiblein ist.

Es wird still. Don Bruno bemerkt, wie plötzlich alle ehrfürchtig das Geschöpf ansehen, und denkt, dass er in seiner Predigt von dem Wunder dieses Kindes erzählen sollte, das von der Vorsehung gerettet wurde.

›Wehe Euch!‹, ruft jemand.

»Was?«

Er sieht sich um, niemand hat gesprochen: Alle betrachten die Kleine, die Münder der Anwesenden sind verschlossen.

Und doch …

Er denkt wieder an seine Predigt, ruft sich die Verse ins Gedächtnis, die von der Freude singen: »Tochter Zion, freue dich! Jauchze, laut, Jerusalem!« Soll er so anfangen? Natürlich. Und weiter: »Heute feiern wir das Leben.« Das wird er sagen. Und dann?

Er sieht das Kind an, es ist so klein und hilflos: Nur ein Hauch ist jeder Mensch, wie fest er stehe, denkt er noch in den Worten des Psalms, nur als ein Schattenbild geht der Mensch einher … Und doch, wie viel Kraft, wie viel Entschlossenheit steckt in diesem Hauch, der die Erde bevölkert, wie viel Zähigkeit ist in diesem Geschöpf, das sich mit seinen winzigen Fingerchen an den Fingern Violantes festklammert.

»Darf ich es mal nehmen?«, fragt er plötzlich.

Sie reicht ihm das Kind.

Er setzt sich, er hält es wie ein wertvolles Geschenk. Er mustert vor allem seine tiefgründigen Augen, in denen noch das Geheimnis unseres flüchtigen Lebens inmitten der Ewigkeit zu lesen ist.

Die anderen stehen um sie herum und lächeln das winzige Mädchen an, das sich rekelt und gähnt.

»Sieh doch nur«, sagt Sarino zu Franca, als würde die Kleine eine außergewöhnliche Heldentat vollbringen. Und er lacht und fühlt sich so glücklich. »Was ist, essen wir endlich?«, fragt er, denn dieses Ereignis muss gefeiert werden, groß gefeiert, so als wenn der verlorene Sohn nach Hause zurückkehrt und der Vater das fetteste Kalb schlachtet und den besten Wein aus dem Keller holt.

Aber niemand rührt sich. Alle stehen da, in vollkommener Stille, die mit einem Mal von den schlagenden Kirchturmglocken durchbrochen wird, weshalb Don Bruno zusammenzuckt. »Liebe Leute«, flüstert er, damit das Kind nicht aufwacht, »Beeilung, in einer Stunde muss ich die Messe zelebrieren.«

Niemand scheint ihn zu hören.

»Liebe Leute …«, wiederholt er ein bisschen lauter.

Nichts.

»Leute!«, und dieses Mal tönt das Wort laut und drängend. Er vergisst das Kind, das aufwachen könnte.

Aus den Mündern der Frauen prasselt ein »Ruhe!« mit der Entschiedenheit eines Hagelschauers auf ihn herab, sodass er verstummt. Und da es ihm gar nicht ähnlich sieht, still zu sein – denn für ihn gibt es keine menschliche Kraft, die seinen Mund einfach so verschließen kann –, lacht Violante und sagt: »Hochwürden, nur keine Hektik, lassen Sie uns noch ein paar Minuten und dann decken wir blitzartig den Tisch.«

Blitzartig?

Mitnichten!

Denn während die Mannsbilder im Zimmer herumstehen, ohne genau zu wissen, wo sie sich hinsetzen sollen, streben die Meisterinnen der Tischkunst die Perfektion an und tragen Silber und Kristall für die Festtagstafel zusammen.

»Wir brauchen doch kein Tafelsilber«, brummt Don Bruno, der wieder Herr über sein Mundwerk ist. »Ein Tischtuch, Teller, Besteck und ein Glas für jeden, das reicht doch. Den Aufwand mit all dem gesegneten Schnickschnack betreibt bitte morgen.« Er hat es nicht mehr nur eilig, sondern auch einen Riesenhunger: Sein Magen knurrt, und er kann es kaum noch erwarten, über die Gottesgaben auf der Anrichte herzufallen und über all die anderen gefüllten Teller, die mittlerweile auf jedem freien Fleckchen in der Küche stehen.

Die Frauen schmücken so gut es geht den Tisch, schließlich ist Heiligabend. Aber die Männer stehen immer noch im Weg herum, weshalb Violante sie auffordert: »Signuruzzi, setzt euch einfach irgendwo hin, denn wenn wir uns beeilen sollen, muss der Weg frei sein.«

Sie gehorchen, zum einen, weil sie wirklich stören, zum anderen, weil sie sich wie Elefanten im Porzellanladen vorkommen, zwischen all den Preziosen, mit denen das Wohnzimmer eingerichtet ist, und schon fängt Sarino ein Nippesteilchen aus Limoges-Porzellan auf, das um Haaresbreite zerschellt wäre, und Carmine rettet im letzten Augenblick ein hundert Jahre altes Stundenglas, gegen das er gestoßen war. Denn obwohl der Tabbacchere erklärtermaßen Kommunist war und sich für die soziale und wirtschaftliche Gleichheit einsetzte, so hat Agata das Haus trotz allem mit den antiken Möbeln ihrer Familie und dem Geschmack einer Signora eingerichtet, die zwischen schönen Dingen aufgewachsen ist und sich gern mit ihnen umgibt.

Und während die anderen sich eilig am Herd zu schaffen machten, hat diese Signora in einem Sessel ein Nest gebaut: Ein schneeweißes Laken, eine Decke, ein Kissen, die Lehnen von zwei Stühlen als Gitter, fertig ist die Wiege. Und nun liegt dort das Baby und schläft.

Don Bruno auf dem Sofa denkt immer noch an seine Predigt, Motta lässt sich von dem Kind verzaubern und stellt sich bereits den Tag vor, an dem er und Franca das kleine Fräulein spazieren fahren, Carmine Acquaforte und sein Sohn Giulio blättern währenddessen ein Fotoalbum durch, das sie auf einem Tischchen entdeckt haben.

Auf einem Foto lacht Costanzo, hält – umringt von einer Horde Arbeiter – eine Kundgebung ab. Da steht er: groß, mit blonden Locken, sehnigem Körper und breiten Schultern, und mit den Händen unterstreicht er die Bedeutsamkeit seiner Rede. Carmine kommt es vor, als hörte er seine donnernde Stimme: »Niemand verbietet mir das Wort. Denn aus meinem Mund spricht die Wahrheit, und keine Schikane eines Padrone, keine Macht der Mafia kann das verhindern«, und weiter: »Ihr dürft nicht wie die Schafe die Köpfe hängen lassen, nur weil sie euch einen Arbeitsplatz in diesem Gestank bieten, wo ihr ein Leben lang Dreck schaufelt, eure Lungen mit Gift füllt und die Rente gar nicht erst erreicht ...«

»Aber lieber mit vollem Magen krepieren!«, erwiderten die Dorfbewohner, weil das ein nicht unerhebliches Ziel war.

Daraufhin er: »Lasst euch nicht die Würde rauben.«

Und die anderen: »Willst du Revolution machen, Tabbacchere?«

»Ja. Mit Poesieschüssen«, antwortete er, der rote Dickschädel, der die vom alten Bürgermeister installierte Ordnung im Dorf umkrempeln wollte.

Zu dieser Ordnung aus Mitwisserschaft und organisiertem Verbrechen gehörte damals auch Carmine, und als der Bürgermeister, der alte Occhi janchi – so wurde er wegen seiner eisblauen, fast weißen Augen genannt – beschloss, dass der Tabbacchere Blut spucken sollte, hatte er, anstatt sich zurückzuziehen, in der vordersten Reihe bei diesem zerstörerischen Feldzug mitgemacht.

Deshalb fühlt er sich jetzt unwohl, obwohl er und Agata mittlerweile gute Freunde sind, obwohl seine Familie von der Clique der Tabbacchera mit offenen Armen empfangen wurde, obwohl er – mehr durch eine Gewissensentscheidung als durch einen Fahnenwechsel – schließlich dazu beigetragen hat, den alten Bürgermeister zu entmachten. Er fühlt sich in diesem Haus, Costanzos ehemaligen Reich, deplatziert und leidet darunter, auf demselben Stuhl zu hocken, auf dem dieser einst saß, am selben Tisch zu speisen, an dem dieser einst tafelte.

Giulio hingegen, der von der Tabbacchera in höchstem Maße hingerissen ist, betrachtet weiter die Fotos von ihr, von dieser wunderschönen Touristin mit dunkler Sonnenbrille und verwehten Haaren in Venedig, Florenz, Paris oder am Miramare von Triest.

Die Frauen in der Küche lachen und reden alle durcheinander, während sich der Duft von in Wein geschmorten Zwiebeln verbreitet, der das Warten noch qualvoller macht, weswegen Don Bruno, der sich vor Hunger kaum noch zurückhalten kann, die Schwätzerinnen unterbricht und sagt: »Morgen erwarte ich euch in der Beichte. Allesamt!«

Lachend sehen sie ihn an. »Was sollen wir denn beichten?«, fragt Lisabetta und hält ihm die Pfanne mit dem gebratenen Gemüse unter die Nase.

»All das müßige Geschwatze, all diese Zeitverschwendung.«

»Ihr habt recht«, entgegnet sie und zieht ihm die Pfanne unter der Nase weg und nimmt ihm das Stück Fladenbrot aus der Hand, das er sich geschnappt hat, »morgen kommen wir beichten. Aber wenn Ihr es so eilig habt, gebt Ihr Euch sicher mit einer Kleinigkeit zufrieden, oder?«, und ohne ihm Zeit für eine Antwort zu lassen, sagt sie: »Violante, hol mal den Mozzarella aus dem Kühlschrank. Don Bruno tut heute Abend Buße.«

4

Zusammengekauert in ihrer Daunenjacke hörte Lori die Klänge eines Weihnachtsliedes, sie kamen und gingen, je nachdem, ob sich die Musikanten näherten oder entfernten. In ihrem Dorf war es genauso. Die Weihnachtsnovene, und außerdem gab es … ja, was gab es denn noch?

Sie versuchte, sich daran zu erinnern, aber in ihrem Hirn herrschte tiefste Dunkelheit. Die Erinnerung ist wie eine löchrige Socke, dachte sie. Man braucht Nadel und Faden, um sie zu stopfen, aber auch Pinzette und Schere, einen ganzen Werkzeugkasten.

Der Mann, der die Erinnerungen repariert, heißt Giona. Er ist alt. Er hat die Augen immer geschlossen. Er sieht mit seinen Fingern. Er tastet ihr über den Kopf und erkennt, ob sie gegessen hat oder nicht, ob sie Hunger hat oder nicht.

»Setz dich auf den Hocker«, sagte er ihr, als sie noch ein Kind war.

Sie setzte sich, sah ihn an, dann bat sie: »Ich will Papa.«

Er legte ihr die Hände auf den Kopf und rief die Erinnerungen an ihren Vater hervor: »Siehst du ihn? Er ist groß, er trägt ein Karohemd.«

Sie sah ihn: groß mit dem blauen Hemd wie auf dem Foto.

»Und dann?« Sie wollte alles von dem Mann wissen, der sich in eine Wolke verwandelt hatte, noch bevor sie fünf Kerzen auf ihrem Geburtstagskuchen hatte ausblasen können.

Giona strich ihr zärtlich durch die Haare und murmelte langsam: »Dein Papa hatte den Wind in den Adern, und dieser

Wind trug ihn über die Meere und in fremde Länder …«

»Auch nach Terramarina?«

Der Alte nickte langsam.

»Wo ist Terramarina?«

»Ich weiß es nicht, Lori.«

»Das glaube ich nicht!«

»Doch, wirklich. Ich weiß es nicht.«

Sie erzitterte. Der warme Atem des Tiers, das sie neben sich zu haben glaubte, löste sich auf und Eiseskälte zerfraß ihr die Knochen.

Sie hörte eilige Schritte, Stiefelabsätze, die hart auf das Pflaster knallten. Je mehr sie sich zusammenkauerte, umso mehr wollte sie verschwinden. Sie machte sich ganz klein, verkroch sich in einem Schneckenhaus.

Nachdem sie aus dem Bus gestiegen war, ging sie lange die steile Gasse hinauf, plötzlich ein stechender Schmerz, warmes Wasser lief ihr an den Schenkeln hinab. Sollte sie irgendwo anklopfen? Um Hilfe rufen? Unmöglich.

Ein heftiger Stich, sie krümmte sich, fiel auf den Boden. Die Knie nass von einer Pfütze, die Hände auf dem feuchten Asphalt, so war sie in diesen Hof gekrochen, in diese überdachte Nische. Dort überkamen sie heftigste Schmerzen, runter mit der Jeans, nackte Pobacken auf eisigem Boden, Beine breit, press so fest du kannst … Eine Wehe wie ein Todeskampf. Dann, endlich, der Kopf war draußen, und alles andere war draußen: glitschig, blutig, ein warmes Baby in ihren eiskalten Händen. Ein Mädchen, das sofort schrie.

Mit den Zähnen biss sie die Nabelschnur durch. Das Baby schrie noch lauter.

Sie drückte es an sich. Beide weinten. Beide erstarrten. Sie zog die Daunenjacke aus, dann den Pullover, der warm und durchgeschwitzt war. Darin wickelte sie es ein. Sie sah es an. Sie gab ihm keinen Namen. Wenn du ihm einen Namen gibst, gehört es dir. Sie drückte es an ihr Herz. »Behalte es«, hat sie sich gesagt, aber sofort hinterhergeschickt: »Auf gar keinen Fall, du Dummkopf!«

Da sah sie das hell erleuchtete Haus. Ein Leuchtturm war dieses Haus.

Jeans hochgezogen. ›Steh auf‹, trieb sie sich an.

Sie stand auf. Und fiel wieder hin.

Sie wartete.

Eine ganze Weile.

Endlich erreichte sie das Haus, das hell erleuchtete Haus. Sie legte das Mädchen auf die Stufen. Sie ging. Das Baby weinte. Ihr Körper sehnte sich nach ihm, sehnte sich danach, es wieder in sich aufzunehmen.

Sie hob es auf. Es wieder in sich aufzunehmen, das ging nicht.

Eine eiskalte Windböe.

So gut wie möglich schützte sie das Kleine davor.

Lass es dort! Es stirbt, wenn du es behältst.

Sie drehte sich um, wollte es zum Haus des Lichts zurückbringen. Klopfe und dann läufst du weg, sagte sie sich, so rettest du es.

Stattdessen tauchte der eilende schwarze Umhang auf.

Sie hatte keine Zeit mehr, zum Haus des Lichts zu laufen. Sie legte das Baby neben einen Müllcontainer.

Und aus einem Versteck beobachtete sie es.

›Schrei!‹, rief sie ihm im Stillen zu.

Das Baby stieß den Laut eines kranken Hundes aus.

Der Umhang blieb stehen, hielt die Luft an.

Sie atmete auf. Gerettet.

Als sie in der Nische ankam, begriff sie, dass Hoffnung nicht nur ein Gut von reichen Leuten ist.

Dann fielen ihre Gedanken zu Boden und zerbrachen.

Schnee legte sich über sie.

Und Stille.

Eine Art Frieden.

Sie kauerte sich noch weiter zusammen.

Hätte jemand in dieses Loch gelugt, so hätte er nur einen Haufen Lumpen gesehen.

5

»Zu Tisch«, rief Lisabetta endlich.

Sie traten näher, Sarino als Erster. Und während er sich schon auf seinen Platz setzte, bereits die Serviette auf dem Schoß ausbreitete und sich Wein eingoss, traf ihn ein ins Ohr geflüstertes »Benimm dich!« wie ein Peitschenhieb. Er wurde rot und erhob sich, er entschuldigte sich mit einem Lächeln, und währenddessen ging er in Gedanken noch einmal die Tischmanieren durch: Arme an den Körper, Ellenbogen nicht auf den Tisch, das Brot nicht zerbröseln.

Don Bruno machte das Kreuzzeichen und sagte: »O Herr, segne dieses Mahl, das wir …« Er hob den Blick.

Was denn jetzt noch?, fragte sich Sarino.

»Wo ist die Hausherrin?«

»Hier«, antwortete Lisabetta und drehte sich nach rechts. Doch der Platz neben ihr war leer. »Eben war sie noch da«, verbesserte sie sich.

»Warten wir auf Agata«, sagte der Pfarrer, wobei er an ein körperliches Bedürfnis dachte.

Die anderen, die mehr oder minder das Gleiche vermuteten, blieben stehen, jeder vor seinem Teller.

Die Hausherrin musste kein körperliches Bedürfnis befriedigen. Viel mehr hatte Agata ihr Handy nicht in ihrer Tasche gefunden und fürchtete, es auf dem Weg zu Scianna verloren zu haben. So war sie in ihr Schlafzimmer geeilt, ob es vielleicht dort wäre. Es war dort. Sie machte es an und entdeckte das Umschlagzeichen: eine SMS. Sicherlich Weihnachtsgrüße.

Aus reiner Gewohnheit öffnete sie die Nachricht sofort. *Andrea*, las sie und dann: *Ich kann nicht verschwinden, noch wiedererscheinen.*

Agata setzte sich aufs Bett.

Und nun ist sie hier, liest diese seltsamen Worte, die nur ein Verehrer Eugenio Montales schreiben kann. Und sie lacht, leise lacht sie. Also hat er sie nicht vergessen, also denkt er an sie, also fehlt sie ihm auch …

Sofort tippt sie: *Nun aber, da du nicht da bist, gähnt Leere auf jeder Stufe*, auch ein Zitat von Montale.

Sie wartet auf die Antwort. Die aber nicht kommt.

Die erste Nachricht ist eine Stunde alt, also wird auch er vergeblich gewartet und die Stille für gewollt gehalten haben, für eine gewollte Bestätigung des verlorenen Vertrauens; aber wie hätte er auch wissen sollen, dass sie bei all dem Trubel im Haus das Telefon einfach vergessen hat?

Also tippt sie rasch die klassische Nachricht: *Frohe Weihnachten, Maresciallo.*

Sie wartet, dass das Telefon als Antwort vibriert.

Nichts.

Und so häufen sich in ihrem Geist Bruchstücke und Fetzen von Versen, die ihre Finger – Opfer eines freien Willens – rasch ins Handy tippen.

Sie schreibt: *Der Blick schweift umher, der Geist forscht, eint, hält …*, und schickt sie ab.

Doch die Täuschung vergeht … und los.

Ich suche nach dem verloren gegangenen Zeichen als dem einzigen Pfad deiner Gnade … und los.

Ich denke an dein Lächeln … und los.

Bist du irre? Was tust du da, fragt sie sich plötzlich.

Sie liest die Nachrichten noch einmal. Dumme Sätze, ohne jeglichen Sinn. Sie möchte sie zurückholen, sie löschen. Aber das ist unmöglich.

Das Handy fällt ihr in den Schoß. Dunkel und tot scheint es

zu sein, schwarz auf dem Schwarz ihres Kleides, das sie heute Morgen angezogen hat als Erinnerung daran, dass sie Witwe ist. Ein Schwarz, das sie nun erdrückt.

Sie reißt den Kleiderschrank auf.

In den vergangenen vier Jahren hat sie nie Trauer getragen, doch die einzigen für sie erträglichen Farben waren Blau in all seinen dunklen Schattierungen, Grau – von Perlgrau bis Rauchgrau –, Braun und eben Schwarz. Vor ihr hängt also eine Reihe von dunkelblauen, grauen, schwarzen und braunen Kleidungsstücken. Alle wirklich schön, gar keine Frage, alle von hochwertiger Qualität, und doch …

Ihre Hände zittern, als sie jene Schranktür öffnet, die seit dem Tag, an dem ihrem Mann das Herz explodierte, verschlossen geblieben ist. Sie öffnet sie und tritt einen Schritt zurück, als hätte ein frischer Windstoß sie getroffen.

Hier hängt die ganze Farbenpracht aus Rot, Himmelblau, Gelb, Violett, Indigo, Gold und Silber, Karminrot und Malve, Orange, Grün und Aquamarin …

Schnell schließt sie die Tür wieder.

Wie aufgeregte Schmetterlinge erscheinen ihr diese Kleider, Frühlingsblumen, die sie nicht mehr tragen kann.

›Und warum nicht, bitteschön?‹, fragt Costanzo.

Sie bemerkt ihn nicht, hört nicht den Klang seiner Stimme, nicht wie er als Wind um sie herumrauft. Still und verzaubert steht sie vor dem geschlossenen Schrank.

Langsam geht die Tür von selbst wieder auf, und das Violett, das Lila, das Rosa, das Rot und das Blau flattern, als ob ein Windhauch sich den Spaß erlaubte, mit ihnen zu spielen: Quicklebendig und wunderschön sind sie, zu schön, um nicht zumindest berührt zu werden.

Sanft streicht Agata über die Stoffe.

Ihr Wunsch, wieder Farben zu tragen, wird stärker als jegliche Trauer. Mit sicherer Hand wählt sie purpurne Seide.

»Agata?«, ruft Lisabetta durch die geschlossene Tür.

Sie schließt den Schrank, als hätte man sie beim Stehlen erwischt. »Ja?«

»Wo bleibst du denn?«

Ihre Freunde warten auf sie!

»Ich komme«, sagt sie.

»Geht es dir gut?« Lisabetta weiß, dass ein Übermaß an Freude die Hunde der Reue von der Leine lassen kann, und dieses ständige »Lasst mich in Ruhe!« der vergangenen Tage war ein unmissverständliches Zeichen, weshalb ihr das herrschende Tohuwabohu nun vermutlich ziemlich zusetzt.

»Ich bin in einer Minute bei euch«, antwortet Agata.

Aber ihre Stimme ist zu hell, und kommt nicht von einer, die unglücklich ist, denkt Lisa. Sie verjagt die düsteren Gedanken und kehrt erleichtert zur Tischgesellschaft zurück.

Agata nimmt das Handy. Noch ein Blick, bevor sie sich in das babylonische Getümmel wirft.

Das Herzklopfen ist schneller als das Hirn: *Frohe Weihnachten, meine Tabbacchera.*

Meine... er hat *meine* geschrieben! Sie lacht und denkt an all die Male, in denen sie ihn auf üble Weise zum Schweigen gebracht hat, wenn er dieses *Meine* wagte: »Deine? Ich gehöre nur mir!« Jetzt jedoch jubiliert sie innerlich, und rasch tippt sie: *Wie haben Sie mir gefehlt, Maresciallo.*

Keine Antwort.

Doch wen stört das? Eine große Freude durchströmt sie. Die unzähligen *Ja* und *Nein*, die *Vielleicht* und *Niemals*, die *Warte* und *Lass-gut-sein* verschmelzen zu einer Pfütze des Friedens. Sie schließt die Augen. Sie holt tief Luft. Die Blockade, die ihr so lange nur kurzes Luftholen zwischen ausgedehnten Atempausen erlaubte, ist verschwunden, ihre Muskeln entspannen sich, die Angst verfliegt. Ich werde nach Turin fahren, verspricht Agata sich. Sie will mit ihm in einer für sie fremden Umgebung reden, nicht hier, in diesem Dorf, in dem die allgegenwärtigen Erinnerungen an ihr Leben mit Costanzo alles so schwierig machen, und sie wird ihm alles erklären, wird sich aussprechen und…

Aus dem Nebenzimmer ertönt ein übertriebenes Husten.

Agata eilt durch den Korridor und betritt das Wohnzimmer mit freudig funkelnden Augen, einem Ausdruck, der Sarino darin bestätigt, dass körperliche Bedürfnisse immer sofort erledigt werden müssen.

»Sind jetzt alle da?«, fragt Don Bruno.

»Ja!«, sagt Agata, die plötzlich so aussieht, als sei sie in strahlendes Silber getaucht.

Unwillkürlich blicken alle zu ihr, jeder bemerkt das Licht, das auf ihrem Gesicht tanzt, alle – die Frauen ganz besonders – wollen die Gründe für diese unbändige Freude wissen, aber jetzt ist weder der Moment noch die Gelegenheit.

»Herr…« Don Bruno hebt den Blick zur Decke.

Die Tabbacchera – das fehlende Glied in dieser hier versammelten lebendigen Kette aus Liebesbezeugungen – streckt eine Hand nach Lisa aus und die andere nach Toni, der es ihr sofort nachmacht und die Hand Violantes ergreift, die wiederum Luciettas Hand umfasst, bis sich der Kreis schließt. Und so vereint sich um diese Tafel die fabelhafte Clique der Tabbacchera, deren Lebensgrundlage diese Liebesbezeugungen sind und die es sich zum Ziel gesetzt hat, die Welt durch Gerechtigkeit, Höflichkeit und eben auch durch Poesieschüsse zu verändern.

»Segne, o Herr, dieses Mahl, das wir gemeinsam einnehmen, und das Geschöpf, das du uns als Zeichen deiner Liebe geschickt hast«, deklamiert Don Bruno rasch.

Das nachfolgende *Amen* besiegelt alles, ist der Notariatsstempel auf diese Fürbitte und auf alles, was in dieser denkwürdigen Hochheiligen Nacht gesagt, getan und vorgefallen ist, in der ein in Kälte und Schnee ausgesetztes Kind – den Hunden zum Fraß vorgeworfenes Kind – ein Heim sowie Mütter und Väter im Überfluss fand.

»Reicht mal die Teller!«

»Für Sie wirklich nur Mozzarella, Don Bruno?«, fragt Violante.

Er sieht sie grimmig an: »Willst du in der Hölle landen?«

»Nur, wenn Hochwürden mich dahin begleiten!«, erwidert sie prompt.

Sie füllten die Teller.

Außergewöhnlich war die Quiche von Lisabetta – »Nein, das ist keine Focaccia« – gefüllt mit etwas Cremigem und etwas Bitterem, das niemand kannte. Die Gerichte der Kräuterfrau waren immer ein bisschen verzaubert, immer ein bisschen seltsam, nicht nur wegen ihres (hervorragenden) Geschmacks, sondern auch wegen der Folgen.

Eine Quiche und ein Ratatouille – »Aber ist das nicht eine *Caponata*?« »Nein!« – mit frittierten Auberginen aus dem Garten, die für den Winter eingefroren worden waren, Paprika (ebenso), Zwiebeln, Tomaten und außerdem ... Mandeln? Ja, vielleicht.

»Aber ein bisschen Kardamom ist auch dran, nicht wahr?«, fragte Lucietta.

Lisa lächelte. »Esst einfach.«

Sie aßen, und wie sie aßen. Auch die Kartoffelpuffer, die aber gar nicht aus Kartoffeln waren.

»Aus Zwiebeln?«

»Nein.«

»Aus Porree?«

Die Kräuterfrau nickte.

»Mit einer Prise Safran«, fügte Lucietta hinzu, die zusammen mit Lisa im Restaurant, das allen anwesenden Frauen gehörte, die leckersten Rezepte ausprobierte.

Dieses Restaurant – *Il Piacere,* ›Die Wonne‹ – bereitete ihnen mehr Genugtuung als erwartet, nur war es momentan wegen einer defekten Stromleitung geschlossen.

»Safran, ja, und schwarzer Pfeffer«, ergänzte Lucietta noch.

»Nicht nur«, sagte Luisa Acquaforte, die sich in diesem Restaurant zur gewieften Geschäftsführerin gemausert hatte, sehr zum Erstaunen der Männer, die sich immer noch fragten, wie aus einer mittelmäßigen Hausfrau – und schlimmer Klatschtante – ein liebevolles Weib mit knallharten Managerqualitäten werden konnte, die allein durch ihre Berührungen all »die kleinen Wonnen«, wie Toni scherzte, vermehrte.

Also, mit diesen Kartoffelpuffern verblüffte die Kräuterfrau alle, weil dieses Mal, neben Safran und Pfeffer, noch etwas in diesen frittierten Puffern war, das sättigte und gleichzeitig den Appetit anregte, und daher verlangten sie nach Wein, weil der Wein das Aroma des Holunders unterstrich, der natürlich nur ganz leicht angedeutet und doch so besonders, so exotisch …

Stille breitete sich aus.

Es war, als verspürte jeder plötzlich die Notwendigkeit, den Ton im Zimmer abzustellen, um tief in sich selbst die vom Herzen nur wenig erforschten Räume aufzusuchen, in denen sich die Seele versteckt, sobald diese das Bedürfnis verspürt, das Leben verstehen zu wollen.

So stießen alle schweigend zu ihrer Seele vor und fanden dort das, was jeder von ihnen gerade am dringendsten benötigte.

Agata fand dort das Messer, mit dem sie sich endgültig von ihrer Ehe trennte, jedoch so, dass die große Liebe zu ihrem Gatten unversehrt blieb, denn die würde sowieso nie sterben, weil sie bereits eine übermenschliche Dimension angenommen hatte.

Lisabetta fand ihren Vater. Sie lächelte ihn an und sagte: »Endlich bin ich glücklich.«

Und er, der bei einem Unfall in der Fabrik den Tod gefunden hatte, als sie noch ein kleines Mädchen gewesen war, flüsterte: ›Und du meinst, das weiß ich nicht, mein Schatz?‹

Violante entdeckte das große Bedürfnis, wieder lernen zu wollen, sich an der Universität einzuschreiben und ein Studium zu absolvieren, das ihr das Gefühl gab, nicht mehr ihrem Ehemann unterlegen zu sein. Allerdings wollte sie weder Geisteswissenschaften noch Jura oder irgendetwas anderes studieren, das sich für eine Frau schickte, nein! Sie wollte Astrophysikerin werden. Und sie würde es schaffen, selbst wenn sie zwei kleine Jungs großziehen musste. Wollen ist Macht, hatte man ihr beigebracht, und was das Wollen anging, war sie unschlagbar.

Don Bruno fand seine Mutter, die …

Nun aber mal Schluss, Schluss mit diesem Geschweige.

»Wie jetzt? Sind die Fladenbrote schon alle?«, rief Sarino.

»Es ist genug für eine ganze Armee da«, erwiderte Franca.

»Gibt es noch Wein?«, fragte Grimaldi.

»So viel, wie ihr wollt«, antwortete Carmine und schenkte nach, als wäre die Flasche ein Fass ohne Boden.

»Na, dann können wir uns ja noch einen genehmigen!« Sarino hob das Glas.

»Kommt gar nicht infrage!«, rief Franca und wollte es ihm wegnehmen. Aber weil er sich widersetzte, spritzte im nachfolgenden Handgemenge etwas Wein auf ihr Dekolleté und lief zwischen ihre Brüste.

Sarino streckte die Hand aus, wollte das Nass wegwischen.

»Wage es ja nicht!«, kreischte sie dunkelrot im Gesicht.

Er schrak zusammen und hob die Arme: »Schon gut!«, rief er.

Man lachte, man scherzte, man formte sich als Sippe neu, in der einer dem anderen ohne Ansehen von Alter, Geschlecht, Berufsstand, Sprache, Herkunft oder Wissen half.

Es gab keinen Hunger, es gab keinen Durst, es war nicht kalt, sondern die Hitze trieb die Männer dazu, die Jacketts auszuziehen und die Ärmel der Hemden hochzukrempeln, denn man schwitzte wirklich, aber niemand dachte daran, die Heizung herunterzudrehen, weil da ja dieses Baby war, das nicht frieren durfte, so wie das Kind in der Krippe nicht gefroren hat, weil der Atem von Ochs und Esel ihm als würdiger Ofen gedient hatte.

Während die anderen noch aßen, erhob sich Don Bruno und sah aus dem Fenster. »Es schneit richtig«, murmelte er verträumt, denn auf Sizilien ist Schnee äußerst ungewöhnlich. Er beschwört nordische Fantasien von Rentieren, Tannen und Bergen herauf, deren Gipfel in den Wolken verschwinden.

»Sieht aus wie in einem Film«, sagte Acquaforte.

»Aber es ist die Wirklichkeit«, murmelte Don Bruno, der wegen der Rettung des Babys, vor allem aber wegen der Gläser mit Wein, die er zwischen einem Gang und dem nächsten heruntergekippt hatte, ein Gefühl des Wohlbehagens empfand, das sich langsam der Ekstase näherte. Und weil er den Faden verlor, fragte er Carmine, der sich neben ihn gestellt hatte: »Wo war ich grad?«

Carmine antwortete nicht sofort. Auch er hatte dem Wein zugesprochen und bei jedem Schluck im Stillen geprostet: »Auf die Seele des Tabbacchere.« Denn mit diesem Trankopfer wollte er sich den Geist jenes Mannes wieder zum Freund machen, den er in der Vergangenheit so schmählich verraten hatte.

Der Geist jenes Mannes – der mit baumelnden Beinen auf der Glasvitrine saß und zum Hundchen von Lucietta blickte, das mit nassem Fell von sonst woher aufgetaucht war – nahm dieses Opfer gern an und schätzte es. Er dachte, dass doch jeder Mensch ein schwer verständliches Gewirr aus Geheimnissen sei.

»Was hab ich grad gesagt?«, fragte Don Bruno noch einmal.

»Dass das«, antwortete Carmine beschwingt, »wie eine Szene aus einem kitschigen Weihnachtsfilm aussieht, aber dabei ist das nur das Werk des großen Regisseurs, der sich Gott der Allmächtige nennt.«

»Schaisze!«, Sarinos Kommentar war unvermeidlich.

Sie sahen ihn an.

»Was'n?«, empörte er sich.

»In Anwesenheit von Pfaffen und kleinen Kindern benutzt man solche Wörter nicht«, ermahnte Franca ihn scharf.

»Tschuldigung«, sagte er und tat zerknirscht, doch er lachte, ganz leise lachte er, und war über die Belehrung seiner Frau nicht im Geringsten verärgert, im Gegenteil, er war fest entschlossen, sich später bei ihr dafür zu bedanken, im Bett, auf seine Weise.

Das Baby seufzte tief.

Violante dimmte das Licht. Auch ihre Söhne schliefen. Sie sah Toni an. »Draußen ist es zu kalt, um sie rüberzutragen«, sagte sie.

»Was heißt hier rübertragen?«, mischte sich Agata ein. »Ihr schlaft hier. Keine Widerrede! Es gibt genügend Platz.«

»Aber die Christmette«, sagte Violante und betrachtete das flockende Weiß mit den Augen eines Mädchens, das liebend gern auf die Piazza gelaufen wäre und die Passanten mit Schneebällen beworfen hätte.

Lucietta erriet ihren Wunsch. »Geht ihr ruhig«, sagte sie. »Du und Toni. Wir passen auf die Kinder auf.«

»Aber wenn der Kleine wach wird …«, warf sie ein.

»Du hast ihn doch grad noch mal gestillt«, erinnerte ihr Mann sie.

Don Bruno riss sich von dem Zauber los und blickte auf die Uhr. »So spät schon«, rief er. »Ich muss los.«

»Wir gehen alle zusammen«, schlug Toni vor. »Bei all diesem Schnee bilden wir lieber eine Seilschaft, damit niemand stürzt, okay?« Und weil der Pfarrer ihn misstrauisch ansah: »Hochwürden, ich glaube nicht, dass Ihr wettertechnisch ordentlich gerüstet seid«, fügte er mit Blick auf die ausgetretenen Priesterschlappen hinzu.

»Aber, Professore«, entgegnete Don Bruno, ein bisschen beschämt wegen dieser Schuhe, die ihre besten Zeiten längst hinter sich hatten, »ist es hier denn üblich, dass es schneit?«

»Notgedrungen!«, tönte Sarino auf gut Glück.

Sie sahen ihn an und lachten.

»Was is?«, fragte er verzagt. Er war eben doch ein Raubein, und selbst wenn er angefangen hatte, ein Wörterbuch zu lesen, dann doch nur, um sich der vornehmen Gesellschaft anzupassen, in die Franca ihn eingeführt hatte.

»Erklär du es mir«, sagte da Don Bruno.

Sarino sah ihn verwirrt an, das Wort war ihm einfach so herausgerutscht, ganz ohne Sinn.

Franca kam ihm zu Hilfe. »Nichts, er wollte sagen, dass auch wir *notgedrungen* zu Messe gehen. Wir sind ja schließlich keine Tiere.« Und schon befahl sie Sarino, der sie mit großen Augen ansah und nicht die geringsten Anstalten machte, die warme Zuflucht zu verlassen: »Wir gehen!«

Er legte sich eine Hand an die Kehle. »Mir kratzt es im Hals«, murmelte er leidend, »ich hab Fieber. Kälte tut mir nich gut, da krieg ich Lungenentzündung…«

»Motta, stell dich nicht so an«, befahl der Professore.

»Motta, lüg hier nicht rum!«, warnte ihn Don Bruno.

»Motta, es ist Weihnachten!«, versetzte Violante ihm den Gnadenstoß.

›Schaisze…‹, dachte er. Geschlagen erhob er sich. »Wenn ich aber die Grippe krieg«, sagte er zu Franca, »bist du schuld.« Er tat, als müsste er husten, was ihm katarrhalisch und geräuschvoll gelang, sodass seine Frau besorgt forderte: »Lass mich deine Stirn fühlen.«

Er riss die Augen auf. »Hier, Signuruzza? Vor der versammelten Mannschaft?«

»Hab ich etwa gesagt, du sollst dich ausziehen?« Sie wurde ungeduldig.

»Liebe Leute«, unterbrach Don Bruno sie, »wenn ihr weiter so rumbummelt, bitteschön! Aber es ist wirklich spät geworden, also geh ich jetzt. Wer kommen will, kommt. Die anderen erwarte ich dann morgen in der Mittagsmesse.«

»Alsbaldig?«, fragte ihn Sarino und warf das andere ihm unbekannte Wort in den Ring.

»Nein, Motta. Ohne Ausrede«, präzisierte er und verpasste ihm eine Kopfnuss, die Sarino jedoch nur streifte; dann tat Don Bruno es den anderen nach, legte seinen Umhang an, band den Schal um und machte sich bereit, dem großen weißen Spektakel zu begegnen, den rieselnden Schneeflocken, und dabei dachte er: ›Ich danke Euch, Herr‹.

Und mit dem dankbaren Herzen eines Kindes, dem dieses Weihnachten große Freude, echte Freude gebracht hatte, ging er los und fügte in Gedanken hinzu: ›Und ich versichere Euch, dass ich alles tun werde, was in meiner Macht steht, damit es auch so bleibt‹.

6

Der Bus war weitergefahren. Noch zwei Dörfer, noch zwei Haltestellen: Er ließ die Hügel hinter sich und fuhr dann ohne weiteren Stopp bis in die Stadt.

An der Endhaltestelle stieg der Mann aus.

Die Kälte drückte die Menschen in ihre Mäntel, die Gesichter verschwanden zwischen den hochgeklappten Krägen, die aufgespannten Schirme wurden schützend gegen den Wind gestemmt. Auf den Straßen waren viele Leute unterwegs, die Schaufenster festlich dekoriert, große Weihnachtsmänner mit runden Wangen und runden Brillen auf der Nasenspitze verteilten Plastiklächeln, alle Balkone erstrahlten in Festbeleuchtung; eine Servierplatte mit einem riesigen Fisch – glänzend mit Zitronenscheiben auf dem Rücken, hier und dort ein paar Kringel Mayonnaise und rote Beeren – zog die Aufmerksamkeit auf das Schaufenster eines Restaurants.

Der Mann schritt schnell voran. Fieberhaft hatte er versucht, das Gesicht mit einer Erinnerung zu verbinden, dann war er sich sicher gewesen: Über das Mädchen, das aus dem Bus gestiegen war, hatten die Medien vor Monaten berichtet. Er erinnerte sich an die Schlagzeilen der Zeitungen: *Brandanschlag auf Schule, Minderjährige gesucht*.

Die Fahndung war an alle Polizeistationen gegangen, das Fernsehen berichtete: »Die Brandstifterin ist verschwunden. Sie ist fünfzehn Jahre alt, etwa einen Meter sechzig groß, hat schwarze Augen und lange schwarze Haare. Wer sie gesehen hat, wird gebeten, die örtliche Polizei zu informieren. Sie heißt…«

Den Namen hatte er vergessen, nur das Gesicht war ihm in Erinnerung geblieben. Allerdings war er sich nicht ganz sicher, ob sie es wirklich war: Seit dem Brand waren mehr als sechs Monate vergangen, die Beleuchtung im Bus war spärlich gewesen, und in einem halben Jahr verändern sich Jugendliche sehr … Und doch … war es überaus wahrscheinlich, dass sie das war. Damals hatte er ihr Foto in der Zeitung lange angesehen, es war ihm unmöglich vorgekommen, dass dieses junge Gesicht einer Brandstifterin gehören sollte. Und dann diese Augen! Klar, groß, voller kindlichem Erstaunen … Wie konnten die einer Irren gehören, die Benzin in ihrer Schule auskippt und ein Streichholz entzündet?

Es waren genau diese Augen – ihre Blicke hatten sich gekreuzt, als sie zum Ausgang drängte –, die ihn dachten ließen: ›Die hab ich schon mal gesehen … Aber wo?‹

Und so, während der Bus sich in den dichten Verkehr auf der Provinzstraße einfädelte, hatte er in seinem Gedächtnis gekramt, bis er sich an alles erinnerte.

Dass Heiligabend war, hätte man in den kahlen Räumen der Station der Carabinieri nicht im Geringsten vermutet.

»Ich will eine Anzeige machen«, erklärte er einem Wachposten. Der brachte ihn, nachdem er seine Personalien aufgenommen hatte, zu einem Unteroffizier.

Diesem Mann erzählte er von dem Mädchen, deren Gesicht dem Foto ähnelte, das vor Monaten durch die Presse gegangen war, von der Tatsache, dass sie ausgestiegen war, noch bevor sie ihr Ziel erreicht hatte, so wie er es aus dem Kommentar des Busfahrers entnehmen konnte …

»Sind Sie sicher, dass das Mädchen die Brandstifterin ist?«, unterbrach ihn der Carabiniere unhöflich, denn warum musste ausgerechnet am Heiligabend ihm so ein Ärger auf den Tisch flattern?

»Zu achtzig Prozent.«

Der Beamte begann ein Protokoll aufzusetzen mit Datum, Uhrzeit und dem Ort, an dem die vermeintliche Brandstifterin ausgestiegen war, er nahm die Zeugenaussage auf und schob dann mit den Worten: »Datum und Unterschrift!« das Blatt zu dem Mann hinüber.

Datum, Unterschrift, das wars.

Erst als der Mann sich mit langsamen Schritten dem Haus näherte, in dem er erwartet wurde, stieg in ihm ein Gefühl der Bestürzung auf. Er fühlte sich elend, wie ein widerlicher Denunziant, der die Mühlen der Justiz zum Schaden einer vermutlich Unschuldigen in Bewegung gesetzt hatte: Nun nämlich, da er an das Mädchen selbst dachte, nicht an die vermeintliche Brandstifterin, sah er ihr leidendes Gesicht vor sich, gezeichnet von einer Müdigkeit, die sie um zehn Jahre älter machte, ihre spröden Lippen, die mitleiderregenden dunklen Augenringe.

Er wünschte sich, dass der Carabiniere das Protokoll zerreißen, es unter den Stapel mit wichtigeren Angelegenheiten schieben möge, damit das Mädchen – wenn es wirklich sie war, die gesucht wurde – genug Zeit hätte zu verschwinden.

Die Herzlichkeit, mit der er von seinen Freunden empfangen wurde, das glänzende Kleid der Hausherrin, der festlich gedeckte Tisch, die Geschenke unter dem Weihnachtsbaum, die Kinder, die durch die Räume tobten, vergrößerten sein Unbehagen noch.

»Was hast du?«, fragte ihn die Hausherrin, seine Schwester.

»Nichts.«

»Lügner.«

Er versuchte ein harmloses Lächeln, aber es geriet schief und bitter.

7

»BIST DU KRANK?«, fragte Giona sie an dem Abend, an dem sie weinend zu ihm gekommen war.

»Ich kriege meine Tage nicht mehr«, vertraute Lori ihm mit furchtsamem Blick an.

Ein kurzer Moment der Fassungslosigkeit, dann lächelte der Alte.

Ihr Herz schüttelte all den Schmerz ab. ›Wenn er auf meiner Seite ist‹, sagte sie sich, ›wer soll dann gegen mich sein?‹ Und schon dachte sie an den Teil von sich, der sich von ihr lösen und ihre echte Familie werden würde, sie dachte an die große Freude, die ein Neugeborenes immer mit sich bringt. Also nahm sie Giona an den Händen und tanzte mit ihm einen verrückten Tanz. Seit Langem war sie nicht mehr so glücklich gewesen.

»Hör mal, jetzt musst du aber für zwei leben«, sagte er und blieb stehen, um wieder zu Atem zu kommen.

»Was soll das heißen?«

»Dass du nicht mehr nur allein für dich Verantwortung trägst.«

Es kam ihr wie dummes Zeug vor: Sie würde einfach so weiter leben, die Monate zählen und auf die Ankunft des Kindes warten. Doch stattdessen … Wie hätte sie damals ahnen können, dass diese Verantwortung so riesig werden würde?

»Pass auf dich auf …«

»Sissignore.«

Als sie ging, fühlte sie sich so leicht, dass ein Windstoß sie hätte fortwehen können.

Dann begann das Kotzen. Dann passte sie nicht mehr in ihre Jeans. Dann musste sie es den beiden sagen, die sich als Eltern aufspielten, diese zwei Kains, die sich das Haus, die Wertsachen, das Geld und das Land unter den Nagel gerissen und ihr Leben in eine Hölle verwandelt hatten. Trotz ihres Dauerlächelns waren die beiden der Teufel höchstpersönlich.

»Ah, du Hure!«, rief der Kain und hob schon die Hand zur Ohrfeige, hielt jedoch kurz vor ihrem Gesicht inne.

Und die Kain: »Du bist erst fünfzehn. Lass dich schön säubern, dann ist alles wieder wie vorher.«

Bevor die Kains kamen, war Lori noch ein Kind gewesen, mit schwarzen Augen, schwarzen Haaren, Erdbeermund, Sahnehaut und Feenlächeln. »Ein Porzellankind«, hatte Mina immer gesagt. Bei ihrem Tod hatte Lori sich aufgetrennt wie eine Flickenpuppe. Der Kain riss die Nähte immer wieder auf, die Kain fügte ihr immer größere Schnitte zu. Der Kain-Sohn sabberte an ihr herum, betatschte ihre Brust, ihre Haare, schob ihr die Hände zwischen die Beine.

Sie trat ihn weg.

Er sah sie an, so wie er das Feuer beobachtete, das das trockene Gras auf der Wiese verbrennt. »Ich fackel dich ab«, sagte er immer.

»Er macht Witze«, sagte der Kain.

»Er macht doch nur Spaß«, sagte die Kain.

Nur Lori wusste, dass er es ernst meinte.

Plötzlich überkam sie eine große Müdigkeit, eine Trägheit, die sie in eine behagliche Decke hüllte, die alles linderte, alles auslöschte.

»Steh auf!«, schrie Mina ihn ihrem Kopf.

Lori hörte nicht auf sie.

»Steh auf!«

Sie wollte nicht auf sie hören.

»Steh auf!« Ein Befehl, gebieterisch, hämmernd, herrisch – »Steh auf!« – unbarmherzig.

Nur noch zwei Minuten, dachte Lori.

»Steh auf!«

Dann hörte sie Mina nicht mehr. Tief, sehr tief war der Brunnen des Schlafes.

Plötzlich zerrte etwas an ihr. Ein Ruck, vielleicht eine Ohrfeige.

Mühsam öffnete Lori die Augen.

Da war niemand.

Der Schnee bedeckte alles. Die Straße, die Dächer, die Mauern waren mit weißem Samt überzogen. Das Geflecht der Äste bildete weiße Spitze.

Sie schloss die Augen, dämmerte wieder in schweren Schlaf.

Ein weiterer Ruck weckte sie. »Steh auf!« Das war aber nicht Minas Stimme. Es schien die Stimme eines Mannes zu sein, während eine Hand sie am Kragen packte, hochzog, als wäre sie ein Zweig, und sie auf die Füße stellte.

Aber da war niemand, der sie hochhob.

Und so dachte sie, dass sie dieses Spaltungsirresein erlebte, von dem sie mal gehört hatte: Ein Teil von dir befiehlt, der andere Teil gehorcht. Aber nein. Da war jemand, der sie zu einer dunklen Straße schubste, der sie zwang weiterzugehen: Ihre Beine waren zwei Stöcke, die Füße nicht da, die Händen tasteten in der Luft, und trotzdem ging sie.

Durch dunkle, stille Gassen.

Der Schnee stäubte langsam und träge herab, als würde eine Fee sich den Spaß machen, über der Welt die Daunen ihrer Kissen auszustreuen.

Dieser Jemand stieß sie weiter vorwärts – einen Schritt, noch einen –, bis die Straße zu Ende war. Vor ihr erhob sich eine hohe Gartenmauer, Blätter eines Feigenbaums hingen über sie herab und schienen wegen des immer dichter werdenden Schnees zu phosphoreszieren.

Eine Mauer. Eine Sackgasse. Ende der Reise.

So viel Mühe, nur um hierher zu gelangen … Warum?

Die Kräfte verließen sie. Lori sackte zusammen, knallte gegen eine Tür zu ihrer Rechten, die sie nicht gesehen hatte.

Die Tür öffnete sich. Sie fiel ins Innere. Die Steppjacke federte ihren Sturz ab.

Drinnen war es warm, eine schwindelverursachende Wärme. Aber so konnte man doch nicht eintreten, so ungestüm, in das Haus fremder Leute.

Draußen fiel der Schnee immer heftiger.

»Hallo …«, rief Lori ins Innere, damit auch niemand sie für eine Einbrecherin hielt.

Keine Antwort.

Sie schloss die Tür. Dann tastete sie nach dem Schalter. Sanftes Licht umhüllte sie.

Es war ein kleines Haus, nur zwei Zimmer, Küche, Bad.

Es roch muffig, nach Staub, nach Unbewohntheit.

Sie nahm allen Mut zusammen. Wenn hier niemand lebt, muss ich auch nichts erklären, sagte sie sich.

Und weil sie meinte, gleich vor Hunger zu sterben, öffnete sie Schränke und Schubladen auf der Suche nach etwas Essbarem. Nichts. Nicht einmal eine Dose mit Bohnen oder abgelaufene Marmelade, ein Dose Tunfisch oder hartgewordene Cracker.

Sie ging ins Bad, keine Dusche, aber eine Wanne. Zögernd drehte sie am Wasserhahn.

Er spotzte und hustete, so als wäre der Hahn seit Monaten nicht mehr geöffnet worden, dann gurgelte überraschenderweise warmes Wasser heraus.

Sie ließ die Wanne vollllaufen und zog sich derweil aus.

Weg mit den feuchten Schuhen, weg mit der Daunenjacke, weg mit Jeans und T-Shirt.

Langsam glitt sie in das lauwarme Wasser, das ihr kochend heiß vorkam.

Durch ihren Körper wuselte ameisengleich das Blut, das schmerzhaft wieder zu zirkulieren begann.

Lori streckte sich aus, schloss die Augen und blieb im Wasser, bis es kalt wurde. Dann zog sie den Stöpsel und füllte warmes Wasser nach.

Bis zum Hals lag sie darin, die Augen immer noch geschlossen, sie zählte ihre Atemzüge, die Schläge ihres Herzens, lauschte nach den leisesten Geräuschen.

Stille und Frieden.

Dann, als ihr Körper nicht mehr unangenehm kribbelte, begann sie sich zu waschen: weg mit dem angetrockneten Blut,

den Erdklumpen und den Fusseln, die an ihr klebten, weg mit dem schwarzen Schmutz.

Das Wasser färbte sich rot, trübte sich.

Sie zog erneut den Stöpsel und füllte sauberes nach. Dazu noch Badeschaum bis zum Kinn.

Sie streckte einen Fuß heraus: Er war violett angelaufen, voller Blasen, der Knöchel abgeschnürt von dem Schuh, der viel zu klein geworden war.

Sie streckte den anderen Fuß heraus, der zudem noch einen Schnitt aufwies, den sie sich beim Sturz zugezogen hatte.

Unbarmherzig sah sie ihre geschundenen Füße an, sie sahen aus wie die Füße einer alten Frau.

Doch ihr Bedauern darüber dauerte nur einen Moment: Dann zuckte sie mit den Schultern und wusch sich weiter. Die alten Füße waren gerade ihr geringstes Problem.

8

Don Bruno steht am Altar.

»Bevor ich mit der Messe beginne, muss ich kurz mit euch *von Mensch zu Mensch* reden«, erklärt er, trotz seiner offensichtlichen Verspätung, denn Mitternacht ist schon seit einiger Zeit vorbei. Die unerwartete Programmänderung verstört die Anwesenden.

»Das heilige Kind wird mir verzeihen«, sagt er.

Das Volk versteinert in den Bänken, die Rosenkränze verharren unbeweglich zwischen den Fingern der Betschwestern, die aufhören, ihre *Avemarias* zu kauen, der Küster spitzt die Ohren, um auch ja kein Wort des Pfaffen zu verpassen. Der nun sagt: »Ich komme immer pünktlich zu den Verabredungen mit dem Herrn und mit euch. Heute jedoch …«

›Heute jedoch … *untersteh dich*!‹, unterbricht ihn eine Stimme, die viel zu sehr nach dem Tabbacchere Costanzo klingt.

Don Bruno ist verwirrt, zu Recht, denn das ist menschlich, zudem ist er es nicht gewohnt, Kontakt mit Verstorbenen zu haben, vor allem zu Beginn der Christmette. Doch sofort fängt er sich: Das kommt nur von der Trunkenheit, dieser Nero d'Avola ist schuld, den Sarino ausgeschenkt hat und den er wohl oder übel hat trinken müssen.

›Wohl oder übel?‹, kichert die Stimme.

Don Bruno zupft an seiner Kasel, dem liturgischen Gewand, und sieht sich um. Alles in Ordnung.

Er schlägt das Messbuch an irgendeiner Stelle auf, schielt in das Publikum, bringt seine Stimme in Stellung. »Meine

Freunde«, deklamiert er, »heute müssen wir uns doppelt freuen, denn ein neues Geschöpf ist angekommen …«

›Nicht schon wieder!‹, platzt die Unsichtbarkeit heraus. ›Hochwürden hat wohl den Akkord nicht gehört!‹

Welchen Akkord?

Bruno Cafisi, für alle nur Don Bruno, sieht zum Organisten, der auf sein Zeichen wartet, er sieht zum Chor, öffnet den Mund … Und schnappt nach Luft, denn genau jetzt, in dieser Sekunde erscheint ihm mit einem Schlag der Tabbacchere, und Don Bruno erschrickt, verschluckt sich an seiner eigenen Spucke und beginnt zu husten, bis er violett anläuft.

»Was ist?«, fragt der Küster.

»… Wasser«, keucht Don Bruno und macht die Geste des Trinkens, während Costanzo mit einem Goldkranz aus wilden Locken, zwei Meter über dem Boden schwebend, in lässiger Haltung befiehlt: ›Von der Kleinen dürft Ihr nichts erzählen, Hochwürden. Gar nichts! Null! Ihr habt sie nicht gefunden, nie gesehen, nie etwas von ihr gewusst. Verstanden?‹

»Aber …«, sagt Don Bruno zur Luft vor sich.

›… Ihr könnt nicht lügen, das wissen wir! Daher bittet man Euch nur um eines: Seid die Schlange!‹, und er schreit das Wort *Schlange* so, dass es fast wie Donner klingt.

Don Bruno sieht sich verwirrt um. Das Donnern haben alle gehört, aber sie haben es auch als solchen, als Donner eben, wahrgenommen?

Schlange? Was soll das heißen? Die Schlange gab Eva den Apfel … Also soll er so teuflisch handeln wie eine Schlange? Bösartig sein wie eine Schlange?

Er schwitzt, in seinem Kopf schwirren lauter falsche Zitate herum.

›Ihr enttäuscht mich, Don Bruno‹, neckt ihn da Costanzo mit lehrerhaftem Ton und verschränkten Armen. Er tappt mit einem Fuß auf den luftigen Boden, wartet auf die Antwort, die aber nicht kommt: Zu verstört ist Don Bruno. So verstört, dass er die schnell vergehende Zeit und die auf den Bänken herumrutschenden Leute nicht bemerkt.

Und damit diese nicht bis Sonnenaufgang warten müssen, lässt sich der Spuk zu einer Erklärung herab: ›Matthäus 10,16. *Darum seid klug wie die Schlangen und ohne Falsch wie die Tauben.* War das wirklich so schwer?‹

Schaisze!, würde Motta sagen, wäre er an seiner Stelle. Der Pfaffe jedoch blickt nur auf seine Hände, die zu zittern begonnen haben wie junge Blätter in einer Märzbrise, und er schwört bei seinem Leben, hier am Altar, dass er über diese Vision mit niemandem sprechen wird, denn es braucht nicht viel, um in einer psychiatrischen Klinik zu landen.

›Also schweigt über die Kleine‹, sagt Costanzo und flammt eine Handbreit vor seiner Nase auf.

»Aaah!«, kreischt Don Bruno, macht einen Schritt zurück, derweil er erstarrt, derweil er aber auch nickt, während der Tabbacchere wie der heilige Josef von Copertino bei einer seiner gelungenen Levitationen vor ihm schwebt.

Besorgt läuft der Küster herbei. »Don Bruno«, flüstert er, »ist der Husten vergangen?« Eine idiotische Frage, sicher, denn er sieht ja mit eigenen Augen, dass er nicht mehr hustet, aber es ist das Erste, was ihm in diesem heiklen Moment in den Sinn kommt. Lässt der Pfaffe sich wenigsten herab, ihm zu antworten? Mitnichten! Wie ausgestopft wirkt er.

Don Bruno hat nur Augen für Costanzo, der zitternd in der Luft vor ihm schwebt und sich ganz langsam auflöst.

»Don Bruno …« Der Küster schüttelt ihn.

Der Gottesmann kommt wieder zu sich wie aus einem Traum, blinzelt ein paar Mal, schwört, dass er von dem Nero d'Avola nie wieder auch nur einen Tropfen trinken wird, dann wendet er sich an die Gläubigen: »Ich wollte euch sagen …«, seine Stimme klingt rau. Er räuspert sich. »Ich wollte euch sagen …, dass heute Weihnachten ist … aber wirklich Weihnachten«, präzisiert er rasch.

»Was nicht gar!«, murmelt der Mechaniker der Zeitungsfrau ins Ohr.

Die jedoch ist ein böses Weib und sagt: »Der hat sie doch nicht mehr alle. Der wollte bestimmt eine Ankündigung machen und irgendjemand hat es ihm verboten.«

»Und wer sollte das sein? Da war doch niemand.«

»Vielleicht die Madonna?«, scherzt sie.

»Du meinst, die Madonna ist dem Pfaffen erschienen?«, fragt der Mechaniker.

»Ganz genau.«

Tja.

Sollte sich dieses Gerücht unter den gegebenen Umständen – die Verstörtheit Don Brunos vor aller Augen – da etwa nicht wie ein Ölfleck ausbreiten? Sollte die Neuigkeit von der Erscheinung etwa nicht von Bank zu Bank huschen?

Undenkbar! Und nicht mal eine Stunde später hat diese große Nachricht bereits jede Seele im Dorf erreicht: Don Bruno hat womöglich die Madonna gesehen, die aus Lourdes, laut den besser Informierten, die heilige Jungfrau der Tränen aus Syrakus, laut den Lokalpatrioten, die aus Fatima, laut den globalisierten Gläubigen.

Aber das wird erst später passieren, jetzt steht da ein erschöpfter Don Bruno, der tief Luft holt und ohne weitere Zeitverschwendung die Anwesenden auffordert: »Also, bitte erhebt euch. Wir singen das Gloria.«

Und es war herrlich. Wie im Himmel, so auf Erden und an allen Orten.

9

HERRLICH IST ES AUCH im Haus der Tabbacchera.

Draußen klingende Glocken, drinnen wohlige Wärme, gedämpftes Licht hütet den Schlaf dieses Kindes, das den hungrigen Hunden entrissen wurde und dem Schmerz einer Mutter, die in diesem Moment vielleicht irgendwo in der Kälte Blut verliert, denkt Agata, und auf der Suche nach diesem blutigen Bündel herumirrt, das sie mit den Zähnen von sich getrennt hat.

Der Dottore hatte berichtet, dass die Nabelschnur durchgebissen worden war, was alle schockierte und in Sarino eine noch stärkere Wut heraufbeschwor. »Gewissenlose Rabenmutter!«, brüllte er. »Ah, wenn ich die in die Finger kriege! Ich würde sie mit meinen eigenen Händen zerquetschen, ohne auch nur ein Fitzelchen Mitleid!«

Sofort mischte sich Don Bruno ein: »Schweig, Sarino, wir kennen die Wege des Herrn nicht.«

Nur aus Respekt erwiderte Sarino nichts. Auf den Wegen des Herrn wandelte in seinen Augen immer nur das üble Volk: Verbrecher, Terroristen, Mörder, und er verstand einfach nicht, warum der Allmächtige untätig blieb, warum er die Augen verschloss, warum er sich wegdrehte, wenn die schlimmsten Schandtaten die Menschheit quälten. Sarino blieb also stumm, aus Respekt vor dem Pfaffen, aber auch, weil er sich den großen Gott nicht zum Feind machen wollte, der genau an diesem Abend in die richtige Richtung geschaut und das Kindchen zu ihnen gebracht hatte.

Das Kindchen, zu dem Sarino nun eilig zurückwollte, nachdem die Messe fast vorbei war.

Von wegen vorbei! Mit dem Gloria begann die Messe gerade erst, und er, bekleidet mit einer Krawatte, die ihm fast die Luft abschnürt, einem grauen Anzug, einem neuen Mantel und neuen Schuhen – denn Franca hat ihn für dieses Weihnachtsfest wie einen feinen Signore ausgestattet –, fühlt sich wie in einer Folterkammer. Jetzt macht mal hinne!

Aber nein! Der gesamte Ablauf der heiligen Messe muss respektiert werden, weswegen der Chor zwei- und dreistimmig singt, Don Bruno einstimmt, allerdings krächzend, weil er sich immer noch nicht von der verstörenden Erscheinung erholt hat, es singt der Solist die Verse des Psalms, der Chor antwortet singend, das Volk sagt »Amen«, und Sarino möchte flüchten. Aber die Zange, zu der Francas kleine Hand in gewissen Momenten wird, packt ihn, während ihre engelsgleiche Stimme zu den Noten des *Agnus Dei* singt: »*Du bleibst hier!*« Und der Küster schwenkt das Weihrauchfass, und Sarino muss husten.

»Hör auf mit dem Theater!«, zischt Franca.

Doch der Husten ist echt, denn der Weihrauch dringt tief in Sarinos Lungen.

Da reicht sie ihm ein Bonbon.

»Schaisze, Signora«, flüstert er ihr ins Ohr, »Sie sind aber auch auf alle Notfälle vorbereitet.« Er lacht und umarmt sie, obwohl sie ihm mit dem Ellenbogen in den Bauch stößt wegen des schlimmen Wortes. »Noch dazu in der Kirche!«, wird sie später mit ihm schimpfen, im Bad der Tabbacchera, wo sie für einen Moment allein sind, und er verschließt ihren Mund mit einem Kuss, weil er dieses rattenscharfe Weib (schärfer als eine Chilischote) so liebt, dass nichts, aber wirklich nichts von ihr, ihn scheißwütend machen kann (bei allem Respekt).

Währenddessen kontrolliert Agata in ihrem Schlafzimmer noch einmal ihr Handy. Keine neue Nachricht. Und doch lässt das *meine Tabbacchera*, das sie gerade noch einmal liest, ihre Freude weiter wachsen und auch ihre Entscheidung, zu ihm zu fahren. Sie betrachtet das Baby in der hellblauen Decke, bekleidet mit einem hellblauen Strampelanzug: Es besteht überhaupt keine Gefahr, das Kind für einen Jungen zu halten, denn viel zu zart sind die Gesichtszüge, viel zu anmutig die Formen, vom Näschen bis zum Mund, von der Stirn bis zu den gerade einmal angedeuteten Wimpern.

Ihre Hände zittern, als sie es hochnimmt. Agata hat Angst, ihm wehzutun. Ganz langsam jedoch gewinnt sie Vertrauen, und das Geschöpf kuschelt sich in ihre Arme.

Sie versucht, sich den Vater und die Mutter des Kindes vorzustellen: Haben sie es in Liebe gezeugt oder vielleicht bei einem Quickie? Ist sie schwanger geworden und hat nicht abtreiben können? Oder hat sie das nicht gewollt? Aber wenn sie keine Abtreibung gewollt hat, warum hat sie das Baby dann weggeworfen?

Agata erschaudert. Sie denkt an die streunenden Hunde, die das Fladenbrot von Sarino verschlungen haben. »Wie gut, dass Don Bruno dich gefunden hat, Luce«, murmelt sie.

Zum ersten Mal nennt sie das Mädchen beim Namen.

Er legt sich auf das Baby und verleiht ihm eine Bedeutung.

Sie hält es sich dicht ans Gesicht, riecht an ihm und legt es sich an die Brust: »Schönes Schätzchen …«, flüstert sie. »Süßes Schätzchen …«

Eine Sehnsucht durchzieht sie, ein zärtliches Verlangen, süß, aber voll heftigem Schmerz und dem plötzlichen Bedürfnis, umarmt und geküsst zu werden.

Agata lässt sich von der Erinnerung an Andrea mitreißen, wie er ihr mit den Fingern durch die Haare fährt. So fing dieser Kuss an, mit seinen Fingern in ihren Haaren, während sich ihre Gesichter näherten, ihr Mund sich auf den seinen legte. Und in ihrer Fantasie, während sie sich dieser Sehnsucht hingibt, meint sie, dass das Kind ihr aus den Armen rutscht.

Abrupt drückt sie es an sich, macht sich gerade.

Zu abrupt.

Das Baby reißt die Augen auf, beginnt zu wimmern.

Agata schuckelt es, redet ihm sanft zu.

Vergeblich. Diese Niemandstochter, in deren Blut die Leiden und die Angst der Mutter eingeschrieben sind, hat sich erschreckt. Sie reagiert – und so wird es auch in Zukunft sein – äußerst sensibel auf jede Stimmungsschwankung, weshalb sie nun verzweifelt zu weinen anfängt, und die Tabbacchera, die noch nie ein Kind versorgt hat, ist verwirrt: Sie hat nicht mal einen Schnuller.

»Hast du etwa schon wieder Hunger?«

Tatsächlich steckt sich die Kleine das Händchen in den Mund.

»Wie kann das sein?«

Violante hat sie, bevor sie ging, noch mal gestillt. »So wird sie nicht unruhig«, sagte sie, während sie Agata das satte Baby in die Arme legte, »und schlafen, bis ich wieder da bin. Mindestens eine Stunde wird der volle Bauch vorhalten.« Sie lachte. »Mach dir keine Sorgen, Agata.«

Violante nannte sie *Agata*, nicht Tabbacchera, und verwandte nicht das scherzhafte *Sie*, so wie sonst. Agata lächelte Violante an, denn sie begriff, dass die ganze Befangenheit dieser jungen Frau ihr gegenüber – »Sie reden wie ein gedrucktes Buch« – verschwunden war, und dass Violante ihr im Notfall helfen würde, weshalb Agata nun im Stillen fleht: »Komm schnell zurück, Violante.« Sie schaukelt das Geschöpf, das davon jedoch nichts wissen will.

Also hebt sie es sich ans Gesicht.

Das Baby reißt den Mund auf, nuckelt an Agatas Kinn. Und weint, es weint immer noch.

Und da …

Da geschieht alles wie in einem Traum:

die Tabbacchera schiebt sich eine Hand in den Ausschnitt ihres Kleides und zieht eine Brust hervor;

im Sekundenbruchteil findet das Baby die Brustwarze und beruhigt sich.

Es weinte nicht vor Hunger, sondern aus Angst. Und was tut es da schon, dass diese Frau, die ihr die Brust gibt, nicht ihre Mutter ist? Eine Brust, einen Nippel, den Duft eines tröstenden Wesens: Genau das braucht ein Neugeborenes. Und nun?

Nun halten wir es fest an dieser Brust, die keine Milch hat, dafür aber voller Liebesbezeugungen ist, und das sanft nuckelnde Kleine schläft wieder ein.

Agata rührt sich nicht, bleibt reglos, während das Mündchen hin und wieder an ihrer Brustwarze zu saugen beginnt. Sie atmet kaum. Sie bewegt sich nicht. Nur Tränen rinnen ihr nach und nach über die Wangen.

Sie erinnert sich an all die Male, an denen Costanzo ihr sagte: »Ich wette, dass ich dir heute Nacht ein Baby mache.« Und sie hatte es geglaubt. Doch stattdessen hat sie immer wieder ihre Tage bekommen, und wortlos war sie darüber verzweifelt, denn jedes Mal war es ein neuer Stich in die offene Wunde, die immer weiter aufriss.

In den zwei Jahren ihrer Ehe hatte ihre Menstruation nicht einmal ausgesetzt, und wenn es Costanzo leidtat und er ihr sagte, dass sie einen Experten aufsuchen sollten, setzte sie ihr schönstes Lügenlächeln auf, funkelte für ihn wie ein Stern und sagte mit einem Schulterzucken: »Wir sind noch jung. Das Kind wird schon zur richtigen Zeit kommen.«

Jeden Monat aber hoffte sie und bei den wenigen Malen, an denen ihre Tage auf sich warten ließen, jubelte sie im Stillen, verspürte die Sonne im Herzen, die sie zum Strahlen brachte. Es vergingen sorgenvolle Tage, leichte Tage, und sie lächelte, hatte etwas Fahriges an sich, was sie noch verführerischer machte, sodass noch mehr Männer um sie herumscharwenzelten wie Bienen um eine prächtige, unerreichbare Blume.

Dann kam das Blut, und die Sonne wurde zur Kohle, doch Agata tat alles, damit niemand es merkte: Sie entzündete Fackeln und Festbeleuchtung, um Costanzo nicht das Missvergnügen zu bereiten, sie unglücklich zu sehen, und sie nahm den Tanz des Lebens wieder auf, ohne dass ein Kind von ihr Besitz ergriffen hatte.

Mit der Kleinen an der Brust geht Agata die Tage ihrer Ehe durch und die ihrer Witwenschaft, sie denkt an ihren Körper, der keine Frucht hervorgebracht hat. Sie denkt auch, dass, wenn dieses Mädchen nun in ihr Leben getreten ist, dies bedeutet, dass ihr das genügen muss: eine Tochter des Herzens anstelle eine des Schoßes.

Sie betrachtet das Kind. Wie gemalt sieht es aus. Es hängt an ihrer Brust, aus der keine Milch kommt, und doch weint es nicht, es nuckelt zum Trost daran.

Sie streicht ihm sanft über die hellen Haare, diesen weichen Flaum. Sie versucht, das Kind *Tochter* zu nennen … Aber nein, das gelingt ihr nicht, Luce wird sie es nennen, selbst wenn sie es, im glücklichsten aller Fälle, nach Erledigung aller Formalitäten, adoptieren kann …

Es adoptieren?

Ach, Dummerchen, sagt sie sich. Nur Paare können adoptieren. Wie willst du, allein, so ein Geschöpf adoptieren? Wie willst du ihm eine Familie geben, du, die nicht mal einen Mann hat?

Gedanken über Gedanken, und währenddessen schläft das Kind ein und das Mündchen rutscht von der Brustwarze. Schön ist es: Der Mund hat die Form einer Knospe, das Kinn ein Grübchen, die Haut wird schon heller, die Schwellung – normal nach der Geburt – klingt ab und legt perfekte Gesichtszüge frei, die sie rühren. Mutter wird Agata für dieses Kind sein, ja, selbst wenn ihre Brust trocken ist. Sie wird sich von Violante helfen lassen, die viel Milch hat und gleich gegenüber wohnt; sie werden die beiden Kinder – Luce und Marco – gemeinsam großziehen.

Das Gesicht des Babys liegt noch an ihrer nackten Brust. Sie müsste sich wieder anziehen, sich zurechtmachen. Doch stattdessen bleibt sie sitzen und betrachtet diesen Minimenschen, der auf ihr seine Zuflucht gefunden hat.

Die alten Füße sind gerade ihr geringstes Problem.

Das dringendste Problem ist, dass Loris Brüste gleich platzen und Milch herausspritzt, sobald sie sie berührt.

Und sie muss heulen, weil es schade ist, diese Gottesgabe so zu vergeuden.

Also nimmt sie das Glas vom Waschbecken – in dem vermutlich die Zahnbürsten standen und das nun leer ist – sie wäscht es unter heißem Wasser gründlich, dann spült sie sich lange die prallen schmerzenden Brüste ab und spritzt schließlich die Milch in das Glas. Lori betrachtet die Flüssigkeit im Gegenlicht, sie hat eine dünne Konsistenz, ein wässriges Weiß, das intensiver wird, je mehr aus ihr herausquillt.

Jetzt ist das Glas voll.

Sie riecht daran. Sie probiert. Dann trinkt sie mit großen Schlucken.

Sie sitzt auf dem Wannenrand und trinkt.

Sie trinkt ihre eigene Milch.

Und diese löscht den Durst und stillt den Hunger. Und sie weint, diese Tochter, die für sich selbst zur Mutter wird, weint, weil du in bestimmten Situationen auch das für dich sein muss: Mutter deiner selbst.

»Weil, wenn du nicht an dich selbst denkst«, sagte Giona ihr, »wer wird sich dann um dich kümmern?«

»Mina«, sagte sie.

»Vom Himmel aus«, gab er zu. »Aber vor allem du selbst.«

»Du nicht?«, fragte sie ihn.

Und er: »Natürlich. Aber du selbst vor allen anderen.«

Sie trinkt ihre Milch zu Ende – ein weiteres volles Glas –, dann spült sie sich Haare und Körper noch mal ab, hüllt sich in den Bademantel und nimmt den Fön: Kopfüber trocknet sie sich die Haare, die den Fußboden berühren.

Warme Luft umstreift sie, ihre Haut duftet nach Shampoo und Badeschaum. Mit geschlossenen Augen nimmt sie sich selbst wieder in Besitz, ihren Körper, das Fitzelchen Glück, das die Sauberkeit ihr schenkt, weil sie nicht mehr muffig und ranzig riecht.

Ein tiefer Seufzer, sie wirft den Kopf nach hinten, und die Haare legen sich wie ein Mantel um ihre Schultern.

Ein prächtiges Weib! Das würde wohl jeder Mann rufen, der sie in diesem Moment sehen könnte: groß, stolze Brust, lange Beine, das Gesicht einer Madonna. Und wenn die Füße auch alt und die Hände vor Kälte aufgeplatzt sind, wenn der Körper vernarbt und das Gesicht auch zerschrammt ist, so sind das, im Vergleich zum Rest, doch nur lächerliche Unperfektheiten, die nicht zählen.

Aus dem Bad geht sie ins Schlafzimmer. Sie öffnet den Schrank, findet Hosen und Pullover in ihrer Größe, dazu noch unbenutzte Unterwäsche, sogar Mäntel und Decken … Es wäre ein Paradies, wenn es etwas zu essen gäbe.

Plötzlich ertönt von der Straße her Gesang ohne Begleitung: keine Gitarre, keine Trommeln, nur die Stimme einer Frau, die ein Wiegenlied singt:

»Dormi bambinu miu, dormi figghiuzzu beddu,
ti tegnu no ma pettu, nun chianciri accussì …«
»Schlaf mein Kindchen, schlaf mein schönes Kind,
ich halte dich, so wein nicht mehr …«

Wie gern würde sie ihrem Kind so ein Lied singen.

Sie öffnet das Fenster einen Spalt weit, damit sie die Stimme besser hört.

Die Tabbacchera öffnet das Fenster einen Spalt weit.

Noch fester hält sie das Baby.

»... dormi ta matri è desta, tuttu u silenziu è cca ...«
»... schlaf, deine Mutter ist wach, alles ist still ...«

Lori sieht zum Himmel voller Sterne.
Die Tabbacchera sieht zum Himmel voller Sterne.

»... und der Hellste von allen strahlte mit einem ganz langen Schweif über der Krippe mit dem Jesuskind«, erzählt Mina in Loris Geist. Sie sucht den Stern mit dem ganz langen Schweif, aber sie findet ihn nicht. Sie sieht stattdessen ein rotes Flackern, ein großes brennendes Kohlestück in der Luft.

Sie wundert sich, sie begreift nicht, was dieses Feuerlicht dort am Himmel soll.

Feuerrot schießt es aus dem Ätna. ›Merkwürdig‹, sagt sich Agata. Vor Vulkanausbrüchen werden immer erst Asche und Dampf ausgestoßen, aber bis zur Dämmerung lag der Berg still da, seine Umrisse waren klar, der Gipfel sauber, kein Rauch stieg auf und kündigte einen bevorstehenden Ausbruch an.

Lori sieht genauer hin, und erkennt – schwärzer im Schwarz der Nacht, die Hänge voller Lichtpunkte – den Umriss des Berges, den sie bisher immer nur von einer anderen Richtung aus gesehen hat, weshalb sie ihn nicht gleich erkannte. Ein lebhaftes Rot brodelt auf seinem Gipfel.

Keine der beiden wird später erklären können, ob das, was sie gerade sehen, ein Naturereignis ist oder die Frucht ihrer Fantasie.

Jede der beiden sieht dies:

Ein rotes Pulsieren, das plötzlich machtvoll in die Höhe schießt, die Wolken erreicht und sie Purpur färbt, während die umliegende Welt im Licht dieser großen Sonne erglüht, die der Erdmittelpunkt gebiert.

Kein Geräusch, kein Zittern, kein Erdbeben, nur diese neue Morgenröte, in der die Lymphe des Berges wie in einem Freudentaumel hervorschießt und völlig wahnwitzig den Himmel erreicht.

Wahnwitzig?

Man darf also noch wahnwitzige Sachen machen?

Man darf sich noch freuen?

Durchdrehen?

Neu anfangen?

Das Fünkchen eines Lächelns berührt die Münder der beiden.

»Ja«, murmelt Agata.

»Ja«, sagt Mina in Loris Geist.

»Ja«, sagt Lori.

Dann kehrte die Dunkelheit zurück und die Stille.

Aber dieser rote Funken verharrte in den Herzen der beiden: Eine Wunde, die, statt übel zu eitern, Kraft verströmte.

Lori legte die Stirn an die Scheibe, im Ohr die befehlende Stimme Minas, so schien sie sich in einer Welt mit dieser Sonne zu verlieren, die vor kühnem Leben und großem Wohlbefinden pulsierte, das allerdings nicht von dem roten Funken im Herzen ausging, sondern viel mehr ... von den Füßen?

Genau, von den Füßen.

Mit geschlossenen Augen – sie fürchtete, dass diese Vision verschwinden würde – hatte sie das Gefühl, dass ein Johanniskrautölmasseur (so würde es später die Kräuterfrau nennen) etwas Linderndes über ihre geschundenen Füße strich.

Sie wünschte sich sehnlichst, er möge nicht aufhören, er möge immer so weitermachen.

Und er machte weiter, natürlich machte er weiter, nur dass Lori dieses Verstreichen mit einem Mal eher vorkam wie ... ein Lecken?

Sie öffnete die Augen und sah es: ein leckendes Hundchen, ja, zärtlich leckte es ihre Wunden, die bei der Berührung mit seiner Zunge verheilten.

»Wer bist du denn?«, fragte sie verwirrt.

Als Antwort warf sich der Hund auf den Boden, drehte sich auf den Rücken und strampelte wie ein Welpe auf der Jagd nach Streicheleinheiten. In seinem Fell funkelten noch kurz die Schneekristalle, bevor sie schmolzen.

»Wie bist du hier reingekommen?« Sie war sich sicher, dass sie den Türriegel zweimal herumgedreht hatte. Und dann schaute sie auf ihre Füße und war verstört: Da war kein Schnitt, keine Blase mehr, das waren »Prinzessinnenfüße«, wie Giona gesagt hätte.

Ihre Augen füllten sich mit Tränen, sie beugte sich hinab, um das Hundchen zu streicheln, während ein *Danke* wie ein Seufzer über ihre Lippen huschte.

Das Hundchen starrte sie mit seinen ungleichen Augen an: das blaue strahlte stahlharten Willen aus und das haselnussbraune Zärtlichkeit.

Aus Dankbarkeit und in einem Schwall von Zuneigung sagte sie: »Komm her«, und setzte sich auf den Boden.

Sie zog das Tier an sich und vergrub das Gesicht in seinem zerzausten Fell, sie überzog es mit Küssen und Tränen, wobei sie ihm erzählte, dass sie ein Loch im Bauch habe, ein Loch, wo vorher die Kleine gewesen war, die nun bei sonst wem war, und dass sie ohne diese Kleine aber nicht leben könnte: »Ich kann so nicht leben«, gestand sie ihm und überhörte Minas lebhaften Ansporn in ihren Ohren, ignorierte die rote Sonne, die den Anschein von Kraft vermittelte. Es gab keine Kraft, es gab kein Leben ohne ihre Tochter.

Da sträubte sich das Hundchen, fing an zu knurren, zeigte seine spitzen Zähnchen, die ihr ganz scharf vorkamen.

Traurig rückte sie von ihm ab. »Du beißt also doch?«, fragte sie enttäuscht.

Das Hundchen schien sie nicht zu hören, sondern schlug diese spitzen Zähne in den Saum ihrer Hose und begann zu ziehen und zu ziehen. Plötzlich schien es völlig verteufelt zu sein! Lori wehrte sich, trat nach ihm, vergeblich, das Hundchen war stärker und zog sie mit all seiner Wut hinter sich her, aus dem Haus, durch den Schnee, der dicht vom Himmel fiel.

»Hundchen, hör auf!« Sie war barfuß und ohne Mantel.

Aufhören? Niemals! Es schien, als hätte ihm jemand Pfeffer in den Hintern gestreut: Wütend und wild zog es sie.

»Warte!«

Das Hundchen drehte sich zu ihr und sah sie aufgebracht an: ›Warten? Auf was denn? Im Schnee stirbt man, Bella!‹

Und ziehend und zerrend schleppte das Hundchen sie durch die Straßen und Gassen bis zu einem Holztor: Mit der Schnauze stieß es die Tür auf, rannte um Lori herum und schubste sie ins Haus.

Herrgott!

Lori fand sich in einem Durchgang wieder, in dem eine Marmortreppe nach oben führte.

Vom Boden aus, auf dem sie saß, erschien ihr alles riesig, aber sie hatte nicht die Zeit, davon überwältigt zu sein, denn etwas anderes überwältigte sie: Jäh umfing sie eine dichte Duftwolke, eine Sinfonie aus Düften, in der sich Süßes mit Pfeffrigem, Salzigem mit Bittrem vereinte.

Lori schloss die Augen und schnüffelte: Mandarinen, aber auch geröstete Mandeln … Mandelsulz … Ragout, Fladenbrot mit Brokkoli, und …

Sie schnüffelte noch mal und erkannte: in Essig, Knoblauch und Minze eingelegte Oliven (die von Mina waren köstlich gewesen) … Kotelett … karamellisierter Zucker …

Und dann teure Parfüms. Talkumpuder.

Und eine enorme Wärme.

Mehr noch, man verging hier fast vor Hitze.

Sie begann zu schwitzen, und ihr Herz galoppierte, ihr Magen knurrte, während tausend unterschiedliche Sinneseindrücke auf sie niederprasselten und von dort oben aus den Zimmern des ersten Stocks Stimmen und Gelächter zu ihr drangen.

Neben sich entdeckte sie auf einer Ablage eine Mütze, die aussah wie die eines Carabiniere.

Sie zitterte. Wo hatte das Hundchen sie nur hingebracht? In die Fänge des Gesetzes?

›Hau ab, los, sofort‹, sagte sie sich.

Sie versuchte aufzustehen, aber es gelang ihr nicht. Sie konnte sich überhaupt nicht mehr rühren.

Düfte sind wie Wurstnetze, die dich einschnüren und festhalten, dachte sie und ergab sich: Manchmal lässt der Körper dich eben im Stich, denn Hunger macht blind und alles kaputt, was du bis dahin zu deiner Rettung unternommen hast.

10

»Und wer zum Teufel bist'n du?«, fragt eine erstaunte Stimme hinter ihr.

Erschreckt dreht Lori sich um. Das wars!

Auf der Schwelle steht ein Mann in Mantel und Hut, er riecht nach Weihrauch und Bergamotte. Hinter ihm drängen sich weitere Menschen, neugierige Blicke mustern sie, während oben auf der Treppe jemand das Licht anschaltet, das sie blendet.

»Also?«, sagt der Mann.

Sie bleibt stumm.

Er mustert sie prüfend. »Wie bist du hier reingekommen?«

Sie bleibt stumm.

»Wolltest du klauen?«

Sie schüttelt den Kopf.

»Was dann?«

Sie blickt zum Hundchen. Das mit gefletschten Zähnen zu dem Mann sieht, als wollte es sagen: »Pass bloß auf, wie du sie behandelst.«

Und der Mann lacht los. »Wo hast'n du dieses schöne Kind gefunden?«, fragt er den Hund.

Oben auf der Treppe ist derweil eine Frau mit einem Baby aufgetaucht. »Wie ist sie reingekommen?«, fragt sie.

Der Mann blickt hoch zu ihr.

»Es war offen«, antwortet er.

Die Frau sieht alle erstaunt an.

Der Mann zuckt mit den Schultern. »Vielleicht haben wir vorhin die Tür nich richtig zugemacht.«

Aber die Frau auf der Treppe scheint nicht überzeugt zu sein. Lori blickt von ihr zum Hutträger und zu den Leuten, die den Ausgang versperren. Ich sitz in der Falle, denkt sie.

Die Frau kommt die Treppe herunter. Sie hat die Haltung einer Königin, und das Kind auf ihrem Arm sieht aus wie ein Prinz.

Die Zeit scheint zu einem zähen Sirup einzudicken, in dem sich die Figuren, die in diesem herrschaftlichen Treppenhaus wohnen, wie in einem Aquarium bewegen: Die Frau schwebt die Treppe herab, der Mann im Mantel sagt etwas zu jemandem hinter sich, das Hundchen stellt nur ein Ohr auf, ein Taschentuch segelt am Geländer herunter, es scheint irgendjemandem zu gehören.

»Wie heißt du?«, fragt eine Stimme.

Alle sind nun um Lori herum, sie bleibt am Boden sitzen, dort, wo der Hund sie mit seiner Schnauze hingestoßen hat. Sie beugen sich über sie und betrachten sie, als wäre sie ein festgekettetes Tier, und so fühlt sie sich auch: wie ein Tier an der Kette, die Augen wie Messer auf sie gerichtet, die Körper wie Gitterstäbe eines lebendigen Käfigs um sie herum, der ihre Flucht verhindert.

Die Frau geht in die Knie, begibt sich auf Augenhöhe mit ihr. Lori jedoch ist plötzlich ganz gebannt von diesem Prinzen auf ihrem Arm: Das ist kein Prinz, sondern eine Prinzessin – auch wenn sie hellblau angezogen ist –, sie hat einen blonden Flaum auf dem Kopf, ein Knopfmündchen und die Augen, die so sehr an Mina erinnern …

Loris Herz setzt einen Schlag aus.

›Sag bloß kein Wort‹, befiehlt ihr Gehirn.

Kein Wort, okay.

Lori betrachtet die Kleine. Sie hat genau die Größe des Lochs, das in ihrem Bauch zurückgeblieben ist, die Größe des Lochs in ihrem Herzen.

Die Frau beobachtet sie.

Alle anderen halten die Luft an.

Und ihr – verdammt! – zittert das Kinn wegen der übermenschlichen Anstrengung, nicht zu weinen, wegen des Wunsches, ihre Tochter im Arm zu halten und sie wieder in sich aufzunehmen.

Die Tabbacchera sieht das Baby an, dann wieder Lori.

Deren Gesicht plötzlich Tränen überströmt ist.

In schneenasser Hose, mit shampooduftenden Haaren und schaumbadsauberem Körper, aber steif vor Kälte und völlig verzweifelt, weint Loredana Delle Rose.

Die anderen stehen wie versteinert da, ohne zu wissen, was sie sagen oder machen sollen, was zum Teufel hier eigentlich geschieht, wer bist du denn, zu wem gehörst du, wie bist du hier reingekommen, wieso bist du hier, und was hast du mit unserem Hundchen zu tun?

Lauter legitime Fragen, natürlich. Doch sie bleiben ungefragt. Und die Überraschung und die Verwunderung sind so groß, dass niemand Lisabetta, Ugo, Luisa, Carmine und Giulio bemerkt, die die Treppe herunterstürzen, um den Grund für diese Menschenansammlung zu erfahren.

›Schaisze, was für ein Chaos!‹, stöhnt Costanzo.

Sarino blickt hoch und erschrickt.

Er erschrickt, zittert, spürt, wie sich die Haare auf seinem Kopf sträuben, wie sich trotz der dreifachen Stoffschicht aus Hemd, Jackett und Mantel die Härchen auf seinen Armen aufrichten! Und dennoch bleibt er stumm, ernst und würdevoll, auch weil Costanzo – er steht auf dem Geländer – zu ihm sagt: ›Achtung, Motta, hör mir mal gut zu: Du wirst dieses Mädelchen ab sofort beschützen, ist das klar? Unter Einsatz deines Lebens!‹

Verzaubert wundert Sarino sich. »Ich… versteh nich«, murmelt er.

›Du musst sie beschützen, auf sie aufpassen. Denn nur so kann ich dir verzeihen.‹

Also war er noch unverziehen? Also hat seine Beichte nichts genützt, nachdem Costanzo durch die Schuld des Bürgermeisters gestorben war und auch durch seine, weil er damals ein Laufbursche dieses Bürgermeisters gewesen war? Das Gewissen hatte ihm keine Ruhe gelassen, wie ein Köter hatte es reuig geheult, weshalb er damals zu Don Bruno gegangen war, der ihm sagte: »Kümmer dich um Costanzos Land, als wär's deins, und der Tabbacchere wird zufrieden sein.« Sarino tat es und kümmert sich seitdem liebevoll um dieses Paradies, die Saracina. Also hat der Pfaffe nur Schaisze erzählt?

›Der Pfaffe hat Recht gehabt!‹, bestätigt Costanzo. ›Aber du hast dich nie persönlich bei mir entschuldigt, Motta.‹ Und plötzlich wurde der Tabbacchere fuchsteufelswild, verdammt, aber so was von fuchsteufelswild! Von einer Sekunde auf die andere – eben noch ein Engel mit goldenem Lockenkranz – wurde er nun zur apokalyptischen Bestie, weshalb Sarino Motto, im Bewusstsein, dass er den Tabbacchere zu Lebzeiten extrem hintergangen hatte, mit einem Seufzer, von dem er dachte, es wäre sein letzter, und ohne einen weiteren Laut auf dem Boden zusammensackte.

Die anderen kreischten auf, Franca *in primis*.

Und alle vergaßen das junge Mädchen.

Die sich Agata näherte und ihr in die Augen sah. Dann blickte sie zum Baby. Sie streckte die Arme aus.

Und Agata reichte es ihr.

Und nun sitzt ein durstiges Mädelchen in einem der Wohnzimmersessel, auf dem Arm das Baby, das sie mit diesen tiefgründigen Augen anstarrt, die scheinbar das Vorher, das Nachher und die ganze Ewigkeit kennen, umfangen von einer Blase aus Liebesbezeugungen, die alle anderen Menschen ausschließt.

Sarino, ganz in der Nähe ruhend, betrachtet verbittert diese junge Mutter, schluckt, als wäre ihm ein großes Stück Brot in der Kehle stecken geblieben, und brabbelt vor sich hin: »Seht sie euch an! Wie ne Heilige sieht sie aus, und trotzdem hat sie dieses unschuldige Geschöpf den Kötern zum Fraß vorgeworfen, und wenn Don Bruno es nich gerettet hätte, dann gäb's jetzt nix zu freuen, mein Schatz, dann wär's jetzt mausetot! Und diese Hure …«

›Motta!‹, unterbricht ihn schnalzend die Stimme des Tabbacchere.

Schaisze, Schaisze, Schaisze! Wieder stellen sich ihm am ganzen Körper die Härchen auf, doch zur besorgt schauenden Franca sagt er nur: »Alles in Ordnung!«, während er sich mit der Serviette den übermäßigen Schweiß abwischt, der sein Gesicht glänzen lässt, und auf die guten Manieren pfeift, weil gerade nicht der richtige Moment für Etikette ist.

›Ich hab dir gesagt‹, fährt Costanzo fort, ›dass du dich um dieses Mädelchen kümmern sollst. Von wegen Hure und so! Und du musst ihr falsche Papiere besorgen, ist das klar?‹

»Nein … Ja … Aber wie denn?«, stottert er.

Aus der Stimme Costanzos klingt höchste Enttäuschung, als er murmelt: ›Schon gut, hab mich wohl getäuscht. Ich hab dich überschätzt. Du bist also doch nicht der Richtige.‹

›Was? Ich hab dich überschätzt?‹ Diese tödliche Beleidigung kann sein Stolz nicht so einfach hinnehmen, daher fragt Sarino: »Was soll ich tun?«

›Du musst auf sie aufpassen.‹

»Ja, aber wie?«

Stille.

»Sarino, was ist mit dir?«, fragt Franca, die ihn prüfend mustert.

Kann er ihr sagen, dass er den Tabbacchere gesehen hat? Kann er ihr sagen, dass der Tabbacchere in Gedanken mit ihm spricht? Wenn so eine Sache bekannt wird, landet man bestimmt inner Irrenanstalt und kriegt Elektroschocks – so wie dieser Arme aus Caracciolo, der seitdem sabbernd durch die

Straßen streunt –, daher sagt er einfach nur: »Ich hatte nen Krampf, Francuzza, einfach so, ein plötzlicher Schlag und so stark, dass es mich hingehauen hat.«

Zweifelnd sieht sie ihn an, aber er, der geborene Melodramatiker, täuscht einen Schmerz vor, verdammt, einen so heftigen Schmerz, den er jedoch stoisch erträgt, dass sie sich wieder beruhigt und ihn anlächelt. Dann blickt sie rasch wieder mit gerührtem – ja, verzücktem – Blick zu Mutter und Kind.

Mutter und Kind, die sich ununterbrochen ansehen, erkennen sich an den Augen, den Toren zur Seele, wobei die Mutter ununterbrochen murmelt: »Mein Schatz«, und sie drückt das Kind an die Brust, riecht an ihm und küsst es: Überall küsst sie es, auf die Händchen, die Augen, auf den Hals, die Stirn, die Wangen, und zwischen einem Küsschen und dem nächsten flüstert sie etwas, das die anderen nicht verstehen, unbekannte Worte, wie aus einer anderen Sprache, die im Rhythmus eines Webstuhls kommen und gehen, der weiter seine Geschichte webt, die an dem Tag begann, als ein junger Mann ein fast noch kleines Mädchen schlimm zurichtete und schwängerte. Aber was tut das jetzt noch zur Sache?

Küsse und Geflüster, eine Art von Gesang, ein Liedchen … *Nach Terramarina ziehe ich, wenn ich nicht wach bin, aber auch nicht schlafe …* dann eine lange, eine erstaunte Pause … und schließlich der helle und überraschte Ruf: »Aber dann bist du ja Terramarina!« Ein Satz, der den anderen nichts sagt, der für Lori jedoch die größte Offenbarung ist: Das also meinte ihre Mutter damit, als sie ihr Mut machte, bloß nicht aufzugeben, während sie wie eine Bettlerin durch die Straßen schlich.

Ihre Terramarina, ihre große Freude, ihre perfekte Liebe ist diese Kleine mit dem Namen … denn wie könnte sie das Baby auch anders nennen als … *Terramarina*? Lori lächelt, streicht über ihre winzigen Lippen, sie hebt die Kleine hoch bis auf Augenhöhe. »Hallo Terramarina«, begrüßt sie ihre Tochter.

Und da ist niemand, der sagt: »Schätzelchen, hör mal, du kommst zu spät! Wir haben ihr nämlich schon einen Namen gegeben, und der lautet Luce!«

Stumm bleiben sie, denn es ist das Recht einer Mutter, ihrem Kind einen Namen zu geben; was daher rührt, dass sie es so lange in sich getragen, es mit Blut und Nährstoffen versorgt, ihm durch das Blut das Erinnerungsgepäck weitergereicht hat, und diese Erinnerungen werden eines Tages wie Bilder aus einem bereits gesehenen Film aufblitzen, zwar weiß man weder wo noch wann, aber man hat ihn gesehen, weil es eben genau so passiert: Deine Mutter versorgt dich mit Blut, aber auch mit Erinnerungen, und ein Teil ihrer Seele nistet sich bei dir ein und bleibt für immer.

Die Clique sieht Lori an, mustert sie, will verstehen, was wirklich in ihrem Herzen vor sich geht, was sie dazu getrieben hat, die Kleine auszusetzen, wegzulaufen und zurückzukommen. Wovor hatte sie Angst? Was hat sie gequält? Und ihr Vater, ihre Mutter? Wo ist ihre Familie?

»Terramarina«, flüstert Lori noch mal, als wäre es ein seltenes, ein wertvolles Wort, und ihre Augen lachen, und alle anderen seufzen erleichtert.

Tja, denkt Sarino, absonderlicher Name … Na, wir können sie immer noch Marina nennen, das ist immerhin ein ordentlicher Name, aber Terramarina … was für ein Name soll'n das verdammt noch mal sein?

Agata hingegen denkt, dass es ein klingender Name ist, der das Rauschen der Brandung und den Wind im Korn in sich trägt, den Duft von Jasmin, den Salzgeruch des Mittelmeers, das ganz Sizilien umgibt und umarmt.

Toni hingegen denkt, dass diese Mädelchen irgendjemandem ähnlich sieht … Aber wem nur?

Giulio denkt nur an den wunderschönen Namen, aber auch an das Mädelchen, das ihn unwiderstehlich anzieht.

Das Mädelchen hingegen denkt an Giona, sie ruft nach ihm,

sagt ihm in Gedanken: »Komm, Giona, komm, hier ist Terramarina. Es ist kein Traum, es ist keine Erfindung, Giona, komm!«

Viele Gedanken also, in einer tiefen Stille.

Nicht einmal Brot wird gebrochen, wie es sich für die Christmette gehört

nicht einmal Wein wird geteilt, wie es sich für die Christmette gehört

es herrscht eine respektvolle Stille, als wären die Madonna und das Jesuskind anwesend

aber hier ist kein Jesuskind und auch keine Madonna

hier ist nur ein Mädelchen, das Sarino Motta vor einer halben Stunde noch mit seinen eigenen Händen zerquetscht hätte, das die anderen beschimpft und bespuckt hätten, die nun jedoch Lori voller Respekt ansehen, während sie sich die Bluse aufknöpft – Violante eilt ihr zu Hilfe –, sich das Kind an die Brust legt und Amen.

11

Giona reißt die Augen auf. Er war vor dem Feuer eingenickt. Loris Stimme durchdringt die Schleier des Schlafes und gelangt zu ihm, hell und klar: »Komm, Giona … Terramarina ist hier!«

»Wo *hier*?«, fragt er.

Aber die Stimme ist verklungen. An ihrer Stelle ist nur das Knacken eines brennenden Holzscheits zu hören, das im Kamin zusammenfällt, aufstiebende Funken zischen, ein warmer Hauch breitet sich im Zimmer aus und berührt sein Gesicht.

›Lang und verschlungen ist der Weg, den das Schicksal nimmt, um dich nach Terramarina zu führen‹, sagt er sich.

In den Wochen nach Loris Flucht hatte er viel an seine Großnichte gedacht, er hatte sich Sorgen um sie gemacht, natürlich, aber er hatte sie nicht gesucht. Die Kains überwachten sein Haus, jede seiner Bewegungen, jede Person, die er empfing, jedes Paket und jeden Brief, den er verschickte. Sie spionierten ihm nach, warteten, dass Lori wieder auftauchte. Dann wurden sie der unnützen Warterei überdrüssig. »Wo ist das Mädchen?«, fragten sie ihn.

»Welches Mädchen?«

»Loredana Delle Rose.«

»Weiß ich nicht.«

»Wirklich?«, spotteten sie und fügten hinzu: »Dieser Hund machts nicht mehr lang.« Sie meinten Laika, die Belgische Schäferhündin, seine ständige Begleiterin.

»Und das heißt?«

»Er ist ein Toter auf vier Beinen.«

Giona rührte sich nicht. Er sprach nur den Namen eines Typen aus, dem er einst ein Projektil aus dem Fleisch geholt hatte: Der hatte Giona damals das Versprechen abgenommen, ihn zu rufen, falls er Hilfe brauchte. Giona hatte ihn nie geholt, aber nun sprach er seinen Namen absichtlich aus, um diese infame Bande loszuwerden. Sie verdrückten sich tatsächlich, aber nur, um ihm später die Polizei ins Haus zu schicken und einen Sozialarbeiter, der ihn drängte, den Aufenthaltsort der Nichte preiszugeben. »Wir suchen sie zu ihrem eigenen Wohl, um auf sie aufzupassen. Der Staat wird sich um sie kümmern.«

Der Staat? Mit Sicherheit nicht! Der Staat hatte sie ihm weggenommen und diesen Geiern anvertraut, und jetzt kam der Staat und suchte sie bei ihm, obwohl er ungeeignet war? Und unfähig? Na gut, dann war er also ungeeignet und unfähig, aber so richtig: »Ich verstehe nicht … Was sagen Sie da?«

»Wo ist Loredana Delle Rose?«

»Wer?«

»Loredana … Ihre Nichte, wo ist sie?«

»Nichte?« Leere Augen, blöder Blick. Er unterdrückte das Lachen, denn den Trottel zu geben machte ihm riesigen Spaß, vor allem, wenn das Gegenüber so borniert war wie eben diese Kains, die nur den Besitz des Mädchens wollten und nun wie verrückt nach ihr suchten, aber nur, um sie dann in irgendein Gefängnis zu stecken: Sei es die arrangierte Ehe mit ihrem Sohn, sei es ein Zimmer im obersten Stock ihres eigenen Palazzo oder ein echtes Gefängnis.

Giona wusste, dass sie in Sicherheit war. Lori war schlau, so intelligent wie ihr Vater und ihre Mutter zusammen – die sicher nicht dumm gewesen waren –, sie würde sich zu helfen wissen, und außerdem: »Keine Nachricht, gute Nachricht«, hatte er sich in diesen Monaten immer wieder gesagt, und solange niemand kam und ihm die Nachricht von Loris Tod überbrachte, bedeutete das, dass sie irgendwo lebte.

Und nun dieser Ruf! Es war ganz sicher ein Traum, aber nicht nur: Es ist ein Aufruf zu handeln, den Staub des Alters abzuschütteln und aktiver Teil dieser Geschichte zu werden. Das denkt er, und schon öffnet eine Windhand das Fenster und trägt den Duft von Röstkastanien herein.

Dort, wo er lebt, fällt kein Schnee und es regnet auch nicht, Sizilien ist auch in diesem Sinne wundersam, an einer Küste scheint es Frühling zu sein und an der anderen herrscht tiefster Winter.

Mina hatte ihm von Terramarina erzählt.

»Nie gehört«, hatte er erwidert.

»Das Land der Glückseligkeit.«

»Das gibt es nicht.«

»Doch.«

»Unsinn.«

Aber das war zu einer Zeit, als er es noch nicht begriffen hatte: Er war Arzt gewesen und zu sehr damit beschäftigt, die körperlichen Wunden zu heilen, zu hochmütig, um der Fantasie Raum zu geben, zu blasiert, um das Ungesagte in Blicken oder Gesten zu verstehen: Terramarina – das hatte er viel zu spät verstanden! – ist ein Ziel der Hoffnung, der Hafen der Glückseligkeit, in den ein jeder einlaufen will, und wenn es für Mina das Land war, in dem sie und Filippo sich geliebt hatten und glücklich gewesen waren, so hatte Terramarina für ihn, Giona Gur, die Züge von Lori angenommen, in Form der großen Liebe, die er für sie empfand.

Und nun ist Lori also sonst wo, wer weiß, ob sie die Schwangerschaft beenden konnte, ob sie Mutter eines Sohnes ist, einer Tochter …

»Laika«, ruft er.

Die Belgische Schäferhündin kommt angetrottet. Sie hat schwarzes Fell, dazu eine außergewöhnliche Intelligenz sowie eine außergewöhnliche Wildheit, mit der sie ihren Herrn verteidigt. Honigaugen, liebevoller Blick, sie stellt sich neben ihn.

Er legt ihr eine Hand auf den Kopf (noch nie hat er eine Leine benutzt) und sagt: »Gehen wir.«

Aus den Gassen tönen Gitarre und Trommel: eine Novene, gesungen von als Hirten verkleideten Musikanten. Er sieht sie vor seinem inneren Auge, sieht die geröteten Wangen vom Wein, den ihnen hin und wieder jemand am Fenster oder an der Tür anbietet, zusammen mit Brot, Käse und marinierten Oliven. Er meint den Duft des Brotes zu riechen, das Bukett des Weins, das Beißende des brennenden Laubs, das die Wände schwärzt, worüber die Gleichgültigen morgen sagen werden: »Ist doch egal« und dann andere mit dem Übermalen des Putzes beauftragen.

Trommel und Gitarre lassen die Sehnsucht in den Straßen erklingen. Seine Hand zittert auf dem Kopf der Hündin, die die Schnauze hebt und ihm die Finger leckt, als wollte sie sagen: »Alles wird gut.«

Er geht weiter.

In seinen Ohren tönt nun, neben dem Gesang der Hirten, auch Minas Stimme: »In Terramarina scheint die Sonne, selbst wenn es regnet.« Und er sieht sie wieder vor sich an jenem Maimorgen, an dem sie in einem mit Margeriten bedruckten Rock auf Zehenspitzen tanzte, und er dachte, dass sie verrückt wäre.

Die Kains feiern angemessen: Aus den offenen Fenstern des Palazzo, der Mina und Filippo gehörte, dringen Lärm und Gelächter, der Duft von gebratenem Fisch und gedünstetem Kohl.

Spelunkenduft, denkt Giona.

Im Garten des Palazzo zünden Böller, die die Luft mit Lärmsplittern füllen. Er braucht keine Augen, um zu wissen, dass der Kain-Sohn die Zündschnüre gekürzt hat und Leuchtraketen in den Himmel steigen lässt.

Er geht weiter.

»Dottore …«, jemand grüßt ihn mit einer Verbeugung.

»Gottmiteuch«, sagt jemand anderes.

»Frohe Weihnachten.«

Er erkennt sie an ihren Stimmen. Er erwiderte Grüße und Wünsche mit einem Kopfnicken. Ein großer Alter ist er: Sein Körper ist überraschend agil, seine weiße Haarpracht üppig, sein Gang vornehm wie die eines Prinzen.

»Seht nur diesen Hochmut!«, sagt der Kain, der ihn von oben durch ein Fenster sieht. »Dem müssen wir es zeigen.«

»Soll ich ihn abfackeln?«, fragt sein Sohn.

Der Kain verzieht den Mund. »Zu gegebener Zeit.«

Die Schule steht an einer Straßenausbuchtung.

Das Feuer hat einen Großteil des Gebäudes zerstört. Gionas Augen können die schwarzen Fenstermünder mit den spitzen Glaszähnen nicht sehen, auch nicht die rußgeschwärzten Wände, die verdrehten Masten der italienischen und europäischen Fahne (die als erstes in Flammen aufgingen) oder die verkohlten Stämme der Olivenbäume, die die Kinder vor dem Eingang gepflanzt haben, und auch nicht das kleine Karussell, die Rutschen und die Schaukeln, von denen nur die zerstörten Skelette übrig sind. Das alles sieht jedoch sein geistiges Auge: Im Fernsehen haben sie lange über diesen Brand berichtet, die Beschreibungen der Journalisten haben ihm ein klares Bild der Zerstörung geliefert.

Langsam ist er bis hier hergegangen und verharrt wie jeden Abend, sogar heute an diesem Heiligen Abend, an dem anderenorts gespielt, gelacht und geschlemmt wird.

In dieser Schule ist ein Teil seiner Familie zurückgeblieben.

Giona krallt sich am Zaun fest, er meint, die Stimmen seiner Lieben zu hören: die fröhlichen Rufe Loris, während sie von ihren Freundinnen verfolgt wird, ihre Sprünge und ihr Schlittern bei dem Ruf: »Rette sich, wer kann!«, die Stimme von Mina, die von Herrn Mausbau erzählt, der einen Pakt mit Herrn Wörtlich und Frau Wiederholnix eingeht, um einen wunderschönen Text zum Leben zu erwecken, das Gelächter von Filippo, der mit Lori spielt, während sie auf Mama warten, die Stimme Loris, die eines Tages sagte und dabei auf ihn zeigte: »Das ist der Onkel meines Papas. Er repariert die Erinnerungen.« Dazu kommen die Reime, die Singspiele, der Duft von Äpfeln und Brot mit Mortadella, die strickenden Großmütter auf den Bänken, die Boccia spielenden Großväter, er erinnert sich an das Leben von vorher, an das Leben, als Filippo noch da war und Mina auch, und die Kains noch keine Qual waren, und diese ganze Stille noch nicht mit Erinnerungen vertrieben werden musste.

12

Immer noch herrscht Stille im Wohnzimmer: Verlegenheit, Unwohlsein, so als hätten sie untereinander die Schuhe getauscht und nun drückte es allen (man stelle sich Sarino in den High Heels von Franca vor), daher setzt man sich, man steht wieder auf, um sich gleich wieder hinzusetzen, rutscht auf den Stühlen herum, weiß nicht, was man machen, welchen Gesprächsfetzen man aufgreifen soll, um dem Mund Frischluft zuzuführen.

Das Mädelchen – überlegt Lisabetta gerade, die Lori weiter beobachtet, weil sie verstehen will, wer das sein könnte, was sie dazu getrieben hat, ihr Kind auszusetzen – ist von der Umgebung nicht eingeschüchtert, im Gegenteil, es scheint, als hätte sie im Wohlstand gelebt: Ihr Blick schweift gleichgültig über die Möbel und wertvollen Dekorationen, so als wäre sie solche Einrichtung gewohnt. Und genau das widerspricht völlig ihrem verlorenen Aussehen.

Selbst Sarino beobachtet sie, immer noch argwöhnisch, was Franca unglaublich nervt, weil sie, mit ihrem Expertenblick, bereits Loris Maße genommen, Größe und Gewicht ins Verhältnis gesetzt und sofort erkannt hat, dass dieses arme Kind ausgehungert ist und schon wer weiß wie lange nichts gegessen hat. Sieh nur diese Handgelenke, sagt sie sich, sie sind so dürr, dass sie gleich durchbrechen …

›Und trotzdem ist das Mädelchen gut erzogen‹, überlegt Lisabetta: Sehr höflich hat Lori der Hausherrin gedankt und schweigt jetzt. Aber was sollte sie auch sagen? So wie alle sie beobachten, muss sie sich ja wie in einem Tribunal vorkommen.

Ach, Kindchen…, Luisa empfindet Mitleid, als sie Loris aufgerissenen Hände sieht, die abgekauten Nägel, die Frostbeulen.

›Sie ist erschöpft‹, denkt Lucietta.

›Sie ist unterernährt‹, denkt Grimaldi. Und er möchte wissen, warum, wieso, wo sind ihre Eltern, warum haben sie sich nicht um sie gekümmert? Aber er schweigt.

Daher die Stille.

Daher die Verlegenheit.

Das Mädelchen – das nur Augen für ihr Baby hat – atmet kaum.

Und Agata, die das Gespräch wenigstens ein bisschen in Gang bringen möchte, fragt: »Don Bruno, wie war die Messe?«

Aber der Pfarrer ist immer noch ganz verstört von der Erscheinung Costanzos und würde gern über alles andere reden, nur nicht darüber, also sagt er lediglich: »So wie jedes Weihnachten.«

»Haben Sie das Wunder verkündet, Hochwürden?«, mischt sich Ugo Calcaterra ein. »Dass die weihnachtliche Geburt dieses Gotteskindes Weihnachten erst vollkommen gemacht hat?«

Sollte Don Bruno erzählen, dass er vom Tabbacchere einen Schweigebefehl bekommen hat? Dass ausgerechnet der Tabbacchere ihn gebeten hat, zur Schlange zu werden, und daher eigentlich auch zu einem Teufelchen? Nein, er sollte es nicht tun, daher sagt er: »Ich habe mir überlegt, dass es erst einmal besser ist, die Geschichte dieses Findelkindes nicht herumzuerzählen.«

Das Seufzen des Mädelchens ist kaum zu vernehmen, und trotzdem hören es alle.

Schaisze!, sagt sich Sarino.

›Aber bekommen wir dann nicht Ärger wegen der da‹, denkt Carmine.

Wieder breitet sich eine unerträgliche Stille aus.

Agata sucht verzweifelt nach irgendeinem Gesprächsthema, aber ihr fällt einfach nichts ein. Sie sieht sich um, auf der Suche nach irgendeiner Idee, ihr Blick fällt auf ein rotes Nippesteilchen. »Wisst ihr, was merkwürdig war«, sagt sie. »Vorhin habe ich einen seltsamen Vulkanausbruch gesehen ...«

Ruckartig hebt das Mädchen den Kopf, sieht Agata an, die weiterredet: »Es war spektakulär. Eine rote Fontäne ...« Sie findet keine Worte dafür.

»... berührte die Wolken und färbte sie rot«, ergänzt Lori leise.

Alle drehen sich zu ihr.

Agatas Augen funkeln. »Ich habe das für eine Halluzination gehalten.«

»Und dann?« Toni wendet sich an das Mädchen, das Aug in Aug mit der Tabbacchera offenbar die gleiche Vision wieder vor sich sieht.

Lori antwortet, dass die Fontäne hoch aufgestiegen sei, eine Feuersäule, die am Himmel zu einer roten Sonne wurde.

Agata ergänzt, dass das Rot – blutrotes Zinnober – jedoch wie geschmolzenes Gold aussah.

»Stimmt«, sagt Lori, »und glühende Spritzer flogen darum herum.«

»Selbst das Meer vor Catania war rot«, ergänzt die Tabbacchera.

»Und auch die Dörfer am Berghang.«

»Schaisze, was war das denn, die Apokalypse?«, platzt Toni heraus.

Niemand jedoch hört ihm zu. Alle starren die beiden an, die dieselbe Vision vor Augen haben, sie sich zuwerfen und sie nach und nach vervollkommnen, weil die Worte der einen der Erinnerung der anderen auf die Sprünge helfen.

Da macht Toni, dem die ganze Geschichte wie ein kolossales Märchen vorkommt – auch wenn er sich nicht erklären kann, wie die beiden dasselbe gesehen haben können – den

Fernseher an, weil eine Sondersendung möglicherweise von dem außergewöhnlichen Ereignis berichtet, während Sarino – der ungläubige Thomas *par excellence* – auf den Balkon tritt, um am Krater und an den Berghängen nach einem roten Lavastrom zu suchen.

Kein Lavastrom, keine Sondersendung in den Fernsehnachrichten, weder heute noch morgen, weil über diese unglaubliche Eruption niemand, außer der Tabbacchera und dem Mädchen, je ein Wort verlieren und diese Geschichte später zu den Merkwürdigkeiten dieses wahrlich außergewöhnlichen Weihnachtsfestes gerechnet werden wird.

Aber immerhin ist das Eis gebrochen, Herrschaften, wir haben die Stimme des Mädelchens vernommen, wir haben bemerkt, dass es ordentlich spricht, dass es gebildet und mit Beobachtungsgabe ausgestattet ist und offensichtlich aus gutem Hause stammt.

Das alles jedoch macht dieses Mysterium noch größer: Wie kann eine anständige Familie es zulassen, dass so ein Mädchen, das selbst fast noch ein Kind ist, schwanger wird und allein niederkommt?

›Und dann besitzt sie sogar noch die Frechheit, das Baby den Kötern vorzuwerfen‹, denkt Sarino.

Dachten Sie etwa, dass er diese Kleinigkeit vergessen würde? Dachten Sie schon, dass er mit dem Mädelchen Frieden schließen würde, nur weil Costanzo ihm einen Auftrag erteilt hat? Mitnichten!

»Schätzelchen«, sagt er vielmehr mafiös zu ihr, »entschuldige vielmals, aber wie kommt es, dass du die Kleine in'en Müll geworfen hast?«

»Sarino!« Francas Stimme knallt wie ein Peitschenhieb.

Wie eine Hyäne dreht er sich zu ihr. »Hey, mach mich bloß nich so an! Ich hab nur die Wahrheit gesagt, die euch doch auf der Zunge liegt, aber ihr sprecht sie nur nich aus, weil ihr zu feige seid, die Dinge beim Namen zu nennen!«

Die Blicke aller brennen wie Feuer auf ihm. Nur das ausgehungerte und verlorene Mädelchen betrachtet ihn verständnisvoll mit ihren todmüden Madonnen-Augen, sie presst die Lippen zusammen, um nicht zu sagen: »Wenn Sie die ganze Wahrheit wüssten, Signore, wären Sie nicht so wütend auf mich.« Das sagen ihre Augen, oder besser gesagt, das liest Sarino in ihnen und ein wenig beruhigt er sich.

Francas Wut hingegen ist ungebrochen. »Dieses Mal bist du zu weit gegangen!«

»Nein«, unterbricht das Mädchen sie, »es ist doch ganz normal, dass …«, aber sie beendet den Satz nicht.

»Wie heißt du eigentlich?«, fragt Giulio sie da.

»Lori«, sagt sie. Mehr nicht.

Die Clique möchte alles von ihr wissen, wer sie ist, wer ihre Eltern sind, wie sie hergekommen ist … Aber niemand wagt es zu fragen.

Alles zu seiner Zeit, denkt Don Bruno, wobei er sich daran erinnert, dass es eine Zeit zum Leben und eine zum Sterben gibt, eine zum Weinen und eine zum Lachen.

»Hör mal, Lori«, fängt die Tabbacchera an, »hier bei mir brauchst du dir keine Sorgen zu machen …« und erklärt ihr weiter, dass sie wirklich in Sicherheit ist. Sie kann ihre Familie benachrichtigen, die sich doch bestimmt sorgt, erzählen, dass es hier jemanden gibt, der sie jederzeit nach Hause fährt und alles sich auf die bestmögliche Art fügen wird.

In der nachfolgenden Stille erwartet die Clique eine Antwort, und sei es nur ein Danke, oder auch nur den Versuch einer Erklärung des Vorgefallenen, der Gründe, warum sie hier gelandet ist – sie, die mit Akzent aus Trapani spricht, also von der Westküste Siziliens kommt –, vielleicht hat sie ja Verwandte in der Gegend? In Syrakus?

Doch Lori bleibt stumm.

In der angespannten, stickigen Stille ertönt plötzlich das verräterische Knurren eines hungrigen Magens.

Ganz deutlich hört man ihn.

Lori senkt den Kopf, schamesrot, so als hätte man sie beim Klauen erwischt.

»Entschuldigt«, murmelt sie.

Sie sprangen auf. Alle. Allesamt. Eine Armee unter dem Befehl eines unsichtbaren Generals stürzte in die Küche und kam mit all dem Essbaren wieder, von denen das Mädelchen in den vergangenen sechs Monaten voller Hunger und Entbehrungen nicht mal zu träumen gewagt hätte.

Calcaterra und Acquaforte zerrten ein Tischchen vor Loris Sessel, irgendjemand schnitt Brot auf, ein anderer legte die Fladenbrote vor sie – »Nicht die mit Brokkoli«, befahl Violante, »sonst wird die Milch zu schwer und bekommt der Kleinen nicht« –, noch jemand reichte ihr ein Häppchen Käse, jemand gab ihr ein Stück Pizza, jemand sagte: »Nasch ein bisschen, während wir den Tisch ordentlich decken«, wieder ein anderer (Giulio) sagte: »Ich warne dich: Wir sind eine völlig durchgeknallte Truppe. Aber sehr liebevoll«, jemand fragt sie, ob sie sich die Hände waschen wolle, ob ihr irgendetwas wehtue, ob sie möglicherweise etwas Chili auf dem Stockfisch wolle – »Kein Chili«, befahl Violante, »das bekommt der Kleinen nicht. Und auch keinen Stockfisch« – ob sie vielleicht noch eine Serviette bräuchte oder eine andere Gabel? Wollte sie vielleicht ein bisschen von der *Caponata*? (Den Namen *Ratatouille* hatte man im selben Moment vergessen, als er ausgesprochen worden war.)

Verzaubert blickte Lori sich um und schüttelte den Kopf, sie war wie betäubt, sah zu ihrer Tochter und kam sich vor wie in einem Traum: Gleich würde sie aufwachen und mit Schmerzen im Schnee liegen oder sich sofort im Jenseits wiederfinden.

»Bin ich tot?«, fragte sie.

»Du lebst!«, murmelte Sarino und begann zu husten.

Niemand achtete auf diesen Husten, außer Grimaldi. »Komm nach den Feiertagen in meine Praxis, ich will deine Lungen abhorchen«, sagte er.

»Ich hab nix, Dottore. Das war nur die kalte Luft vom Balkon von vorhin, als ich ne Zigarette geraucht hab«, und zu Franca, die ihn erbost ansah: »Das war nur ne halbe, ich schwör's.«

»Und wieso?«, fragte sie, immer noch stinksauer wegen des Satzes von vorhin.

»Schaisze, Francuzza«, rief er mit Lämmchenstimme, »bei all den Seltsamheiten von heute, meinst du nich, dass man da mal eine quarzen muss?«, und derweil sah er sich suchend nach Costanzo um und wollte ihm sagen: »Ich schwör dir, Tabbacchere, ich pass auf beide auf, auf Mutter und Tochter, und ich mach ihr auch falsche Papiere, denn in so was bin ich'n Genie!«

Er hörte Costanzo lachen. Und so lachte auch er, ganz leise, mit einem Herzen, das in einem plötzlichen Anfall von Zufriedenheit ins Trudeln kam, etwas beschleunigte, dann wieder abbremste. »Don Bruno, wisst Ihr was?«, sagte er schließlich.

»Was denn, Sarino?«

»Ihr werdet mich ab jetzt jeden Sonntag in der heiligen Messe sehen.«

»Allmächtiger! Und wieso das?«

»Einfach so«, sagte er, denn er schämte sich zuzugeben, dass dieser verständnisvolle Blick des Mädelchens, trotz seines Vorwurfs, ihn in seiner armseligen Männlichkeit getroffen hatte, die noch einen langen Weg bis zur vollkommenen Liebe zurücklegen musste.

Und so redeten sie, schwatzten über Leute und Ereignisse, von denen Lori nichts wusste, sie machten Witze, über die sie – um das Kind nicht zu stören – leise lachten, naschten von den gerösteten Kichererbsen und Nüssen, dazu tranken sie ein bisschen Malvasia, ein bisschen Zibibbo, ein Schlückchen Nero d'Avola – von dem sich Don Bruno allerdings rigoros fernhielt –, dann bedienten sie sich an diesem Zimtgelee, das mitten auf dem Tisch stand und eine Gaumenfreude war.

Anfangs flüchteten sie sich absichtlich in das Geschwätz, um dem Mädelchen die Peinlichkeit zu ersparen, im Zentrum der Aufmerksamkeit zu stehen, dann jedoch ließen sie sich von den Gesprächen mitreißen und verwandelten sich in eine dörfliche Ratssitzung, bei der die Luft glühte wegen der Renovierung eines Kinos, das die Opposition boykottierte und stattdessen dort ein mehrstöckiges Parkhaus errichten wollte.

»Das Kino ist ein Vergnügungsort, Bürgermeisterin«, hatte ein Möchtegernlehrer gesagt, der sich für Gott höchstpersönlich hielt, »und Vergnügungen haben wir weitaus genug. Ein Parkhaus in einem aufstrebenden Dorf hingegen ist von öffentlichem Interesse«, hatte er mit der Anmaßung desjenigen geschlossen, der sich *allen überlegen* fühlte, nur weil er einst vom alten Bürgermeister auf Händen getragen worden war und über eine gewisse Anzahl von Unterstützern verfügte.

»Öffentliches Interesse, ja, sicher!«, rief Ingenieur Calcaterra, der die heimlichen Privatpläne in diesem Projekt genau kannte.

»So wie die Müllhalde von öffentlichem Interesse war, die man auf unserem Land errichten wollte«, murmelte Agata verbittert.

Eine schmerzliche Stille machte sich breit, und alle – Carmine *in primis* – erinnerten sich an die feurigen Tage, als Occhi janchi seine Krallen nach der Saracina, dem herrlichen Anwesen des Tabbacchere, ausgestreckt und versucht hatte, es ihm zu rauben, und an den Kampf, bei dem Costanzo das Herz explodiert war.

»Das Kino kommt«, mischte sich Giulio ein. »Wir haben die Unterstützung der Sozialisten.«

»Was faselst du'n da!«, polterte Sarino, der sich jeden verdammten Tag mit diesen angeblichen Sozialisten herumschlug.

»Es stimmt.«

Sie sahen sich herausfordernd an, zumal er, der Vorzeigestudent, doch keine Zeit für Politik hatte, jedenfalls hatten das bis zu diesem Moment alle gedacht, aber nun kam er mit diesem Satz um die Ecke, der viel mehr offenbarte, als sie wussten.

Lori sah die Clique an und versuchte, ihren Gesprächen einen Sinn zu geben: Kino, Parkhaus, Sozialisten und so weiter. Aber sie war einfach nur noch müde, und vor allem hatte sie das große Bedürfnis, sich mit ihrem Kind zurückzuziehen, sich mit ihm vertraut zu machen, es um Vergebung zu bitten, auch für den Mangel und die Schmerzen, die es erleiden musste, als es noch in ihrem Bauch gewesen war: für das Herumstreunen von Dorf zu Dorf, das Klauen zum Überleben, für die ständige Angst entdeckt zu werden, die Panik an dem Abend, als man sie an den Haaren packte, sie sich aber losmachen und flüchten konnte und später eine blutende Wunde am Kopf entdeckte, wo man ihr die Haare ausgerissen hatte. Außerdem wollte sie an ihrem Kind schnuppern, es wiegen, küssen, mit ihm kuscheln, es mit ihrer Milch überziehen und mit ihm reden reden reden, ihm von Mina und Giona erzählen … Sie legte den Kopf an die Sessellehne und schlief mit dem Kind an der Brust ein.

Agata bemerkte es, brachte die anderen mit einem Zeichen zum Schweigen, dann trat sie zu ihr und flüsterte: »Lori.«

Erschrocken riss sie die Augen auf, wusste einen Moment lang nicht, wo sie war. Dann erkannte sie das Zimmer, das Gesicht der Frau vor sich. »Entschuldigen Sie«, sagte Lori.

»Wofür denn? Es war dumm von uns, es nicht zu merken«, und bevor sie etwas erwidern konnte, sagte Agata: »Komm.«

Sie führte das Mädchen mit dem Baby in ein großes Zimmer, in dem vor langer Zeit Costanzos Eltern geschlafen hatten. Darin standen ein Bett mit Perlmuttintarsien, zwei hohe

Nachttischchen, eine Kommode, ein Schrank und ein Sessel am Balkon, von dem aus man den fallenden Schnee beobachten konnte.

»Dort ist das Bad«, sagte Agata und zeigte auf eine Tür gleich neben dem Schrank, »wenn du etwas brauchst, ruf einfach.«

Lori nickte.

Doch sie blieb nicht lang allein. Sie konnte gerade einmal die Tagesdecke wegziehen, als jemand klopfte.

Violante trat ein. »Ich hab hier ein paar Sachen, die du brauchen wirst«, sagte sie und zog aus einer großen Tasche Windeln, Feuchttücher, eine Dose mit Salbe – »Gegen einen roten Po.« –, einen Schnuller – »Der ist unbenutzt. Wir haben zu Hause eine ganze Batterie davon.« – sogar ein paar Lätzchen – »Dann musst du sie nicht umziehen, wenn sie etwas ausspuckt.« –, vier Strampelanzüge, zwei gelbe und zwei weiße, einen winzigen Kamm für die Flaumhärchen, und dann – »Nimm es als erstes Geschenk für deine schöne Tochter.« – ein Silberglöckchen. »Das«, erklärte Violante, »ruft die Engel für sie herbei. Du musst nur leicht klingeln, und schon kommen die Engelchen und beruhigen sie.«

Violante war in das Schneegestöber hinausgestürzt, um diese paar Sachen zu holen. Die Kälte im Gesicht, die Schneeflocken um sie herum bereiteten ihr eine so immense Freude, dass sie am liebsten an alle Türen geklopft, alle Leute aufgeweckt und Purzelbäume geschlagen hätte, doch stattdessen hatte sie sich angetrieben: »Lauf, mach schnell!« und war nach Hause gerannt, wo sie das Nötigste zusammengerafft hatte und sofort zur Tabbacchera zurückgekehrt war.

Lori bewegte nur ganz leicht das Glöckchen und schon waren sie da, die Engel, einer von ihnen hieß ganz sicher Mina und der andere Filippo, sie meinte ihren Duft zu riechen und große Tränen liefen ihr über das Gesicht.

»Dummerchen, komm her«, sagte da Violante. Sie nahm

Lori in die Arme und drückte sie an sich. Doch schon brach sie in Gelächter aus. »Herrgott, was für Titten! Wir sind echt zwei Milchkühe!« Und so verwandelte sie die rührselige Szene erster Güte in eine herrliche Komödie.

Tatsächlich lachte auch Lori, doch noch mehr lachte Violante, während das Kind auf dem Bett zwischen zwei Kissen lag und die beiden beobachtete, die wie betrunken wirkten.

Und als sie aufhörten zu lachen, fragte Violante: »Willst du sie wirklich Terramarina nennen?« Sie zeigte auf die Kleine.

Lori nickte.

»Armes Kind«, seufzte Violante.

Erstaunt sah Lori sie einen Moment lang an. »Meinst du, sie werden sie deswegen aufziehen?«

»Na klar! Kannst du dir vorstellen, was für eine Last so ein Name sein kann?«

Darüber hatte Lori nicht nachgedacht.

Violante betrachtete das Würmchen im Bett: Es schien eine Sonne zu sein, eine strahlende Sonne, und blitzartig – denn sie war eine, der die Worte manchmal einfach so aus dem Mund purzelten, ohne erst das Hirn zu passieren – sagte sie: »Agata hat sie Luce genannt.« Sofort biss sie sich auf die Zunge. »Aber du bist ihre Mama«, fügte sie rasch hinzu, »also musst du ihr den Namen geben.«

Lori betrachtete ihre Tochter, schön war sie, *am wunder-wunderschönsten*, wie Mina im Spiel mit den Superlativen gesagt hätte, wenn sie da gewesen wäre. Und da sprach Mina in ihrem Kopf: »Eine Sonne ist unser Töchterchen, Lori, und Luce ist ihr Name.«

»Unsere Tochter?«, fragte sie.

»Unsere … von wem?«, fragte Violante.

»Von denen, die sie lieb haben«, murmelte Lori.

Violante war gerührt. »Natürlich, und außerdem sind sie und Marcuzzo ja Milchgeschwister und werden zusammen aufwachsen und sich lieb haben«, sagte sie und vollführte einen weiten Sprung in eine vielleicht unwahrscheinliche Zukunft.

Lori nickte voll Freude. »Ich bin Einzelkind und habe keine …«

»Ich auch«, unterbrach Violante sie, »deshalb habe ich schon zwei Kinder und … ich will noch ein paar mehr.«

»Was den Namen angeht«, fuhr Lori fort, »du hast recht: Wir nennen sie Luce. Weil das ein herrlicher Name ist.«

»Okay, Luce für das Meldeamt und die Leute«, erklärte Violante, »aber in deinem Herzen kannst du sie nennen, wie du magst, denn dort bist du zu Hause und kannst tun und lassen, was du willst. Aber in der Welt da draußen kann Terramarina zu einem Fluch werden, das weißt du, oder?«

»Der Name Luce ist kein Fluch?«, fragte Lori da.

»Tja, dann können die anderen sie Sole, Stella, Luna nennen …«

»… oder Helle, Lampe, Luzi …«, machte Lori weiter. Aber sie lachte, Himmel, wie dieses Mädchen lachte, das wie ein Engel aussah, eine feine Seele hatte und die Männer mit ihrem Aussehen ins Verderben stürzen wird, sagte sich Violante, wenn sie erst mal wieder etwas Fleisch angesetzt hat. Ist das wirklich dieselbe Person, die die Kleine den Hunden vorgeworfen hat?

Bei diesem Gedanken erstarrte Violante. Ihr Gesicht verdüsterte sich. »Eine Sache musst du mir noch sagen, ganz ehrlich«, forderte sie.

»Was?« Sofort war Lori alarmiert.

»Wolltest du die Kleine wirklich in den Müllcontainer werfen?«, platzte sie unvermittelt heraus.

Das »Nein!« aus Loris Mund war ein Schrei, der Violantes Herz durchbohrte.

Und das genügte ihr, um jeglichen Zweifel zu vertreiben.

Violante drückte Lori noch einmal an sich, Brüste an Brüste, aus denen die Milch quoll und ihre Kleider durchnässte.

Und wieder lachten die beiden Mädchen, während Toni Scianna mit den anderen das Gespräch von vorher weiterführte: »Ich habe diese Lori schon mal irgendwo gesehen. Ganz sicher. Aber wo?«

»Ist sie ne Schülerin von Ihnen?«, versuchte es Sarino.

Toni schüttelte langsam den Kopf.

Auch Carmine kam das Mädchen irgendwie bekannt vor, gleich darauf hatte er es. »Sie ähnelt der Bellucci«, sagte er.

»Stimmt!«, sagte Giulio.

»Stimmt«, sagte auch Toni, obwohl er nicht ganz überzeugt war.

»Ich geh jetzt, du bist ja todmüde«, sagte Violante, »und ich hab zwei Kinder, die ich heute so gut wie gar nicht gesehen habe. Ein Glück, dass Lucietta und Ugo Spaß daran haben, Großeltern zu spielen.«

»Warum nennst du sie so?«

»Wie sollte ich sie denn sonst nennen?«

Lori sah sie fragend an. »Das sind doch dein Vater und deine Mutter ...«

Violante lachte. »Nein, meine Eltern machen gerade eine Kreuzfahrt und feiern auf dem Schiff ihren Hochzeitstag. Lucietta und der Ingenieur sind nur gute Freunde.« Sie verabschiedete sich mit dem gleichen Satz wie Agata: »Wenn du etwas brauchst, ruf einfach.« Dann ging sie und schloss die Tür hinter sich.

Mutter und Tochter waren endlich allein.

Lori zog die Kleine aus. Sie sah sie an, wie sie es bis zu diesem Moment noch nicht hatte tun können: Zentimeter für Zentimeter, angefangen bei den Haaren, über die Stirn bis zum Mund, dann wieder hoch zu den Augen, und hier hielt sie inne: Es waren die Augen des Vaters, in der Form und auch in der Farbe, in der sich bereits ein Himmelblau andeutete; der Mund jedoch war so wie ihrer und auch die Finger und die Zehen.

Lori kontrollierte, ob an ihrer Tochter alles dran war, ob die Entbehrungen ihr nicht einen Finger, einen Knochen, einen Muskel oder einen Nerv geraubt hatten. Sie drehte die Kleine vor und zurück und sang ihr dabei die Lieder, die Mina für sie gesungen hatte, und sie streichelte ihr Kind, damit ihre Finger jeden Teil dieses Wesens kennenlernten, das von ihr die Säfte, Substanzen, Kräfte, Bewusstsein und Gefühle bekommen hatte. Und währenddessen zog auch sie sich aus, legte sich ihre Tochter auf den Bauch, Haut auf Haut, Wange auf Brust, Milch tröpfelte heraus, mit der sie die Kleine noch lange stillen würde, und währenddessen unterrichtete Lori sie über ihren Rang in einer Familie mit tiefen Wurzeln und unterwies sie in der Genealogie – was später einmal Luce Delle Rose dem gerührten alten Giona erzählen würde –, denn Lori sagte: »Du bist meine Tochter. Ich bin die Tochter von Mina und Filippo, der gestorben ist, als ich klein war. Mina war die Tochter von Agadir, die meine Großmutter war, also deine Urgroßmutter. Giona hingegen ist der Onkel meines Papas, und daher dein Urgroßonkel. Er repariert die Erinnerungen …«

Als Violante zu den anderen zurückkehrte, mischte sie sich in das Gespräch über die Unbekannte ein, die der Bellucci ähnelte, und sagte: »Sie hat die Kleine nicht den Hunden vorgeworfen.«

»Ja, und?«, sagte Toni.

»Lori wollte die Kleine überhaupt nicht aussetzen.«

Alle schnappten nach Luft, vor allem Sarino. »Los, erzähl! Was hat sie gesagt?«, drängte er, denn er war nicht der Typ, der sich mit zwei Worten und einem Halbsatz zufriedengab.

Violante zuckte mit den Schultern. »Sie ist kein Kind mit lockerer Zunge, daher redet sie nicht viel«, überlegte sie laut, »aber ich kann euch versichern, dass das *Nein,* das aus ihrem Mund kam, als ich sie fragte, ob sie die Kleine loswerden wollte, aussagekräftiger war als hundert Erklärungen.«

»Ja, schon klar!« Sarino zweifelte immer noch. »Dir reicht 'n *Nein* und schon hast du alles kapiert. Meinst du etwa, sie kommt zu dir und sagt: ›Ja, ich war's‹«, er sprach im Falsett, »›Ich hab die Kleine den Hunden vorgeworfen, weil sie mir lästig war?‹ Niemals! Solche Erklärungen müssen klar ausgesprochen werden, umfassend und überzeugend sein«, wiederholte er Wort für Wort einen der Lieblingssätze des alten Bürgermeisters.

Violante wurde rot. In extrem ruhigem Ton, einem Zeichen, das sie extrem wütend war, holte sie zum Gegenschlag aus: »Motta! Es gibt Worte, die sind wie Messerstiche. Und meine Frage war so ein Stich. Und sie hat geantwortet, so als würde man sie hinterrücks niederstechen. Und wenn du es unbedingt wissen willst«, fuhr sie fort, und duzte ihn, was sie sich bei einem alten Mann sonst nie erlauben würde, »ich hab mich mies dabei gefühlt, dass ich sie das überhaupt gefragt hab. Ist das klar?«

Eine seltsame Stille legte sich über alle, eine, in der man nicht mal mehr merkt, ob man atmet oder nicht, ob die Zeit weiterläuft, ob auf der Straße jemand lacht oder singt.

Sarino massierte sich den Nacken, der plötzlich schmerzte, so als hätte er eine Kopfnuss kassiert. Er fragte sich, ob das wohl der Tabbacchere gewesen war, wegen seiner nächsten Respektlosigkeit gegenüber dem Mädelchen, das er mit seinem Leben beschützen sollte.

Violante zerstörte die fast schon stachlige Stille. »Was den Namen angeht«, fuhr sie fort, »so hab ich ihr klar gemacht, dass Terramarina doch etwas seltsam ist, dass es für die Kleine ein lebenslanger Fluch wäre und dass es besser wäre, sich eine Alternative zu überlegen.«

»Und was hat sie gesagt?«, fragte Toni.

»Was sollte sie schon sagen?«

»Dass es keine Alternativen gibt?«

»Falsch!«

»Dass sie sie Terra nennt?«, provozierte Sarino und kassierte vom Tabbacchere die nächste Kopfnuss, die ihm zu verstehen gab, dass er, wenn er nicht schwachsinnig werden wollte, das Mädelchen besser nicht mehr auf die Schippe nahm.

»Ich hab ihr erzählt, dass Agata sie Luce genannt hat.«

»Grundgüter!«, rief Lucietta.

»Und?«, drängte die Tabbacchera.

Violante lächelte. »Und …« Sie machte eine Kunstpause wie eine gewiefte Geschichtenerzählerin.

»Spuck's schon aus, Violante!«

»Was sollte sie eurer Meinung nach wohl sagen?«

»Was sollte sie denn sagen?«, echote Calcaterra.

Wortlos lachend zog Violante ein verschmitztes Gesicht wie ein Mädelchen, das sich den Spaß erlaubte, alle auf die Folter zu spannen.

»Violante!«, drängelte Luisa.

Sie lachte und sagte: »Dass es ein herrlicher Name ist! Habt ihr etwa daran gezweifelt?«

Niemand hatte daran gezweifelt.

Und so ward es Luce.

13

Es war fünf Uhr morgens, und immer noch schneite es.

›So etwas habe ich noch nie erlebt‹, dachte Toni.

Das Dorf war von einer weißen Glasur überzogen, sodass es wie auf diesen Miniaturen von nördlichen Weilern im Schnee aussah, und nun, da die Morgendämmerung die Nacht verschlang, war die Welt von einem strahlenden Hellblau umhüllt, so als wäre der Himmel zusammen mit dem Schnee herabgerieselt.

Doch wenn der Himmel zusammen mit dem Schnee herabrieselt, sagte er sich, wird es bald keinen Himmel mehr geben, also auch keine Wolken und keine Stürme … und dann? Werden wir dann zum Himmel in einer kopfstehenden Welt? Sind wir dann die Engel, und die dort oben stecken im Schlamm und Dreck so wie wir bis jetzt?

Törichte Gedanken! Auf eigene Faust galoppierte sein Geist – sicher wegen des Schlafmangels – los wie ein Pferd, dessen Zügel man schießen lässt und dem man erlaubt, einen in unbekannte Gefilde zu tragen. Denn wann hat ein Latein- und Griechischlehrer, ein sensibler Philologe, versehentlicher Dichter, ein rettungslos in Frau und Kinder Verliebter je so etwas gedacht?

Der merkwürdige Abend und die merkwürdige Nacht hatten seine Wahrnehmung verändert, weshalb er meinte, in einem luziden Delirium zu stecken, in dem die Dinge zwar Dinge waren, aber auch noch viel mehr.

»Es kam mir vor«, wird er eines Tages der Signora mit dem Notizblock sagen, »als wären meine Sinne extrem geschärft, als würde ich das sehen, was jenseits der Oberfläche der Realität liegt, als würde ich den Atem der Dinge spüren …«

Toni strich sich über das bartstoppelige Kinn. Die anderen schliefen noch. Ihm war als Einziger nicht die Gnade des Schlafes zuteilgeworden. Nachdem Violante und die Kinder in einem Zimmer, das die Hausherrin ihnen überließ, zu Bett gegangen waren, hatte er sich einen Kaffee gemacht und war mit einer dampfenden Espressotasse ins Wohnzimmer zurückgekehrt.

Der lange Tisch – der bereits für das Frühstück gedeckt war – trug Violantes Handschrift: Sie war es, die bereits alles vorbereitet hatte. »So müssen wir das morgen früh nicht mehr machen«, sagte sie wie immer. Und er erinnerte sich an die Zeit, als er den Sommer im Ferienlager verbracht hatte und bereits am Abend sein Tablett mit dem Teller, der umgedrehten Tasse, dem Glas – ebenfalls umgedreht –, dem Löffel und der Serviette auf seinen Platz im Speisesaal stellen musste.

Das Zimmer wurde vom Schein der Straßenlaternen erleuchtet. Während er an seinem Kaffee nippte, dachte er an das Kind und seine Mutter, an den Ärger, der auf Lori zukommen würde: Das Mädchen war minderjährig, sie hatte – ganz gleich, was Violante auch sagte – ihre Tochter im Schnee ausgesetzt, die Anklage würde also auf versuchten Mord lauten. Ihm war ein ähnlicher Fall aus Palermo in den Sinn gekommen, nur dass dort das Baby gestorben und die Mutter verhaftet worden war. Und auch die Clique würde Ärger bekommen: Sie hatten ein Baby gefunden und es mit nach Hause genommen. Das ist doch kein Spielzeug, das niemandem gehört!

Seit er Stadtrat geworden war, hatte er sich mit Fragen des Rechts beschäftigt, zuerst widerwillig, weil er sich mit einer komplizierten Materie befassen musste, dann jedoch mit immer größerer Leidenschaft.

Ausgerechnet diese Sorgen hinderten ihn am Schlafen. Er nahm sich vor, mit Agata darüber zu reden, sobald sie wach war, und bis dahin nahm er ein Schlückchen Kaffee, sagte sich abwechselnd »Alles wird gut« und »Das gibt richtig Ärger«, und das Hüpfen seines Herzens raubte ihm die Ruhe.

Als Erste trat Lisabetta zu ihm. »Was machst du hier?«

»Ich kann nicht schlafen.«

»Ich auch nicht.«

Die beiden waren nicht besonders vertraut miteinander, sie kannten sich eher flüchtig. Lisa war die Freundin von Agata und Violante, aber vor allem war sie die Küchenchefin im Restaurant, in dem die Frauen regierten. In einem leeren Zimmer waren sie und er sich daher noch nie so nah gewesen. Und umhüllt vom frischen Duft des Kaffees – Lisabetta hatte eine große Kanne aufgesetzt und war mit einer zweiten Tasse für Toni erschienen –, entstand in der nachfolgenden Stille ein nie gekanntes Einvernehmen zwischen ihnen, das ihn zu der scherzhaften Frage verleitete: »Kannst du im Kaffeesatz lesen?«

»Sogar in einer Kristallkugel«, antwortete sie ruhig.

»Dann sag mir bitte, ob du darin Freude siehst.« Er reichte ihr seine leere Espressotasse. »Bitte kein Unheil«, fügte er noch hinzu. Er wollte nicht, dass Agata litt, er wollte nicht, dass zum Verlust von Costanzo und Locatelli auch noch der des Kindes hinzukäme, dessen Anwesenheit ihre Augen vor Glück so zum Strahlen gebracht hatte wie schon lange nicht mehr (er konnte natürlich nicht ahnen, dass ein Großteil dieses Leuchtens vom *Meine Tabbacchera* stammte, das in ihrer Brust tanzte, vor allem jetzt, da sie im Traum barfuß die Meerenge zwischen Charybdis und Szylla mit dem festen Vorhaben überquerte, schnellstmöglich ins Piemont zu gelangen).

Lisabetta schob die Tasse zur Seite, knüllte ein Blatt zusammen, dann, nachdem sie an eine Fensterscheibe gehaucht hatte, drückte sie es auf den Beschlag. »Was siehst du?«, fragte sie.

Er sah sie verwundert an, dann betrachtete er die dunkleren Zeichen auf dem matten Rund. »Tja … eine Karte der Kontinente, Afrika …«

»Sieh genau hin.«

»Ein Gesicht…«

»Keine Straßen?«

»Plätze.«

»Und sonst?«

»Allerhand, Lisa. Ich sehe allerhand.«

»Wie poetisch.« Sie betrachtete die Zeichen: Da gab es kleine Plätze, ja, auch ein Gesicht, eine geografische Karte. »Das ist eine Frage des Standpunkts«, sagte sie. Dann kniff sie die Augen zusammen, öffnete sie wieder. Sie sah Chaos, ein großes Durcheinander.

»Also?«, fragte Toni amüsiert. »Signora Megäre, was lesen Sie in unserer Zukunft?«

»Ein großes Durcheinander, Professore«, gab sie zu.

»Ey, meine Liebe, man muss keine Hexe sein, um eine chaotische Zukunft vorherzusagen!«

»Wollen wir wetten?«

»Auf das Chaos?«

»Nicht irgendein Chaos: Ich sehe einen engen, überfüllten Raum, viele Leute, die die Hände heben, um auf sich aufmerksam zu machen, ich höre mächtige Stimmen, hören Sie die nicht auch, Professore, all diese Stimmen?« Sie lachte, sie schien ihn auf den Arm zu nehmen. Sie sagte ihm nicht, dass dort in der untersten Ecke, eine Sichel war, und diese Sichel – »Herr, erlöse uns!« – bedeutete die Ankunft von Gevatter Tod.

Sie zeigte auf die Sichel. »Was siehst du hier?«, fragte sie ihn.

»Eine Mondsichel«, antwortete er, ohne zu zögern, und fand darin die Bestätigung, dass der Himmel doch nicht vollständig herabrieseln und die himmlische Ordnung noch ein paar Jahrtausende erhalten bleiben würde.

»Der Mond steht für die Entwicklung und das Wachstum«, überlegte Lisa, »er ist das Symbol der Erneuerung, aber auch der Weiblichkeit.«

»Wusste ichs doch!«, zog er sie auf. »Euch gehört die Welt, meine Liebe, euch Frauen, wir sind nur eure Diener.«

›Solange ihr uns nicht umbringt‹, dachte sie, sagte es aber nicht.

Toni schenkte sich Kaffee nach. Er betrachtete die weißen Dächer, das Dorf schien in den hundertjährigen Schlaf der bösen Märchen gefallen zu sein.

»Erzählst du mir, was dich beunruhigt?«, fragte ihn Lisa schließlich. »Was ist das befürchtete Unheil der Zukunft?«

»Dieses Mädelchen… das Neugeborene… Glaubst du nicht, dass das Ärger gibt?«

»Bis es so weit kommt, genießen wir Weihnachten«, unterbrach sie ihn. »Dann sehen wir weiter.« Und weil er immer noch irgendeinem bösen Gedanken nachhing, überrumpelte sie ihn mit den Worten: »Darf ich dich umarmen?«

Er sah sie überrascht an.

Sie lachte. »Keine Angst, ich fress dich schon nicht!«

Als die anderen zum Frühstück erschienen, war es bereits nach zehn. Lisabetta hatte genug Zeit gehabt, um Krapfen und Crêpes aus den Zutaten zu backen, die Toni – er stürzte sich mit kindlicher Freude und Abenteuerlust in den Schneesturm – von zu Hause geholt hatte, nachdem sie die trostlos leere Speisekammer der Tabbacchera inspiziert hatten, und so war der Tisch nun wieder mit allen Gottesgaben gedeckt.

Vor allem Lori staunte: Der Duft von Kaffee, Gebäck und karamellisiertem Zucker für die Krapfen war bis in ihr Zimmer gekrochen und hatte den Hunger einer jungen Wölfin geweckt, die mit ihren fünfzehn Jahren die ganze Welt verschlingen könnte. Doch dieser Hunger hatte seinen Ursprung nicht mehr in der Qual eines leeren Magens.

»Wie habt ihr geschlafen?«, fragte Agata, als sie Lori mit dem Baby eintreten sah.

»Sehr gut, danke«, antwortete sie.

Es war gelogen. Die ganze Nacht über hatte sie an die Kains denken müssen, an Giona, der nichts von ihr wusste, an ihre Flucht …

Was sollte sie tun? Sie würde nicht hierbleiben können, Agata hatte deutlich gesagt: »Ruf deine Familie an, sag ihnen Bescheid.« Den Kains Bescheid sagen? Eher würde sie wieder abhauen. Sie würde das Baby bei diesen Leuten lassen und sie … Es zurücklassen? Allein der Gedanke hatte ihr das Herz zerrissen. »Niemals, mein Schatz, niemals«, hatte sie geflüstert und ihr Kind geküsst, auf den Hals, auf die Händchen, auf das kleine Gesicht, während Luce den Mund aufriss und nach ihrer Brust suchte.

Nun jedoch, zwischen Krapfen, Pfannkuchen, ofenfrischem Pandoro, zwischen Männern mit Stoppelbärten, Frauen in Festtagskleidern, aber ohne Make-up, den Milchkaffee vor sich, das Kind an der Brust, Giulio goss ihr ein Glas Orangensaft ein, überkam sie eine große Glückseligkeit. Und sie lächelte die anderen an, die zurücklächelten und Marmelade auf gebutterte Toastscheiben und Karamell auf Krapfen strichen.

Nur die Tabbacchera war nicht so fröhlich wie am Abend zuvor. Als sie das Handy anschaltete, fand sie zwar hundert Weihnachtsnachrichten für die Bürgermeisterin, aber nicht eine Nachricht von Andrea. ›Merkwürdig‹, sagte sie sich. Sie las das *Meine Tabbacchera* noch einmal, von dem sie fürchtete, es sich nur eingebildet zu haben, doch es stand da, klar und deutlich wie eine unumstößliche Wahrheit. Also überwand sie ihre Unschlüssigkeit und rief ihn an, aber sein Telefon war ausgeschaltet. Konnte das sein? Sie fürchtete, dass er es sich anders überlegt hatte, dass er die Nachricht in einem Anfall von Nostalgie geschrieben und sie dann bereut hatte, wer weiß … sehr wahrscheinlich hatte er längst eine andere. Bei diesem Gedanken wurde ihr schwindelig, und dennoch sagte sie sich: Überleg doch mal, wenn er eine andere hat, warum dann dieses *Meine Tabbacchera*?

Sie ist verwirrt. Diese verwirrte Tabbacchera spricht kein Wort, während alle am gedeckten Tisch etwas zu erzählen haben, während Lisabetta den Marmeladenorden, mit dem ihr Mann gerade sein Hemd verziert hat, wegwischt, und Luce selig in den Armen von Lori liegt – die isst und mit Giulio lacht, als kenne sie ihn schon ihr ganzes Leben –, und der kleine Marco schläft in den Armen seines Vaters, der ebenfalls verjüngt zu sein scheint. Sieh mal einer an …

Erst jetzt bemerkt Agata, dass Toni jünger aussieht, während er wie ein kleiner Teenager mit verliebten Augen Violante anhimmelt. Auch er ist jünger geworden? Hilft er etwa auch nach?

›Natürlich!‹, tönt plötzlich Costanzos Stimme in ihrem Ohr. ›Toni geht zum Chirurgen: *Machen Sie mir diese Krähenfüße weg, bitte, machen Sie mir den Mund und auch die Nase, und wenn Sie schon dabei sind, polstern Sie auch gleich meinen Hintern auf!*‹, kräht er mit tuntigem Stimmchen.

Die Tabbacchera wundert sich. Sie fällt aus allen Wolken. Sie sieht sich um, während um sie herum dieses Durcheinander aus Blicken und Geschnatter, aus Besteckklirren, Tellergeklapper und absolutem Chaos herrscht, Gott im Himmel, ein Chaos, das sie irgendwie schon mal erlebt hat, daher schüttelt sie den Kopf, rührt Zucker in den Kaffee, und schon spottet wieder die Stimme: ›*Aber bitte so wie der von Richard Gere, genauso will ich meinen Hintern.*‹

Ruckartig hebt sie den Kopf, dreht sich um, sucht Costanzo, während ihre Fröhlichkeit in einem Gelächter explodiert, das alle überrascht, denn sie haben eine traurige Tabbacchera gesehen, daher haben sie dieses ganze Theater mit dem Geschwätz aufgeführt: Nur damit Agata nicht an die Trauer, an den Verlust und an all den Unsinn denkt, der durch den Kopf einer Frau geistern kann, die so manches Mal vergisst, dass sie Eier hat, und dann wie ein dünnhäutiges Wesen wirkt, das beim leisesten Windstoß umgeweht wird.

Die Tabbacchera lacht, und Costanzo mit ihr. So gefällt sie ihm, unbeschwert und leicht, wenn sie sich vom Leben das Beste, das ihr immer noch zusteht, einfach nimmt, und daher fährt er – mit seiner eigenen Stimme – fort und murmelt bedeutungsschwanger: ›Signora Tabbacchera, können Sie sich etwa den Lehrer Antonio Scianna mit dem Hintern von Richard Gere vorstellen?‹

Lachend schüttelt sie den Kopf. »Ich weiß gar nicht, wie der Hintern von Richard Gere ist«, sagt sie, überzeugt davon zu flüstern, doch stattdessen mischt sich dieser Satz klar in das Geschnatter und lässt es verstummen, schon schauen alle sie verwirrt und ein bisschen verwundert an. »Wie ist denn der Hintern von Richard Gere?«, fragt Toni, und Don Bruno lässt den Pandoro fallen, Carmine Acquaforte das Messer, während Luisa sich fast am Orangensaft verschluckt und zwischen einem Hustenanfall und dem nächsten sagt: »Wie Marmor.«

»Was?« Ihr Ehemann ist alarmiert.

»Das Gesäß von Richard Gere.«

»Ach, hast du es etwa angefasst?«

»Na klar!«, erwidert sie.

Und nun verschluckt sich Carmine, aber mit Wasser, während Costanzo das Feuer der Missverständnisse noch anheizt, und so versteht der eine *Gesäß*, der andere *Gemächt* und schlägt ein doppeltes Kreuzzeichen, denn ein Marmorgemächt, Herr im Himmel, wie ist denn bitte ein Marmorgemächt?

Costanzo lacht, und Patuzzu lacht, und es lacht die Tabbacchera. Tja, und je mehr die Tabbacchera lacht und ihr Volk um sich herum betrachtet, umso mehr möchte sie jedem ihre Dankbarkeit zeigen, dass er bei ihr ist und sie zum Leben erweckt, selbst wenn sie sich tot fühlt. Sie lacht, und sie weint, und niemand wagt es, den Hintern von Richard Gere zu erwähnen – der in diesem Moment so passend wäre wie Grünkohl zu Ostern –, auch wenn Carmine sich vornimmt, das Thema im Privaten mit seiner werten Ehefrau später noch einmal zu vertiefen, die sich noch nie nie nie über seinen Hintern beschwert hat und auf einmal mit dem von Richard Gere ankommt, der angeblich wie Marmor wäre.

Und seiner? Ist seiner wie Marmor?

Plötzlich – sei es wegen der Wärme, sei es wegen des Durcheinanders – fängt das Baby an zu schreien.

»Es ist besser, du bringst sie ins andere Zimmer«, sagt Violante. »Sie ist noch zu klein für diesen Sauhaufen.« Und weil Toni sie böse ansieht, korrigiert sie sich: »Sie ist noch zu klein für dieses *Tohuwabohu.*«

»Tohuwabohu?«, fragt Sarino. »Was ist das?«

»Eine Art Gurkensuppe«, erklärt Luisa, die vom Orangensaft betrunken ist, in den Lisabetta aus Versehen Rum getan hatte.

Sarino schüttelt den Kopf, sieht Carmine an. »Tja!«, murmelt er. »Immer diese modernen Weiber ...«

»Experten sind sie«, erwidert Carmine, der nicht mehr weiß, wo seine Frau mit all den Hintern und der Gurkensuppe eigentlich hinwill.

Lori steht auf, und Giulio ebenfalls. »Ich begleite dich«, sagt er.

»Sehr gut«, entgegnet Violante. »Aber warte kurz«, hält sie ihn zurück.

Sie sucht ein Tablett und reicht es ihm, dann stellt sie eine Karaffe mit Wasser darauf. »Stillen macht durstig.« Einen Teller voller Krapfen (sie hat gemerkt, dass das Mädchen sie liebt), eine Kanne mit Orangensaft und ein bisschen von allem anderen. Dann sagt sie: »Jetzt kannst du gehen.« Das lässt er sich nicht zweimal sagen, erreicht das Zimmer, in dem sich Lori schon zurückgezogen hat und klopft. »Darf ich reinkommen?«, fragt er.

»Ja«, antwortet sie.

Er steht da, mit dem Tablett in der Hand und mit dem großen Wunsch sie zu fragen: »Darf ich bleiben?«, aber sein Mund ist wie zugenäht. Daher sagt sie: »Hast du Lust mir ein bisschen Gesellschaft zu leisten?«

»Ja«, antwortet er.

Das Baby hat aufgehört zu schreien.

»Das Durcheinander hat sie wirklich gestört«, murmelt Lori und streichelt die Kleine.

Und weil er nicht weiß, was er sagen soll – weil er noch nie ein Mädchen getroffen hat, das nicht mal wie fünfzehn aussieht und doch schon Mutter ist, und er deshalb gar nichts mit ihr zu reden weiß –, ergreift sie wieder die Initiative und sagt: »Aber ihr … wer seid ihr eigentlich alle?«

»Wie meinst du das?« Er setzt sich auf den Rand des Bettes.

»Wie seid ihr alle miteinander verwandt? Agata ist deine Tante? Lisabetta und Franca sind Schwestern? Und Lucietta?«

Giulio lacht. »Ganz kalt! Die Einzigen, die hier miteinander verwandt sind, sind wir Acquafortes: Carmine und Luisa sind meine Eltern. Alle anderen sind Freunde.«

»Nur Freunde?«, wundert sich Lori. »Man sieht, dass ihr euch gern habt«, murmelt sie, die – abgesehen von Giona – keine Familie hat und von dem Gedanken an eine große Familie, nach der sie sich so sehnt, ganz gebannt ist.

»Was denkst du?«, fragt Giulio.

Lori zuckt mit den Schultern, sieht das Kind an. »Dass meine Familie nur aus mir, dieser Kleinen und einem blinden Alten besteht.«

»Sonst niemandem?«

Sie schüttelt den Kopf.

»Aber warum hast du das Kind allein zur Welt gebracht?«

Ruckartig sieht sie hoch. »Woher weißt du das?«

Er betrachtet sie zärtlich, sie ist noch ein Kind. »Ich studiere Medizin«, erklärt er. »Grimaldi ist mein Mentor. Er hat mir gezeigt, dass die Nabelschur mit den Zähnen durchtrennt wurde …«

Ihre Augen füllen sich mit Tränen. »Das ist eine lange Geschichte.«

»Hast du es eilig?« Er blickt auf das volle Tablett mit Essen, Wasser und Fruchtsaft. »Das Überleben ist bis morgen gesichert«, scherzt er.

Lori lacht nicht. Was soll sie ihm sagen? Ich bin abgehauen? Man sucht mich?

»Ich fang an«, sagt er da. »Und ich sage dir, was ich über dich denke.«

»Dann lass mal hören«, fordert sie ihn heraus.

»Sie wollten, dass du abtreibst, und du bist abgehauen.«

Lori schnappt nach Luft, ist durcheinander, senkt den Blick, schließt sogar die Augen, als wollte sie sich verstecken, so als könnte er ihre Gedanken lesen.

»Bitte, versteh mich nicht falsch: Ich bewundere dich«, sagt Giulio. »Du bist echt ein Weib mit Eiern.«

Dieses Mal lacht sie. Immer hat man sie *die Kleine* genannt, immer war sie *Nnica*, nie hat jemand sie *Weib* oder gar *Weib mit Eiern* genannt. »Du wirst mal ein toller Arzt«, erwidert sie. »All deine Patienten werden dich mögen und dich als Taufpaten für ihre Kinder wollen, sie werden dir zu Weihnachten und Ostern Leckereien bringen, frisches Olivenöl und neuen Wein und …«

»Ach ja«, unterbricht er sie. »Und wieso? Woher weißt du das?«

»Weil du in die Herzen der Menschen blicken kannst«, murmelt sie.

»Wie alt bist du eigentlich?«, fragt er, denn wenn ihr noch nie jemand gesagt hat, dass sie ein Weib mit Eiern ist, so hat ihm noch niemals jemand gesagt, dass er in die Herzen der Menschen blicken kann.

»Sechzehn«, antwortet sie. Dann wird sie rot. »Ich hatte gestern Geburtstag«, gesteht sie. »Am selben Tag, an dem das Baby geboren wurde.« Ihre Augen lachen, während sie das sagt.

»Aber das darfst du niemandem verraten«, fügt sie rasch hinzu.

»Warum?«

»Weil ich das nicht will.«

»Ist gut«, sagt er. »Das bleibt unser Geheimnis.«

»Das ist doch kein Geheimnis, echt jetzt«, murmelt sie, als spräche sie zu sich selbst. »Wenn alle Geheimnisse nur so wären.«

»Es stimmt also, dass sie dich zur Abtreibung zwingen wollten?«

Lori nickt.

»Weil du zu jung bist?«

»Nicht nur.«

Und dann erzählt sie.

Mit dem aufgetrennten Mädchen fängt sie an: Lori sah es eines Tages an einem Marktstand, da war es noch nicht das aufgetrennte Mädchen, sondern nur eine Stoffpuppe …

… mit Wimpern aus weißem Garn, einer weißen Leinenhaut, weißen Stickereien auf dem Stoff: hier ein paar Blumen, dort ein paar Sternchen, der Blick gesenkt, der kleine verschlossene Mund, voll Anmut, Zartheit und zerbrechlicher Schönheit, die verliebt macht.

»Willst du sie?«, fragt Mina sie.

»Ja.« Lori drückt die Puppe ans Herz, während ihre Mutter Auberginen, Zucchini und Erdbeeren kauft.

Auf dem Marktplatz herrscht eine fröhliche Stimmung, es ist ein Sandaletten-Sommer, in der Luft hängt der Duft von Zuckerwatte und gerösteten Paprika. Ihre Füßchen in den Sandalen tanzen. Eins, zwei, drei Sterne, zählt sie in Gedanken. »Schönes Mädchen«, sagt sie zur Puppe.

Die Süßwarenfrau fragt sie: »Was möchtest du?«

»Lakritz.«

»Seltsam«, erwidert die Frau. »Kleine Mädchen mögen eigentlich kein Lakritz.«

»Sie ist was Besonderes«, erklärt Mina.

Dann starb auch Mina.

»Filippo, mein Papa, ist gestorben, als ich noch nicht mal fünf war.«

Sie erzählt, dass der Richter als Vormund zwei entfernte Verwandte ihrer Mutter bestimmte, weil Giona nicht nur alt, sondern auch behindert, also blind ist.

Doch statt: »Wir haben dasselbe Blut, sie wird eine Tochter für uns sein«, wie diese Verwandten dem Richter sagten, kamen sie und nahmen Lori, das Haus und alle Sachen in Besitz. Und das Mädchen trennte sich auf.

Es war Giona, der sie *Kain* nannte: »Diese Kains werden wieder verschwinden«, sagte er eines Tages. »Wenn du volljährig bist, machst du, was du willst.«

Lori wusste nicht, ob es wirklich so sein würde.

»Ich werde immer für dich da sein«, betonte Giona.

»Ich weiß.«

Aber sie sagte ihm nicht Bescheid, als sie weglief.

»Warum?«, fragt Giulio.

»Ihm Ärger zu bereiten, wäre so gewesen, wie Christus ans Kreuz zu schlagen.«

Sie schweigen eine Weile. Schließlich fragt er: »Und dann?«

»Dann«, Lori seufzt, »das wars. Jetzt bist du dran: Erzähl mir von der Tabbacchera und den anderen. Warum hat Violante den Lehrer geheiratet, der so viel älter ist als sie?«

»Das ist eine lange Geschichte.«

»Hast du's eilig?«

Sie lachen, und der Altersunterschied von sechs Jahren zwischen ihnen verschwindet.

»Alles begann, als Costanzo starb, der Mann von Agata«, sagt Giulio.

»Wann war das?«

»Vor vier Jahren.«

»War er alt?«

»Nein … sagen wir mal, dass sie einen Herzinfarkt bei ihm ausgelöst haben …«

Lori sieht ihn fragend an.

»… sagen wir mal, dass sie ihn umgebracht haben!«

Und weil sie das nicht verstehen kann, erzählt Giulio von der Saracina, von dem wunderschönen Anwesen, das Costanzos Familie gehörte und das Costanzo in ein Paradies verwandelt hatte; und weil der alte Bürgermeister – »Pallante hieß er, aber alle nannten ihn nur Occhi janchi« – den Tabbacchere nicht ertragen konnte, weil er so frei war wie der Wind und niemandem diente, hatte Pallante sich aus reiner Lust und Tollerei in den Kopf gesetzt, ihm das Land wegzunehmen, es zu enteignen und in eine Müllhalde zu verwandeln.

»Ein Stück vom Paradies sollte eine Müllhalde werden?«, fragt Lori.

»Genau!«

»Und Costanzo?«

»Starb vor Wut.«

»Und Agata?«

»Während des Trauerzugs blieb Agata vor dem Sitz von Occhi janchis Partei stehen und spuckte aus!« Giulio strahlt, während er das erzählt, denn er war dabei gewesen und hat die spuckende Tabbacchera gesehen, wie sie dann zum Bürgermeister blickte und ihm den Krieg erklärte, der lang und blutig würde und erst mit dem Tod von einem der beiden enden sollte. »Sie spuckte und diese Ausspuckerei war ein Schandfleck auf der Ehre des Bürgermeisters, der seinem Klüngel befahl …« – noch verschweigt er, dass sein Vater einer vom Klüngel war, weil er sich zu sehr dafür schämt – »die Tabbacchera um alles zu bringen. Sie sollten ihr das Land abfackeln, den Tabakladen und sie entehren!«

»Nein!«

»Doch.«

»Und dann?«

»Dann nahm die Tabbacchera es mit ihm auf. Occhi janchi war ein widerlicher Typ, einer, der für Geld Mutter und Vater verkauft hätte, aber vor allem war er ein Marionettenspieler, der sich einen Spaß daraus machte, das Schicksal der anderen zu manipulieren. Jobs gegen Stimmen: Dutzende Stimmen für einen sicheren Arbeitsplatz. Arbeit in der Petroindustrie, wohl gemerkt. Überaus einträglich. So war er der König in einem Reich voller Herdentiere, die ihm gehorchten und das taten, was er sagte.«

»Du redest in der Vergangenheit von ihm, das heißt, dass er tot ist, oder?«

»Ja, worüber alle sehr erleichtert sind.«

»Hat man ihn umgebracht?«

»Gute Frage«, entgegnet er. »Sagen wir mal so, er hat sich selbst umgebracht.«

»Das glaube ich nicht! Solche Dreckskerle genießen es viel zu sehr, andere zu quälen, und bringen sich niemals selbst um«, erklärt sie und denkt an die Kains.

»Dann sagen wir mal, dass er sich einem verrückten Vergnügen hingab und es so sehr genoss, dass ihm das Herz explodierte. Aber das ist eine zu lange Geschichte, die erzähl ich dir ein anders Mal. Jetzt will ich nur noch sagen, dass die Tabbacchera ihm auf ganz wunderbare Weise die Stirn geboten hat: Sie sammelte eine Handvoll Freunde um sich, machte Costanzos Krieg zu ihrem eigenen, und begann, das Gesetz einzuführen, Kultur zu verbreiten und gewann so sogar die ewig Unverbesserlichen für ihre Sache...« Er verstummte, als er ihr erstauntes Gesicht sah. »Glaubst du mir etwa nicht?«

»Das hört sich für mich nur nach schönen Worten an«, entgegnet Lori.

Giulio schüttelt den Kopf. »Sie hat es geschafft, dass wir uns in die Idee verliebt haben, dass eine Veränderung möglich ist.

Vor allem wir jungen Leute haben uns in diese Idee verliebt! Wenn du dich nicht verliebst, beginnt dein Blut nicht zu kochen, und dann packt dich auch nicht die Leidenschaft und du fährst die Krallen nicht aus, um für eine Zukunft zu kämpfen, wie du sie dir wünschst. Und wofür lebst du dann?« Aber weil Lori schweigt, fügt er hinzu: »Willst du für Luce eine vergiftete Zukunft?«

Erschrocken zuckt sie zusammen.

»Siehst du«, sagt er lächelnd. »Wir haben verstanden, dass wir keine vergiftete Zukunft wollen.«

»Und jetzt?«

Und jetzt erzählt er. Giulio erzählt, und Lori kommt es vor, als kehrte sie in die Zeit zurück, als sie noch klein war und Giona ihr über den Kopf strich und ihr nicht nur von ihrem Papa Filippo erzählte, sondern auch die wunderschönen Geschichten, mit denen Scheherazade jede Nacht ihren Gatten erfreute, um einen Tag länger am Leben zu bleiben.

14

Am Frühstückstisch diskutierte man weiter über das Thema *Marmorhintern*: Witze machten die Runde, Gelächter erklang, die Männer rutschten auf den Stühlen herum, um die Festigkeit des eigenen Allerwertesten zu prüfen, die Damen sprachen in Anspielungen und Doppeldeutigkeiten, deren eigentlichen Sinn nur sie allein verstanden.

Denn wenn sich die Weiber zusammenrotten, um über die männlichen Attribute zu reden, dann sind sie schlimmer als die Männer, die mit ihrem Rumgehure prahlen, dachte Carmine, der, um den unangenehmen Witz seiner Ehefrau aus seinem Hirn zu verbannen, einen Stapel Tarotkarten aus der Tasche zog, mit dem er am Vorabend die Gesellschaft zu unterhalten gedacht hatte.

Luisa wurde sofort wieder ernst und nahm ihm die Karten weg. »Ich will vom Schicksal nichts wissen«, sagte sie. »Mir reicht meine Zufriedenheit und dass der Allmächtige mich nähren wird.«

Das Gelächter verstummte, denn das Schicksal kann, wenn es jemand zur Sprache bringt, auch Melancholie nach sich ziehen. Die Sache gefiel Costanzo gar nicht: Ausgerechnet jetzt, da Agata sich amüsiert, wird hier Trübsal in die Köpfe der Anwesenden gesät?

Wieder blies er das Pulver des Missverständnisses durch den Raum, und so verwandelte sich das Wort *Schicksal* in *Schicksen*, aber auch in *Schickeria*, aus den *Schicksen* wurde *wichsen*, und dann auch noch *fixen*, sodass sich Carmine schließlich Luisa als fixende Schickse inmitten einer wichsenden Schickeria vorstellte: Das war zu viel für seine Gatten-Ehre. Also schlug er mit der Faust auf den Tisch und rief: »Schluss jetzt!«

Sarino protestierte lautstark – da er es einfach nicht gewohnt war, von einem Gefühlshoch sofort wieder runterzukommen. »Carmineddu«, rief er, ohne dass Franca ihn aufhalten konnte, »das ist alles ne Frage von Umfang, Größe und Hartheit.«

Toni prustete los und Violante ebenso.

Carmine wollte gerade etwas Angemessenes darauf antworten, als es an der Haustür klopfte.

Überrascht sahen sie sich an. »Tabbacchera, erwarten Sie noch jemanden?«, fragte Sarino.

Agata blickte zu Toni und Carmine, und sie begriffen. »Irgendeine lästige Angelegenheit im Rathaus«, sagte sie. »Toni, geh du mal. Ich zieh mich um und komme gleich nach.«

»Aber es ist Weihnachten …«, protestierte Franca.

»Bei diesem heftigen Schneefall kann ein Unglück passiert sein«, sagte Agata und eilte in ihr Schlafzimmer.

Blitzartig legte sie ihr rüstungsgleiches graues Amtskostüm an, legte sich etwas Rouge auf die Wangen, ein bisschen blauen Lidschatten, einen Hauch Lippenstift, und währenddessen versuchte sie sich vorzustellen, was der Schnee wohl angerichtet haben könnte – Eingestürzte Hausdächer? Verkehrsunfälle? –, sie wechselte die Schuhe – »Mach schon, schneller!« –, suchte ihr Handy und vergeudete einen Moment, weil sie kontrollierte, ob eine Nachricht von Andrea gekommen war. Nichts.

Schade, Maresciallo, dachte sie. Vermutlich würde sie das Meer doch nicht überqueren, weder zu Fuß noch mit der Fähre, sie würde nicht nach Turin fahren, um ihm zu sagen, dass sie ihn viel zu sehr liebte und ohne ihn nicht sein könnte.

Sie warf das Telefon in ihre Handtasche, tupfte sich zwei Tropfen Parfum auf und schon rannte sie ins Wohnzimmer und hoffte, dass Carmine …

Ihr blieb die Luft weg.

Die Luft blieb ihr weg, während ihr Herz heftig zu schlagen begann und den Brustkorb fast durchbrach.

»Frohe Weihnachten, Tabbacchera«, murmelte Andrea.

Da stand er mit seinen roten Haaren und hellen Augen, überragte alle, und seine lachenden Augen versprühten verschwenderisch eine Azurblauheit …

… eine Azurblauheit, die immer kühler wurde, je länger Agata stumm und starr blieb, ohne den Mund auch nur für ein *Hallo* zu öffnen.

Lang dauerte dieser Spannungsmoment, und Andrea fragte sich, welcher Teufel ihn geritten hatte, hier herzukommen. »Aus den Augen, aus dem Sinn«, hieß es immer: Es hatte also nicht viel gebraucht, um ihn zu vergessen, ihn, den Fremden, den Kontinentalen, den Eindringling in diese ach so schöne Gesellschaft. Was für ein Idiot war er nur, hier herzukommen …

Diesen langen Augenblick brauchte Agata, um die Kontrolle über ihren Atem und alles andere zurückzuerlangen, dann streckte sie die Hand zu einem höflich-kalten Gruß aus. »Maresciallo«, sagte sie und lächelte, »ich schwöre, wenn Sie noch ein weiteres Mal abhauen, töte ich Sie.«

Schaisze!

Und so kommt es, dass alle plötzlich hastig aus dem Wohnzimmer stürzen, alle, aber wirklich alle, sogar das Hundchen, sogar Costanzo.

»Maresciallo …«

Aber da packt er sie schon und beißt ihr in die Lippen.

Ein Biss als Bestrafung, als Ventil seiner Wut?

Nichts dergleichen! Ein Biss, um sie nicht mehr entkommen zu lassen, um sie zu verschlingen, um ihr Blut auf der Zunge zu schmecken und sie kraft dieses Blutes zu heiraten, sie für immer an sich zu binden, denn man braucht sich nicht mit dem Dorn einer Bitterorange zu stechen, um sich mittels eines unwiderruflichen Rituals einem Clan anzuschließen.

Agata wehrt sich nicht. Jeden Biss erwidert sie mit einem Biss, und sie trinken sich, sie verschlingen sich, sie atmen einander ein, sie betasten sich, und wieder beißen sie sich, und es schert sie nicht, dass sie später in Anwesenheit aller am gedeckten Tisch zerschundene Lippen haben, sie kümmern sich nicht darum. Das salzige Blut läuft von Mund zu Mund und schmeckt nach den sauren und den bitteren Tagen, nach der Wüste, wenn kein Wort aus dem Herzen quillt, weil es in diesem Herzen nur verbrannten, glasigen Sand gibt, nur eine Wüste, in der keine Rose wächst und keine Freude Fuß fasst. Doch nun ist Schluss, Schluss mit der Stille! Nun ist das Herz voller Worte, ihr Mund ist voll und sie flüstert heiser: »*Amore mio, amore mio, amore mio*…«, während er zwischen einem Kuss und dem nächsten stammelt: »Nie mehr ohne dich«, und er drückt diese Frau fester an sich, die ihm immer wie aus Rauch und Wind gemacht schien, und seine Hände erkunden ihre Hüften, folgen den herrlichen Kurven, dieser Sanduhrenform, die so sehr den Statuen der klassischen Antike gleicht.

Doch von wegen Statue! Das Blut der Tabbacchera kocht, die Tabbacchera-Schenkel werden zu Magneten, die die liebkosenden Hände anziehen, um sie nie mehr loszulassen…

Plötzlich macht Agata sich los. »Hier ist nicht der richtige Ort, Maresciallo. Kommen Sie mit.« Sie zieht ihn an der Küche vorbei. »Kümmert ihr euch bitte ums Mittagessen«, sagt sie zu den Frauen, »weil ich mit dem hier anwesenden Kontinentalen ein Wörtchen zu reden habe und ihn mit den hiesigen Gebräuchen vertraut machen muss.« Schon geht sie weiter, mit dem Maresciallo im Schlepptau.

Sie gehen jedoch nicht den Korridor entlang zu ihrem Schlafzimmer, was eigentlich logisch gewesen wäre.

Die anderen hören, wie sie die Treppe hinauflaufen, zu der Dachterrasse, und sehen sich verwundert an, als wollten sie sagen: »Herrje, wie dumm! Anstatt sich zwischen ihren Schenkeln einzuzangen, schauen sie sich die Aussicht an!«

Sarino umfasst Franca an der Taille und flüstert ihr ins Ohr: »Ich hätt dich längst vernascht, mein Schatz, und würd mit dir aufm Bett zu deinem schönsten Lieblingslied tanzen.«

Mehr oder minder das Gleiche denken Toni und Violante und erinnern sich an ihr erstes Mal im Eingang des Hauses Scianna unter dem Einfluss des magischen Mittagessens der Kräuterfrau, als Lucietta in der Lotterie gewonnen hatte.

Aber der Maresciallo ist ja, wie man weiß, ein Kontinentaler und verfügt nicht über dieses hitzige Blut.

Und die Tabbacchera?

Die Tabbacchera ist Witwe, da kann sie nicht vor allen ein Spektakel veranstalten, sie kann nicht einfach sagen: »Entschuldigt bitte, wir verziehen uns mal für ein Tête-à-tête, dreht doch den Ton des Fernsehers voll auf, dann hört ihr auch keine peinlichen Geräusche.« Tja, daher verdrücken sie sich nun für ein paar keusche Küsse.

»Wir kümmern uns dann also mal in der Küche um alles«, sagt da Luisa, die – für den Moment – das Fest für beendet hält, »und solange geht ihr Männer euch mal frisch machen und kommt dann wieder ... Jetzt ist es elf ... seid mal so um Punkt eins wieder hier.«

»Das ist zu früh«, sagt die weise Lisabetta, die den beiden genügend Zeit für eine Aussprache geben möchte. »Außerdem«, fügt sie hinzu, »haben wir doch gerade erst gefrühstückt.«

Alle geben ihr recht, und schon räumen die Männer das Feld, Schnee hin oder her.

Auch Violante legt einen Zwischenstopp bei sich zu Hause ein, zum einen um Windeln, Babynahrung, Breichen und alles Nötige für die Kinder zu holen, zum anderen um sich umzukleiden. Sie nutzt die Gelegenheit und schreibt ihrem Mann einen Zettel, den sie gut sichtbar auf dem Tisch liegen lässt: »Professore, bitte nehmen Sie für den heutigen Abend keine anderen Verpflichtungen an, denn ich möchte auf die mir bestmögliche Art über Sie verfügen«, dann drückt sie die rotgeschminkten Lippen als Kuss auf das Papier und beladen wie ein Muli bricht sie zum Haus der Tabbacchera auf.

Auf der Piazza jedoch bleibt sie stehen. Die Kinder bewerfen sich mit Schneebällen, und eine große Lust überkommt Violante. Sie möchte mitmachen, die Schuhe ausziehen, mit den anderen herumtollen und springend den Schneebällen ausweichen, die glühenden Wangen spüren, trotz der stechenden Kälte an den Händen weitertoben und mit allen zusammen einen Schneemann bauen, so wie damals, als sie klein war und mit ihren Eltern auf den Ätna fuhr, wo sie sich im Schnee kugelte, rodelte, einen Schneemann baute und ihm ein rotes Band als Mund, eine Möhre als Nase, zwei Lavabrocken als Augen verpasste, und ihm sogar eine Pfeife in den Mund steckte, einen Schal um den Hals band und ihm den Karnevalszylinder auf den Kopf setzte.

Ein Schneeball traf Violante im Rücken. Wie eine wilde Bestie fuhr sie herum und bekam den Nächsten voll ins Gesicht. »Spinnt ihr…«, kreischte sie über und über mit dem kalten Weiß bedeckt. In der Nähe erblickte sie Toni mit dem eingemummelten Francesco an der Hand. Er krümmte sich vor Lachen, während ein Schneeball des Jungen neben ihr im Boden landete.

»Ihr wollt also Krieg!«, rief sie und stellte ihre Taschen und Beutel ab.

Sie schaufelte so viel Schnee zusammen, wie ihre Hände fassen konnten, und warf ihn auf Toni, der sich rasch wegduckte, weshalb der Schneeball den Küster traf, der die beiden so entgeistert anschaute, als hätte er zwei Wahnsinnige vor sich. »Professore!«, rief er. »Aber was tun Sie denn da? Sie sind doch kein Kind mehr! Die da kapier ich ja«, er zeigte auf die junge Ehefrau, die ihm den Rücken zudrehte und sich vor Lachen schüttelte, »aber Sie! Sie sind eine Respektsperson, und Sie erschrecken hier die Leute?« Er schüttelte erst den Kopf, dann den ganzen Körper wie ein nasser Hund, der sich des Wassers im Fell entledigen wollte.

Toni aber lachte nicht mehr. Zwei Wagen der Carabinieri blockierten die Straße. Mit einem Schlag verging ihm die Lust zu scherzen, denn eine Straßensperre konnte nur bedeuten, dass jemand überfallen oder ermordet worden war, es Stunk, also Ärger geben würde.

»Nimm den Jungen und geh zur Tabbacchera«, sagte er zu Violante. »Schnell.« Er drehte ihr den Rücken zu und marschierte eilig zu den Ordnungskräften.

»Ranieri! D'Emilio!«, begrüßte er die beiden Beamten. »Was ist passiert?«

»Professore, wir haben eine polizeilich gesuchte Person im Dorf.«

Er lachte wie über einen dummen Witz. »Eine polizeilich gesuchte Person, hier? An Weihnachten?«

»Es ist das Mädchen, das die Schule in Salemi angezündet hat, erinnern Sie sich?«

»Das war im Juni, oder?«

»Genau. Die Grundschule ...«

»Sie war dort Schülerin ...«

»Ja. Man hat sie gestern hier im Dorf gesehen, sie ist aus dem Bus gestiegen, der aus Catania kam.«

»Und dann sucht ihr sie erst jetzt?« Die Frage kam ganz automatisch.

»Professore, bei all dem Schnee, der da runtergekommen ist, hat man ja nicht mal einen Hund vor die Tür gejagt. Wir waren zu Fuß unterwegs, aber weil die Fahrbahn jetzt ja geräumt ist, errichten wir mit den Wagen eine Straßensperre. Haben Sie etwa nichts bemerkt?«

Bei all dem Durcheinander, was hätte ich da schon bemerken sollen, dachte er. »Ist es eine anonyme Anzeige?«, fragte er.

»Nein, sie kam von diesem Dottore aus Syrakus, der manchmal in den Regionalnachrichten ist, dieser Psychologe. Er ist aus dem Bus gestiegen und gleich auf die Carabinieri-Station in Syrakus gegangen.«

»Ferlito?«

»Genau der.«

Er kannte ihn, Ferlito war ein Profi und hätte keine Anzeige erstattet, wenn er sich nicht sicher gewesen wäre.

»Habt ihr ein Foto von dem Mädchen?«

»Ja, hier.«

Toni gefror das Blut in den Adern.

15

Im obersten Stockwerk des Tabbacchera-Hauses gibt es ein Zimmer, eine Laune Agatas. Ein Zimmer mit Glasdach.

»Ich will die Sterne sehen«, sagte sie zu Costanzo, als sie ihn bat, die Zimmerdecke in ein einziges großes Fenster zu verwandeln.

Noch nie hat sie dieses Zimmer richtig genutzt. Nur manchmal hat sich Agata hierhin zurückgezogen und Musik gehört.

In diesem Zimmer stehen lediglich ein Doppelbett, ein Sessel und ein Tischchen, auf das man Bücher und volle Wassergläser für den nächtlichen Durst stellen kann (noch nie lagen hier Bücher, noch nie standen Gläser auf dem Tischchen).

Genau hierher bringt Agata Andrea.

Hier schließen sie sich ein.

Und hier nehmen sie ihr Gespräch genau an der Stelle wieder auf, als sie sagte, dass der Ort nicht der richtige sei.

Mund an Mund, verschlingen sie sich, beißen sich, während ihre Hände, ohne Zögern, ohne Scham, einander berühren und sich im absichtlich verdunkelten Zimmer wiedererkennen. Die Vorhänge sind zugezogen, das Zimmer erlaubt keine neugierigen Blicke auf die Körper, die sich erkunden, sich beschnuppern, sich ablecken, um den Geschmack des Gegenübers kennenzulernen, während die Kleider zu Boden fallen, und Agata auf einmal mit ihrem jugendlichen Körper, den aufgerichteten spitzen Brüsten, der schmalen Taille und den geschwungenen Hüften vor ihm steht, sie, die einer wohlgeformten Amphore gleicht, aus der man trinkt, wenn man meint zu verdursten.

»Ich hab es nicht mehr ausgehalten«, sagt er.

»Ich hab es nicht mehr ausgehalten«, sagt sie.

»Lügnerin.«

»So ist es.«

»Ich brauche dich jede Sekunde.«

»Du warst in meinen Träumen, hast mir den Frieden geraubt, hast Begierde und Fieber gebracht.«

»Du hast mich verrückt gemacht, Tabbacchera. Jeden Augenblick habe ich an dich gedacht, jeden Augenblick habe ich dich begehrt.«

»Mich hast du verrückt gemacht, Maresciallo, jeden Moment wollte ich dich, ich wollte die Ordnung der Dinge, der Gedanken umstürzen.«

»Alles deine Schuld.«

»Meine Schuld, ja, ich wollte respektvoll …«

Er verschließt ihr den Mund mit seinem Mund, und sie versteht, dass das Vorher nicht mehr existiert, dass sie Costanzo nicht mit ins Bett nehmen darf. Das ist richtig, sagt sie sich, vollkommen richtig.

Und nun keine weiteren Worte.

Andrea löst sich von ihr, aber nur, um sie anzusehen, Agata steht nackt vor ihm, herrlich mit ihrem großartigen Körper, sie hat das Dachfenster geöffnet und die Flocken schweben herein: Nackt und voller Schnee schert sich die eigenwillige Tabbacchera nicht um die Kälte, denn sie spürt sie nicht, so sehr glüht jeder Zentimeter ihrer Haut.

Und auch er spürt die Kälte nicht.

Nackt steht er vor ihr, Auge in Auge mit ihr genießt er den Schnee, der wie ein frisches Schmetterlingsstreicheln um ihn herum flattert und ihr erstes Mal noch märchenhafter werden lässt.

Doch Schluss, Schluss mit dem Betrachten.

Er schließt den Himmel und nimmt sie wie eine Braut auf den Arm, legt sie vorsichtig auf das Bett und schon ist er über ihr, er beißt in ihren Nippel, saugt, aber sie zuckt nicht, sie schreit nicht, diese Tabbacchera, die nichts von ihm weiß, und doch ist es so, als ob sie ihn seit jeher kennen würde, daher streicht sie über seinen Rücken, lässt ihn erschauern, sodass sein bestes Stück noch weiter anschwillt, es hat bereits seinen Weg in sie hinein gefunden und erkundet diesen Empfangsort voller Zärtlichkeit und Prallheit, während sein Mund, der Mund des Kontinentalen, kontinentale Wörter murmelt, Liebkosungen, die sie nicht versteht, weil sie seiner Muttersprache nicht mächtig ist: Sie hört Laute und ist gerührt, weil es vermengte Laute sind, vermengt mit Seufzern und zarten Küssen, die wie Wellen kommen und gehen, ungeachtet von Zeit und Form, weil bei diesem Mal, unserem ersten Mal, Tabbacchera, das Weltuniversum uns gebiert und uns dahin führt, wo wir jetzt sind.

Das Weltuniversum, Maresciallo, verfügt über Hoheitsflaggen und Hoheitsgebiete zum Besiedeln, allerdings nur durch die Aufnahme von Samen, nie durch Eroberung, falls Sie sich daran erinnern, Maresciallo, denn die Hoheitsgebiete öffnen sich nur und nehmen nur etwas auf, wenn sie verführt werden: Gewalt hingegen verriegelt die Tore, und die Anmaßung, falls sie nicht die brennende Gefährtin der Lust ist, kann ihre Siebensachen packen und sich andere Hoheitsgebiete suchen, in denen sie sich aufspielen kann, denn hier ist nur die Leidenschaft erwünscht, Maresciallo, nur die Zügellosigkeit des Herzens, das auf den Wegen der Lust wandelt, die Sie und ich erst jetzt erforschen können.

Wussten Sie denn nicht, dass es so hätte sein können, Tabbacchera?

Ich wusste es, aber ich hatte Angst, Maresciallo, Angst, den Kompass, das Steuerrad, das Kommando über das Schiff zu verlieren.

Und nicht das Leben, Tabbacchera? Tage und Nächte zu vergeuden? Euren Garten verdorren zu lassen?

Ich hatte Angst vor dem Schmerz, Maresciallo, vor dem Schmerz des Verlustes, ich habe verzichtet, um nur nicht unter der Trennung zu leiden. Und trotzdem war die dunkle Trennung da.

Dunkle und grausame Tabbacchera… doch jetzt… doch jetzt… seufzt und keucht Agata und krallt sich mit den Fingern in das Laken, und ihr Körper gehorcht ihr nicht mehr und macht das, was er noch nie getan hat, nie und das Gleiche macht er, dieser Andrea mit den roten Haaren und den hellen Augen, das prächtige Mannsbild hat eine Narbe auf dem Schulterblatt, die sie mit den Fingerspitzen berührt und über die sie alles genauestens wissen will, aber nicht jetzt, denn ihr Körper antwortet exakt auf sein Drängen, denn dieser Andrea weiß den Moment, die Gelegenheit, die Lage zu deuten, versteht ihr Verlangen, das als Funke in weiter Ferne entflammt ist und nun wie ein Lavastrom fließt, zu einem explodierenden Stern wird und sich befreit

und er ebenso

und das gesamte Tabbacchera-Hoheitsgebiet saugt sich voll, dieses Hoheitsgebiet, das kein Schmerz jemals wieder verdorren lassen wird

und wenn Zeit nötig war, um bis hierher zu gelangen

wenn Trennung nötig war, um die Erfüllung noch erfüllter zu machen

so sei diese Zeit gesegnet

so sei diese Trennung gesegnet.

Nun atmet Agata neben ihm. Von den Freunden im Stockwerk darunter, vom Leben, das außerhalb dieses Zimmers weitergeht, will sie nichts wissen. Eingekuschelt an seiner Seite, seinen Arm um ihre Schultern, schweigt sie.

Nur kurz ist sie aufgestanden, um Musik anzumachen.

Als Andrea sie erkennt, lächelt er. »Klaviersonate Nummer 16 von Mozart«, sagt er.

»Genau.« Sie ist zurückgekommen, hat sich an ihn geschmiegt, und nun erzählt die Musik mit ihren spritzigen Wendungen und perlenden Tönen von dem großen Glück, das die beiden erfüllt.

16

VIOLANTE GING NICHT zur Tabbacchera, sondern blieb mit Francesco auf dem Arm in der Kälte stehen. Tonis Schneebälle hatten ihren Mantel und ihr Kleid durchnässt, und der Wind stickte nun Spitzen aus Eis auf ihr. Nicht einen Moment ließ sie ihren Mann aus den Augen. Sie sah, wie er mit den Carabinieri redete, nickte und ein bisschen erstarrte, den beiden viel zu wohlwollend zulächelte, die ihm irgendetwas zeigten, dann schüttelte er den Kopf und zuckte mit den Schultern, grüßte, ohne seine übliche abrupte Art, stattdessen kehrte er sogar noch einmal zurück und fragte noch etwas.

Also hatte das alles mit dem Rathaus zu tun? Hatte die Tabbacchera recht gehabt, als sie ein Unglück wegen dieses außergewöhnlichen Schneefalls vermutete?

Violante stand immer noch dort, mit den Taschen zu ihren Füßen und dem Kind auf dem Arm, das ihr Gesicht mit Küsschen überzog. »Schätzchen«, sagte sie automatisch zu ihm, doch dabei starrte sie die blauen Polizeiwagen an, die die Straße blockierten, und fragte sich, was für ein Unglück wohl passiert wäre, denn wann hatte es in diesem Dorf schon mal eine Straßensperre gegeben. Sie konnte sich nicht daran erinnern.

Als Toni zu ihr kam, fragte sie: »Ermordete Tote?«

»Unannehmlichkeiten«, entgegnete er.

»Zum Glück! Ich hab mich echt erschreckt…« Sie atmete auf. Doch weil er extrem besorgt aussah, fragte sie: »Was für Unannehmlichkeiten?«

»Gehen wir zur Tabbacchera, schnell«, sagte er nur.

Er nahm die Taschen und eilte davon, während sie mit dem Kind auf dem Arm langsam über die rutschige Straße stapfte.

»Warte auf mich, bitte«, sagte sie plötzlich.

Er hörte sie nicht. Als würde ein Gedankenfeuer ihn antreiben, schritt er aus, um so schnell wie möglich ans Ziel zu kommen.

Dieses Feuer erfasste auch Violante, und so beschleunigte sie den Schritt, um ihn einzuholen, weshalb sie das Loch im Asphalt übersah und stolperte. »Toni!«, schrie sie und konnte sich gerade noch fangen, sie spürte nicht mal den Schmerz am Knöchel, den sie sich verstauchte, sie hatte nur Angst, dass sich ihr Kind wehtun könnte.

In Nullkommanichts war Scianna neben ihr. »Entschuldige, Jole«, murmelte er. So nannte er sie eigentlich nur in intimen Stunden, was in diesem Moment also völlig unangebracht war.

»Was ist los?«, fragte sie erschreckt.

»Komm ins Haus, dann erzähle ich es dir.«

Mühsam legten sie die letzten Meter zur Haustür zurück, und als Lisabetta herunterkam und ihnen öffnete, sagte Toni: »Ruf die anderen, sie sollen uns kurz helfen.«

Sie sah ihn an, dann Violante. »Was ist passiert?«

»Straßensperre«, murmelte das Mädchen.

Lisabetta wusste sofort, dass die Dinge einen anderen Verlauf nahmen als vorgesehen.

Angekommen im ersten Stock fragte Toni leise: »Wo ist Agata?«

»Immer noch auf der Dachterrasse mit dem Maresciallo«, antwortete Franca.

»Und Lori?«

»Ist in ihrem Zimmer mit Giulio.«

In ihrem Zimmer... So als wäre sie schon eine von ihnen und hätte ein Zimmer ganz für sich allein.

Sie entledigten sich ihrer Mäntel und Taschen, Violante gab Francesco sein Lieblingskuscheltier, ließ sich auf einen Stuhl in der Küche fallen und legte sich ihr Neugeborenes an die Brust, das Lucietta ihr reichte.

Toni schloss die Tür. Inmitten des Dampfes, der aus den Töpfen und Pfannen stieg, inmitten des Duftes von Soßen und Ofenkartoffeln, fragte er: »Erinnert ihr euch an die Geschichte der Verrückten, die die Schule angezündet hat?«

»In der Provinz Trapani?«, fragte Luisa.

»Ja.«

Sie erinnerten sich. Wochenlang hatte man darüber geredet: Ein Mädchen hatte ihre ehemalige Schule mit Benzin geflutet und dann zur Unterrichtszeit ein Feuer entfacht. Nur die Vorsehung hatte die Kinder gerettet – so erklärte es Don Bruno damals –, weshalb es zu keinem Blutbad gekommen war. Unter den Lehrerinnen und Sozialarbeitern gab es zwar Schwerverletzte, aber zum Glück keine Toten. Die Verrückte war geflohen und man hatte ihre Spur verloren.

»Ja, und?«, fragte Lisabetta.

Toni deutete mit dem Kinn auf das Zimmer jenseits der Tür. »Sie ist das«, sagte er.

»Sie ist was?«, fragte Lucietta leichenblass.

»Die Brandstifterin!«, platzte er heraus. »Von wegen Bellucci! Ich hab ihr Gesicht wiedererkannt… Seit sie hier ist, grübel ich schon darüber nach.«

Er sagte nicht, dass es ihm damals, als man ihr Foto im Fernsehen zeigte, unmöglich erschienen war, dass dieses Fast-noch-Kind eine irre Brandstifterin sein sollte: In ihren Augen war nichts Verrücktes, ihre Züge hatten nichts Gnadenloses.

Die Frauen setzten sich, um diese schockierende Nachricht besser zu verkraften. In der Stille, in der es nur in den Töpfen auf dem Herd blubberte, breitete sich Bestürzung auf ihren Gesichtern aus. Keine von ihnen sagte jedoch: »Das kann nicht sein, das ist sie nicht!« Sie waren zu schlau und wussten, dass die Geschichte von der einsamen Niederkunft, dem ausgesetzten Kind, ihre extreme Magerkeit, ihre beständige Alarmbereitschaft und ihr ausgezehrter, leidender Ausdruck geradezu nach Flucht und einem aus den Fugen geratenen Leben schrien.

»Und jetzt?«, flüsterte Lisabetta.

»Jetzt?«, murmelte Toni. »Jetzt gibt es richtig Ärger.« Er blickte zur Dachterrasse hoch, wo der Kontinentale war, der das Mädelchen sicher umgehend zur Polizeistation zerren würde. Man stelle sich vor, eine polizeilich gesuchte Person, eine irre Brandstifterin … Schaisze, was für ein Chaos!

»Wir müssen sie verstecken«, war das Erste, was er sagte.

Alle sahen ihn erstaunt an.

»Wir zeigen sie nicht an?«

»Ihr wollt sie anzeigen?«

»Natürlich nicht!«

Dankbar blickten die Frauen ihn an, einen Moment hatten sie das Gegenteil befürchtet.

»Überall sind Straßensperren, das haben sie mir erzählt. Die Carabinieri suchen sie. Gestern Abend hat jemand sie im Bus erkannt, als sie im Dorf ausgestiegen ist. Der ist dann zum Provinzkommando gegangen und hat Anzeige erstattet, daher die Straßensperren, und deshalb werden sie auch hier vorbeischauen.« Kalter Schweiß brach Toni aus und auch den Frauen. Und als es an der Haustür klopfte, sprangen alle erschrocken auf.

»Ich gehe«, sagte Toni.

»Aber wenn sie Agata befragen … Sie weiß noch nichts über das Mädelchen …«

Doch da war er schon zur Tür gelaufen.

Auf der Treppe herrschte Durcheinander, Gelächter ertönte. Sie erkannten die Stimmen von Sarino und Carmine, vom Dottore und vom Ingenieur. Die Herren hatten sich bei Frontino verabredet, und der Konditor hatte in nicht mal einer Stunde eine Torte mit dem weißen Schriftzug *GLÜCKWUNSCH* fabriziert.

»Nur *Glückwunsch*?«, hatte er gefragt.

»Ja«, hatte Grimaldi geantwortet. Es gab keinen Grund, ihm mitzuteilen, dass eine Luce in ihr Leben getreten war.

»Was ist denn das hier für eine Trauergesellschaft?«, wunderte sich Sarino, als er die Frauen nicht an den Töpfen herumfuhrwerken, sondern völlig erledigt auf den Stühlen sitzen sah.

Mit leiser Stimme erklärte Toni den Neuankömmlingen die Lage.

»Ich hab doch gesagt, dass wir uns von so'nem Luder nich verarschen lassen sollen!«, knurrte Sarino, wobei er den Tabbacchere und seinen Auftrag vergaß.

Dieses Mal packte der Tabbacchere ihn am Schopf und zog ihn in die Höhe, als wollte er ihn vom Boden heben. ›Was redest du da für nen Schaisz? Hätte ich dir das Mädelchen etwa anvertraut, wenn es allein zurechtkommen würde?‹, schimpfte Costanzo. Und er zog so stark und mit so viel Wut, dass dem Raubein die Tränen über die Wangen liefen, während sein Körper sich in Zement verwandelte.

»Was hast du?« Franca schüttelte ihn am Arm.

Der Tabbacchere hörte auf zu ziehen.

»Was ich hab?«, wiederholte Sarino, um Zeit zu gewinnen.

»Du weinst ja …«

Rasch wischte er die Tränen mit dem Handrücken weg. »Ich dachte an das Mädelchen … und da wurd ich traurig. Is das etwa verboten?«, sagte er brüsk, doch in seinem Herzen rief er: ›Ach, Francuzza, wenn du wüsstest!‹

Und sie wunderte sich noch mehr.

Da wiederholte er im Wendehalston: »Wenn ich so drüber nachdenk … dann is das doch alles Bockmist. Meint ihr wirklich, dass dieses Mädelchen so verrückt ist und einen Anschlag machen tut?«

»Vor einer Sekunde hast du das genaue Gegenteil behauptet!«, rief Carmine.

Schaisze, er hatte recht!

›Ein Schwein ist der Mann, der nicht auf sein Herz hört‹, schlug ihm der Tabbacchere von oben vor.

Und wortwörtlich wiederholte Sarino: »'n Schwein ist der Mann, der nich auf sein Herz hört.« Dann fügte er in eigenen Worten hinzu: »Auf jeden Fall ist Lori noch 'n kleines Mädelchen und das kann ja nich mal richtig 'ne Pistole in der Hand halten.«

»Was für eine Pistole denn?«, fragte Franca.

»Oder hat sie 'ne Bombe gezündet?« Er erinnerte sich nicht an die Geschichte, wusste nichts über diese Terroristin.

»Feuer hat sie gelegt!«, zischte Franca durch die zusammengebissenen Zähne. »Feuer in einer Schule voller kleiner Kinder.«

»Mumpitz!«, dieses Mal sagte Sarino es voller Überzeugung, denn er brauchte keinen Souffleur, um zu wissen, dass man ein Feuer nicht einfach so mit einem Fingerschnippen entzündete.

»Das hab ich auch gedacht«, gab Toni zu. »Damals hat mich das Foto von ihr überhaupt nicht überzeugt, und noch weniger glaub ich das jetzt, nachdem ich das Mädchen kenne.«

»Außerdem«, sagte Calcaterra und nahm die Überlegungen von Sarino auf: »Wie kann ein Mädelchen – ohne irgendwelche Komplizen – ein Feuer solchen Ausmaßes legen?«

Alle nickten.

In der nachfolgenden Stille hingen sie ihrer Bestürzung und ihren Gefühlen nach, denn in der Zwischenzeit hatten sie alle diese Lori und ihre Luce lieb gewonnen.

»Und jetzt?«, fragte der pragmatische Grimaldi.

»Denken wir dran, dass da oben dieser Kontinentale ist.«

»Wie könnte man das vergessen!«, murmelte Lucietta.

Und wenn man vom Teufel spricht, was passiert?

Ganz genau …

Andrea Locatelli öffnete die Tür und verbreitete ein Strahlen, als wäre er die Augustsonne. »Bekomme ich einen Kaffee?«, fragte er.

Alle sprangen auf, allesamt, als wäre er ein General auf Truppeninspektion.

»Rührt euch … rührt euch!«, scherzte er.

»Wollen Sie den Kaffee als Espresso oder aus der Kanne?«, fragte Franca, während ihr Herz die verrückteste Tarantella trommelte, und sofort, um ihn sich vom Hals zu schaffen, fügte sie hinzu: »Machen Sie es sich doch im Wohnzimmer bequem.«

»Warum denn nicht hier bei euch?« Locatelli war guter Laune, befriedigt, besser gesagt, satt.

Alle begriffen, dass es ein langer, umfassender Genuss gewesen war. Aber wo? In Schnee und Eis?, fragten sie sich. Denn niemand von ihnen wusste von der Existenz des Dachzimmers.

Die Männer sahen ihn an und vergaßen die Brandstifterin: In seinem Gesicht lasen sie das große Vergnügen, das er mit Agata genossen hatte, und wurden eifersüchtig: Schaisze, da kommt einfach so ein Hampelmann aus dem Norden daher und klaut uns unsere Tabbacchera!

Vor allem Toni wurde stinkig, so als hätte jemand Hand an … seine Schwester gelegt.

Jaaa, seine Schwester! Die Tabbacchera war tatsächlich die Liebe aller: Nicht körperlich, natürlich, aber doch von allen, weil dieses Gefühl, sollte es denn rein sein, keine Sünde ist, sondern erhebend, wie Dante sagt. Die Witwenschaft hatte Agata vor den Gelüsten der Männer geschützt, die sich seit Costanzos Tod darauf beschränkten, sie anzuhimmeln, sie anzubeten, aber mehr auch nicht. Und jetzt kommt dieser Typ da und *zack*, schnappt er sie sich. Ach, verrückte Welt!

»Wo ist Agata?«, fragte Lisabetta mit einem verkrampften Lächeln den Kontinentalen.

»Sie hat gesagt, sie will nur ihre Uniform ablegen«, antwortete er. Seine Augen lachten und sein Mund lachte, ein bisschen zitterten seine Hände, weshalb Franca sich fragte, ob es nicht an der Zeit wäre, ihm zwei rohe Eier mit Zucker und Marsala aufzuschlagen, damit er wieder zu Kräften käme.

Das Wort *Uniform* wirkte jedoch wie ein Kübel voll Eis, der sofort die brennende Eifersucht löschte, und die Männer kehrten in die Gegenwart zurück, in der das Mädchen beschützt werden musste, das der Maresciallo ganz sicher seinen Freunden da draußen übergeben würde, noch bevor sie überhaupt *A* sagen konnte.

Denn so arbeiten nun mal die Ordnungskräfte: Erst machen sie dich wütend, dann verhören sie dich, dachte Sarino. Das ›Bravo!‹, das Costanzo ausstieß, überzeugte ihn, dass er recht hatte, und so sagte er: »Maresciallo, darf ich Ihnen was zeigen? Haben Sie schon gesehen, wie herrlich das Restaurant geworden ist? Momentan wird zwar grad die Elektrik repariert, aber … es ist ein Schmuckkästchen!«

»Jetzt?«, fragte Locatelli erstaunt.

»Nach dem Mittagessen«, erklärte Sarino und dachte, dass die anderen, während er den Gesetzeshüter aus dem Haus lockte, das Mädelchen in Sicherheit bringen könnten. Sie mussten nur die Tabbacchera davon überzeugen, gegenüber ihrem Gast den Mund zu halten und Lori samt Luce zu verstecken.

»Solange es nicht schneit«, bemerkte der Maresciallo.

Das »Natürlich« erklang im Chor.

Locatelli schien Verdacht zu schöpfen und runzelte die Stirn. »Habt ihr vielleicht etwas anderes vor?«

»Überhaupt nicht!«, erwiderte Toni und drehte sich zu Violante. Er gab ihr zu verstehen, dass sie das Mädchen warnen sollte.

Violante begriff, sagte aber: »Entschuldigt, dass ich mich einmische, aber könnte ich ein paar Eiswürfel bekommen?«

Toni sah sie wütend an, wieso wollte sie jetzt Eiswürfel?

»Ich bin vorhin gestolpert«, erklärte sie und sah ihn an wie einen Idioten, der urteilt, ohne zu wissen, »und *mein Fuß*«, betonte sie, »tut so weh, dass ich gar nicht mehr auftreten kann.«

Tatsächlich war ihr Knöchel beträchtlich angeschwollen. Toni bat Violante rasch mit gespitzten Lippen, einem angedeuteten Kuss, um Entschuldigung, den sie jedoch schmollend dem Absender zurückschickte.

Locatelli sagte derweil: »In Turin, gut. Aber Sizilien hat mich verhext.« Und wieder lächelte er und wirkte wie einer der sich im Meer des Paradieses erfrischt hatte.

»Ein Sizilien, das Tabbacchera heißt«, präzisierte Carmine bissig.

»Auch«, bestätigte Locatelli, der die Eifersucht in ihren Gesichtern las und sich darüber freute, wodurch seinen Bullenaugen jedoch die nervös hin- und hergeworfenen Blicke entgingen.

Um das Gespräch am Laufen und den Maresciallo in der Küche zu halten, fragte Calcaterra nach dem Valentino.

»Was hat denn der heilige Valentin damit zu tun?«, brummte Sarino, weil er es für unangebracht – und zwar überaus unangebracht – hielt, eine Vögelei jenseits des heiligen Sakraments der Ehe auch nur annähernd mit dem Heiligen der Liebenden heilig zusprechen.

»Das ist das Polytechnikum«, erklärte der Ingenieur. »Dort habe ich studiert.«

Sarino wurde rot.

Und so übernahm Toni die ehrenvolle Aufgabe, das Mädchen zu warnen. »Bitte entschuldigt mich«, sagte er und stand auf.

Genau in diesem Moment ertönte eine Stimme: »Violante, kannst du mir mal helfen?« Und Lori, mit Luce auf dem Arm, betrat die Bühne.

Wäre es der Weihnachtsmann höchstpersönlich gewesen, hätten sich die Anwesenden weniger erschreckt.

Vor dem offenen Schrank zögerte die Tabbacchera. Sie hatte sich absichtlich nicht geduscht, um den Duft dieses Mannes auf der Haut zu behalten, und doch musste sie diesen grauen Rock und die weiße Bluse, mit denen sie sich gepanzert hatte, um mögliche Unbill abzuwehren, los werden. Daher stand sie nun halb nackt vor der Reihe aus Blau, Schwarz und Braun, ohne zu wissen, was sie nehmen sollte.

Der Wunsch, wieder Farbe am Körper zu tragen, überwand alles Zaudern und mit sicherer Hand zog sie purpurrote Seide heraus, die sofort über ihren Körper glitt, glatt und weich wie eine neue Haut. Ihr Körper dankte es ihr mit einem Schauer.

Sie betrachtete sich im Spiegel. Das Purpur ließ ihre Haare noch schwärzer aussehen, noch größer und lebhafter wirkten ihre Augen, die Haut strahlte noch rosiger. Der tropfenförmige Ausschnitt offenbart mit nötigem Anstand nur einen Teil ihres Busens, alles andere blieb eine Andeutung. Das Kleid war eng in der Taille, der Rock floss gerade bis über ihre Knie, die Schuhe … Welche Schuhe?

»Agata?«, rief Toni und klopfte an die Tür.

»In einer Minute bin ich bei euch«, rief sie fröhlich.

»Beeil dich«, sagte er in einem so dramatischen Ton, dass sie fröstelte.

Sie riss die Tür auf. »Was ist passiert?«

Er sah das flammende Rot, und einen Moment lang erkannte er sie nicht wieder.

»Toni …«, drängte sie.

»Gehen wir rüber.«

»Was ist?«

»Das Mädelchen ist … eine Terroristin.«

17

Stille.

Die gleiche Stille, als wäre im Haus ein Toter zwischen Kerzen und Blumen aufgebahrt.

Doch es sind keine Toten in ihrem Haus, sondern nur ein Mädchen mit einem Neugeborenen auf dem Arm und der heiß geliebte Mann, der die junge Mutter misstrauisch mustert. Ihre Freunde sind da, es ist Weihnachten, Feiertag, draußen schneit es sogar, womit das Märchen perfekt wäre, und darüber hinaus hat sie die Trauer abgelegt: Was ist denn nur? Sehen sie etwa nicht, dass sie strahlt und zwar vor Glück, das sie für immer verloren geglaubt hatte?

»Warum diese Trauermienen?«, fragt Agata mit einem gequälten Lächeln. Das Wort *Terroristin* kreist ihr durch den Kopf wie ein bösartiger Vogel. Was soll das bedeuten?

Stille.

Lori hat den Blick gesenkt, presst ihr Kind an den Hals.

Die anderen scheinen wie ausgestopft.

»Herrschaften«, sagt Agata schwungvoll, um Normalität vorzutäuschen, »was ist passiert? Hat der Fremde euch erschreckt?«

Stumm bleiben sie.

»Giulio!«, sagt sie da.

Der Junge sieht sie mit traurigen Augen an.

Da ändert sie ihren Ton: »Um was handelt es sich denn?«, fragt sie.

Stille.

»Maresciallo?«, versucht sie es. »Toni… Dottore… also wirklich, muss ich euch etwa einzeln aufrufen?« Eine rasende Wut steigt in ihr hoch. Wie kann es sein, dass jetzt, da sie endlich glücklich, da diese verrückte Freude wieder in ihr erwacht ist, die anderen Trübsal blasen?

Es ist Locatelli, der das Wort ergreift, auf das Mädchen zeigt und fragt: »Was macht die hier?«

»Das ist eine Freundin«, antwortet Agata brüsk.

Ach, Tabbacchera, doch nicht so!

Sofort wird er misstrauisch, mehr wegen ihres Tonfalls als wegen der Antwort selbst. Daher fragt er: »Gehört es etwa zu Ihren Angewohnheiten, Kriminellen Unterschlupf zu gewähren, Bürgermeisterin?«

Schaisze, er zieht das Ganze auf die Gesetzesebene, denkt Toni. Aber wie hätte es auch anders sein können?

»Wie meinen Sie das, Maresciallo?«, fragt Agata völlig verblüfft.

»Wissen Sie etwa nicht, wen Sie da in Ihrem Haus aufgenommen haben?« Seine Stimme klingt spöttisch und plötzlich verärgert.

»Mir scheint, das geht Sie nichts an«, erwidert sie prompt.

»Bitte… streitet euch nicht…«, murmelt da Lori, die nicht die erstarrte Schlange sein will, die der Bauer an der Brust wärmt und die ihn dann beißt. Sie steht auf und will gehen, als…

»Halt!«, befiehlt der Kontinentale trocken.

»Was erlauben Sie sich?«, explodiert die Tabbacchera.

So wie sich die Dinge gerade entwickeln, könnte es schlimmer nicht werden.

Die Luft scheint wie Glas zu sein. Die Worte stechen wie Nadeln ins Herz, der trockene und professionelle Ton, abseits aller Uniformen, irritiert über alle Maßen: Wir sind hier nicht in der Kaserne, Maresciallo, und Sie sind nicht im Dienst.

Locatelli aber skandiert: »Loredana Delle Rose«, und rezitiert dann – als hätte er die Akte vor sich – auswendig die Anklageschrift und endet: »Das Vergehen ist also ein terroristischer Anschlag.«

»Aber ohne Tote«, mischt sich Giulio ein.

»Und ohne eine formelle Anklageschrift«, setzt Toni hinzu.

Agata sieht sie an, dann blickt sie wieder zu Lori. Sie begreift es nicht: Was reden die da nur? Und währenddessen wiederholt sie in Gedanken »Loredana Delle Rose«, wo hat sie das Mädchen nur schon mal gesehen? Und endlich erinnert sie sich. Dieser Nachname hatte damals ihre Aufmerksamkeit erregt: Schön und duftend klingt er.

Locatelli mustert Agata, als sähe er sie zum ersten Mal. »Bürgermeisterin«, sagt er kalt, »dieses Mädchen muss umgehend in die Kaserne überstellt werden.«

»Nein, Signore. Das Mädchen bleibt hier.«

»Das Dorf ist mit Straßensperren abgeriegelt«, mischt sich Toni ein. »Ich habe mit den Carabinieri gesprochen ...«

»Wann?«, fragt Agata entgeistert, was genau genommen bedeutet: Warum habt ihr mir nicht Bescheid gesagt?

Und Toni, der zwar gut, aber nicht blöd ist, erwidert peinlicherweise: »Während Sie Ihrem Gast die schöne Aussicht gezeigt haben.«

Aha.

Wie kurz doch dauert das Glück, Signora. Da hat man nicht mal genügend Zeit, sich richtig zu begrüßen, sich körperlich zu genießen, und schon kriegt man sich in die Haare. Und trotzdem muss der Fall des Mädelchens gelöst werden.

Lori jedoch sagt: »Ich habe nichts getan ... ich schwör's euch.«

Alle halten die Luft an.

In den folgenden langen Minuten scheint es, als ob die Einigkeit, die diese Menschen in einem Archipel aus Liebesbezeugungen verbindet, wie Wasser verdunstet, trockengefallene Inseln zurücklässt und einsame Seelen auf Sandbänke verbannt, auf denen sie nur ihrem Gewissen begegnen. Auf einmal erscheint das Weinen des Babys viel erschreckter. Es spürt die Gefahr, die seiner Mutter droht, und es verteidigt sie auf die einzige Art, die seine Winzigkeit ihm erlaubt: mit einem verzweifelten Geschrei, das die Tabbacchera unglaublich traurig macht, weshalb sie das Mädelchen in den Arm nimmt und sagt: »Komm mal mit.« Und schon führt sie Lori in ihr Zimmer.

Im Wohnzimmer bleiben Seeleninseln ohne Meer zurück.

Im Zimmer steht Agata und sagt mit größter Liebenswürdigkeit: »Jetzt erzähl mir bitte mal ganz genau, was eigentlich passiert ist.«

Aber kann so eine Clique, die mit ihren Liebesbezeugungen schon viel schwärzere Seelen als eine angebliche Terroristin bekämpft – und besiegt – hat, sich nicht wieder auf eben diese Liebesbezeugungen besinnen?

Kann ein Kontinentaler, der in dieser Clique Vollmitglied war, in das Gehabe seiner Kontinentalität zurückfallen, ohne verstehen zu wollen, wie die Dinge eigentlich liegen?

Natürlich nicht! Und genau deshalb will Locatelli es verstehen und fragt: »Was wisst ihr über das Mädchen?«

Da beginnt Giulio zu erzählen: von Lori, vom Tod ihrer Eltern, von den Pflegeeltern, die nicht aus Liebe – »Wie konnten sie das Gericht nur so reinlegen!« –, sondern aus Habgier ihre Vormundschaft übernommen haben, von dem Jungen, der sie geschwängert hat, davon, dass die Kains – »So nennt sie ihre Pflegeeltern.« – sie zur Abtreibung zwingen wollten, und von deren verrücktem Sohn.

»Sie wollten, dass ich mich säubern lasse«, erzählt Lori Agata.

»Was?«

»Sie wollten, dass ich abtreibe. Sie haben gesagt, dass ich erst fünfzehn bin, dass ich mich schön säubern lassen soll und dann wäre alles wieder so wie vorher. Aber ich wollte das nicht. Auch Giona hat gesagt, dass ich das Kind behalten könnte, dass

ich dann aber die Verantwortung hätte, für zwei zu leben ...«
»Wer ist Giona?«

»Das ist der einzige Onkel, den sie noch hat«, erzählt Giulio.
»Und die anderen, die Pflegeeltern?«, fragt Locatelli.
»Sind entfernte Verwandte. Giona, der Onkel – ein Großonkel, genauer gesagt – ist alt und blind, daher hat man ihm das Mädchen weggenommen.«

»Giona ist der Alte, der die Erinnerungen repariert«, sagt Lori.
Und sie erzählt der Tabbacchera von ihrem Vater, der starb, als sie noch klein war, von ihrer Mama, einer Expertin für Terramarina, von Giona, der hingegen ein Experte für Papa ist.
Und während sie so ihre Familie wieder zum Leben erweckt, legt sie plötzlich Schüchternheit und Angst ab, und bewegt sich auf vertrautem Terrain, ist zu Hause, weswegen sie, anstatt konkrete Auskunft über ihre Unschuld zu geben, sich in der Erzählung von dem Alten verliert, der mit seinen Fingerspitzen sieht, der, als sie klein war, ihr die Hände auf den Kopf legte und half, ihre Erinnerungen zu reparieren – oft auch, sie zu erfinden – und der ihr sagte: »Siehst du deinen Papa?«, und sie antwortete, nein, sie konnte ihn nicht sehen, und er sagte, dass man für die Reparatur der Erinnerungen Nadel und Faden und eine Werkzeugkiste bräuchte, aber auch Fotos, denn Fotos helfen sehr, die Figuren im Geist zu beleben, und er sagte das mit einer unglaublichen Zärtlichkeit, wie jemand, der dich wirklich gern hat, dich von Herzen liebt und nicht nur deinen Besitz will wie die Kains.
Sie redet und weint, redet und erzählt von den Monaten auf der Straße, von all dem Hunger, all dem Dreck und der Kälte, den Nächten, in denen sie sich versteckt hat, während ihr Bauch immer weiter wuchs und das Geschöpf ihre ganze Kraft auffraß. Plötzlich schluchzt sie so heftig, dass sie nicht weiterreden kann.

Agata streicht ihr über die Haare. »Warum bist du nicht zu Giona gegangen?«, murmelt sie.

»Da hätten sie mich doch sofort gefunden«, sagt sie unter Tränen.

»Du hättest zu den Carabinieri …«

»Ich hatte Angst.«

»Und das Feuer?«

»Und wer«, fragt Locatelli, »hat das Feuer gelegt?«

»Der Sohn der Pflegeeltern.«

»Hat sie dir das gesagt?«

»Ja.«

»Sie lügt! Es gibt schwerwiegende Beweise gegen sie.«

Giulio nickt. »Das Tagebuch, in das sie geschrieben hat: *»Ein Feuer reicht nicht, um ordentlich zu säubern«*, ihr Armband in der Nähe des Benzinkanisters, ihr Schlüsselbund neben einem Schuleingang«, zählt er auf. Und fügt sofort hinzu: »Das ist ein bisschen viel, meinen Sie nicht?«

Die Anwesenden sehen die beiden sprachlos an: Der Maresciallo fragt, der Junge antwortet, ohne zu zögern, der Maresciallo reibt sich das Kinn und nichts ist mehr von dem lustsatten Mann geblieben, während der Junge die Krallen ausfährt und seine Freundin verteidigt.

Das ist ein Bulle mit stahlhartem Griff, der dich zerquetscht, wenn du ihm in die Quere kommst, denkt Carmine.

Lisabetta und die anderen denken mehr oder weniger das Gleiche: Noch nie haben sie den Maresciallo bei der effizienten Ausübung seines Amtes erlebt und sind verblüfft. Solange es darum ging, Seite an Seite mit ihm den verbrecherischen Sumpf trockenzulegen, in dem der alte Bürgermeister das Dorf versenkt hatte, spendeten alle Beifall und sagten, dass endlich der richtige Mann da sei, ein Unbestechlicher, ein von Gott Gesandter, der aufräumt. Nun aber, da sie auf der anderen Seite des Grabens stehen …

Und während Sarino von Giulio hört, wie sehr das Baby gelitten hat, wird er zum Tier, zu einem ganz herzlosen Vieh, denn normalerweise haben auch die Viecher Mitgefühl, er aber wird vom Hass auf diese Nutte erfasst, die das Geschöpf ausgeschissen und in den Müll geworfen hat, er begreift zunächst nicht, wie viel Mut nötig ist, allein zu gebären, sich die Kleine aus Bauch und Herz zu reißen, so wie Giulio es erzählt, und dass Lori sich dafür geißeln und sich vor aller Augen selbst ohrfeigen könnte, denn der Gedanke schmerzt sie, dass all ihr Leid nutzlos war, wenn jetzt der da kommt, sie verhaftet und dann *Auf Wiedersehen, Küsschen*, das war's, besser gesagt: Lebt wohl für immer! Doch irgendwann steht Sarino auf und sagt: »Maresciallo, da kann man eigentlich nur die Augen zudrücken.»

Langsam dreht sich Locatelli zu ihm. Eine einstudierte Langsamkeit, die in der Frage kulminiert: »Soll das eine Einladung zur Omertà sein, Signor Motta?«

Selbstbewusst hält Sarino dem Blick stand, denn er weiß, dass er im Recht ist und sich nicht schämen muss, wenn er die Rettung im Schweigen sucht. »Wir verkehren mit dem Mädelchen«, sagt er offenherzig, »wir wissen, um was wir Sie bitten. Gerade ich weiß es, weil ich schon oft mit dem Verbrechen zu tun hatte, und deshalb tu ich mich mit Kriminellen auskennen: Ich riech sie, und vielleicht fackeln Verrückte Häuser oder Felder ab. Aber das Mädelchen gehört nich zu dieser Sorte, darauf verwett ich alles, was Sie wollen.«

»Das ist Ihre persönliche Meinung«, erklärt der Maresciallo. »Und irrelevant.«

»Was ist dann also relevant?«, fragt die Tabbacchera, die lautlos zurückgekehrt ist, am Türrahmen lehnt und ihn ansieht.

Auch zu ihr dreht sich Locatelli langsam. Er trifft auf einen Blick, den er von ihr nicht kennt. »Das sind tatsächlich die vorliegenden Beweise, Bürgermeisterin.«

Bürgermeisterin ... Und die Küsse von vorhin? Das Liebesspiel von vorhin?

Bürgermeisterin ... Maresciallo ..., wie zwei Fremde benehmen sie sich.

»Und wenn diese Beweise gefälscht sind?«, fragt sie.

»Dafür gibt es die Gerichte, um eine solche Möglichkeit auszuschließen.«

Ach, wie sich doch die Stimmung verändert hat, überlegt Violante, wie düster auf einmal die Atmosphäre ist, so als würden die Kirchenglocken, die heute Weihnachten verkünden, falsch klingen.

Ich glaube Lori, auch ohne ein Gericht, möchte Agata ihm sagen und ihn schütteln, seine Gesetzesrüstung durchbrechen, in der er sich versteckt, und ihm sagen: »Ich glaube ihr von ganzem Herzen, Andrea. Und mein Herz irrt sich nie.«

Andrea? Der da heißt *Locatelli*. Andrea ist im Bett ihres Dachzimmers geblieben. Wer weiß, ob sie ihn je wiedertrifft.

Und doch wendet sie sich an Andrea, redet ihn absichtlich mit diesem Namen an, als sie ihn fragt, was denn die Poesie, die er so liebt, mit dem Recht zu tun habe, deren Diener er ist.

Die Anwesenden erstarren, wirklich alle erstarren, denn *Diener* ist ein Wort, das man nie nie nie – und schon gar nicht in Gegenwart von anderen – zu dem Mann sagen sollte, den man liebt: Die Konsequenzen können verheerend und nicht wieder gut zu machen sein. Um also die Aufmerksamkeit davon abzulenken, sagt Toni: »Wir bitten Sie um Ihr Schweigen.« Wobei er sich durchaus bewusst ist, dass dieser Mann, der die Omertà mit allen ihm zur Verfügung stehenden Mitteln bekämpft hat, ihn dafür verachten wird.

Locatelli sieht ihn fassungslos an. ›Tu quoque?‹, ›Auch du?‹, scheint er stumm zu fragen, mit den gleichen Worten, die Cäsar an seinen Sohn Brutus richtete, als dieser ihn mit dem Dolch erstach.

Toni wird rot und möchte den Riss aus Fehlern flicken, den

sie alle gerade in die Flagge der Ehrlichkeit reißen, die sie bis gestern noch wie ihr Banner vor sich hergetragen haben.

»Lehrt man an Ihren Schulen nicht«, fragt Locatelli kalt, »dass das Gesetz und nicht die Omertà die Gerechtigkeit garantiert?«

»Aber natürlich!«, platzt Franca heraus. »Aber der, der dem Tabbacchere die Saracina stehlen wollte, hat sich auch des Gesetzes bedient und ihn trotzdem umgebracht. Haben Sie das etwa vergessen, Maresciallo?«

»Vertrat dieser Bürgermeister etwa das Gesetz?«

Sie konnten nichts erwidern, denn Occhi janchi, der Mann des Gesetzes, nutzte das Gesetz, um das Gesetz zu verarschen. Und das weiß der Maresciallo ganz genau.

»Wie auch immer«, fährt er eilig fort, »wie erklärt ihr dann die Anwesenheit eines Neugeborenen in diesem Haus?«

»Wir haben es gefunden«, sagt Luisa. »Wir haben es aufgenommen, sonst wäre es gestorben.«

»Und ihr habt nicht daran gedacht, dass ihr vielleicht die Behörden informieren müsst, dass es vielleicht genaue Vorgaben für den Schutz von Minderjährigen gibt, dass ...«

»Nich schon wieder!«, unterbricht Sarino ihn und kehrt die Wolfsseele seiner Schurkenzeit heraus. »Ständig gehen Sie uns mit diesem Schaiszgesetz auf'n Sack! Was weiß'n das Gesetz schon von'em Würmchen mitten im Schnee, das erfriert, wenn man es nich ins Warme schafft?«.

Und schon reden alle gleichzeitig los, es herrscht ein Durcheinander, ein Babel, das dennoch nicht die resoluten Schläge an der Haustür übertönen kann.

Sarino schielt aus dem Fenster. »Die Bullen!«, sagt er und wird leichenblass.

»Und jetzt?« Agata ist verwirrt. Sie ist verwirrt, denn sie ist ja auch die Bürgermeisterin des Gesetzes. Während die anderen redeten, war ihr tatsächlich jedes Telefonat mit dem Präfekten, jedes Gespräch mit dem Gericht, jede Mahnung ans

Ministerium, jede verdammte Nerverei – in manchen Kreisen auch *Sackgeherei* genannt – wieder in den Sinn gekommen, damit Veruntreuer, Korrupte, Amtsmissbräuchler, Wasser- und Luftverschmutzer sowie organisierte Kriminelle in Handschellen abgeführt wurden. Und nun? Springt auch sie über den Graben? Sie ist verwirrt: Es stimmt, dass man sich an das Gesetz halten muss, aber da ist auch ein unschuldiges Mädchen, das die Männer da draußen ins Unglück stürzen wollen. Und wie viele Unschuldige rufen aus dem Knast die Justiz an, ohne je Gehör zu finden?

Sie blickt zum Maresciallo, der sie liest wie ein offenes Buch und der trotzdem bellt: »Niemand rührt sich!«

›Er hört sich an wie ein Deutscher Schäferhund‹, denkt Lucietta.

Und Locatelli geht öffnen.

Ach, Tabbacchera, Tabbacchera, wie bitter ist manchmal das Leben!

Agata hatte keine Kraft, ihm zu folgen. Eigentlich war sie ja die Hausherrin, und es wäre ihre Pflicht gewesen, mit den Carabinieri zu verhandeln, was hatte er schon damit zu tun? Er war doch nur ein Gast. Aber sie hatte keine Kraft, sich mit diesem Gesetz auseinanderzusetzen, das bis in ihr Haus drang, um festzulegen, was richtig und was falsch war.

Die anderen waren durch den Befehl, sich nicht zu rühren, wie in einen Käfig gesperrt.

Nur das Raubein gehorchte natürlich nicht. Sarino trat ins Treppenhaus und versuchte zu erlauschen, was die Carabinieri so redeten.

Stimmengewirr, Gemurmeln, ein »Ja, sicher«, weitere Worte und dann …

Er lehnte sich über das Geländer, um besser zu hören.

Was zum Teufel redeten die da? Für wie viel Knete verkaufte dieser Verräter das Mädelchen?

Und schon nahm er sich vor, Locatellis besondere Kennzeichen mit ein paar ordentlichen Faustschlägen krankenhausreif zu verändern, und es tut mir ja schrecklich leid für Sie, Tabbacchera, dass Sie sich in so 'nen Schaiszkerl verliebt haben, der nich mal so viel wert ist wie der Stoff Ihres billigsten Kleides, aber wenn …

»Hier gibt es keine Brandstifterin«, sagte Locatelli. »Dafür verbürge ich mich.«

Rasch presste sich Sarino die Hände auf den Mund, damit sein »Schaisze!« nicht bis nach unten drang.

Allerdings konnte er nicht verhindern, dass ihm ein langer Schauer vom Nacken bis zu den Füßen rieselte und ihn ins Badezimmer stürmen ließ, denn es bestand das – echte und tatsächliche – Risiko, dass er sich vor Erleichterung in die Hosen pinkelte.

Und nun steht ein Maresciallo vor einer gestrengen Tabbacchera. Ein Maresciallo, der das feindlich gesinnte Volk um ihn herum ansieht.

Ein Volk, das noch nichts weiß, befehlstreu und daher ahnungslos ist, denn Sarino kommt immer noch seinem körperlichen Bedürfnis nach.

Niemand redet.

Niemand will wissen, wie und wann Lori sich stellen soll.

Violantes Wangen sind tränenüberströmt.

Lisabetta starrt beharrlich die Maserung des Fußbodens an.

Lucietta drückt das Hundchen fest an sich, das – überaus nervtötend und unangebracht – die ganze Zeit mit seinem Stummelschwänzchen wedelt, weshalb mancher sich fragt, ob das Tier mit einem Schlag völlig verblödet sei.

Die Tabbacchera starrt den Maresciallo mit glasigem Blick an, ihr Gesicht gleicht dem einer Wachspuppe.

Stille.

Und üble Gedanken.

Verdammt sei das Unglück, das über dieses Haus gekommen ist!, flucht Carmine im Stillen.

Wir können immer noch die besten Anwälte Siziliens anheuern, überlegt Toni.

Es nützt nichts, sagt sich Luisa, sobald der Teufel sich einmischt, geht alles schief.

Und als dann Sarino ins Wohnzimmer kommt und Locatelli kräftig umarmt und sagt: »Euer getreuer Diener, Maresciallo! Für immer und ewig, ich schwör!«, sind alle, aber wirklich alle (Hund und Tabbacchera natürlich ausgenommen) komplett verblüfft.

»Diener? Nicht schon wieder dieses Wort«, erwidert Locatelli in völlig missratenem Sizilianisch, denn er stammt ja immer noch aus dem Piemont.

Verwirrt sehen die Freunde sich an.

Am verwirrtesten ist Sarino, der, als er sie so erstarrt und erbost vor Schmerz sieht, sagt: »Leute, muss euch erst 'n Skorpion zwischen die Schenkel stechen, damit ihr tanzt?«

»Hör auf!«, peitscht Franca, denn es ist nicht der richtige Moment für Scherze und schon gar nicht für solche alten sizilianischen Bauernsprüche.

»Was hab ich denn gesagt?«, fragt er, der alles kapiert hat und sich ein bisschen auf ihre Kosten amüsieren will.

»Signor Motta, warum haben Sie meinen Befehl missachtet?«, fragt Locatelli ruhig. Die Umarmung und die Beteuerung seiner lebenslangen Dienstbereitschaft können ja nur bedeuten, dass er gelauscht hat.

»Maresciallo, Sie wissen doch, dass ich von niemandem Befehle entgegennehm.«

Der ist geliefert, denkt Carmine.

Sie haben die Umarmung missverstanden, halten sie für eine dumme Geste des Raubeins, um das Herz des Gesetzeshüters zu erweichen, obwohl bei dem jegliche Schmeichelei sinnlos ist: Locatelli ist ein Heiliger aus Marmor, der nicht mal schwitzt. Und so stehen sie stocksteif da, bis Sarino endlich ruft: »Mann, Schaisze, Leute, wie lang braucht ihr'n noch?« Dann setzt er nach: »Geschwiegen hat er.« Und dabei klopft er dem Maresciallo auf die Schulter.

»Jesus Maria!«, murmelt Franca, lässt sich auf einen Stuhl fallen und wedelt sich mit einer Serviette Luft zu. Ihr ist, als hätte sie plötzlich Hitzewallungen wie in den Wechseljahren.

Locatelli wendet sich an die Tabbacchera: »Ich müsste kurz mit Ihnen sprechen, Signora.«

Kalt wie ne Hundeschnauze und stinksauer ist er, sagt sich Sarino, der beim Wort *geschwiegen* unter seiner Hand gespürt hat, wie der Maresciallo zusammenzuckte, als hätte er einen elektrischen Schlag bekommen.

Lucietta ruft alle Engel, Heiligen und die Madonna an, dass die beiden sich aussprechen, ohne Schaden anzurichten.

Natürlich müssen sie jetzt gewisse Dinge besprechen, denkt Toni. Es geht ja nicht mehr nur darum, das Mädchen zu verstecken, sondern auch das Baby. Denn wie soll man seine Existenz erklären, ohne Aufsehen zu erregen? Das Dorf ist klein, die Leute beobachten alles, selbst durch Mauern, und sie wissen und hören das, was sie nicht wissen und nicht hören sollten …

Währenddessen erscheint Don Bruno, erfrischt vom Mittagsschläfchen, und wundert sich, dass man noch nicht gegessen hat, worauf Toni erwidert: »Mittagessen, Hochwürden? Wir stecken hier gerade mitten in einer Telenovela!«

Denselben Satz wird er eines Tages einer gewissen Signora erzählen, die in Rom lebt und hin und wieder, auf der Suche nach Geschichten, ins Dorf kommt. Er wird ihr sagen: »Werte Dame, wenn Sie wüssten …«

Und sie: »Edler Herr, erzählen Sie …« Dann wird sie ihren Block aufschlagen und anfangen, alles aufzuschreiben.

Das Zimmer, in dem sie nun stehen, ist das Studierzimmer, in das Agata sich zum Lesen zurückzieht: An jeder Wand Regale, dazu ein Sofa, ein Sessel, ein Tischchen mit einer Leselampe, auf dem Boden ein handgeknüpfter Teppich.

Es ist das erste Mal, dass Andrea dieses Zimmer betritt, das sie so gut repräsentiert. Er hat immer vermutet, dass die Tabbacchera intime Stunden mit Büchern verbringt, und nun, da er hier ist, fühlt er sich ein wenig unwohl.

Zwischen ihnen liegt das Schweigen der schlimmen Tage, das Schweigen, wenn man begreift, dass das Märchen ein Märchen ist, solange es nur in der Fantasie stattfindet, sobald man aber mit beiden Beinen auf dem Boden steht und den ersten Streit hatte, verändern sich die Dinge.

Das Wort »Diener« wirbelt noch durch Agatas Kopf, mit derselben Verachtung, mit der sie es ausgesprochen hat: »Diener des Gesetzes …« Hat sie das wirklich gesagt?

Agata bereut es. Sie möchte es zurücknehmen, dieses Wort. Sie möchte das Band zurückspulen und diese große Beleidigung löschen.

Im anderen Zimmer spitzt man die Ohren. Das große Schweigen bedeutet, dass sich ein Unwetter zusammenbraut.

»Er ist vom Kontinent«, sagt Lucietta. »Er ist Kontrolle gewöhnt. Sie kann zu Eis erstarren, also ist es gut möglich, dass sie sich nicht mit Büchern bewerfen.«

»Wenn die Wut einen packt, kann man nicht mehr klar denken«, flüstert Carmine, und es scheint, als seufze er. »Nur gut, dass sie nicht in die Küche gegangen sind, wo die Messer rumliegen.«

»Ach was!«, bringt Luisa ihn zum Schweigen. »Das sind gebildet Leute, die machen sich sogar ohne Worte fertig.«

Tatsächlich war nicht einmal das Summen einer Fliege zu hören.

Stattdessen flüstert Agata hinter der verschlossenen Tür: »… wie dumm von mir, dass ich dir nicht vertraut habe …«

Er hält die Luft an.

Wenn man bedenkt, dass sie sich kurz zuvor noch der körperlichen und seelischen Liebe hingegeben haben …

Stopp. Ende der Geschichte, denkt sie. Und möchte weinen.

Stille.

Schließlich fragt er: »Warum hast du dich eigentlich in mich verliebt?«

Sie antwortet nicht. Es ist nicht der richtige Augenblick für ein romantisches Idyll.

Dabei klingt er so gar nicht nach Idyll.

Trotzdem antwortet sie nicht.

»Was findest du an mir?«, drängt er. »War das nur die Poesie?«

Stille.

»Oder ist es vielleicht die Tatsache, dass ich weniger Diener des Gesetzes bin als du?«

»Erraten!«, müsste sie sagen. Doch stattdessen schweigt sie.

In ihrem Geist laufen die gemeinsamen Tage wie in Zeitlupe ab: Das *Märchen* von der Veränderung der Welt durch Poesieschüsse (womit viele sie aufzogen) verwandelte sich in eine knallharte Aktion, die das System der Vorteilsnahme zerschlug, das Occhi janchi installiert hatte und um jeden Preis aufrecht erhalten wollte. Gemeinsam stellten sie Ehrlichkeit über Korruption, Veruntreuung, gewohnheitsmäßiges Lügen und Übergriffe durch diesen schwarzen Teufel und seinen Klüngel. Zum kategorischen Imperativ machten sie das Verbot, der Gewalt und der Verführung durch die Schmiergeld zahlenden Sirenen nachzugeben; gleichzeitig wurde es zu ihrer kategorischen Notwendigkeit, sich mit absoluter Bestimmtheit den Anhängern des alten Bürgermeisters zu widersetzen, die gegen die neue Bürgermeisterin agitierten, diese Hurennutte, die zudem noch ein Weib war.

Andrea durchlebt mehr oder weniger dieselben Tage: Damals flog die Lagerhalle eines Unternehmers in die Luft – man sprach von einer undichten Gasleitung –, der einen Auftrag an Land gezogen hatte, ohne Schutzgeld zu zahlen; die Autos der Bürgermeisterin und ihres Stellvertreters brannten; und er konnte sich vor der Flut anonymer Briefe kaum retten, in denen die neue Gemeindevertretung jeder denkbaren Schweinerei bezichtigt wurde.

»Also?« Seine Stimme zerreißt die Stille.

Agata schweigt. Schwarz und bitter steht das Leben vor ihr, eine unendliche Erschöpfung durchzieht sie und nimmt ihr jegliche Kraft für eine Erwiderung.

»Omertà … Schweigen …«, drängt er weiter. »*Nichts sehen, nichts hören, nichts sagen* … War das nicht die Philosophie der anderen?« Trockene, harte Worte, die sie mit ihrem neuen Selbst konfrontieren, das sie tags zuvor – als es Lori noch nicht gab – gehasst hätte.

Andrea hört auf, im Zimmer hin und her zu gehen, und betrachtet sie: Agata sitzt auf dem Sofa, die Hände im Schoß, als hätten ihre Nerven plötzlich versagt. Kaum noch etwas erinnert an die Tabbacchera.

Er redet weiter: »Prozentsätze, Schutzgelder … Wir schmieren das System, damit es nicht quietscht, damit alle ihren Teil davon abbekommen. Ob das nur ein Krümel ist oder gleich das volle Pfund, das wird von Mal zu Mal entschieden.«

Plötzlich schüttelt sie den Kopf, als wollte sie sagen, dass es hier um etwas anderes geht: »Sie war es nicht …«, sagt Agata. »Sie hat nicht …« Sie verstummt. Wie soll sie erklären, dass etwas Gesetzeswidriges nicht immer auch notwendigerweise Unrecht ist, dass es ein ungeschriebenes Gesetz der Humanität gibt, das schwer zu entziffern ist und in keine Norm gepresst werden kann.

»Vielleicht stimmt das«, sagt er.

Langsam hebt sie den Kopf und sieht ihn an.

»Genau deshalb habe ich geschwiegen.« Andrea verzieht bei dem Wort schmerzerfüllt das Gesicht, als würde jemand mit den Fingernägeln über eine Tafel kratzen, und erschaudert. »Oder besser gesagt«, fährt er fort, »ich habe geschwiegen, weil ich Zeit brauche, weil ich persönlich überprüfen will, wie die Dinge wirklich stehen.«

Er beginnt wieder auf und ab zu gehen. Agata lässt sich gegen die Lehne fallen und schließt die Augen.

Vor und zurück marschiert dieser Maresciallo, der nach dem SMS-Bombardement der vergangenen Nacht jegliche Unsicherheit beiseitegeschoben hat und nach Sizilien gejagt ist wie ein Falke. Absichtlich hat er ihre Anrufe nicht beantwortet, um ihr nichts zu verraten, um die Überraschung nicht zu verderben.

Vor und zurück marschiert er wie ein Metronom, das einen Takt schlägt, auf den er so nicht vorbereitet war. Vor und zurück, bis er plötzlich stehen bleibt. »Mein Gewissen ist ein Tribunal, Bürgermeisterin«, erklärt er.

»In kollegialer Zusammensetzung oder als Monokrat, Maresciallo?«, fragt sie frechdachsig.

Er lacht nicht, wird nicht wütend, geht nicht auf den Witz ein, gibt sich nicht der Beleidigung hin, er sagt einfach nur: »Ich muss mich im Spiegel ansehen können und mich nicht verachten, Agata. Denn du weißt doch, dass *die Freiheit wie Luft ist, weshalb …*«

»*… man erst erkennt, was sie wert ist, wenn sie nicht mehr da ist, wenn man meint zu ersticken …*«, vervollständigt sie den Satz des Juristen Piero Calamandrei.

»Genau.« Er stellt sich vor sie: »Wir marschieren Schulter an Schulter, deshalb lieben wir uns. Wir glauben an dieselben Dinge. Wir sind Diener auf dieselbe Art, Signora Nervensäge.«

»War es nicht Sackgeherei?«

»Möglicherweise.«

Agata hat keine Lust zu scherzen, und Andrea auch nicht, weshalb er erklärt: »Ich kann nicht das verraten, an das ich glaube.«

»Und die Poesie?«

»Ist die Poesie nicht auch streng?«, fragt er. »Folgt sie nicht dem exakten Gesetz der Metrik, respektiert sie nicht die Form, auch wenn sie frei ist, vermählt sich in ihr nicht das Wort mit Klang und Bedeutung, ohne die sie nur eine Ansammlung von Zeichen wäre, die niemanden rühren würden?«

»Und die Gerechtigkeit?«, drängt Agata. »Was ist mit den Schweinereien zum Schaden eines Mädchens, um das sich niemand kümmert? Sie hat die ganze Schwangerschaft über gehungert und ist wie die Mutter Jesu niedergekommen, obgleich die immerhin den Trost und die Hilfe ihres Mannes hatte.«

Die Tabbacchera weint, sie, die gegenüber Schurken zur Rasierklinge wurde, ist nun wieder Frau und Mutter des Herzens für eine Mutter mit Tochter, die wie Stroh im Wind sind.

Denn genau das sind wir manchmal, Maresciallo: Stroh, das der Wind herbeiweht. Und es kann sein, dass wir ins Feuer fallen, es kann aber auch sein, dass ein Windhauch uns ans rettende Ufer trägt, und alle Mutmaßungen, alle Hoffnungen, alle Unordnung, alle Täuschungen und Widrigkeiten, die Nöte und die Gefühle, die wir … Aber was denkt sie da nur? Der schönen Tabbacchera ist, als würde sie sterben, im roten Kleid und mit trübem Herzen, ihre Hände zittern, sie presst die Lippen zusammen, um nur nicht zu weinen.

Andrea bemerkt es, und stürmisch umarmt er sie, umfängt sie in Form dieser unvermuteten Schwäche, die ihn überkommt und die Agata jedoch am nächsten Tag überaus schätzen wird. Er umarmt sie, er drückt sie an sich und erstickt die komplizierte Diskussion im Keim, die sie anzuzetteln versucht und die sonst wohin führen würde. Aber weil sie beide aus Poesie gemacht sind, flüstert er ihr durch die Haare zu: »Hör mich an, schöne Signora, ich möchte mit dir, an deinem Arm, mindestens eine Million Stufen hinabsteigen.«

Tränen tropfen von ihren Wimpern.

Er drückt sie noch fester. »Und ich schwöre dir«, fährt er fort, »dass auf jeder Stufe Freude und Liebe herrschen werden. Es wird hinter uns kein Nichts geben, kein trunkener Schrecken …«

»Sieh mich an«, sagt sie da.

Er rückt von ihr ab, liebkost sie mit Blicken und verzichtet auf poetische Verse: »Ich möchte eine Millionen Stufen an deinem Arm hinuntersteigen, meine Tabbacchera. Ich will hinunter- und hinaufsteigen, schwimmen, Berge erklimmen, im Supermarkt mit dir zusammen an der Kasse stehen, zusammen mit dir Kleider aussuchen, dich zum Schneider begleiten, der mir die Hemden näht …«

»Maßgeschneiderte Hemden? Also sind Sie ein eitler Geck, Maresciallo!«, und sie lacht; sie weint und lacht, dieses Feuerweib, denn sie hat vergessen, was es heißt, sich mit einem Mann über die alltäglichen Dinge auszutauschen, weshalb …

Weshalb der Maresciallo sie einfach auf das Sofa wirft und unter sich begräbt.

Und genau hier – in der Vermischung von natürlichen Samen mit den Samen des Rechts und der Poesie – wird Daniele gezeugt, rothaarig wie sein Vater, helle Haut und azurblaue Augen wie seine Eltern. Er wird am 25. Tag des Monats September im folgenden Jahr geboren, und es wird kein Geburtstag vergehen, an dem, immer wenn Daniele die Kerzen ausbläst, die Clique der Tabbacchera nicht an diese Zeugung im Arbeitszimmer denken wird, in dem das Schicksal einer Brandstifterin und ihres Kindes hätte diskutiert werden sollen, und wo stattdessen andere Diskussionen angezettelt wurden, weswegen diejenigen, die im Wohnzimmer warteten, den Fernseher anstellen und die Lautstärke hochdrehen mussten, um nicht an der auf dem Sofa ausgetragenen Liebesdiskussion teilzuhaben.

18

Was wäre ein Weihnachtsessen ohne Lasagne, Brathühnchen mit Kartoffeln, Würsten in Wein, feine Gemüsepfanne nach Art der Kräuterfrau und mit Ricotta gefüllten Cannoli? Das alles war zunächst einmal die Grundlage, zu der sich die *Kollateralitäten* mit Hunderten Duft- und Geschmacksnoten sowie Farben gesellten, denn während die beiden sich aussprachen, hatten die Restaurateurswirtinnen, wie Sarino sie manchmal scherzhaft nannte, die Küche zwar nicht gerade in ein Schlachtfeld verwandelt, aber doch in einen Tummelplatz, auf dem sie in kürzester Zeit mithilfe einer perfekt durchdachten Strategie die bestmöglichen (Qualitäts-)Resultate erzielten.

Als die Tabbacchera und der Maresciallo aus dem Studierzimmer traten – ohne die übersprudelnde Fröhlichkeit und die Befriedigung von Jugendlichen nach ihrer ersten Vögelei –, liefen die Dinge gerade folgendermaßen: Franca zog ein Blech mit Lasagne aus dem Ofen und begann sie in Portionen zu schneiden, Violante – mit dem geschwollenen Knöchel zur Unbeweglichkeit verdonnert – reichte Luisa die exquisit verzierten Platzkärtchen, die diese auf der herrschaftlich gedeckten Tafel verteilte – geschmückt mit den Kristallgläsern und dem Silberzeug, das Don Bruno am Abend zuvor noch abgelehnt hatte –, die Männer kümmerten sich um die Getränke, die Tabbacchera ging sich umziehen (dieses Purpur, das völlig mit dem Wort »Diener« beschmutzt war, wollte sie nicht eine Sekunde länger am Leib tragen) und kehrte in einem azurblauen Kleid zurück, das perfekt zu ihren Augen passte. Und während man die Weihnachtstafel mit letzten Handgriffen perfektionierte, zog sich der Maresciallo mit Lori ins Studierzimmer zurück (von jenem Tag an scherzhaft »die Folterkammer« genannt).

»Du musst mir alles erzählen«, sagte er. »Von Anfang an und ohne etwas auszulassen.« Dann bot er all seine Inquisitionskunst auf und holte aus ihr längst vergessene Details heraus: So überaus wichtige Zeugen wie beispielsweise diesen Luigi Francantonio, einen Carabiniere, der sie eines Tages verzweifelt weinen gehört und an der Tür der Kains geklopft hatte.

»Luigi Francantonio«, wiederholte der Maresciallo und machte sich auf der Rückseite eines Zettels, den er auf dem Tischchen fand, eine Notiz.

»Ja. Ich war klein, meine Mutter war gerade gestorben, ich wollte zu Giona«, erzählte Lori, »und weil ich nicht aufhörte, packte die Kain mich an den Haaren und zog so stark, dass ich zu weinen begann. Das Fenster war auf, der Carabiniere hörte mich und klopfte. Die Kain sagte ihm, dass ich ein ungezogenes Mädchen wäre und nur aus Trotz heulen würde. Wäre Giona da gewesen ...«

»Erzähl mir von ihm.«

»Von Giona?«

Locatelli nickte.

»Er ist der Onkel meines Papas. Er ist alt und kann die Erinnerungen reparieren«, murmelte sie.

Dann erzählte sie ihm alles, aber wirklich alles, sogar von dem aufgetrennten Mädchen erzählte sie – und eroberte damit die poetische Seele des Maresciallo. Wann hätte je eine verrückte, durchgeknallte Mörder-Brandstifterin von sich als aufgetrennter Puppe gesprochen? Sogar von der Kain erzählte sie, die ihr das Geld wegnahm, das der Kain – auf Anordnung des Richters – ihr zu Beginn jeden Monats aushändigen musste: »Sie nahm es mir mit der Behauptung weg, dass Kinder keinen Umgang mit Geld haben sollten, weil sie sonst lasterhaft würden.« Auch von dem Jungen, in den sie sich verliebt hatte, erzählte Lori, von diesem Fabio, der eines Tages zu ihr sagte: »Komm, ich zeig dir das Meer.« Und sie glaubte, dass sie endlich das Glück gefunden hatte.

»Und dann?«

Sie senkte den Blick, schwieg eine Weile, schließlich flüsterte sie: »Irgendwann fing er an, mich anzufassen. Ich bekam Angst. Es war das erste Mal, dass wir zusammen waren und ich wollte ihm einen Kuss geben. Nur einen Kuss. Besser gesagt... ich wollte mit einem Kuss anfangen, und dann... dann... na ja. Aber er hat mich sofort da angefasst, wo ich es nicht wollte. Ich hab es ihm gesagt. Da ist er wütend geworden: ›Warum bist du dann überhaupt ins Auto gestiegen?› –›Um dich kennenzulernen, um zu reden...‹, hab ich geantwortet. Ich hab mich in ihn verliebt, als ich ihn vom Fenster aus beobachtet habe. Er besuchte seine Großmutter im Haus gegenüber. Er hat bemerkt, dass ich ihn beobachtete und dass ich auf ihn wartete. Er fing an, mir zuzulächeln, er verbeugte sich, schickte Luftküsse herüber, und da verliebte ich mich in ihn. Und dann, als wir endlich zusammen waren... war da seine Hand und er war so grob, und mit dem anderen Arm hat er mich festgehalten...« Sie verstummte. Sie wusste nicht, welche Worte sie wählen, wie sie sich ausdrücken sollte.

Aus der Küche drangen das Klappern von Kochgeschirr und die Stimmen der anderen.

»Ich hab geschrien«, fuhr sie fort, »und ihm in den Arm gebissen. Aber es hat nichts genützt. Er hat es durchgezogen bis zum bitteren Ende. Und als er dann das Blut sah, hat er gesagt: ›Schaisze, du bist ja noch Jungfrau!‹

Sie seufzte. Sie blickte auf ihre rissigen Hände voller Frostbeulen, dann sah sie zum Kontinentalen hoch, der sie anstarrte, ohne die Wut zu offenbaren, die in ihm brodelte. Sie redete weiter: »Er hat mich in der Nähe von meinem Zuhause aus dem Auto geschmissen und gesagt: ›Wehe, du erzählst irgendwem davon.‹ Er hat gesagt: ›Dir glaubt doch eh keiner.

Mädchen in deinem Alter sind eh alles Nutten.‹ Ich bin heulend nach Hause gelaufen, ich war barfuß, mein Kleid war zerrissen. Wieso hab ich bloß geglaubt, dass er mich liebt? Dabei steckte hinter diesem Lächeln, diesen gehauchten Küssen nur so ein …« Sie brach ab.

Lange schwiegen beide, dann fragte Andrea: »Was haben deine Verwandten gesagt, als sie dich so gesehen haben?«

»Sie waren nicht da. Nur der Kain-Sohn war da, und mit dem hat man besser nichts zu schaffen. Ich hab mich in meinem Zimmer verkrochen.«

»Und dann?«

Sie zuckte mit den Schultern. »Nichts. Als ich dem Typen gesagt habe, dass ich schwanger bin und er der Vater ist, hat er gesagt, dass niemand mir glauben wird, weil er der Sohn einer ehrenwerten und geachteten Familie ist, und ich doch nur eine halbe Irre. Alle in dem Dorf haben gesagt, dass ich eine halbe Irre bin.«

»Warum das?«

Langsam schüttelte sie den Kopf. »Weil ich oft allein war … und mit mir selbst geredet hab so wie die Irren eben.«

»Aber?«

»Aber …« Sie streichelte den Kopf des Babys, das immer noch ruhig schlief. »Aber ich hab doch nur mit meiner Mutter gesprochen. Und manchmal sogar mit meinem Vater«, erklärte sie.

Beide schwiegen.

Aus den Nebenzimmern drang Gelächter, Geschirr klirrte, Sarinos Stimme übertönte die anderen, der kleine Francesco lachte, dann bellte irgendjemand laut.

Ein schwaches Lächeln erschien auf Loris Lippen. Schwach, und doch voller Zärtlichkeit bei dem Gedanken, dass dieses Gelächter und diese große Freude, die dort drüben herrschte, ihrer Tochter Glück bringen würden.

»Du kannst ihn anzeigen, das weißt du, oder?«, sagte Andrea.

»Würde das was nützen?«

»Solche Leute müssen zahlen.«

Sie nickte. »Ich habe schon darüber nachgedacht. Aber ich habe beschlossen, ihn nicht anzuzeigen. Ich will nicht, dass Luce erfährt, dass sie aus einer Vergewaltigung entstanden ist. Ich werde ihr sagen, dass ihr Papa vor ihrer Geburt gestorben ist, so wird sie nie nach ihm suchen. Sie wird meine Liebe haben, und das wird nicht wenig sein. Sie braucht sonst niemanden.«

Unwillkürlich musste Andrea grinsen. »Glaubst du etwa, dass das wirklich so sein wird?« Er vollführte mit dem Arm eine Geste, die alles, das Haus und die gesamte Clique der Tabbacchera, einschloss.

Auch Lori lächelte. »Naja, vielleicht hat sie sogar mehr, als man braucht, um glücklich zu sein.«

Und endlich sitzen alle am Tisch. Es ist zwar bereits vier Uhr nachmittags, und ein Weihnachtsessen, das um diese Uhrzeit beginnt, ist nicht normal, doch wenn es nur das wäre.

Sie essen, die Atmosphäre ist nüchtern, niemand ist berauscht vor Glückseligkeit – denn der Weg, um die Probleme von Lori und Luce zu regeln, ist steil –, aber es herrscht eine stille Freude, die, wollte man sie mit einer Farbe beschreiben, dem Azurblau des Kleides der Tabbacchera entspricht, als Ersatz für das Purpur.

»Liebes Kind«, sagt Sarino gerade zu Lori, »iss, du musst schließlich wieder zu Kräften kommen, und auch, weil du Milch machen musst.«

Franca kneift ihn unterm Tisch in den Schenkel.

Er kichert. »Ich weiß, dass du keine Kuh bist, woran mich meine Frau gerad so lieb erinnert …«

Franca läuft rot an.

»Und außerdem«, fährt er fort, »bist du die drei Kains los, die lieber mal den Hut vor dir ziehen sollten, weil du ihre Königin sein kannst, aber die wollten dich ja lieber in 'nen Kerker werfen und dich da verrotten lassen. Jetzt aber hast du eine richtige Familie gefunden, ein Zuhause und …« – hier wird sein Ton schwermütig – »auch zwei etwas verrückte Alte« – er zeigt auf sich und Franca – »die bereit sind …« Das Geschnatter ist zu laut, jeder redet mit seinem Tischnachbarn und achtet nicht auf das, was am anderen Ende der Tafel gesprochen wird, daher erhebt sich Sarino, schlägt mit dem Messer gegen eine Flasche und fordert Ruhe ein: »Ich sagte grad zu dem hier anwesenden Mädelchen, dass sie nun zur Familie gehört – zu meiner Familie – weil es hier zwei leicht verrückte Alte gibt, die sehr gern die Großeltern der Kleinen werden würden, wenn sie will.« Er schwitzt, denn so eine gefühlvolle Rede hat er in seinem ganzen Leben noch nicht gehalten.

»Verrenn dich nicht zu sehr in eine Fantasie, Sarino«, erwidert Andrea.

Sarino ist getroffen, zu Recht.

Franca tröstet ihn, indem sie ihre Finger mit den seinen verschränkt.

Lori sieht ihn an und lächelt ihm zu, sie gibt ihm zu verstehen, dass ihr die Idee gefällt, überaus gefällt, denn das Baby braucht ja Großeltern, und sie braucht ebenfalls viel Zuneigung, und daher murmelte sie lächelnd ein *Danke*, das man gerade so auf ihren Lippen lesen kann.

Und schon strahlt Sarino wieder vor Zufriedenheit, während Scianna in gönnerhaftem Ton, mit dem man eine Klasse im Zaum hält, sagt: »Signori, darauf stoßen wir an.« Er hebt sein Glas. »Auf dass sich möglichst bald alles regelt.«

›Was nicht gar!‹, höhnt eine Stimme, die gleichzeitig ganz nah und doch ganz fern erscheint.

Der Professore hebt den Blick, und das Glas fällt ihm aus der Hand: Vom Haus gegenüber genießt ein Wesen, das dem alten Occhi janchi ähnelt, das Spektakel.

Genaugenommen bot sich Toni folgendes Spektakel: Der Schnee rieselte auf diesen Spuk herab, aber er blieb nicht auf ihm liegen, der Wind pfiff um ihn herum, bewegte ihn aber nicht. Durch seinen Körper konnte man die Kletterhilfe erkennen, an der einst Jasmin hochgerankt war. Er hatte die Arme verschränkt, das Kinn vorgestreckt, sein Mund war von Würmern zerfressen, nur noch wenige Haarbüschel hingen ihm vom Schädel, die begangenen Missetaten waren ihm mit einer so angsteinflößenden Präzision auf den Leib geschrieben, die einem die Haare zu Berge stehen ließ und fiebrige Halluzinationen erzeugte.

Toni legte Don Bruno eine Hand auf den Arm. Dieser drehte sich zu ihm. »Was hast du?«, fragte er, als er das verstörte Gesicht des Lehrers sah.

Toni deutete mit dem Kinn auf den Balkon gegenüber.

»Es schneit«, sagte der Pfaffe.

Es schneite tatsächlich, und mehr nicht: Der Schnee bildete einen Vorhang zwischen diesem Haus und dem Rest der Welt. Von der wurmzerfressenen Gestalt war nichts mehr zu sehen.

Toni dachte, dass er sich verguckt hatte. Zu viel Aufregung. Und dann die Brandstifterin, das Baby, der Stunk mit dem Maresciallo, die Carabinieri… Da konnte selbst ein Heiliger verrückt werden!

»Ja, es schneit«, gab er zu.

Don Bruno widmete sich wieder mit solch einer Leidenschaft seiner Lasagne, dass niemand es wagte, ihn dabei zu stören.

In Wirklichkeit dachte er über einen Besuch beim Bischof nach, dem er, unter vier Augen, die delikate Geschichte eines Mädelchens erzählen wollte, die die Justiz für eine Terroristin hielt, die jedoch vielmehr ein Engel war. Er wusste schon jetzt, dass er, sollte der Bischof ablehnend die Arme erheben, zum Kardinal gehen würde, und sollte der Kardinal das Gleiche tun, würde er nach Rom fliegen, um mit dem Papst höchst selbst zu konferieren. Denn wenn es Spannungen zwischen Heiligkeit und Gesetz gibt, kann niemand besser den angemessen Weg weisen als der Heilige Vater höchstpersönlich.

Noch einmal blickte Toni zum Balkon und dachte an Occhi janchi. Er war ein teuflischer Advokat gewesen, einer, der die Rechtsprechung studierte und dann mit seinen Machenschaften und strafbaren Handlungen durch die weiten Maschen des Gesetzes schlüpfte, ein Zaubertrick, der sogar Machiavelli verblüfft hätte.

›Recht hast du!‹, sagte der wieder erscheinende Spuk.

Toni spürte, wie ihm kalter Schweiß über den Rücken lief. Er suchte Hilfe bei Don Bruno, der jedoch gedankenverloren seine Lasagne aß. So wandte er sich an Carmine – der sich über seinen Sohn ärgerte, da Giulio sich völlig nach der Jungmama verzehrte und damit seinen glorreichen Magna-cum-laude-Abschluss aufs Spiel setzte – und dessen gerunzelte Stirn missverstand. »Siehst du ihn etwa auch?«, fragte er mit leiser Stimme.

»Wen?« Carmine verstand es nicht.

Toni sah zum Balkon. Der Freund folgte seinem Blick, und die Kinnlade klappte ihm runter. Er riss den Mund auf, bereit zum Schrei, den der Professore ihm jedoch mit dem Befehl »Kein Wort!« verbot.

Carmine beobachtet das Gespenst, das ihn mit seinen schwarzen Augenhöhlen anstarrte – die Würmer, die sich darin bewegten, erzeugten die Illusion von echten Pupillen – und mit verfaulten Zähnen und sichtbaren Knochen hohnlachte und grinste. Er begann fürchterlich zu schwitzen. Ein Schweißausbruch, der Luisa aufschreckte, sodass sie befahl: »Macht die Balkontüren auf!«

»Nein!«, brüllten er und Toni im Chor, als würde ein geschlossenes Fenster ausreichen, um das Gespenst des verfluchten Mannes fernzuhalten, der in der Welt der Toten keinen Frieden fand und nun an den Lebenden seine Wut auslassen wollte.

»Was ist?«, fragte Sarino und riss sich vom Baby auf dem Arm seiner Mutter los.

Toni und Carmine antworteten nicht. Sie fassten sich an den Händen und drückten einander so stark, dass ihre Knöchel weiß wurden.

»Probleme?«, fragte Don Bruno die beiden, die auf das Panorama vor dem Fenster starrten. Es glich einer märchenhaften Schneepostkarte, da von dem schauderhaften Wesen plötzlich nichts mehr zu sehen war.

Sie ließen einander los und kehrten in die Gegenwart zurück. »Diese Lasagne ist echt köstlich«, sagte Toni zu Franca.

»Ja, echt gut«, stotterte Carmine.

»Ein Applaus für Franca«, rief Sarino.

Der Applaus brandete auf, Franca nahm ihn überaus befriedigt entgegen, auch weil sie an diesem trubeligen Vormittag zwischen einer Aufregung und der nächsten eine gute Stunde damit zugebracht hatte, die Lasagne zu schichten und bei jedem Löffel Bolognese, die sie auf die Nudelplatten strich, bei jeder Schicht Parmesan, den sie über die Soße rieb, bei jeder Scheibe hartgekochtem Ei, die sie auf die Soße und den Parmesan legte, *Avemarias* und *Glorias* heruntergebetet hatte, sodass jeder, der von dieser Pasta essen würde, die Gnade Gottes in sich aufnähme, der wie im Himmel, so auf Erden und an jedem Ort weilte. Und deshalb auch in dieser Lasagne, hatte sie schließlich gedacht.

Und wer weiß, vielleicht hatten ja genau diese Gebete, mit der die Lasagne gefüllt war, das Gespenst vom Balkon vertrieben, sehr zur Erleichterung von Toni und Carmine, die nun weiter davon aßen, zukünftig aber dieses Gericht nie mehr anrühren würden.

Mit ihrem Händedruck hatten die beiden einen Pakt geschlossen: *Schweig, denn reden schadet nur*. Und dennoch mussten sie miteinander sprechen, um sich mit einer Strategie zu wappnen, weil der da ja bösartig war und doch nur Leid verbreiten wollte, so viel war mal klar! Und als die Tortur der Lasagne weggegessen und weggelobt war, sagte Toni: »Carmine, komm doch mal mit.«

»Rauchst du etwa wieder?«, fragte Violante, da ein Verlassen der Tafel in diesem Moment bedeutete, dass jemand nikotinabhängig war, weswegen er zwischen den Gängen mindestens ein paar Züge nehmen musste.

»Nein, Schatz. Ich brauche nur etwas frische Luft.«

»Ausgerechnet jetzt?«, fragte sie, die diese Fahnenflucht nicht begriff: Es war schon okay, dass die anderen sich ausgesprochen, dass sie alles geklärt hatten, aber seine Anwesenheit verströmte an der Tafel eine gewisse Autorität (so empfand sie es jedenfalls), warum also musste er ausgerechnet jetzt aufstehen?

Carmine befreite ihn aus der peinlichen Lage. »Da gibt es was, das ich ihm zeigen will«, sagte er.

»Was denn?«, mischte sich nun Luisa ein.

Verdammt noch mal, warum mussten diese Weiber immer gleich das Maul aufreißen?

»Eine Sache«, erwiderte er kryptisch.

»Na so was«, sagte sie kraftlos, denn beim Anblick dieser verschränkten Männerfinger war ihr übel geworden. »Und das ist so dringend, dass es nicht bis nach dem Essen warten kann?«

»Ganz genau.«

Und Violante fragte unschuldig: »Was ist es denn, Signor Carmine?«

Stumm blieb er.

»Was, Carmine?«, drängte Luisa.

Er blickte zur Decke, als wäre er höchst verärgert. »Na gut. Wenn ihr mich schon so nötigt …«, stöhnte er.

Luisa erbleichte, eine Offenbarung vor so vielen Leuten könnte eine verheerende Wirkung habe, daher ruderte sie augenblicklich zurück: »Schon gut, das erklärst du mir zu Hause.«

Aber nun fragte Lucietta fröhlich: »Wollt ihr uns nicht daran teilhaben lassen?«

Einen Moment lang hasste Luisa sie.

»Die Sache ist die«, erklärte Carmine und traf in dieser Sekunde eine Entscheidung, die sich später als eine der schwierigsten in seinem Leben herausstellen sollte: »Du hast doch nächsten Monat Geburtstag – und es tut mir leid, dass du dir nun selbst die Überraschung kaputt machst –, aber ich will dir dieses Stück Land auf dem Hügel schenken, besser gesagt, das mit dem Zürgelbaum.«

Luisa ging das Herz auf. Das Land mit dem Zürgelbaum (*Celtis australis*) hatte ihrem Großvater gehört, dort hatte sie ihre Kindheit verbracht. Doch dann wandte sich das Glück von ihnen ab und sie verkauften das Land an Sciannas Familie, die nichts damit anzufangen wusste und es Mutter Natur überließ (die sich dort mit Johannisbrotbäumen, Oliven, Feigen, Mandeln, Kaktusfeigen und schier undurchdringlichem Brombeergestrüpp ausgetobt hatte). Und so erfuhr Toni erst vor versammelter Mannschaft, dass es für das Land einen Käufer gab, obwohl Carmine es Luisa schon seit vier Jahren schenken wollte (seit sie nicht nur erneut seine Frau, sondern auch wieder seine große Liebe geworden war).

»Und jetzt, da die Sache und all ihre Umstände erklärt sind, erlaubt uns bitte, dass wir uns auf die Dachterrasse zurückziehen, um zu sehen, ob dieser Schneefall dem Zürgelbaum Schaden zugefügt hat. Denn ich kauf die Katze nicht im Sack!«

»Aber nur, wenn ihr euch beeilt«, sagte Lisabetta, »denn der zweite Gang ist gleich fertig.«

»Sobald ihr die Teller ausgewechselt habt, sind wir zurück«, versprach Toni.

Und mit dem Segen aller gingen sie.

Verängstigt stiegen sie die Treppe hinauf, sahen sich alle naselang um, ob ihnen auch ja niemand folgte. Und als sie endlich auf dem Treppenabsatz waren, der auf die Dachterrasse führte, fragte Carmine: »Und jetzt?«

»Jetzt kommen wir erst mal wieder zu Atem«, sagte Toni, der plötzlich sein Alter am ganzen Leib spürte.

Sie setzten sich auf das Korbsofa, das die Tabbacchera im Sommer immer nach draußen stellte, um im kühlen Schatten der Hitze zu entgehen, dann überwanden sie sich und blickten zu Occhi janchis Balkon.

Was sie dort sahen, beruhigte sie: verrammelte Fensterläden, unberührte Schneehaufen, ein eingeschneites Geländer, alles still und verlassen.

»Hör mal«, sagte Toni und fand seine Coolness wieder, »was kann ein Spuk eigentlich ausrichten? Uns Angst einjagen, wenn er sich zeigt? Ja, und? Immerhin sind wir Männer!«

»Stimmt. Und wenn er noch mal auftaucht, brüllen wir ihm ein paar Verwünschungen entgegen und putzen ihn uns von der Backe. Aber trotzdem frag ich mich: Wenn er sich nur uns zeigt, muss es doch einen Grund dafür geben?«

»Er will höchstwahrscheinlich gegen die Tabbacchera kämpfen, Carmine. Und wir sind die, der die Tabbacchera am meisten vertraut.« Sie waren nämlich nicht nur ihre Freunde, sondern auch ihr rechter und ihr linker Arm beim Regieren des Dorfes.

»Und wenn die Tabbacchera«, sprach Toni weiter, »sich jetzt das Recht auf etwas Glück nimmt, dann fängt in diesem Bastard wieder das Gift an zu brodeln und er will sie zerstören.«

Mehr brauchten sie sich gar nicht zu sagen. Das Glück der Tabbacchera hieß Andrea Locatelli, das war ziemlich offensichtlich.

»Aber wie kann er ihr schaden?«, fragte Carmine.

»Muss ich dir das etwa erklären? Eine Bürgermeisterin nimmt bei sich zu Hause ein Mädchen auf, das eines Anschlags beschuldigt wird, und behandelt sie mit Glacé-Handschuhen: Respektiert sie damit das Gesetz?«

Carmine antwortete nicht.

»Glaubst du etwa«, fuhr Toni gnadenlos fort, »dass Occhi janchi oder das, was von ihm übrig ist, das nicht weiß?«

Natürlich wusste er es, natürlich, aber …

»Schaisze, Professore«, rief Carmine, der seinen Kopf nicht so widerstandslos in die Schlaufe dieses Galgens legen wollte. »Aber wie kann einer, der nur als böser Spuk herumirrt, konkreten Schaden anrichten? Was kann er tun? Dem Richter die Wahrheit ins Ohr hauchen?«

Er sagte es resolut, aber nur um den Schrecken abzuschütteln, vor allem jetzt, da auf dem Balkon wieder alles normal war und keine Gespenster darauf herumgeisterten. »Wie auch immer«, wechselte Carmine das Thema, »verkaufen Sie mir das Land mit dem Zürgelbaum?«

Toni, der sich bei der Aufzählung der Gesetzwidrigkeiten wie ein winziges Boot inmitten eines Sturmes vorgekommen war, freute sich über diesen Kurswechsel und sagte: »Ja, ich verkaufe es dir.«

»Zu einem Freundschaftspreis?«

»Was soll das heißen?«

»Seien Sie etwas nett zu mir, ja?«

Genau in diesem Moment tauchte Luisa auf, hörte aber nur die letzten Worte. »Carmine …«, murmelte sie bestürzt.

»Luisa, Schaisze … Musst du dich denn überall einmischen? Dass hier sind Männergespräche!«

»Das sind Schwulengespräche!« Sie war beleidigt. »Händchen halten … nett sein …, auch noch Küsschen?«

Trotz aller Seelenpein antwortete Toni frech: »Küsschen – auf die Stirn und die Hand – aber erst bei unserer Hochzeit.« In all diesem Durcheinander fehlte ihm gerade noch, dass man eine der wenigen Zweifelsfreiheiten seines Lebens, nämlich seine Männlichkeit, infrage stellte.

»Die Nettigkeit, um die ich den Professore gebeten habe«, erregte sich Carmine beleidigt, »war die Bitte um einen Nachlass, mein liebes Weib! Vielleicht bist du ja schon eine Kontinentale, wenn du den Sinn dieses Wortes nicht mehr verstehst?!«

Luisa wurde rot. »Ist ja schon gut, ich hab mich getäuscht … Entschuldigen Sie, Professore.«

Engelsgleich und ohne sich aus der Ruhe bringen zu lassen sagte Toni zu Carmine: »Keine Nettigkeiten, denn ich will mir meinen Ruf nicht ruinieren.«

Carmine klatschte, dann wandte er sich an seine Frau: »Na, toll! Mein *Büdschee* ist begrenzt, und wenn der hier Anwesende uns keine Nettigkeit erweist, können wir den Zürgelbaum vergessen.« Dann wandte er sich an Toni: »Können wir trotzdem noch mal in Ruhe darüber reden?«

»Wann immer du willst«, antwortete Toni, denn er wusste genau, was Carmine mit ihm besprechen wollte.

»Lasst uns runtergehen«, sagte Luisa da. »Die Würstchen werden sonst kalt.« Sie drehte sich um und stieg die Treppe hinab.

›Haut bloß ab!‹, höhnte da eine Stimme.

Blitzschnell drehten die Freunde sich um.

Da saß Occhi janchi, und er lachte mit seinem wurmzerfressenen Mund.

19

Auch im Haus von Colonnello Mangiagalli brachte dieser außergewöhnliche Schneefall die üblichen Weihnachtsabläufe durcheinander, denn eigentlich wäre Signora Ada – genannt *die Gockelfresserin*, weil sie in der Tat viele gockelhaft-eitle Männer vernaschte – in die Nachmittagsmesse gegangen, aufgedonnert mit Pythonlederschuhen und passender Handtasche, frisch frisiert, mit rotem Lippenstift und Nagellack passend zur Farbe des Rubins, der an ihrem Finger funkelte. Der Colonnello, ihr Gatte, hingegen hätte sich in den Klub der Prominenz begeben, in dem nur Ehrenmänner verkehrten, die beim Kartenspiel Häuser, Autos und Ländereien verzockten, während ihr Sohn – Paolo – in Begleitung von sonst wem nach Syrakus gefahren wäre.

Paolo Mangiagalli hatte vom Colonnello nur den Nachnamen: Tatsächlich war er die Frucht einer langen Beziehung seiner Mutter mit dem alten Bürgermeister, das heißt, er war der Sohn Occhi janchis, hatte aber – wie das manchmal so vorkommt, wenn zwei Minus ein Plus ergeben – von seinen leiblichen Eltern so gut wie gar nichts geerbt.

Nun aber herrschte Langeweile und Enttäuschung bei den Eheleuten, die gemeinsam am Tisch saßen. Der Junge neben ihnen hatte sich währenddessen in die Lektüre eines Buchs vertieft, von dem seine Mutter nur einen Teil des Titels erkennen konnte – der zum Glück den Namen einer Frau enthielt: … *und Margarita* – sodass das Schneechaos an Paolo vorbeizog, weil er so in das sonnenglühende Moskau der Geschichte versunken war, dass ihm fast die Kraft zum Atmen fehlte.

Dieser Sohn, so blond, so zart im Aussehen und im Verhalten, war eine Beleidung für Seine Exzellenz, den Bürgermeister, gewesen, der bei seinem Anblick immer wieder gezetert hatte: »Eine Schwuchtel hast du mir untergejubelt.« Sein Fleisch und Blut hätte aus einem anderen Stoff, aus einer anderen Form sein sollen, und dieses Jüngelchen mit all diesem *Danke, Bitte, Entschuldigen Sie* und *Gern geschehen* ließ ihm das Blut in den Kopf steigen.

Die Gockelfresserin lackierte sich die Nägel nach. Das Buch – ganz sicher ein Roman – machte sie wütend und erinnerte sie an die Worte Seiner Exzellenz, der immer gepredigt hatte: »Macht erlangt und bewahrt man nicht durch Schundromane, sondern vor allem durch Technik, nämlich durch Ratio in Reinform, die über bloße Vorhaben hinausgeht und so gnadenlos ist, dass …«

›Sehr gut, Aduzza!‹, krähte da eine bekannte Stimme. ›Du hast die Lektion gelernt!‹

Ada blickte von ihren Nägeln auf und schrie.

Ach, und wie die Gockelfresserin schrie! Sie hörte sich an wie eine Gans, der ein Gewissenloser die Federn in einer langen, unmenschlichen Tortur einzeln ausriss.

Der Colonnello schnellte vom Stuhl auf, bewaffnet mit einem soßenverschmierten Messer, suchte das Zimmer mit Blicken ab, und als er sicher war, dass weder Einbrecher noch Mörder zugegen waren, sagte er: »Deinetwegen krieg ich noch einen Herzinfarkt!« Aber weil sie wie versteinert war, fragte er: »Was ist?« Ein hysterischer Anfall der Madame hätte dieses Weihnachtsfest endgültig zu einem Desaster gemacht.

Ada antwortete nicht. Mit aufgerissenen Augen saß sie da, unfähig auch nur ein Wort zu sagen. Und als der Spuk die Hand zu einer Liebkosung ausstreckte, verdrehte sie die Augen und kippte mit dem Gesicht nach vorn in die Schalen der Röstkastanien.

Paolo eilte zu ihr. Vorsichtig hob er sie an, befreite sie von den verkohlten Schalen und wischte ihr den Ruß von Stirn und Lippen, während sie langsam wieder zu sich kam.

»Was ist mit dir?«, fragte der Ehemann.

Stumm blieb sie, mit glasigem Blick.

»Mama …«, versuchte es Paolo.

»Hol ein Glas Wasser«, befahl der Colonnello und schüttelte seine Frau, die schlimmer war als jede Todsünde und normalerweise noch unverschämter als ein Pavian.

Nichts, sie war vollkommen weggetreten.

Er verpasste ihr zwei Ohrfeigen.

In jedem anderen Moment hätte die Gockelfresserin ihn zur Schnecke gemacht, aber nun ertrug sie die Ohrfeigen fast dankbar, denn sie stellten die Ordnung der Dinge und der Welt wieder her.

›Gut, dass ich das nicht war‹, knurrte der Spuk, ›denn ich hab dich ja immer ganz respektvoll behandelt, so wie du es mir befohlen hast: *Nur wie eine Blume darfst du mich berühren!*‹

Wieder zuckte Ada zusammen: Dicht neben ihr stand Occhi janchi und offenbarte seine übermenschliche Fähigkeit, Gedanken lesen zu können, während die Grabeswürmer durch sein Modergesicht krochen. Sie kniff die Augen zusammen und krallte sich an ihren Gatten. »Rette mich!«, flehte sie.

»Vor wem?«

»Vor dem Tod«, erwiderte sie.

»Glaubst du etwa, du musst sterben?«

Hektisch nickte sie, hektisch schüttelte sie den Kopf, immer noch mit geschlossenen Augen, die Arme fest um den Colonnello geschlungen.

›Schaisze, Ada, wenn ich gewusst hätte, dass du nicht nur eine Hure, sondern auch völlig nutzlos bist, hätte ich dann all die vergeudete Zeit mit dir vergeudet?‹, schimpfte die schwarze Spukseele.

»Ruf einen Pfaffen«, flüsterte sie dem Gatten zu. »Ruf ihn, denn wir haben den Teufel im Haus.«

›Dem Teufel seid ihr nicht mal eine Ausspuckerei wert‹, erwiderte der Spuk. ›Und was den Pfaffen angeht, den erledige ich selbst mit nur einer Ausspuckerei‹, fügte er mit derselben Aufgeblasenheit hinzu wie einst als Bürgermeister.

Also, wenn sie die Augen geschlossen hielt und sich weiter an den Colonnello klammerte, konnte sie trotzdem seine Stimme hören, die ihr nun befahl: ›Du musst das tun, was ich dir sage. Sonst zerr ich dich an den Haaren in die Hölle.‹

Bei dem Wort »Hölle« weinte die Gockelfresserin all die Tränen, die sie in ihrem Leben noch nicht vergossen hatte, während ihr Ehemann stöhnte und Paolo erfolglos bei Dottore Grimaldi anrief.

›Hör zu, Dumpfbratze‹, fuhr der Spuk fort. ›Wir machen es so: Du gehorchst mir und ich zeige mich nicht mehr, dann erschreckst du dich wenigstens nicht. Ich werd einfach nur mit dir reden.‹

Sie antwortete nicht.

Und so schmeichelte er: ›Ich bitte dich ja nicht um etwas Unmögliches, Aduzza. Ich bitte dich ja nur um etwas, das dir nicht missfallen wird. Du sollst mir helfen diese Hurennutte von Tabbacchera fertigzumachen.‹ Durch das Fenster hatte er ihre Vögelei mit dem Kontinentalen beobachtet, und da war in ihm so eine Wut aufgestiegen, so eine rasende Wut, dass er unter allen Umständen noch einmal etwas zu ihrem Schaden unternehmen musste: wegen dieser Wut nämlich, aber auch aus Rache, weil der Kontinentale durch diese Vögelei so lebendig wurde, während er – der dieses Weib so sehr begehrt hatte – im entscheidenden Moment verreckt war.

Doch weil Ada stumm blieb, fragte er: ›Hast du gehört? Hilf mir, die Tabbacchera zu erledigen, und dann verschwinde ich für immer, ich schwör's dir.‹

»Die … Tabbacchera?« Sie begriff nicht.

»Was sagst du?«, fragte der Colonnello.

Sie sah ihn an. In ihrem Kopf gab es einen Kurzschluss aus Gedanken und Ideen, ein Stimmengewirr, das schnatternd ihre Synapsen grillte. »Nichts, Schatz, schon gut.«

Schatz?

Jetzt hatte sie völlig den Verstand verloren. Sie waren aus Anstand zusammen, nur aus Anstand hatte er den Bastard des Bürgermeisters als seinen Sohn anerkannt. Im Gegenzug hatte er eine sofortige Beförderung verlangt, verschiedene Wohnungen in der Stadt, Liquidität bei der Bank, Vergünstigungen auf Schritt und Tritt; deshalb hasste Ada ihn, deshalb hatte Occhi janchi ihn gehasst. Der Einzige, der ihn immer freundlich behandelt hatte, war, wo er jetzt so darüber nachdachte, der Junge gewesen, der gerade zu ihm sagte: »Geh du dich ausruhen, ich bleibe bei ihr.« Und war ein solcher Vorschlag dem Colonnello bis vor Kurzem nur wie ein Vorwand erschienen, um ihn aus diesem Mutter-Sohn-Wirrwarr herauszuhalten – das in jüngster Zeit einfach unerträglich geworden war –, so erschien ihm dies nun als das, was es eigentlich war: Der Sohn nahm die Last dieses unerträglichen Weibes auf sich, um dem Vater Erleichterung zu verschaffen. Und so sagte er versöhnt: »Schon gut. Zu zweit schaffen wir das besser.«

»Danke«, erwiderte Paolo, überrascht von der plötzlichen Freundlichkeit.

»*Danke* … für das bisschen?«, hätte der Colonnello ihn fragen wollen, auch weil der Junge es nicht aus Höflichkeit, sondern aus echter Dankbarkeit gesagt hatte. Er sah Paolo verwundert an: Antwortet man ruppig auf Ruppigkeit, erwidert man einen Schlag mit einem zweiten Schlag, wundert sich niemand. Doch sobald einem statt Ruppigkeit plötzlich Höflichkeit entgegenschlägt …

Mangiagalli ruderte in der Zeit zurück und erinnerte sich an die eiserne Gleichgültigkeit, die sein Vater ihm als Kind immer entgegengebracht hatte, er erinnerte sich an sein Bedürfnis nach Zärtlichkeit, nach einer Hand, die dich nimmt und dir die Blumen und Sehenswürdigkeiten zeigt, die mit dir eine Partie Billard spielt oder zum Fußball ins Stadion geht. Aber das hatte es zwischen seinem Vater und ihm nie gegeben, während die anderen Väter hingegen … Die gleiche Distanz, die gleiche Unduldsamkeit hatte er gegenüber Paolo kultiviert: Nie war er mit ihm ins Stadion gegangen, nie hat er erfahren, und sei es nur durch Zufall, welches der Lieblingsverein seines Sohnes war. Er war ein Arschloch gewesen. Mit gutem Recht, sicher, denn der Junge war ja ein Bastard. Aber was kann ein Bastard schon dafür, dass seine Mutter eine Hure war? Und woher sollte der Junge wissen, wie viel Schmerz diese *Hurerei* ihm, dem Gemahl, bereitet hatte?

Um aber ja keine weibische Zimperlichkeit erkennen zu lassen, fragte der Colonnello also weiter in ruppigem Ton: »Meinst du, sie ist besoffen?«

Paolo wunderte sich immer mehr über ihre Unterhaltung und antwortete: »Sie hatte nur ein Glas Wein.«

»Bestimmt das letzte einer ganzen Reihe«, überlegte der Colonnello, aber ohne Bitterkeit, sondern viel mehr mit einem Hauch Belustigung in der Stimme.

Paolo betrachtete ihn, sah ihm in die Augen, vielleicht zum ersten Mal, seit ihm der Bart gesprossen war, und war gerührt, denn der Vater sah nicht weg, so wie er es sonst immer machte, sondern hielt dem Blick stand und erlaubte ihm – in der Stille dieses merkwürdigen Momentes –, gemeinsam den ersten Schritt auf dem Weg des Einvernehmens zu gehen, das tief und vertrauensvoll werden würde.

Währenddessen saß Ada immer noch am Tischende und wusste nicht, an welcher Stelle sie sich in ihrem Leben gerade befand.

»Mama«, rief Paolo.

Sie sah ihn verwundert an. »Wer bist du?«, fragte sie.

»Na, das geht ja gut los«, murmelte der Colonnello.

›Schaisze, Ada, hör auf die Bekloppte zu spielen! Und hör mir gut zu: Du musst zu den Carabinieri gehen, aber nicht zu denen hier im Dorf, denn die stecken mit der Hurennutte unter einer Decke. Nach Syrakus musst du gehen. Du musst zur Anzeige bringen, dass sich im Haus der Tabbacchera eine kleine Terroristin befindet, du musst die Tabbacchera, Locatelli und die ganze Clique, die sich in dem Loch da verkrochen haben, wegen Begünstigung anzeigen. Das sind nämlich die Komplizen einer Brandstifterin, und vielleicht auch einer Kindsmörderin …‹

Brandstifterin … Kindsmörderin … Locatelli? Was zum Teufel?

Ada erhob sich, lief zur Kredenz und kramte die Olivenzweige von Palmsonntag hervor. Ehemann und Sohn sahen, wie sie damit durch die Luft wedelte wie ein Priester, wenn er die Gläubigen mit Weihwasser besprengte, dann schlug sie sich damit erst auf die eine Schulter, dann auf die andere, wie eine sich geißelnde Büßerin.

›Hure, Hurennutte!‹, schimpfte der Spuk und verschwand.

Ada riss ein paar Blätter von einem Zweig und steckte sie sich in den BH, dann sah sie die Männer an und fragte: »Wie wär's, wollen wir eine Runde Karten spielen?« Denn das gehörte in jeder normalen Familie am ersten Weihnachtstag dazu: Man spielte Karten. Nur so zum Spaß, ohne dass jemand seinen Besitz verlor.

Die Männer waren verblüfft.

»Was ist?«, wunderte sie sich.

Ihr Gatte schüttelte unmerklich den Kopf. »Paolo, erklär du es ihr.«

Paolo?, dachte Ada. Noch nie hatte dieser Mann den Jungen beim Namen genannt. Dann überlegte sie, ob ihr vielleicht ein Gefäß im Kopf geplatzt sei: der Spuk, ihr Mann, der den Jungen nicht anpflaumte und ihn beim Namen nannte.

»Ruft den Notarzt«, sagte sie. »Ich bin verrückt geworden.«

»Spielen wir lieber eine Runde«, sagte ihr Sohn und suchte die Karten heraus.

»Mau-Mau? Siebzehn und vier?«, witzelte der Colonnello, der sich nicht zu Kinderspielen herablassen wollte.

»Briscola? Scopone?«, schlug der Junge vor.

Der Colonnello sah ihn an: Die Augen des Jungen strahlten, als würde er unbekanntes Terrain erkunden, das eine ganz besondere Anziehung ausübt, nach der man sich sehnt und die einen schwindlig macht vor Aufregung. Zweiundzwanzig Jahre war er alt, aber in diesem Moment sah er aus wie vierzehn. Die Sache amüsierte den Colonnello, und weil er nichts anderes zu tun hatte und einen Zeitvertreib brauchte, um nicht wie ein vertrottelter Alter vor der Glotze zu versacken, sagte er: »Na, dann mal los, teil die Karten aus.«

Ein Schwindel, eine Sehnsucht, Paolo spürte die Faszination für dieses Abenteuer, und beim Kartenausteilen bemerkte er, dass seine Hände leicht zitterten.

Sie spielten. Ada jedoch war verwirrt, denn die Last des Spuks, der sie zu seinem bewaffneten Arm machen wollte, legte sich auf ihren Geist.

»Was machst du denn?«, ermahnte sie irgendwann der Gatte.

Sie betrachtete die Karten auf dem Tisch, sah den Trumpf, mit dem sie gerade ein As für zwei wertlose Karten verspielte. Sie meinte die Stimme ihres Vaters zu hören, der ihr riet: ›Im Spiel wie im Leben musst du immer aufmerksam sein, meine Tochter.‹ Sie starrte zum Colonnello und deutete ein fieses Lächeln an. »Ich soll euch wohl was schenken, Signore?« Dann wandte sie sich an Paolo: »Was lachst du so, du Rotzlöffel? Wollen wir wetten, dass ich euch fertigmache?«

»Wen genau?«, erwiderte der Kartenkönig großspurig (dabei handelte es sich in stillschweigender Übereinkunft um den Colonnello).

»Na, euch«, antwortete sie und überschlug rasch die Karten, die bereits ausgespielt waren.

»Um was wetten wir?«, fragte der König belustigt.

»Um eine Million.«

»Oh, du gehst ja ran! Sagen wir mal zehntausend Lire«, pfiff er sie zurück.

»Eine Million.«

Er zog eine Augenbraue hoch. »Ich muss dich wohl nicht daran erinnern, dass Spielschulden Ehrenschulden sind, oder?«

»Mein Gedächtnis funktioniert ausgezeichnet. Los, weiter!«

Und in nur zwei Runden nahm sie die beiden wirklich auseinander. Die Männer fragten sich verwundert, wie das sein konnte, dass sie bei diesem Spiel, das sie nie hatte spielen wollen, so gut war.

Sicher, hätten sie das Gezeter von Seiner Exzellenz auf der Hutablage bemerkt, hätten sie nicht so vehement auf einer Revanche bestanden, und auf der Revanche der Revanche, und sie hätten nicht so konzentriert wie echte Männer gespielt, die sich auf gar keinen Fall von einem Weib beim Kartenspiel abziehen lassen durften.

Aber selbst die Gockelfresserin bemerkte das Gezeter nicht, denn sie hatte früher immer mit ihrem Vater gespielt, aber weil ihr Vater mit den Karten in der Hand an einem Schlag gestorben war, hatte sie danach die Dinger nie wieder angerührt. Nun aber, da dieses Fünkchen Einvernehmen zwischen Sohn und Gatte ihr das Herz erweichte, erinnerte sie sich an ihre Leidenschaft für die Karten und spielte so gut wie nie, weshalb Seine Exzellenz den Drang verspürte herumzukeifen, sie zur Ordnung zu rufen, an der langen Kette zu zerren, die sie als Erinnerung an all ihre Kränkungen um den Hals trug.

Ada jedoch hatte sich in diese Blase aus familiärer Eintracht geflüchtete, die alle anderen ausschloss.

20

Auch Sarino Motta hatte sich in eine Blase verzogen, jedoch bestand diese nicht aus Einvernehmen, sondern aus Liebesbezeugungen.

Nun, da sich die Lage beruhigte, nun, da die Gelehrten – Professore, Dottore, Ingenieur, Tabbacchera und Maresciallo – eine Strategie zur Rettung von Lori und dem Baby ausarbeiteten, nun konnte er sich endlich ausruhen. Und so setzte er sich in einen Sessel und fantasierte über die Zeit, in der Mutter und Kind in der Saracina einziehen würden, und währenddessen genoss er Violantes Lachen, die mit Francesco spielte, und das Gekreische des Jungen bei jedem »Jetzt beiß ich dich!« seiner Mutter.

Wenn das mal kein Glück ist, sagte sich Sarino. Sein Leben damit zu verbringen, einen Dreikäsehoch so großzuziehen, dass er es mit seinen Kindern genauso macht, wenn er irgendwann deinen Platz einnimmt, und dann kommen die nächsten Generationen nach, die versuchen, der schlechten Saat auszuweichen, und sich so menschlich verhalten, dass sie auf sich selbst stolz sein können.

Ein Jüngelchen, ein Knäblein, dem man beibringt: »Fass dieses Kraut nicht an: Das ist Brennnessel und tut weh; das hier ist ein Samenkorn und daraus wird Brot, und das Brot ist, wenn du es noch warm auftischst, der Tafel eines Königs würdig.«

Und ihn lehrt, wann man die Bäume stutzt, wann man sie veredelt, ihm erklärt, dass man die Früchte, die unter der Erde wachsen, bei abnehmendem Mond aussät, die anderen jedoch bei zunehmendem, dass der Sonntag ein Ruhetag ist, an dem man zusieht, wie ein Keim sprießt und Früchte trägt …

Nun erst, während er diesen Gedanken nachhing, wurde ihm bewusst, wie sehr ihm ein Sohn fehlte – Franca hatte es ganz richtig gesehen, aber da hatte er es noch nicht begriffen –, ein Junge zum Großziehen, auch zum Verziehen. Dabei war er fest davon überzeugt gewesen, dass Kinder mit Peitschenhieben erzogen werden müssten (so hat es sein Vater immer gemacht), damit sie grade und fehlerfrei laufen (es waren diese Peitschenhiebe, die ihn krumm haben wachsen lassen, und erst Francas Liebe hatte ihn aufgerichtet).

Und wenn der Herr ihm nun diese Kinder (Mutter und Baby) geschickt hätte, um sein Glück vollkommen zu machen? Er hatte immer geglaubt, dass sein Glück perfekt war, als er Franca Cortese ehelichte, doch nun tat sich diese väterliche Leere in ihm auf, die diese Kinder perfekt füllen könnten.

Für einen Moment hörte er sogar auf zu atmen. Zu schön erschien ihm die Aussicht, Lori und Luce mit nach Hause nehmen zu können (die in seinem Geist schon zu einem einzigen Wesen verschmolzen: zu LoriLù), zu schön war der Gedanke, die erste Mandarine zu pflücken und sie Luce zu bringen, oder auch die erste Kirsche, die erste Zitrone. Einen ganz anderen Geschmack würde sein Leben bekommen, einen ganz anderen Sinn.

Und so betete er plötzlich zum Allmächtigen, damit diese Illusion keine Illusion bliebe, damit dieses Mehr an Sinn in sein Leben trete und ihn vervollständige. Er dachte sogar, dass die Saracina zu einem Königspalast würde, mit diesem jungen Leben darin, und er würde alles dafür tun, alles, was in seiner Macht stand, damit das auch geschehe.

›Auch falsche Papiere?‹, fragte der Tabbacchere.

Mit immer noch geschlossenen Augen lächelte Sarino und dachte: ›Selbst, wenn es mich mein Leben kostet, Tabbacchere.‹

Mit diesen immer noch geschlossen Augen sah er die prächtige Saracina vor sich. Er sah sie, wie sie im Frühling blumengeschmückt und duftend dalag, während im Winter zwischen den kahlen Bäumen die leuchtenden Immergrün eine Spur Hoffnung auf ein Leben verströmten, das nie wirklich stirbt. Er sah den brennenden Kamin, der an diesen kalten Dezembertagen Wärme verbreitete, sah wie im Sommer alle Fenster offen standen und die Gardinen von der Brise des nahe gelegenen Meers bewegt wurden.

Nach dem Tod des Tabbacchere waren er und Franca auf das Anwesen gezogen und kümmerten sich darum, als gehörte es ihnen. Unter seinen rauen Händen hatte die Erde – ordentlich umgegraben, gedüngt und bewässert – noch üppigere Früchte getragen.

Er stellte sich vor, wie die Kleine dort aufwuchs, zwischen Blumen und Kräutern, in der riesigen Tenne, wo damals das Getreide gedroschen wurde, und zwischen den saftigen Früchten der Orangenbäume, er sah sie mit den Augen des Herzens nach und nach groß werden, er sah sich selbst vor der Tür stehen, die Hand schützend gegen die Sonne gerichtet, während er rief: ›Luce … du Racker, wo bist du?‹

Vermutlich schlief er ein oder war so in seine Träumereien versunken, dass er nicht merkte, wie die Gelehrten wieder ins Wohnzimmer traten, er hörte auch nicht, wie Locatelli sagte: »Ich muss jetzt los.« Und wie die Tabbacchera ihn ermahnte, das Handy anzulassen. Er hörte auch Toni nicht, der zu Violante sagte: »Es ist besser, wenn wir jetzt mal nach Hause gehen. Ich mach die Kinder fertig.« Er merkte nicht, wie die Frauen aufräumten, wie sie die Reste des Festmahls, die erst in ein paar Tagen aufgegessen sein würden, in Schüsseln füllten, wie Violante Lori empfahl, viel zu trinken und zu essen, damit sie Milch produzieren könnte, wie Ugo Calcaterra zu Grimaldi sagte: »Wir sehen uns morgen früh«, wie Lucietta erklärte: »Morgen schaue ich im Restaurant vorbei, vielleicht können wir zum Dreikönigstag wieder aufmachen«, wie Grimaldi zu Violante sagte: »Ich gehe in die Praxis und hole dir ein Paar Krücken«, wie Giulio Lori versprach: »Morgen bringe ich dir das Buch, von dem ich dir erzählt habe«, wie Lori nickte und lächelte, wie Luisa Carmine fragte: »Habe ich die Geschichte mit dem Land nur geträumt oder hast du das wirklich gesagt?«, und er erwiderte: »Meinst du etwa ich lüge?« und sich in die Brust warf wie ein Truthahn. Nichts war dieses Land wert, ein *Stacheliger Steinacker* war das – so lautete auch der Name des Grundstücks –, aber es hatte einen großen ideellen Wert für Luisa, und deshalb hatte Carmine beschlossen, es – ehrlich gesagt, für gerade einmal eine Handvoll Lire – zu kaufen. Im Überschwang der Großmütigkeit, in dem dieses merkwürdige Weihnachtsfest gipfelte, würde er den Besitz nur auf ihren Namen eintragen lassen, denn was sollte er schon mit einem stacheligen Steinacker anfangen?

Nichts von alledem hörte Sarino, und als Franca ihn sanft auf den Mund küsste, riss er die Augen auf. »Was ist?«, fragte er.

»Es ist Zeit, nach Hause zu gehen«, sagte sie.

Und alle kehrten nach Hause zurück, mit Ausnahme von Lori und Luce, die kein Zuhause hatten und daher vorerst ihre Zelte bei der Tabbacchera aufschlugen.

Andrea ging als Letzter und entdeckte, als er im Flur stand, auf der Ablage seine Mütze. »Ob sie gewusst hat, dass ich zurückkommen würde, um sie zu holen?«, fragte er.

»Sie hat es gehofft«, antwortete Agata.

Er setzte sich die Mütze auf. »Ich hoffe, dass ich bald eine Lösung finde, die uns aus diesem Schlamassel befreit, Agata.«

Sie umschlang ihn sanft an den Hüften und fragte vielleicht deshalb noch sinnlicher: »Darf ich dich in ein enges Netz verstricken, Andrea?«

»Verstricken, Tabbacchera?«

»Einhüllen in ein Gespinst aus Gefühlen, Maresciallo, in ein Netz aus Liebesbezeugungen und sicher nicht aus Betrügereien.« Sie lachte.

»Meine Tabbacchera …«, murmelte er und drückte sie, die ihm so sehr gefehlt hatte, fest an sich. Und all dieses Fehlen – das die Tage in Turin in trübe Farben und in eine Unruhe getaucht hatte, die ihn nachts quälte, denn er hatte Agata neben sich spüren wollen, und sei es nur, um im Dunkeln mit ihr zu reden oder um ihren leichten Atem zu hören, der sich entsprechend ihrer mehr oder weniger heftigen Träume veränderte –, dieses unglaubliche Fehlen verwandelte sich auf einmal in einen Seelenfrieden, auf den er nie mehr verzichten wollte, weswegen er ihr ins Ohr flüsterte: »Agata Lipari, willst du mich heiraten?«

Aber weil sie die überaus schlechte Angewohnheit besaß, vor Freude zu erstarren, und daher nicht sofort antwortete, fragte er: »War das verkehrt?«

Aber sie scherzte, ganz sicher scherzte sie, denn Antworten von Frauen bestehen ja nicht nur aus Worten. An ihrer Stelle antwortete ihr Körper: Er erzitterte, und in diesem Zittern lag das *Ja*, das ihr in der Kehle brannte und das ihr Mund nicht aussprechen konnte.

Eng umschlungen standen sie da und achteten nicht auf die Zeit.

Hatten sie sich zuvor, erst im Dachzimmer, dann im Studierzimmer, hauptsächlich ihrer körperlichen Lust hingegeben, so sagten sie sich nun im dunklen Hausflur all die Petitessen, mit denen Verliebte Fantasien und Gedanken, Wünsche und Notwendigkeiten verflochten, sie sagten sie sich in diesem ruhelosen Zustand mentaler Erregung, die nur um ihn oder sie kreist. Und sobald er oder sie nicht da ist, fehlt der andere umso mehr und die Trennung wird umso beklemmender. Sie sagten sich Dinge, die den kitschigsten Liebesromanen alle Ehre gemacht hätten, doch ihre von jeglichen Bedenken befreiten Zungen gestanden sich alles, und sie sprangen von »Erinnerst du dich an das Mal, als …« zu »Der Tag, an dem …« und weiter zu »Jener Samstagabend …«. Sie redeten und erinnerten und flüsterten, wobei das Wort »Heirat« überflüssigen Stuck abschlug und der Pragmatik schließlich den Weg bereitete: Schnellstmöglich musste ein Datum festgelegt – »Ich will nicht länger warten, Agata« –, logistische Probleme gelöst – »Wo werden wir wohnen?«, – bürokratische Fragen beantwortet werden – »Am 27. im Rathaus, um das Aufgebot zu bestellen« –, bis Andrea plötzlich sagte: »Je eher ich gehe, desto schneller bin ich zurück, Tabbacchera.«

»Richtig. Sobald du angekommen bist, rufst du mich an, ja?«

»Auch zwischendrin, ich stelle dich auf laut und du leistest mir Gesellschaft.«

Und da glaubte Agata Lipari plötzlich, zu einer Lerche zu werden, die sich in den Himmel aufschwang, und dort verharrte sie in einem Glückstaumel, der auch noch anhielt, als Andrea schon um die Ecke verschwunden war, sie die Haustür verschloss und dort, im Dunkeln, voller Dankbarkeit und Liebe zurückblieb.

Nicht wie eine Lerche, sondern wie eine Schlange fühlte sich hingegen der Maresciallo, als er am Steuer des Alfa, den er am Flughafen gemietet hatte, den Militärgruß der Carabinieri an der Straßensperre erwiderte.

»Schlange« im Sinne von Doppelzüngigkeit und Falschheit: Es kam ihm vor, als würde er diese Wachen hintergehen, die ihm blind vertrauten, sodass sie ihn nicht mal, selbst wenn er – beispielsweise – Loredana und Luce ins Auto verfrachtet und unter einer Decke versteckt hätte, so wie man es mit etwas ausladenden Souvenirs gern macht, aufgehalten und gebeten hätten: »Nehmen Sie mal die Decke weg, Maresciallo, und zeigen Sie uns, was Sie da haben.«

Es war ihm unangenehm, dieses Bewusstsein, dass sich in ihm gerade etwas veränderte, obwohl diese Veränderung ihn nicht beschmutzte, nein, und auch nicht falsch werden ließ. Es war viel mehr das Gefühl, dass der Lack seiner Unnachgiebigkeit, der sein Gewissen überzog, Risse bekommen hatte und sich nun Abgründe in ihm auftaten, die zwar keine Ungerechtigkeit zulassen würden, aber doch die Neigung zum Zweifeln befeuerten. Denn diese Geschichte der Brandstifterin kam ihm wie eine riesige Schweinerei vor, und daher wurde seine *Unaufrichtigkeit* gegenüber den Kollegen von der Gewissheit getragen – er hatte ein reines Gewissen dabei –, dass er eigentlich nur deshalb log, um Gerechtigkeit walten zu lassen.

Dann dachte er wieder an Agata, an ihre Heirat, an ihr Glück…

Alles nur Fantasterei, sagte er sich und glaubte wirklich, dass er sich das Ganze nur eingebildet hatte. Und weil dieser Zweifel ihm auf einmal den Atem nahm, hielt er am Straßenrand und rief sie an: »Tabbacchera, stimmt es, dass du mich heiraten willst?«, fragte er.

»Ja, Andrea, ja, ja… Ja!«

21

Sie spielten Briscola, und Ada zog die Männer ab, sie spielten regelkonform Scopone, und Ada zog die Männer ab, Scopa: abgezogen, Mau-Mau: abgezogen. Jetzt blieb nur noch Poker.

Mangiagalli sah seine Frau an, er sah Paolo an, in seinem Blick blitzte es aufgebracht, denn sobald er, der Kartenkönig, blutrot sah, hätte er selbst die Wohnung oder ein Stück Land eingesetzt, nur um zu gewinnen. Und außerdem ... Schaisze, das war eine Frage der Ehre! Angenommen, Avvocato Fatuzzo zieht dich ab, der jeden Spielzug auswendig kann, eine Rechenmaschine im Kopf hat, sich an alle gespielten Karten erinnert und seine Tage damit verbringt, sich neue Strategien auszudenken und die alten zu perfektionieren: Vor so einem ziehst du den Hut! Das Gleiche passiert, wenn du gegen Lino, der *Schwarzrock*, wie er abfällig genannt wird, spielst. Denn diese jämmerliche Erscheinung eines Dorfpfaffen – heruntergetretene Schuhe, fadenscheinige Soutane, faltiger Hals eines Hungerleiders (obwohl er sich bei jeder Mahlzeit eine Schüssel Pasta reinschaufelt, nimmt er nicht ein Gramm zu) – verfügt über einen Röntgenblick, der selbst die Karten eines zusammengeschobenen Blattes erkennt, und zieht dich ab, ohne mit der Wimper zu zucken, und das ist völlig okay. Aber die hier? In ihrem ganzen Leben hatte sie noch nie Karten in der Hand, und plötzlich kennt sie nicht nur die Grundregeln jedes Spiels, sondern auch alle Finten, gebärdet sich wie eine Spielhöllensüchtige und nimmt ihn nach und nach auseinander, sie spielt und dribbelt so, dass Fatuzzo und der Schwarzrock noch was dabei lernen könnten. Was soll man denn von so einer halten?

»Das kann nicht sein!«, schreit der Colonnello außer sich, weil Ada zum xten Mal den Stich macht. Sie aber rührt sich nicht, sondern straft ihn lediglich mit einem verächtlichen Blick ab, weil er ihr so gar nicht gewachsen ist.

»Erklär mir das mal!«, fordert er mit einer Stimme, die Ada noch nie nie nie von ihm gehört hat, nie!, nicht mal als sie den Nachmittag beim Bürgermeister im Rathaus verbracht hatte und etwas zerrupft und erschöpft nach Hause kam, und er so tat, als würde er sie nicht sehen (am liebsten hätte er ihr ein Messer ins Herz gerammt, natürlich! Aber stattdessen blieb er stumm und still, weil er ja ein Gentleman ist: gehörnt, aber ein Gentleman).

Und jetzt? Schaisze, jetzt wollte er Rechenschaft und Genugtuung! Denn hätte er diese Wunderfrau in ein Casino begleitet, wäre er als Millionär wieder hinausmarschiert. Und wie konnte es sein, dass diese Signora ihre wertvolle Gabe noch nie offenbart hatte, sie, die noch nie Bube, Reiter, Dame oder König eines Blickes gewürdigt hatte?

Occhi janchi stellte sich die gleichen Fragen und verstand es nicht: Allerdings nicht wegen des schnöden Mammons – weil das viele Geld, das er im Leben haufenweise gehortet hatte, sich beständig in die Würmer verwandelte, die ihn für alle Ewigkeit zerfressen würden –, sondern viel mehr wegen der Verschwiegenheit der Geliebten, weil er, der damals über jeden Floh in ihrem Leben Bescheid wissen wollte, erst heute von diesem gewaltigen Geheimnis erfuhr, das ihn ärgerte und verstimmte, und umso mehr wetterte er gegen die Weiber: Huren und Verräterinnen, die allesamt vernichtet werden mussten, und die Tabbacchera *in primis*.

»Teil die Karten aus!«, befahl der Colonnello zum wiederholten Mal.

Aber Ada war gelangweilt von seiner Inkompetenz – die großartigsten Partien hatte sie mit ihrem Vater gespielt, der ihr mithilfe von Tricks, Grimassen und Augenzwinkern beigebracht hatte, die Züge der anderen vorherzusehen – und so sagte sie: »Sollen wir Plätzchen backen?«

Plätzchen? Niemals! »Zieh dich an, wir fahren ins Casino und knacken die Bank!«, sagte der Colonnello glückstrahlend.

»Nie im Leben«, antwortete sie eisig.

»Komm schon, Ada. Du bist eine Wunderzockerin!«

Zu jeder anderen Zeit hätte so ein Kompliment – das noch nie aus dem Mund ihres Mannes gekommen war – sie stolz gemacht, heute allerdings nicht. »Lass gut sein«, sagte sie.

»Wie jetzt? Warum denn? Aber …«

Sie brachte ihn mit einer Handbewegung zum Schweigen.

»Aber …«, beharrte er.

»Das war nur Anfängerglück«, fertigte sie ihn ab. Dann wandte sie sich an Paolo: »Los, komm mit in die Küche, wir backen Plätzchen, so wie damals, als du klein warst«, sagte sie liebevoll.

Mangiagalli verdrehte die Augen: Plätzchen hatten gerade noch gefehlt, um aus diesem Jungen vollständig ein Weib zu machen.

»Nur noch eine Partie?«, schlug Paolo vor.

»Ich hab aber keine Lust mehr«, sagte Ada, deren Adrenalinspiegel in unendliche Höhen geschossen war, weshalb sie nicht mehr still sitzen konnte.

»Immer musst du im Mittelpunkt stehen«, brummte ihr Gatte. »Und was, wenn der Junge noch weiterspielen will?«

»Junge, willst du spielen?«, spottete sie.

»Nur noch ein Spiel«, antwortete Paolo. »Dann backen wir Plätzchen.«

Erstaunlicherweise legte die Gockelfresserin die Federn wieder an, setzte sich und erlaubte sich sogar das Vergnügen zu verlieren, um dem Kartenkönig das Gefühl zu geben, dass auch er etwas konnte. Und sie spielten nicht nur eine, sondern ganze fünf Partien: drei verlor sie, zwei gewann sie. Dann aber befahl Ada: »Jetzt backen wir Plätzchen.« Und zum Gatten: »Spielen Sie solange Solitär.«

Doch der Colonnello – der zwar gehörnt, aber nicht blöd war – hatte in ihr eine unermessliche Quelle für späteren Reichtum entdeckt und beschloss, alles Mögliche und auch alles Unmögliche zu versuchen, um sie für seine Sache zu gewinnen, oder sich zumindest von ihr in das Geheimnis dieser verblüffenden Perfektion einweihen – wenn nicht gar einführen – zu lassen. Und wie stellte er das an? Jedes Militärhandbuch referiert unter dem Stichwort »psychologische Kriegsführung«, dass man zunächst das Vertrauen des Feindes gewinnen muss: Also, Spielhöllenbesucherin, dachte er, du willst Plätzchen backen? Na, dann backen wir Plätzchen!

»Ich komme mit«, verkündete er.

»Wohin?«, fragte sie, ohne ihn anzusehen.

»Plätzchen backen.«

»Was?« Mutter und Sohn staunten, denn hätte die Küche, die für einen Soldaten bereits ein unwürdiger Ort war, sich je der Anwesenheit eines Colonnello rühmen können?

Und weil die beiden vor Erstaunen stehen geblieben waren, fragte er: »Oder störe ich etwa?« Und tat, als wäre er beleidigt.

Mit strahlenden Augen sagte Paolo: »Niemals nicht!«

Es entsprach überhaupt nicht seiner Art, mit solch fröhlicher Vertrautheit zu antworten. Bis zu diesem Moment waren seine Antworten immer wohlerzogen und dialektfrei gewesen, würdig des Prinzen mit Spitzenkragen, den seine Mutter – man muss es wohl sagen, in Ermangelung einer Tochter – großgezogen hatte. Also?

»Was hast du gesagt?«, fragte Ada ihn.

»Dass er«, Paolo nannte den Colonnello schon eine ganze Weile nicht mehr *Papa*, »nicht stört. Es ist doch ein Vergnügen, weil es dann das erste Mal ist, dass wir alle drei im selben Raum sind und dasselbe machen ... Vielleicht ist genau deshalb heute wirklich mal Weihnachten.«

Noch nie hatte der Junge so eine Rede gehalten, schon gar nicht in Gegenwart des Colonnello. Seine Mutter war erschüttert.

»Also, macht ihr mit?«, fragte Paolo, der bereits die Waage aufgestellt, Eier und Milch aus dem Kühlschrank geholt hatte und nun aus dem Schränken zwei Pakete Mehl nahm.

»Zwei Kilo?«, wunderte sich Ada.

Er drehte sich zu ihr und lächelte. »Dann dauert es länger«, sagte er.

»Was?«, fragte der Spätzünder von Colonnello.

»Unser Beisammensein in einem Raum, in dem wir dasselbe machen«, antwortete er.

Wie zwei Idioten standen die Eheleute Mangiagalli da. *Dann dauert es länger … Unser Beisammensein in einem Raum, in dem wir dasselbe machen … Vielleicht ist genau deshalb heute wirklich mal Weihnachten …*

»Was soll ich tun?«, fragte der Colonnello und räusperte sich, denn … Schaisze, er war gerührt!

»Nimm das Backblech«, erwiderte Paolo sofort. »Das dunkle rechteckige Ding im Ofen.« Dann band er sich eine Schürze um, damit er sich nicht schmutzig machte.

Eine Schürze, Grundgütiger! Mangiagalli sah woanders hin.

»Reich mir mal das Sieb«, sagte der Junge.

Der Colonnello musste sich umdrehen und ihn ansehen. Er atmete auf: Der Junge sah überhaupt nicht aus wie ein Weib. Bei genauer Betrachtung war er auch gar nicht so zart: Was war das da für ein Kratzer an seinem Arm? Und diese violetten Fingerknöchel?

»Prügelst du dich?«, fragte er vorsichtig.

»Manchmal.«

»Zum Spaß oder im Ernst?«

Wieder strahlten die Augen des Jungen, dann gab er unter den strengen Adleraugen des Ranghöheren zu: »Beides. Ist das ein Problem?«

Ada riss den Kopf hoch: Was erlaubte er sich? Und dann noch in diesem Ton!

Der Colonnello hingegen erwiderte: »Nein. Ich war nur neugierig.«

›Also ist er doch nicht komplett schwul‹, bemerkte der Spuk erleichtert.

Ada schenkte ihm keine Beachtung, dafür war sie viel zu gebannt von dieser außergewöhnlichen Einvernehmlichkeit der beiden, die bis zu diesem Moment kaum je ein Wort miteinander geredet hatten: Der Colonnello hatte sehr viel Wert darauf gelegt, dem Bastard nicht zu begegnen, und wenn es doch mal passierte, ein kurzer Gruß und weg war er; nur sonntags aßen sie zusammen zu Mittag, aus purer Höflichkeitspflicht, und bei dieser Gelegenheit bestritt dann der Fernseher die Unterhaltung. Die Gleichgültigkeit und das Schweigen, mit denen Mangiagalli den Jungen behandelte, hatten in der Wohnung graue Mauern errichtet, die alles einengten und erstickten, es herrschte eine klaustrophobische Atmosphäre, aus der die beiden so schnell wie möglich flüchteten, weshalb das Sonntagsessen eine wohlerzogene Hatz bis zum Kaffee war, nach dem sie sich mit einem noch falscheren Lächeln als dem einer Marionette möglichst rasch voneinander verabschiedeten.

›Ada, hörst du mir überhaupt zu?‹, schrie der Spuk.

Sie zuckte zusammen und schloss die Augen, um den wurmzerfressenen Occhi janchi nicht zu sehen.

Aber wieder begann er mit seiner üblichen Leier: ›Du musst die Tabbacchera fertig machen! Sofort!‹

Ada fing an zu singen, einfach so, genauso wie sie zuvor mit dem Kartenspiel angefangen hatte. Ihr Vater hatte ihr erzählt, dass der Gesang den Schrecken abtötet, und weil er immer recht hatte, stimmte sie das Lied *Tu scendi dalle stelle* an, das selbst die kleinsten Babys kennen: Mehr ein Kindergequäke über das *von den Sternen herabgestiegene Jesuskind* als ein stimmungsvolles Weihnachtslied, dessen Frömmigkeit jedoch den Spuk störte, der tönte: ›Bella, wechsel ja nicht das Thema. Du machst, was ich dir sage, sonst …‹

»Sonst?«, entgegnete sie.

»*Sonst*, was?«, fragte Paolo.

Sie bewegte eine Hand, als wollte sie sagen: »Lass gut sein.«

›Sonst‹, fuhr der Spuk fort, ›erzähle ich Paoluzzo haarklein von unserer Geschichte in Terratorta. Und ich muss dir ja nicht erklären, dass Paolo diese Geschichte niemals erfahren darf, oder?‹ Und weil sie völlig erstarrt schwieg, fragte er: ›Das verstehst du doch, nicht wahr?‹

Ada legte sich die Hand an die Stirn, schob sich langsam eine nervende Haarsträhne aus dem Gesicht und glaubte derweil, sterben zu müssen.

»Ich geh mal meine Brille holen«, sagte sie zu den beiden, die über etwas redeten, was mit Napoleon zu tun hatte.

Vater und Sohn hörten sie nicht.

Ada verließ die Küche und schloss sich im Bad ein.

›Das verstehst du doch, nicht wahr?‹, wiederholte der schauderhafte Occhi janchi, der im Spiegel über dem Waschbecken auftauchte.

Sie begann zu zittern, sowohl wegen dieser schrecklichen Vision als auch wegen des schrecklichen Wortes, das ihr immer noch durch den Kopf hallte: *Terratorta* … Es war eines der schmutzigsten Geschäfte, das der Bürgermeister je gedeckt hatte und dessen Geheimnis sie – die Botin beim Tausch von Papieren gegen Geld – gezwungenermaßen mit ihm teilte: »Da steht nicht nur unser guter Ruf auf dem Spiel, Aduzza«, hatte Occhi janchi ihr gesagt, »das sind gefährliche Leute, und das weißt du. Aber was wollen die denn im Grunde schon von uns? Wir sollen die Augen in Sachen Terratorta verschließen und nie wieder aufmachen. Mehr nicht. Auf diese Weise werden wir reich und retten unseren Arsch und unseren Kopf«, hatte er damals erklärt. Und sie, betrunken von der Allmacht, die das Hantieren mit Millionen einem verleiht, hatte Ja gesagt.

Sie würde schweigen wie ein Grab, selbstverständlich.

»Und jetzt?«, fragte sie. »Was hat Paolo mit dieser ganzen Sache zu tun?«

›Du und er, ihr seid eins, meinst du, das weiß ich nicht? Mama hier, Mama da, Paoluzzo hier, Paoluzzo da. Glaubst du, er würde dir verzeihen, wenn er wüsste, was du getan hast? So rein und unschuldig, wie er ist, würde er etwa eine Kriminelle als Mutter akzeptieren? Und außerdem, du glaubst doch nicht, dass die da ...‹

»Er ist auch dein Sohn«, sagte sie bestürzt. »Würdest du deinen Sohn etwa denen da ausliefern?«

›Meiner? Diese Schwuchtel? Von mir hat er nur aus Versehen etwas Samen abbekommen, mehr nicht, das war nicht mehr als 'ne Ausspuckerei‹, sagte der Spuk.

Ihre Ausspuckerei traf den Spiegel und rann langsam daran herunter, während Occhi janchi hinter ihr lachte.

›Du musst die Tabbacchera fertigmachen‹, er hörte auf zu lachen. ›Und Paoluzzo wird nie erfahren, was in Terratorta begraben liegt. Dann wird er nie den Juckreiz nach Gerechtigkeit verspüren und auch nicht das dringende Bedürfnis, dem Richter sofort von all diesen Dingen zu erzählen: von den Giften, die dort lagern, von den, nennen wir sie mal, *Schlacken*, die den Schlaf der Gerechten schlafen. Keine Posaune der Apokalypse darf sie wecken, denn weißt du, Aduzza, was passieren würde, wenn Paolo in diese Posaune blasen würde? Unsere Freunde würden ziemlich böse werden, zu böse, ehrlich gesagt, und dann würden sie ihn zum Schweigen bringen, sie würden ihm diese Posaune abwürgen, und weißt du auch wie? Sie würden ihm die Eier abschneiden – seine Winzdinger – und sie würden sie ihm ins Maul stopfen und dann ...‹

»Hör auf!«, schrie sie und zitterte am ganzen Körper. Denn allein der Gedanke, dass Paolo in die Hände von denen da fallen könnte, trieb ihr den Todesschweiß auf die Stirn, und sie verfluchte sich, sagte sich, dass sie nie diesen Occhi janchi in ihr Leben hätte lassen dürfen, nie hätte sie seine Geliebte werden dürfen, hätte sich nie durchsetzen dürfen, um diesen Sohn zu behalten – ihr Mann hatte sie nicht schwängern können –, nie im Leben hätte sie all das tun sollen. »Verschwinde«, sagte sie. »Verschwinde, jetzt, sofort!«

›Bella, mach, was ich dir aufgetragen habe, dann nehme ich die Geschichte von Terratorta mit ins Grab‹, erwiderte der Spuk.

Ada schloss die Augen, hielt sich die Ohren zu, aber seine Stimme erreichte sie trotzdem. Also flüchtete sie in die Küche, dachte, dort Trost durch die Anwesenheit von Mann und Sohn zu finden, aber die beiden waren so ins Gespräch vertieft, dass sie ihren Schrecken überhaupt nicht bemerkten: Der Junge knetete Plätzchenteig und der Colonnello erklärte ihm, warum Napoleon in Waterloo eine Niederlage erlitten hatte, und der Junge sah ihn von Zeit zu Zeit mit einem Blick voller Zuneigung an.

Also, wenn Renato Mangiagalli eines Tages vor der Signora mit dem Notizblock sitzen würde und ihr diese Szene in allen Einzelheiten erzählen müsste, so würde er um das Wort *Zuneigung* nicht herumkommen. Aber auch nicht um das Wort *Eifer*, nur dass der Eifer erst später kam, als die Plätzchen fast fertig waren und die beiden versuchten, das japanische Porzellan wieder zusammenzusetzen, das Ada bei ihrer plötzlichen, aber auch unerwarteten Flucht zerbrach.

Aber noch sind wir bei der Zuneigung im Blick des Jungen, während er den Teig knetete, und bei seiner Mutter, die sich die Ohren zuhielt, um nichts hören zu müssen.

Verschlossene Ohren, verschlossene Augen …

Es half nichts, dieses Unwesen redete unerschütterlich in ihrem Kopf weiter auf sie ein: ›Entweder du vernichtest die Tabbacchera oder Paoluzzo ist verloren‹, erklärte es.

Das sind lauter Lügen, dachte Ada. Du bist ja gar nichts, nur ein bisschen Luft.

Sie hatte noch nicht zu Ende gedacht, als vom Regal, nur eine Handbreit von Paolo entfernt, eine große Glasvase voller Kiesel, die er als Kind immer am Bach gesammelt hatte, herunterfiel.

»Schaisze!« Der Colonnello sprang auf. »Ein bisschen weiter rechts und das Ding hätte dich erschlagen!« Als er jedoch merkte, dass der Junge stöhnte, eilte er zu ihm und fragte: »Hast du dir wehgetan?«

»Nein«, sagte Paolo, aber seine Finger waren blutig von einer Scherbe, die vom Boden hochgespritzt und ihn geschnitten hatte.

»Lass mal sehen.« Ada stürzte zu ihm.

»Das ist nur ein kleiner Kratzer. Nicht so schlimm«, sagte er und betrachtete die verstreuten Kiesel zwischen den Scherben.

›Also, Aduzza‹, höhnte der Spuk, ›bist du ganz sicher, dass ich nur ein bisschen Luft bin und nichts weiter?‹

»Warum machst du die Tabbacchera nicht selbst fertig? Warum gehst du nicht zur Polizei und erzählst denen, was du gesehen hast?«

›Weil ich zwar einiges machen kann, anderes aber nicht.‹

»Unsinn!«

Dieses Mal sprang die schwere Wanduhr vom Haken und fiel auf den Colonnello, der nicht mehr rechtzeitig zur Seite springen konnte und einen blauen Fleck an der Schulter davontrug.

»Wäre meine Mutter jetzt hier«, sagte der erblasste Mangiagalli, »würde sie sicher davon anfangen, dass es in diesem Haus Geister gibt.«

»Und sie hätte recht«, murmelte Ada.

Erstaunt sah Mangiagalli sie an, denn wenn es eine Person auf der Welt gab, die Ada mehr als alle anderen gehasst hatte, so war es ihre Schwiegermutter gewesen, und nie nie nie, nicht mal im Angesicht der wahrsten aller Wahrheiten, hätte sie ihr Recht gegeben.

»Was hast du gesagt?«, fragte der Colonnello daher.

»Dass deine Mutter, Ruhe sie in Frieden, recht hätte.«

Der Colonnello trat zum Schränkchen mit den Spirituosen und schenkte sich einen halben Whiskey ein, den er auf ex hinunterkippte, aber nur, weil all diese Entwicklungen dieses so seltsamen Weihnachtsfestes ihn zunehmend verwirrten, denn so etwas hatte er in seinem ganzen Leben noch nie erlebt.

Die Deckenlampe begann hin und herzuschwingen.

Paolo und der Colonnello sahen sich an und wussten nicht, ob sie lachen oder sich Sorgen machen sollten. Auf jeden Fall traten sie einen Schritt zurück, um sich in Sicherheit zu bringen.

›Also?‹, forderte der Spuk.

Ada gab auf. »Was soll ich tun?«

›Na endlich! Aber wieso stiehlst du mir immer noch die Zeit? Ich hab dir doch gesagt, was du tun sollst, doch ich wiederhole es noch mal: Du sollst zu den Carabinieri in Syrakus gehen und sagen, dass die Bürgermeisterin Agata Lipari einer Terroristin Unterschlupf gewährt.‹

»Die Nervensäge holt sich eine Kriminelle ins Haus?«, fragte Ada ungläubig. »Die Würmer haben Euer Hirn zerfressen, Bürgermeister!«

Ein heftiger Hieb wie von einer brennenden Peitsche traf sie am Arm und verbrannte ihre Haut.

›Mein Hirn ist unversehrt‹, erklärte der Spuk. ›Die Terroristin ist dort, und alle decken sie, Locatelli eingeschlossen, der zudem sogar noch eine Falschaussage gemacht hat und behauptet, dass es bei der Tabbacchera keine Brandstifterin gäbe.‹

»Locatelli ist in Turin.«

›Locatelli ist hergekommen und hat die Tabbacchera gevögelt.‹

»Unsinn.«

Dieses Mal traf die Peitsche ihr Gesicht und hinterließ einen langen Striemen, der sie für den Rest ihres Daseins an den Tag erinnern sollte, an dem sich ihr Leben änderte. Und weil der Quälgeist offensichtlich weitermachen würde, und sie sich ihr Gesicht nicht vollständig ruinieren lassen wollte, fragte sie: »Warum ausgerechnet Syrakus?«

›Du hörst mir auch so gar nicht zu, oder? Ich hab dir doch gesagt, dass die Carabinieri im Dorf alle auf ihrer Seite stehen. In Syrakus kann aber niemand so tun, als ob nichts wäre, und alles muss bearbeitet werden. Deshalb fährst du sofort nach Syrakus und …‹

»Morgen.«

›Sofort!‹

»Morgen! Bei diesem ganzen Schnee sind die Straßen doch unpassierbar.«

Er musste sich zufriedengeben. ›Morgen früh, sobald es hell wird.‹

»Morgen früh, wenn die Straßen geräumt sind und man fahren kann. Wenn das nicht geht, wars das.«

Occhi janchi begriff, dass er nicht weiter darauf bestehen sollte, denn sie hatte recht. Und wenn die Straßen für sie nicht befahrbar waren, so waren sie das auch für die Terroristin und ihre Spießgesellen nicht.

»Und jetzt lass mich in Frieden«, beendete sie das Gespräch im Geiste, denn Paolo sagte: »Mama? Was ist? Sprichst du mit den Engeln? Du siehst ganz verträumt aus.«

»Bitte?«, sagte sie.

Erst jetzt merkte Ada, dass die beiden zusammenarbeiteten wie noch nie zuvor: Paolo stach mit den Blechförmchen Schneemänner, Sterne und einen Weihnachtsmann aus, die der Colonnello – mit ungeahnter, fast feenhafter Geschicklichkeit – auf das gebutterte und bemehlte Blech beförderte.

Und währenddessen sprachen sie über Napoleon, über Waterloo, über den Piave, der leise dahinfloss, *ruhig und sacht beim Schritt der ersten Soldaten, am vierundzwanzigsten Mai*, und von der Landung der Alliierten in Cassibile. Schon legten sie die ersten goldbraunen Plätzchen zum Abkühlen auf einen Teller, die Zeit verging, und sie waren wirklich eine Familie.

Später, als der Ofen aus war und die Küche aufgeräumt, fragte der Colonnello: »Sag mal ganz ehrlich, Napoleon und seine Leute waren doch bestimmt nur ein Vorwand, um mit mir zu reden, oder interessierst du dich wirklich dafür?«

»Komm mal mit«, sagte Paolo da.

Und zum ersten Mal betrat der Colonnello das Zimmer seines … das Zimmer des Jungen.

Ein Regal bedeckte vollständig eine Wand. Und dort standen Bücher auf Englisch, Französisch, Deutsch und Russisch – »Aber nur aus reiner Sammelleidenschaft«, erklärte der Junge, »denn ich kann nur Englisch und Französisch« – über Kriege und Schlachten, Überfälle, Kapitulationen, mutige Anführer, berühmte Condottieri und … Verdammt, es war zum Verrücktwerden!

Wie konnte dieser Junge nicht sein Sohn sein?

Der Impuls, sich Paolo an die Brust zu drücken, war stärker als jegliche Disziplin, die ihm durch jahrzehntelange militärische Strenge in Fleisch und Blut übergegangen war.

Natürlich war es eine brüske, männliche Umarmung, aber dennoch liebevoll, und als der Colonnello wieder von ihm abrückte, fragte er: »Darf ich ein paar der Bücher lesen?«

»Alles, was du willst.«

Sie lachten ganz leise, um nicht die vorhersehbare Migräne der Signora zu beschleunigen.

Und als der Colonnello sich wieder in sein Zimmer zurückgezogen hatte, und Paolo allein war, verspürte dieser eine so unglaubliche Leichtigkeit, als wäre er jahrelang einen steinigen, schlammigen Weg voller Dornen und Stacheln entlangmarschiert und endlich an einer wunderschönen Küste angelangt.

»Signora, wollen Sie damit sagen, dass auch er in Terramarina angekommen ist?«, wird Toni Scianna eines Tages beim Lesen dieser Zeilen fragen.

»Was sagen Sie, Professore?«

»Dass jeder sein eigenes Terramarina hat?«

»Was denken Sie?«

»Signora, nach all den Jahren, die Sie auf dem Kontinent zugebracht haben, antworten Sie immer noch mit einer Gegenfrage?«

»Was meinen Sie?«

»So ist es.«

Und wir werden lachen. Es wird uns vorkommen, als wären all diese Jahre nie vergangen, und wir beide wären immer noch dort so wie damals als Kinder, als wir die Fische im Brunnen auf der Piazza vor dem Rathaus mit Brotkrumen fütterten, und wir werden diese ungetrübte Kinderfröhlichkeit richtig genießen.

Aber das ist eine andere Geschichte.

22

Die Schule wirkte in dieser Nacht, in diesem Nebel, der alles umhüllte, wie ein ausgenommenes Tier. Erst als seine Augen sich an die Dunkelheit gewöhnten, erkannte Andrea das Skelett. Das Feuer hatte die Wände abgenagt, die Scheiben platzen lassen, die Räume unbenutzbar gemacht, einen Gebäudeflügel zerstört, von dem nur einige borstengleiche Pfeiler übrig geblieben waren.

Was für eine Feuersbrunst musste das gewesen sein, um ein Gebäude so zu zerstören? Wie hatte sich das Feuer nur so rasch ausbreiten können, noch dazu während des Unterrichts, als es hier von Lehrerinnen, Hausmeistern und Verwaltungsangestellten nur so wimmelte? Offensichtlich waren mehrere Feuer gelegt worden, alle annähernd im selben Zeitraum. Konnte ein junges Mädchen so eine Zerstörung geplant und durchgeführt haben? Und warum nur?

Über diese letzte Frage grübelte Andrea immer noch, und sie war auch eine der ersten gewesen, die er dem Mädchen gestellt hatte: »Warum wurdest du angeklagt?«

Sie hatte ohne zu Zögern, voller Überzeugung geantwortet: »Um mir die Schuld für das zu geben, was der Kain-Sohn getan hat. Der hat einen Feuertick, jedes Mal, wenn er eines sieht, ist er wie hypnotisiert und fängt an zu klatschen.«

»Hat er je was in Brand gesetzt?«

»Einmal, im Garten. Aber die Kain hat es sofort gelöscht.«

»Und warum ausgerechnet die Schule?«

Lori dachte eine Weile nach. »Vielleicht, weil ich dort wirklich glücklich war.«

»Wieso warst du da glücklich?«

»Das war meine Schule, dort hatte meine Mutter unterrichtet. Ich bin oft mit ihr auch am Nachmittag dahin gegangen, wenn sie eine Konferenz hatte. Dann habe ich immer bei Cesare auf sie gewartet ...«

»Wer ist Cesare?«

»Einer der Hausmeister.« Nach einem Moment des Schweigens, fuhr sie fort: »Alle dort hatten mich wirklich gern ... die Lehrerinnen, die Hausmeister, die Frauen aus dem Sekretariat, aber vor allem Cesare ...«

»Warum haben sie dir die Schuld gegeben?«

»Weil ich mich nicht säubern lassen wollte.« Sie sagte es voller Bitterkeit, wobei eine Falte ihre Stirn zerteilte, so als wäre ihr das Wort *säubern* auf die Seele tätowiert worden und diese immer, wenn sie es aussprach, schmerzte.

»Weißt du, ob eine Gasflasche explodiert ist?«

Sie zuckte mit den Schultern. »Keine Ahnung, ich war schon längst weg. Ich hab in der Zeitung gelesen, dass man meine Schule angezündet hat und dass man mir die Schuld dafür gibt.«

»Bist du die ganze Zeit auf Sizilien geblieben?«

Sie nickte.

»Es gab keine Gasflasche und keine Explosion«, fasste er zusammen und beobachtete, ob sie sich verraten würde.

»In der Zeitung stand nur etwas von Turnmatten, die jemand mit Benzin übergossen hatte.«

Das stimmte. Und an einigen Stellen hatten benzingetränkte Lumpenhaufen gelegen. Aber davon hatten die Zeitungen nicht berichtet.

»Du sagst, dass deine Mutter unterrichtete. Auch nachdem sie geerbt hatte?«

Lori presste die Lippen zusammen und wurde traurig. »Die Erbschaft hat unserer Familie nur Unglück gebracht.«

»Warum?«

»Papas Unfall … dann die Krankheit von Mama …«

Und wenn das alles zusammenhing?, fragte sich Andrea: erst stirbt der Vater, dann die Mutter …

»Warum hat sie weiter unterrichtet?« Er blieb bei den Fakten.

»Weil sie gern mit Kindern zusammen war. Weil es in der Schule lustig war, dort wurde gesungen, getobt, gelacht, es gab Theateraufführungen, es wurden Plakate gemalt. Es war alles … wunderschön.«

Wunderschön …

Und nun war alles tot.

Lange betrachtete er die Fassade, dann ging er aufmerksam um das Gebäude herum.

Eine Laterne tauchte die Ruine in beklemmendes Licht: schwach, bläulich, wie in einer Wahnvorstellung.

Es war, als wäre, abgesehen von der Schule, auch die Seele des Ortes gestorben, als wäre das enge Geflecht aus Stimmen, Geflüster, Geraschel der Bäume und Gemurmel der freien Götter von diesem Strudel mitgerissen worden, der alles in Asche verwandelt hatte, selbst die Grillen und Zikaden, die Eidechsen und Schnecken und auch die Schmetterlinge, die vor allem im Mai an Orten mit vielen Kindern lebten. Er glaubte den Brand zu hören, dessen Prasseln wie das Rauschen von laufendem Wasser klingt, aber doch ein Feuer ist, das sich weiterfrisst, immer größer wird, zerstört und vernichtet, und inmitten des Feuers ertönen die Schreie der Kinder, die Befehle der Lehrer, die Rufe der Eltern hinterm Zaun, die Sirenen der Feuerwehr, die Gebete, das Flehen …

Er ging weiter. Die Stille verstärkte das Geräusch seiner Schritte, der Wind bohrte sich mit Eisfingern durch den Kragen in seinen Nacken, Andreas Geist war in Alarmbereitschaft, ebenso seine Nase, seine Augen und seine Ohren.

Und wenn ihn von Weitem das Glockengeläut erreichte, so schärfte es diese Stille nur noch mehr und hob das Schwarz noch stärker hervor, in dem kein einziger Gott zurückgeblieben war.

Die Wahrheit liegt offen in unseren Händen, aber festhalten lässt sie sich nicht: Sie entschlüpft wie ein Aal, dachte er mit Montales Worten.

»Aber für den Aal gibt es einen speziellen Köder«, hatte ihm mal ein Angler-Kollege gesagt. »Eine Angelschnur ohne Haken, an die nur ein paar Tauwürmer als Köder gebunden werden. Wenn du gut bist, entkommt der Aal dir nicht, vor allem, wenn du mit einem umgestülpten Regenschirm nachhilfst.«

Die Erklärung war nicht besonders hilfreich gewesen, aber da er nicht die Absicht hatte, Aale zu angeln, hatte er das Thema nicht weiter vertieft. In diesem Augenblick jedoch verstand er den Sinn und die Vorgehensweise ganz genau. Er musste also einen Aalköder auslegen, er musste eine Handvoll Tauwürmer finden und damit einen Köder basteln, wenn er die Wahrheit fangen wollte. Erst als er die Erkundungsrunde abgeschlossen hatte, bemerkte er das Licht, das innerhalb der Umzäunung in der Schule angegangen war. Er trat näher und sah genauer hin.

Andrea erkannte einen Zementkubus mit einer Tür und zwei Fenstern: Die Hausmeisterwohnung, sagte er sich. Auf beiden Fensterbrettern standen Kräutertöpfe. Aus einer Jackentasche zog er ein Fernglas und blickte hindurch: Das Licht, das aus dem Innern kam, erhellte große Brennnesselstauden, so üppig und prächtig, dass sie nicht wie Früchte des Zufalls und der Nachlässigkeit aussahen, sondern eher wie Produkte gärtnerischer Hingabe.

Seltsam, dachte er.

Mit dem Fernglas versuchte er, ins Innere der Wohnung zu spähen, aber die Fenster waren mit Gardinen verhangen, die keinen Einblick gewährten. Dennoch erkannte er, dass sich eine Person von einem Zimmer zum nächsten bewegte und etwas Schweres hinter sich herzog.

Während er unschlüssig darüber nachdachte, ob er klopfen oder am nächsten Morgen wiederkehren sollte, bellte hinter ihm ein Hund. Andrea drehte sich um: In einiger Entfernung ging ein alter Mann mit einem Vierbeiner, besser gesagt, mit einem großen Belgischen Schäferhund, der so schwarz war, dass er mit der Dunkelheit verschmolz. Der Hund bellte lauter, weil Andrea sich so abrupt umgedreht hatte.

»Ruhig«, sagte der Alte und streichelte den Kopf des Tieres.

Andrea ging zu ihnen. Erst als er nur noch wenige Schritte entfernt war, erkannte er, dass der Mann – groß, aufrecht, grau melierter Bart, dichte weiße Haare und gesenkte Lider – blind war.

Ein Großer Lombarde, sagte er sich. »Giona?«, wagte er zu fragen.

Der Alte blieb stehen. Die einzige Person auf der Welt, die ihn noch bei seinem Namen nannte war Lori, für alle anderen war er Doktor Gur.

»Wo ist meine Nichte?«, fragte er.

»In Sicherheit«, erwiderte Andrea.

Der Hund hörte auf zu bellen.

Der Alte schwieg. Es war, als würde er in Gedanken diese beiden Worte – »in Sicherheit« – wiederholen und dabei mehr dem Tonfall, als der Bedeutung nachspüren. Wahrscheinlich, sagte sich Andrea, gibt er dem Hund Gelegenheit, mich zu beschnuppern und so herauszufinden, ob ich Feind oder Freund bin. Daher rührte er sich nicht, während das Tier um ihn herumlief, in seine Schuhe biss und am Saum seiner Hose zerrte, dann sprang es ihm mit den Pfoten an die Brust und versuchte, sein Gesicht abzulecken.

Unbeweglich willigte Andrea in diese Prüfung ein. Und erst als Laika die Inspektion beendete hatte und sich wieder neben den Alten stellte, fragte dieser ihn: »Und wer sind Sie?«

»Ein Freund von Lori.«

»Wieso sind Sie hier?«

»Ich will verstehen, was passiert ist.«

»Wollen Sie wissen, warum sie weggelaufen ist?«

»Nein. Warum sie beschuldigt wird.«

»Was hoffen Sie, hier zu finden?«

»Die Wahrheit.«

Giona sagte nicht: »Die Wahrheit? Wer kann die schon wissen?«, er jonglierte nicht mit Worten wie ein Angeber, der vorgab, witzig zu sein, stattdessen jedoch im Trüben fischte, er sagte auch nicht: »Werden Sie von irgendjemandem bezahlt? Wollen Sie Informationen aus mir rauspressen?« Giona stand nur da, mit der Hand auf dem Kopf des Hundes, der nicht knurrte und nicht das übliche Misstrauen gegenüber einem Fremden zeigte, sondern ganz leise in einer Sprache winselte, die nur er verstehen konnte und die ihm die guten Absichten des Fremden bestätigen mussten, denn er sagte: »Gehen wir nach Hause.« Er sagte es zum Hund, aber auch zu dem Fremden, der nun neben ihm herging und ihn zum Ende der Straße begleitete, an dem die Weihnachtsbeleuchtung der Piazza alles überstrahlte.

Weihnachtsbeleuchtung, Süßigkeitenstände; Glühwein aus Keramikbechern verströmte den Duft von Zimt und Orangen, in langsam drehenden Kesseln über der Flamme eines Dreibeins karamellisierte der Torrone, ein Röstkastanien-Verkäufer füllte Tüten für die Kinder, von irgendwoher ertönte ein *Venite, adoremus*.

Unwillkürlich verlangsamte Andrea den Schritt, gefangen von der märchenhaften Atmosphäre, die ihn in die Zeit zurückkatapultierte, als er an der Hand seines Vaters auf den Weihnachtsmarkt gegangen war, und dort alles zu hoch, zu groß und zu laut für den kleinen Jungen gewesen war, sodass er sich fürchtete und gleichzeitig völlig verzaubert war.

Nachdem sie die Piazza überquert hatten, bogen sie in eine steile Straße ein, die in einer Erweiterung mündete. Nach wenigen Metern zeigte der Alte auf ein Gebäude, in dem alle Lampen brannten. Gejohle und Wirtshaustrubel drangen daraus hervor, was nur schwer zu der weihnachtlichen Atmosphäre passte.

»Das ist Loris Haus«, sagte Giona.

Das Bild des abgemagerten, heruntergekommenen, sich selbst überlassenen Mädchens tauchte kurz vor Andreas innerem Auge auf. »Haben die sie völlig vergessen?«, fragte er.

»Die?«, entgegnete Giona bitter. »Wenn Lori nicht zurückkommt, schlachten die das fetteste Kalb.«

»Und wenn sie zurückkommt?«

Der Alte ging weiter, als hätte er ihn nicht gehört, und Andrea bestand nicht auf einer Antwort.

Sie erreichten ein Haus, etwas abseits von den anderen, umgeben von Bäumen und einem Garten, den man im Dunkel nur erahnen konnte. Der Wind hatte aufgefrischt, zerrte an den Zweigen und erzeugte auf den Mauern und dem Straßenpflaster vor ihnen ein Schattengewirr.

Giona öffnete die Tür, machte Licht und ließ den Gast eintreten. In diesem Moment war es Andrea, als betrete er einen bekannten Ort, an dem er lange gelebt hatte: lange und mit Freuden. Ein Déjà-vu, sodass er unwillkürlich nach dem Kamin – gleich rechts – suchte, den zwei Stufen, die in den anderen Wohnflügel des Hauses führten, dem gemauerten Herd in der Ecke neben dem Fenster und der Sammlung der unterschiedlich großen Tonkrüge auf dem Holzregal neben dem Kamin. Das vertraute Gefühl war so stark, dass ihm schwindlig wurde: In welchem Leben hatte er hier schon mal gewohnt?

Im Raum verbreitete sich der Duft von frisch gebackenem Brot. Andrea betrachtete die Hände des Alten, bemerkte kleine, weiße Krusten um seine Nägel herum: Giona hatte das Brot gebacken.

Währenddessen rollte sich die Hündin vor dem Kamin zusammen. Sie ist so ruhig wie noch nie in Gegenwart eines

Fremden, überlegte Giona und wandte sich an seinen Gast: »Zum Abendessen gibt es frisches Brot und Olivenöl«, sagte er. »Was anderes kann ich Ihnen nicht anbieten.«

»Das klingt gut«, erwiderte Andrea, obwohl er eigentlich hätte sagen sollen: »Machen Sie sich keine Umstände, ich suche mir ein Restaurant«, aber seine Jahre auf Sizilien hatten ihn gelehrt, dass die Ablehnung einer Essenseinladung nicht höflich ist, sondern einer Beleidigung gleichkommt.

Der Alte bewegte sich so sicher durch das Haus, als könnte er sehen. Er deckte den Tisch mit einem roten Tuch, bunten Keramiktellern, grünen Gläsern.

Andrea wunderte sich: Er hatte immer gedacht, dass die Welt der Blinden wie ein Schwarzweißfilm wäre, doch stattdessen war dieses Zimmer voller Farben, allerdings nicht in einer kruden Mischung aus kunterbunten Tönen, sondern in einer harmonischen Kombination aus Gelb und Orange, die zu den Grün- und Blautönen der glasierten Teller an der Wand und zu den purpurnen und blauen Gewändern von zwei lebensgroßen Marionetten – ein Orlando und ein Rinaldo – passten.

Seine Neugierde war zu groß, also fragte er: »Sie sind nicht blind geboren, oder?«

»Bis vor etwa zehn Jahren habe ich perfekt gesehen«, antwortete Giona.

»Ein Unfall?«, hätte Andrea fragen wollen. »Eine Krankheit?« Aber er traute sich nicht.

»Überraschen die vielen Farben Sie?«

»Ja, tatsächlich«, sagte er.

»Sie erfreuen die Augen und auch den Geist. Selbst jetzt noch, obwohl ich sie nicht sehe. Zu wissen, dass diese Gläser grün sind und das Tischtuch rot ist, und dass die Tonkrüge fantasievoll bemalt und die Vorhänge himmelblau sind, gibt mir das Gefühl, in einer fröhlichen Welt zu leben.« Giona nahm einen großen Brotlaib aus dem Backtrog. »Ich kann es leider nicht besser erklären«, fügte er hinzu. »Sagen wir einfach, dass die Farben mich trösten.«

»Irgendjemand hat mal gesagt, dass sie grundlegende Kräfte des Lebens im Universum sind.«

Giona lächelte. »Sie könnten recht haben.«

Das Brot war noch warm. Mit der Spitze eines Messers zeichnete er ein Kreuz darauf, dann schnitt er es in der Mitte durch und viertelte es. Die vier Stücke brach er der Länge nach auf: Die Krume – gelb, großporig, herrlich duftend – dampfte noch.

»In dem Schrank rechts von Ihnen stehen Gläser mit Eingemachtem«, sagte er. »Könnten Sie die bitte holen?«

Andrea gehorchte. Er fand Gläser mit getrockneten Tomaten in Olivenöl, Sardellen, Paprika, eingelegte Oliven, Thunfisch und Fischeier. »Was davon?«, fragte er.

»Alles«, sagte Giona.

Als die Gläser auf dem Tisch standen, füllte der Alte den Inhalt auf einen Teller mit mehreren Fächern, wobei er seinen Gast zum wiederholten Male erstaunte, denn nicht ein Tropfen Öl befleckte das Tischtuch, nicht eine Olive fiel vom Teller.

»Mögen Sie Käse?«, fragte er.

»Sehr.«

Pecorino und Caciocavallo bereicherten das Bankett. Und auch eine Flasche Wein.

»Ein schlichtes Mahl«, bemerkte Andrea.

Der Alte lächelte. »Ein armes Mahl ohne Fleisch, Fisch oder Wildbret. Aber die Armen essen manchmal sehr viel besser als die Könige«, sagte er. »Wenn Sie sich die Hände waschen wollen«, fügte er hinzu, »dort hinten ist das Schicklichkeitskämmerlein.«

Schicklichkeitskämmerlein … Noch nie zuvor hatte Andrea diesen Ausdruck gehört. Er war dankbar dafür, so als wäre es eine höfliche Zugabe, ein Zeichen von Respekt, das auch die Wortwahl einschloss, mit der Giona – offensichtlich – sehr vertraut war.

Im Korridor, der zum Kämmerchen führte, hing das Porträt einer Frau, die Lori ähnelte. Es war die Vergrößerung eines sepiafarbenen Fotos. Die wunderschöne Frau war hell gekleidet. Er fragte sich, wer das sein könnte.

Da hörte er die Schritte des Alten näherkommen, Giona tauchte im Korridor auf: »Das ist Loris Großmutter, die Mutter von Filippo«, sagte er, »meine Schwester.«

Andrea betrachtete sie weiter. »Wie ist Filippo gestorben?«, fragte er, ohne den Blick von dem Foto zu wenden.

»Er war Ingenieur und ist auf ein Gerüst geklettert, das unter ihm plötzlich zusammengebrach.«

»Wurden Gutachten erstellt? Hat man das geprüft?«

»Es heißt, es war ein Unfall.«

»Und war es das nicht?«

Giona strich sich den Bart und schüttelte unmerklich den Kopf. »Es kann alles gewesen sein …«, sagte er. »Und trotzdem frage ich mich: Wieso? Filippo war wie eine Katze, er ist mit großer Geschicklichkeit auf Brücken und Gerüste geklettert, als Junge ist er auf jeden Baum, ist jede Regenrinne hoch … Von einem Gerüst fallen und sterben? Das ist ein schlechter Witz, oder nicht? Aber das sind nur Mutmaßungen eines Alten, der die Außenwelt nicht mehr sieht und sich mit der inneren abmüht. Verzeihen Sie mir.«

»Und Mina?«, fragte Andrea. »Wie ist Mina gestorben?«

»Sie verkümmerte, man sprach von einer Blutvergiftung.«

»Und das stimmte nicht?«

»Ich bin Arzt, ich habe jahrelang praktiziert …«

»Also?«

»Es gibt verschiedene Arten von Infektionen. Es wurden fähige Professoren konsultiert. Sie sagten, dass Mina sich erholen würde, dass keine Lebensgefahr bestände.«

»Aber?«

»Nach nicht einmal drei Monaten war sie tot.«

»Und das finden Sie seltsam?«

»Seltsam war ihre Krankheit: ein wellenartiges Auf und Ab. An manchen Tagen ging es Mina gut, an anderen verschlechterte sich ihr Zustand.«

»Zweifeln Sie an etwas?«

»Na ja, ich tue mich schwer damit, das zu verstehen. Aber es ist wohl typisch für die Alten, sich mit dem Tod der Jüngeren nicht abfinden zu können und Zweifel zu hegen.«

»Haben Sie mit jemandem darüber gesprochen?«

»Ein blinder, halb irrer Alter, der herumschwafelt? Wer hätte dem schon geglaubt?«

Stimmt, wer hätte dem schon geglaubt.

Nun saßen sie sich gegenüber am Tisch.

Mit einem Messer teilte Andrea das Brot in kleine Stücke und überlegte dabei, dass es nicht viel gebraucht hätte, gerade mal ein schnelles Zucken, um den Alten niederzustechen, und er verstand das übermäßige Vertrauen nicht, das Giona ihm entgegenbrachte.

»Ich bin nicht verrückt und auch nicht unbedacht«, sagte Giona, der seine Gedanken zu lesen schien. »Wenn Sie auch nur eine Bewegung täten, die mir schaden könnte, der Hund würde Ihnen sofort an die Kehle springen.«

»Das glaube ich sofort«, sagte Andrea und erinnerte sich an die Pfoten auf der Brust und die Schnauze am Hals, daher fügte er freundlich hinzu: »Außer Erinnerungen zu reparieren, können Sie also auch Gedanken lesen?«

Der Alte lächelte. »Erzählen Sie mir von Lori und dem Kind.«

»Es ist ein Mädchen.«

»Wie heißt es?«

»Luce.«

Giona verharrte eine Weile mit dem Besteck in der Luft. »Schön«, sagte er dann. »Ich dachte allerdings, dass sie sie Mina nennen würde.«

»Wie ihre Mutter.«

»In Wirklichkeit hieß ihre Mutter Concetta ...«

»... aber weil sie immer von Terramarina gesprochen hat, nannte Lori sie schließlich Mina ...«

Giona hob den Kopf, als wollte er ihn ansehen, aber seine Lider blieben gesenkt. »Genau«, sagte er. Er trank etwas Wein und tupfte sich die Lippen ab. »Also, wenn mir auch nur ein Zweifel Ihretwegen geblieben wäre, so hätte die Erwähnung von Terramarina ihn vertrieben«, gab er zu. »Hätte Lori Ihnen nicht vertraut, hätte sie Ihnen niemals davon erzählt. Terramarina war eine ihrer fixen Ideen, ein Wahn ...«

»Ich denke, das ist es immer noch. Gibt es Terramarina wirklich?«

»Genauso wie es Feen, Sirenen und Kobolde gibt ... man muss nur daran glauben.«

Schweigend aßen sie weiter, ohne dass es unangenehm war. Hin und wieder füllte Giona Wein nach, hin und wieder sah Andrea sich um und fragte sich erneut, in welchem Leben er an diesem Ort schon mal gewohnt hatte. Es war ein fast schmerzliches Gefühl, sodass er sagte: »Mir kommt es vor, als wäre ich schon mal hier gewesen.«

»Das ist ein Bauernhaus, wie es viele auf Sizilien gibt«, erklärte Giona. »Die Möbel stehen alle an der gleichen Stelle, es gibt einen Höhenunterschied zwischen diesem Zimmer und denen da hinten, weshalb die Stufen da hochführen.«

»Hatten andere auch schon das Gefühl, hier mal gelebt zu haben?«

»Ja«, sagte Giona und strich sich durch die Haare. Er hob etwas die Lider und ließ die azurblauen Augen sehen.

Er ist wirklich ein Großer Lombarde, dachte Andrea noch einmal und erinnerte sich an den Roman von Vittorini.

Als man ihm damals gesagt hatte, dass er nach Sizilien versetzt würde, hatte Maresciallo Locatelli sich vorbereitet: Er hatte Chroniken, Anthologien, Geschichtsbücher, Zeitungen und Aufsätze über die Mafia und die Antimafia gelesen und war dann bald zur Belletristik übergegangen: Sciascia, Vittorini, De Roberto, Verga, Tomasi di Lampedusa, Patti und Buttitta, dazu die Lieder von Rosa Balistieri sowie die Marionettenoper, sodass er mit einem ordentlichen Gepäck voller Vorurteile auf der Insel ankam, von denen er sicher war, sie nicht zu haben. Dann jedoch hatte er gelernt, dass Sizilien etwas anderes ist: Nicht nur eine Metapher, wie Sciascia behauptete, nicht nur organsiertes Verbrechen, Hexerei und Verzauberung, nicht nur klares Wasser, blauer Himmel und brennende Sonne. Sizilien war eine heimtückische Leidenschaft, die jeden in Schwierigkeiten brachte, sobald er der Insel mehr Herz schenkte, als für das Leben dort notwendig war.

»Sie sind Polizist?«, fragte Giona und riss ihn aus seinen Gedanken.

»Maresciallo der Carabinieri.«

»Sind Sie schon lange auf Sizilien?«

»Ich habe fast vier Jahre hier gelebt, seit ein paar Monaten bin ich wieder im Piemont.«

»Warum interessieren Sie sich für Lori?«

»Aus Liebe«, rutschte es Andrea heraus, aber er bereute es nicht. »Natürlich nicht zu Lori«, fügte er trotzdem rasch hinzu.

»Selbstverständlich. Sie ist ja noch ein Kind!«

»Genau.«

»Also?«

Andrea begann zu erzählen und verflocht Loris Ankunft mit der Geschichte von ihm und der Tabbacchera. In Bezug auf Lori ließ er ein paar wichtige Details aus und gab andere sogar absichtlich falsch wieder.

Giona berichtigte ihn und zeichnete perfekt das Leben des Mädchens nach, so wie sie selbst es Andrea erzählt hatte. Giona korrigierte ihn vorsichtig, ließ dabei aber durchblicken, dass Andrea sich die Tricks sparen könnte, mit denen man normalerweise Kriminelle überführt. »Denn wenn ich das richtig verstanden habe, mögen Sie meine Nichte doch, oder?«

»Stimmt.«

»Was wollen Sie genau wissen?«, fragte Giona da und streichelte Laika, die ihren Kopf auf seinen Schoß gelegt hatte.

»Haben die da Lori der Brandstiftung bezichtigt, um die Aufmerksamkeit von ihrem Sohn abzulenken?«

»Hat Lori Ihnen das erzählt?«

»Ja.«

»Das ist eine naive Vorstellung des Kindes«, sagte Giona. »Es kann so gewesen sein, vermutlich ist es sogar sehr wahrscheinlich, dass der Kain-Sohn das Feuer gelegt hat – so haben wir ihn unter uns immer genannt –, aber nicht nur, und nicht um sich an ihr zu rächen.«

Er schwieg eine Weile. Nur das Knacken der Holzscheite und das leichte Klappern des Bestecks füllte den Raum, draußen schlug der Wind Zweige gegen eine Fensterscheibe. »Sie haben das Haus doch gesehen, oder?«, sagte Giona schließlich. »Das ist nur ein Teil des Besitzes, den Lori von ihrer Mutter geerbt hat. Ein Besitz, der sehr viele Leute anlockt. Es hat eine Art *Koalition* gegeben, wenn wir das mal so nennen wollen, damit die Güter wieder in die Hände der Ursprungsfamilie gelangen. Wenn Lori sich nicht gegen die Abtreibung gewehrt hätte, wenn sie gefügiger gewesen wäre, wenn sie nicht sofort gegen die Kains gekämpft hätte …«, er stockte und erklärte dann: »Sehen Sie, ich nenne sie mit Recht Kains, denn Blut, dass das eigene Blut ermordet, kann keinen anderen Namen tragen.« Er schob den Stuhl vom Tisch weg, so als bräuchte er plötzlich mehr Platz zum Atmen. »Wenn Lori sie also nicht bekämpft hätte«, erzählte er weiter, »wenn sie sich ihnen nicht widersetzt hätte, so wäre alles mit einer Ehe gelöst worden, die den Besitz wieder vereint hätte, und alle wären zufrieden gewesen.«

»Die Dinge sind allerdings anders gelaufen.«

»Ganz genau. Denn wie hält man eine Verrückte im Zaum? Eine, die einen Bastard von sonst wem behalten will?«, fragte

Giona brüsk. Und weil Andrea schwieg, fuhr er fort: »Einen Bastard, ein Kind von einem Niemand, eine Schande für alle …«

Die Antwort lag Andrea auf der Zunge, aber er schwieg immer noch: Sollte das wirklich der Grund sein?

Giona sprach weiter: »Wenn ein verrückter Kopf einen so barbarischen Akt, wie beispielsweise eine Schule anzuzünden, vollbringt und jemand schwört, sie gesehen zu haben und am Tatort werden eindeutige Beweise gefunden … Welche Schlussfolgerung zieht dann das Gesetz daraus?«

Schon wieder das *Gesetz*! Er hatte das Wort so verächtlich ausgesprochen, als sollte es das genaue Gegenteil von dem ausdrücken, was eigentlich gemeint ist.

»Ich muss mich mal neu sortieren«, sagte Andrea da. »Können wir die Metaphern beiseitelassen und Klartext reden?«

»Gern«, erwidert Giona, »Filippo stirbt also bei einem Unfall, Mina stirbt an einer mysteriösen Krankheit, bleibt nur noch Lori: Bringen wir die auch um? Nein, zu viele verdächtige Tote sind gefährlich, die lassen selbst die dümmsten Richter irgendwann zweifeln. Und nun? Erklären wir das Mädchen für verrückt, nennen sie Mörderin, bringen sie lebenslang hinter Gitter, und schon sind wir alle Sorgen los. Ist doch logisch, oder?« Giona sagte es mit einer lang zurückgehaltenen Wut, die sich endlich frei entfalten durfte, weil der da, der Fremde, tatsächlich nach der Wahrheit suchte und nicht durch Vorurteile blind gemacht wurde.

»Erzählen Sie mir das alles bitte ganz genau«, sagte der Fremde schließlich.

»Haben Sie Zeit?«

»Die ganze Nacht.«

Giona goss den Malvasia in die Gläser. »Machen wir es uns bequem«, sagte er.

Sie setzten sich vor den Kamin, löschten zuvor das Licht, nur der Schein der Flammen, die die Holzscheite zerfraßen, erhellte den Raum; auf einem Tischchen eine Flasche mit Kräuterlikör, den sie nach dem Malvasia im Laufe der Nacht schlürften, und der Andrea das Gefühl eines großen Wohlbefindens vermittelte: Er war weder müde, noch erschöpft, sein Geist war wach, sein Körper entspannt, trotz all der vielen Ereignisse und Emotionen dieser Tage.

Und Giona erzählte.

Die ganze Nacht hindurch erzählte Giona.

23

Giona erzählte – von Filippo, von Mina und Lori, auch von Terramarina erzählte er, von diesem Splitter Hoffnung, den das Leben einem in die Brust rammt, wenn man den Grund für seine Existenz verliert, wenn dieses Leben düster und bitter wird, sobald der Ehemann oder das Kind stirbt, denn Filippo war für ihn wie ein Sohn, und er zog ihn auf, wie es ein Vater nicht hätte besser machen können, und überschüttete ihn mit all der Liebe, zu der er fähig war. Deshalb fiel nach Filippos Tod dieser Schleier vor seine Augen, und als Arzt kann er auch heute noch sagen, dass seine Sehfähigkeit nicht geschädigt ist, sondern er sich einfach weigert, eine Welt zu betrachten, in der Filippo nicht mehr existiert. Giona erzählte, wie er schon fast leibhaftig in das Leben des Toten eintauchte, wie er alles daraus hervorholte, was Lori für ihren Weg in eine glückliche Zukunft benötigte, auf dem ihr geliebter Vater weiterhin unsichtbar an ihrer Seite lebte, indem er, der ihn liebte, die Erinnerung seiner Worte rekonstruierte. »Die Erinnerungen zu reparieren ist eine Geduldsübung«, sagte Giona. »Man braucht Verband und Pflaster, aber auch Schere, Pinzetten, Nadeln…« Er lächelte wie über einen Witz, dann fuhr er fort: »Man braucht eine Werkstatt voller Einzelheiten, um die Erinnerungen zu reparieren, einen Atlas aus Worten und Zahlen, eine angemessene Instrumentierung.«

Er erzählte vom Feuer, wie es die Schule verschlang und wie die Schuld auf das rebellische Mädchen geschoben wurde.

Er erzählte, dass er sich nicht gerührt, sie nicht gesucht hatte, weil all seine Zweifel über den Tod von Filippo und von

Mina ihn in seiner Gewissheit bestärkten, dass Lori sich nur retten konnte, indem sie weglief, so weit weg wie möglich, denn selbst, wenn sie verschwunden wäre, so würden die da sie immer noch kaltmachen wollen.

»Kann man diese Zweifel eines blinden Alten, der überall Mörderhände sieht, etwa ernst nehmen?«, fragte Giona. »Sollte der alte Blinde sich stattdessen nicht lieber mit der Idee anfreunden, dass das Leben selbst der Mörder ist und dem Sensenmann erlaubt, ausgiebig bei der Jugend zu ernten?«

Fragen, die keine Antworten wollten. So schwieg Andrea weiter.

Giona fuhr fort: »Wir können uns mit dem Tod von jungen Menschen nicht abfinden. Wir wollen nicht glauben, dass die Parzen den Faden des Lebens aus Versehen oder aus Unachtsamkeit durchtrennen, indem ein Gerüst zusammenbricht oder eine Infektion das Blut einer Mutter vergiftet und sie mitnimmt.«

Unterstellungen, sicher – fuhr er fort – Fantastereien eines Nichtstuers, der zu viel Zeit hat und die Einsamkeit mit Fragen füllen kann. Zu viel Zeit für solche Fragen zu haben ist nicht gut und nicht richtig.

Fantastereien oder nicht, Giona hielt es auf jeden Fall für besser, nicht nach Lori zu suchen. Außerdem wusste er, dass sie lebte: Mit dem Verlust seiner Sehfähigkeit hatte er ein Übermaß an Sensibilität entwickelt, sodass er den Tod schon aus der Ferne riechen konnte; so war es bei Mina gewesen: Er roch den Tod, der bereits an ihr hing, und blieb stumm, denn man kann einer jungen Frau doch nicht sagen: »An dir hängt der Tod.« Er hoffte, sich zu irren, er hoffte, falschzuliegen, er machte sich selbst etwas vor, indem er sich sagte, dass sein Geist – so wie seine Augen – nicht mehr normal funktionierte. Aber er hatte recht: Mina starb. Er suchte jedoch vor allem deshalb nicht nach Lori, weil er überwacht wurde: Sein Haus, seine Person, sein Telefon … ausspioniert von Augen und Ohren anderer, sodass jeder Versuch, Lori zu helfen, sich gegen sie gewandt hätte. Daher ist er nie ans Telefon gegangen, und sollte Lori sich bei ihm gemeldet haben, so wusste er nichts davon, denn er hatte denen, die auf der Lauer lagen, keine Gelegenheit gegeben, ihn als Köder zu missbrauchen, um sie zu schnappen.

Giona stand auf, bewegte die Holzscheite, legte ein paar Olivenzweige in die Glut, um das Feuer wieder anzufachen, tat ein paar weitere Scheite darauf. »Haben Sie Hunger? Durst?«, fragte er Andrea.

»Nein. Mir gehts gut.« Es stimmte, es ging ihm gut, sogar sehr gut, ein Gefühl, das er seit einer Ewigkeit nicht mehr empfunden hatte. »Ich schicke nur schnell eine Nachricht an Agata«, sagte er, »dann ist sie beruhigt.«

Giona nickte, und als Andrea das Handy wieder weglegte, erzählte er weiter.

Von der Liebe erzählte er, so wie ein blinder Alter eben von der Liebe spricht, die er in seinen Gedanken hegt, zusammen mit der Erzählkunst desjenigen, der aus Liebe lebte und aus Liebe starb, und er sagte, dass die Liebe eine nie endende Herausforderung ist, selbst, wenn sich Form und Substanz verändern, selbst, wenn die Entfernung dazwischenkommt, denn die Liebe ist ein Same des Universums, der in allen Herzen ausgesät ist: Sie treibt Blüten, entwickelt Stacheln, lässt Kräuter sprießen, die sich im Wind wiegen, mal lacht sie, mal weint sie und schmerzt wie jede Wunde, die das Leben einem schlägt.

»Die Liebe ist eine Wunde?«, fragte Andrea da.

»Sie ist ein Schnitt, aus dem das Fieber in Frau oder Mann entsteht, sie verwirrt deine Gedanken, deine Taten, bis du dich wieder vervollständigst …«

»Das ist wahr«, murmelte er.

»Aber sie entfremdet dich auch, weil das Gegenüber sich plötzlich als unwürdig erweisen kann, und so wie du eines Tages vor Glut vergangen bist, verbrennst du plötzlich vor Groll, weil der Teufel dich packt und dich zu seinem Werkzeug machen will.«

»Das ist keine Liebe.«

»Das ist Diebstahl und Anmaßung, dir wird dein Bestes entrissen und ein Standpunkt aufgedrängt, der nicht zu dir passt, hingespuckte Worte vernichten dich, während du vielleicht noch von der Seele redest, dein Gegenüber aber nur deinen Körper will.«

»Das ist keine Liebe«, beharrte Andrea.

Und da erzählte der Kontinentale, der Mann aus dem Norden, von dieser großartigen Frau, dieser Tabbacchera, und wie die Liebe zu ihr ihn quälte und ihn wie ein Gummiband jede Sekunde nach Sizilien zurückschnellen ließ, während Turin mit ihm turinisch reden wollte, die Turiner ihre Themen über die hiesigen stellten, die nordischen Nächte ihn verzaubern und die Berge ihn mit ihrer kalten Gipfelpracht umgarnen wollten: Doch er kehrte hierher zurück, zur Tabbacchera. Andrea erzählte von den Versen, ihrer Geheimsprache, von Agatas Witwenschaft, ihres Widerstands dagegen, sich einer neuen Liebe zu öffnen, er erzählte von Gesetz und Poesie, von dem Gesetz des Herzens und dem des Staates, und während Andrea von der Tabbacchera sprach, und von allen, die zu ihrer Clique gehörte, begriff Giona, in welcher Gesellschaft Lori sich befand, und entspannte sich.

»Wann ist das Kind auf die Welt gekommen?«, fragte er schließlich.

»An Heiligabend.«

Und zum ersten Mal lächelte der Alte: »Lori wurde auch an Heiligabend geboren.«

Er erzählte von Filippo, der nachts wie wild an seine Tür gehämmert hatte, weil Concettas Fruchtblase geplatzt war und sie nicht wollte, dass Hebammen ihr Kind auf die Welt holten, denn ihr Kind – hatte sie gesagt – sollte von liebenden Händen empfangen werden.

»Ich zögerte, ich hatte eine seltsame Vorahnung. Da brüllte Filippo: ›Doktor Gur, beeilen Sie sich!‹ Noch nie hatte er mich so genannt, und da begriff ich, dass er nicht nur liebevolle Hände suchte, sondern auch Medizinerhände, und ich rannte los.«

Und liebevolle Medizinerhände zogen die Kleine aus dem Leib der Mutter hinein in den Leib des Tages, in ein Leben, das jede Glückserwartung ignoriert und sich unerträglich grausam gebärdet, wenn es einem Vater und Mutter tötet, noch bevor man zehn Jahre alt ist.

»Aber jetzt ist sie wiedergeboren«, sagte Giona mit einem zufriedenen Lächeln. »Sie hat sich selbst erwachsen wiedergeboren an ihrem Geburtstag, an dem sie ihre Tochter zu Welt brachte. Ist das Leben nicht manchmal wundervoll?«, fragte er und war gerührt und sagte, dass er sich viel zu lang wie ein zitterndes Blatt an einem Ast gefühlt hat, und der Wind zerrt an dir, und du tust alles, um zu widerstehen, aber nun, da Lori offenbar ein ganzes Heer aus Liebe gefunden hat, das sich um sie kümmerte und sie unterstützte, könnte er sich dem Wind auch hingeben und aufhören zu kämpfen.

»Auf gar keinen Fall!«, protestierte Andrea. »Lori braucht Sie mehr denn je.«

Der Alte hob den Blick, als könnte er sehen. »Warum?«

»Weil wir zwar eine Ersatzfamilie für sie sein könnten, aber Sie sind der Einzige mit demselben Blut.«

»Das sind die Kains auch.«

»Das ist verdorbenes Blut.«

Und während sich zwischen Giona und Andrea das lange Geweb der Erzählung weiterspann, genoss Sarino in seinem Bett weder den Körper seiner Frau, so wie er es sich gewünscht hatte, noch gab er sich dem Glück hin, das die beiden Mädchen in sein Leben bringen würden, denn dieses Glück war zu groß, um es in Dunkelheit und Stille zu handhaben: Es ging auf wie ein Teig mit zu viel Hefe und lief über; quicklebendig eroberte es jeden Winkeln in seiner Brust, bis es ihn fast erstickte, er musste es um jeden Preis abschöpfen, es herauslassen, weswegen er aufstand, in die glühenden Holzscheite im Kamin blies und das Feuer wieder anfachte, und mit dem Blick auf die hochzüngelnden Flammen stellte er sich den Augenblick vor, an dem die beiden Mädchen hier ankommen würden, auf der Saracina, die sie vor dem Bürgermeister gerettet hatten, der einen Schweinestall daraus machen wollte. Dieses Paradies war jedoch unversehrt geblieben und unter seinen und Francas Händen noch paradiesischer geworden.

Weil aber auch das Sitzen vor dem Kamin und das Betrachten des Feuers ihn nicht beruhigten und erleichterten, ging Sarino nach draußen.

Mitten in der Nacht trat er aus dem Haus und marschierte über die weißen Wege, mit knirschendem Schnee unter seinen Schuhen, durch die majestätische Einsamkeit dieses Anwesens, das sanft bis zum ruhig atmenden Meer abfiel. Es war eine friedvolle Nacht, und der Mond erhob sich wie ein Meister, der den Seufzerchor der Verliebten dirigierte, und Sarino kam ein Gedicht seiner Kindheit in den Sinn: *O weißer Mond, o gelber Mond / das Glück, du bringst es wie gewohnt / ganz gleich, ob's regnet oder schneit / der nächste Furz ist nicht mehr weit.*

Er lachte. Der Furz gehörte eigentlich nicht zu dem Kinderreim, der nämlich ganz brav mit dem Vers endete: »Der nächste Tag ist nicht mehr weit.« Doch Micciché, das größte Arschloch – und der Klassenbeste – hatte das Ende umgedichtet, und die Lehrerin verstand überhaupt nicht, was an diesem schönen Gedicht so lustig sein sollte.

›Das wird das Erste sein, was ich Luce beibringe‹, sagte er sich. Und wieder brach das Glück aus ihm hervor.

Und dort, im Angesicht des Meeres, beim sanften Schwappen der Wellen, konnte er endlich diese unglaubliche Freude herausschreien, diese grenzenlose Liebe, die ihm den Atem raubte, und er fand sogar den Mut, das Meer – aber auch den Himmel, den Mond und alle Sterne – anzuflehen, ihm all die Freuden einer Vaterschaft zuteilwerden zu lassen.

Sicher, hätte ihm jemand vor Jahren gesagt: »Eines Tages wirst du wie ein verrückter Alter am Strand stehen und wegen eines kleinen Babys flennen, das nicht mal von dir ist, und dir sogar überlegen, ihm die Hälfte deines Besitzes zu vermachen«, diesem jemand hätte er eine reingehauen und ihn mit einem Tritt in den Hintern in das Irrenhaus zurückbefördert, aus dem er zweifellos entlaufen sein musste. Doch stattdessen stand Sarino hier, und hier flennte er, während dieses immense Glück Blumen über Blumen in ihm erblühen ließ – und auch ein paar Dornen –, die einen Hustenanfall auslösten: einen unerträglichen Husten, so als würde auf den schwammigen Feldern seiner Brust die gesamte Flora wuchern.

Derweil träumte Franca von einem Granatapfel, der sich in ihren Händen öffnete, sodass die roten Kerne in alle Richtungen sprangen; derweil träumte die Tabbacchera von Andrea, der ihr sagte: »Meine Tabbacchera« und sich ein weiteres Mal mit ihr vereinte; derweil sagte Luisa im Dunkeln leise zu Carmine, um Giulio nicht aufzuwecken: »Ein schöneres Geschenk hättest du mir nicht machen können«, und er entbrannte unter dem Gewicht der Bettdecke in Großmut und sagte: »Für dich tue ich alles, mein Schatz«, und sie erinnerte sich an die glücklichen Tage, die sie als Kind auf dem Stacheligen Steinacker verlebt hatte, und nahm sich vor, mit dem Geld, das sie in all der Zeit im Restaurant verdient hatte, aus dem Stück Land ihr Reich zu machen; derweil träumte Lori von Terramarina und in ihr beruhigte sich Mina; und Toni ließ es zu, dass Violante bedingungslos über ihn verfügte. Mit anderen Worten, die gesamte Clique der Tabbacchera badete – jeder auf seine Art – im Glück.

Ada Mangiagalli hingegen badete im Schrecken. Selbst im Schlaf kämpfte sie gegen diese schwarze Seele, die sie mit nur einem Wort – Terratorta – quälte, sodass sie vor Angst fast verrückt wurde und ihr Hirn unerträgliche Visionen produzierte: Paolo, der von einer Mine zerrissen wird, Paolo mit einem von einer Schrotladung zerstörten Gesicht, Paolo erhängt, Paolo misshandelt, Gifte stiegen aus dem Boden – denn dort unten lagerten außergewöhnlich schädliche Substanzen, heimlich in der Nähe vergraben, obwohl sie eigentlich hermetisch verpackt zur ordnungsgemäßen Vernichtung nach Nordeuropa hätten transportiert werden sollen –, Krebs in Form von Sporen verbreitet sich mit dem Wind und lagert sich in Brüsten, im Blut, in Knochen, im Gehirn der Menschen ab, die zu allen Heiligen und allen Engeln beten und um Rettung flehen werden: Denn wenn diese Todesteilchen in dich eindringen und Wurzeln schlagen, kannst du fast nichts mehr gegen sie tun.

Schweißgebadet wachte Ada aus diesem Albtraum auf, der sie zwang, noch vor Sonnenaufgang aus dem Bett zu flüchten und in der Küche wie eine zu Höllenqualen Verdammte herumzuwirtschaften, während ihr Vater mit gramerfüllter Stimme in ihrem Kopf murmelte: ›Im Leben kommt alles immer wieder zurück, meine Tochter. Das Gute, das du getan hast, wie auch das Böse. Du hast Böses getan, und Böses ist zu dir zurückgekehrt.‹

Und sie: »Aber ich will das Böse nicht.«

Und er: ›Zu lange hast du von dem *Egoismus-Kraut* gelebt, mein Kind, und jetzt …‹ Er verstummte, so als hätte ihm plötzlich jemand einen Korken in den Mund gestopft.

Ada rief nach ihm, aber statt seiner antwortete die schwarze Seele: ›Zieh dich an und fahr nach Syrakus, los, denn sonst wirst du noch vor Neujahr verrückt.‹

›Lass mich in Ruh!‹, versuchte sie erneut, sich ihm zu widersetzen, denn der Schaden an der Tabbacchera würde ebenfalls zu ihr zurückkommen, auch weil Paolo von ihrem Vorhaben, die Welt mit Kultur und Gesetzestreue zu verändern, verzaubert worden war.

Der Spuk lachte höhnisch. ›Die da ist ja total bekloppt. Sie wird nie kapieren, dass man nur mit fester Hand und einer Chamäleonseele wirklich regieren kann, dass man das Wasser aller Flüsse zur eigenen Mühle lenken muss, vor allem das Dreckwasser, das die anderen verschmähen, denn das stärkt deine Macht.‹

Ada hörte nicht hin, sie fuhrwerkte weiter in der Küche herum. Da also tauchte Occhi janchi vor ihr auf: Ein vermodertes, verrottetes und verfaultes Etwas, so fürchterlich anzusehen, dass sie losschrie und damit Gatte und Sohn weckte, die sie schluchzend auf einem Stuhl fanden, verloren wie nur ein Kind es sein kann.

Und als Paolo sie fragte, was sie hätte, schüttelte sie den Kopf und murmelte: »Zu Parrinieddu hat er mich gemacht.«

Worte, die dem Colonnello völlig unsinnig erschienen und so fragte er: »Parrineddu? Zur Pfaffin? Bist du jetzt völlig irre, Ada? Ein Weib bist du, und weibliche Pfaffen gibt es nicht.«

Paolo aber hatte etwas anderes verstanden: *Parrinieddu* hatte seine Mutter auf Palermitanisch gesagt und nicht *Parrineddu*, so wie es hier üblich war.

Parrinieddu... was sollte das heißen? Plötzlich kam ihm eine Szene aus dem Film *Der Tag der Eule* in den Sinn, in dem Franco Nero in der Rolle des Capitano Bellodi einen Spitzel verhört. Seine Mutter war in Franco Nero verknallt und diesen Film hatte sie Dutzende Male gesehen.

»Parrinieddu... wie der Mafiaspitzel?«, fragte er, ohne jedoch den Sinn zu verstehen.

Ein erstaunter Ausdruck lag wie ein Schatten auf seinem Gesicht, was Ada noch mehr verwirrte, während sie ihn ansah und dachte, dass dieser Sohn das Beste in ihrem Leben war, er war das einzige Wesen, für das es sich zu leben lohnte, seine Liebe und Bewunderung durfte sie nicht verlieren, und daher musste sie die Tabbacchera anzeigen, sie hatte einfach keine Wahl: Terratorta musste eine Dummheit bleiben, vergraben am Fuß von Zitronen- und Orangenbäumen. Und von dem, was sie in ihrem Innersten verbarg, durfte niemals irgendjemand etwas erfahren, zumindest nicht aus dem Munde Paolos.

»Soll ich dir einen Kaffee machen?«, fragte der Sohn.

»Die Kanne steht schon auf dem Herd«, sagte der Colonnello. Auch das war eine Überraschung: Nie machte er Kaffee, er wusste doch nicht mal, in welchem Schränkchen das dafür Notwendige stand, das hatte sie jedenfalls bis zu diesem Moment geglaubt.

Paolo trat zum Fenster. »Es schneit nicht mehr«, sagte er.

»Endlich sind die Straßen wieder frei«, freute sich Mangiagalli, der mit der Wunderzockerin immer noch einen Ausflug ins Casino machen wollte.

›Keine Ausreden mehr, Ada, zieh dich an und fahr nach Syrakus!‹, forderte der Spuk sie auf. ›Sonst wird es Paoluzzo schlecht ergehen.‹

Sie ließ den Kopf hängen. Mit der festesten Stimme, die sie zustande brachte, sagte sie: »Geht wieder schlafen. Und entschuldigt, dass ich euch geweckt habe. Ich weiß gar nicht, was mit mir los war.«

»Brauchst du Gesellschaft?«, fragte Paolo.

»Nein, Schatz, ich leg mich auch gleich wieder hin.«

Doch kaum dass die Männer in ihren Zimmern verschwunden waren, zog sie sich rasch an: Sie musste sich beeilen und wieder zurück sein, noch bevor die beiden etwas von ihrem Abstecher merkten.

»Ich zieh mich an und geh zu den Kindern«, sagte Sarino zu Franca, die, als sie ihn nicht im Bett fand, in die Küche gegangen war, um nach ihm zu sehen, dann war sie in den Garten hinaus und hatte den Weg zum Meer eingeschlagen, und erst dort fand sie ihn, im Pyjama, mit einer Decke um die Schultern, und er hustete ein bisschen wegen der Kälte und seine Stimme war ganz heiser wegen des vorangegangenen Flehens.

»Das ist noch zu früh«, erwiderte Franca, während sie die aufgehende Sonne betrachtete, die das Wasser in violette Töne tauchte und den neuen Tag prächtig kleidete, ganz rein, ganz glänzend von all den Hoffnungen, die die Natur den Menschen mit jedem Sonnenaufgang schenkt. »Wie schön«, murmelte sie. Noch nie war sie zu dieser Zeit am Meer gewesen, wenn die Nacht sich verabschiedet und die Sonne aufgeht.

Sarino streckte den Arm aus und hüllte sie mit in die Decke ein, um sie vor der Kälte zu schützen.

Und so umschlungen verharrten sie, während die Sonne – langsam, majestätisch, Tochter der Götter und selbst eine Göttin – nach und nach den Himmel eroberte.

»Der Kaffee ist fertig«, sagte Giona, als Andrea gewaschen und rasiert in die Küche zurückkehrte.

Auf dem Tisch standen getoastetes Brot und ein paar Gläser Marmelade. »Probieren Sie diese Maulbeermarmelade«, sagte er. »Ich habe sie aus den Beeren dieses Baums gemacht.« Er zeigte auf die Zweige, die die Fensterscheibe berührten.

Nun, da die Sonne den Raum erhellte, staunte Andrea erneut über die Menge und die Schönheit der Farben um ihn herum. »Man kommt sich vor wie in einem naiven Gemälde«, sagte er.

»Oder wie im Theater einer Marionettenoper«, erwiderte Giona und zeigte auf Orlando und Rinaldo.

Da bemerkte Andrea eine Öffnung in der Wand, die ihm vorher nicht aufgefallen war. Er trat näher und erblickte eine leere Kammer, ohne Fenster und Lampen, ohne Farben, nur mit einem Stuhl darin. Ein Zimmer, das die Sonne nicht erhellen und der Kamin nicht erwärmen konnte.

»Das habe ich absichtlich so gelassen«, erklärte Giona, der wusste, wohin der Piemontese gerade blickte.

»Warum?«

»Da drin lebt meine Trauer«, murmelte er. »Die offensichtliche Leere, die in mir herrscht.«

»Aber Sie haben doch Laika«, sagte Andrea mit Blick auf die Hündin, die vor dem Stuhl dalag. »Der Hund teilt doch die Trauer, oder?«

»Der Hund hat mich am Leben gehalten *trotz* der Trauer«, erwiderte er. »Nicht wahr, Laika?«

Die Hündin drehte sich zu ihm, dann zu dem Gast und begann zu winseln.

»Das hat sie noch nie gemacht«, sagte Giona. »Sie erträgt keine Eindringlinge, sie ist unglaublich eifersüchtig, und dreht völlig durch, wenn sie einen Fremden nicht vertreiben kann.« Er lachte. »Aber mit Ihnen … Komm mal her!« Er klopfte sich auf den Oberschenkel und die Hündin lief zu ihm, legte ihm den Kopf auf die Beine und gab sich glücklich seinen Streicheleinheiten hin. »Aber mit Ihnen macht sie das nicht.«

»Was ist der Grund für dieses Privileg?«

»Sie hat Lori an Ihnen gerochen, deshalb ist sie so ruhig.«

»Oh, Bianco, wenn du wüsstest …«, schrieb in diesem Moment Lisabetta in ein Heft, in dem sie merkwürdige Begebenheiten notierte. Sie blickte hoch, betrachtete die Sonne, die das Zimmer vergoldete.

Bianco war ihr unsichtbarer Freund, ein Traumgefährte, den sie sich erschaffen hatte, als Carlo, ihr Ehemann, sie wegen seiner Sekretärin verlassen hatte und Peppino Grimaldi noch nicht in ihr Leben getreten war. »Wenn du wüsstest, was für Geschenke dir das Leben manchmal macht«, fuhr sie leise fort.

Sie schloss das Heft, nahm die Fläschchen mit den Mitteln aus der Vitrine, die dem Mädchen wieder Kraft und Gewicht geben würden, dann ging sie ins Arbeitszimmer, wo ihr Mann in einem Gesetzbuch blätterte. »Wonach suchst du?«, fragte sie.

»Nach den Fehlern, die wir nicht machen dürfen.«

»Um die ganze Sache in neue und geregelte Bahnen zu bringen?«

Er sah sie an. »Diese Macht haben wir nicht, Lisabetta, wir können nur versuchen, die gröbsten Fehler zu vermeiden, und Zeit zu gewinnen. Denn ich glaube, dass wir jetzt vor allem eins brauchen: Zeit.«

Sie, die über diese spezielle Sensibilität der weisen Frauen verfügte, sagte: »Wirre Worte schwirren durch den Raum, Liebster, wie kleine Glöckchen, die für mich noch nicht klar klingen, noch ist es nur ein gedämpfter Ton, weit weg, aber mit einem festlichen Charakter«, flüsterte sie, und ein bisschen lachte sie, ein bisschen tat sie geheimnisvoll mit diesem angedeuteten Lächeln, das ihr Mann so gut kennengelernt hatte.

»Ich gehe zu Agata«, sagte sie.

»Ich komme später nach.«

Sie ging.

Auch Ada ging.

Lisabetta begegnete ihr auf der Straße und erkannte sie kaum: Kein Lippenstift, kein Hochmut, keine aufgedonnerte Kleidung oder Schmuck. Unscheinbar war sie, wie eine gewöhnliche Frau, die rasch den täglichen Einkauf erledigen muss, ohne sich dafür herauszuputzen. Das, was Lisabetta aber noch merkwürdiger vorkam, war, dass Ada so dicht an den Hauswänden entlangschlich, so als wollte sie nicht gesehen werden. Was hatte sie Übles vor? Ada war eine Viper, eine Harpyie, schlimmer noch: eine bösartige Seele, die Zwietracht säte und nur Schmerz um sich herum verbreitete. Wohin ging sie so früh am Tag?

Es war noch früh, der Tag hatte gerade erst begonnen, aber Lori war bereits völlig fertig, sie hatte wegen des Babys nicht schlafen können, das sie immer wieder aufgeweckt und ohne Unterlass geweint hatte: Vielleicht eine Kolik, vielleicht ein böser Traum, wer weiß das schon. Es schloss die Äugelein, eine Minute Ruhe und dann ein Seufzen und wieder weinte es, und Lori trug es herum, die ganze Nacht war sie herumgelaufen, und währenddessen hatte sie über ihre Lage nachgedacht, sich gesagt, dass sie nun endlich die Probleme ihres Lebens lösen musste.

Und trotz ihrer völligen Erschöpfung war sie jetzt, am hellichten Tag fest entschlossen zu handeln: Als allererstes musste sie dieses gewaltige Märchen von ihr als Brandstifterin aus der Welt schaffen. Sie war in Palermo gewesen, als das Feuer ausbrach, es gab Leute, die sie gesehen hatten und sie auch sicher wiedererkennen würden, wie etwa dieser Barista aus dem Bahnhofscafé, der sie nicht aus den Augen gelassen hatte und, als sie bestellte, sagte: »Na, was kriegt denn diese kleine Schönheit hier, einen Kuss?«, und sie total abweisend erwiderte: »Ein Cappuccino reicht.« Und er: »Schaisze, wir sind aber gereizt!« Der würde sich sicher an sie erinnern. Und dann – das war noch viel wichtiger – musste sie sich zurückholen, was ihr gehörte: Bis zu diesem Moment hatte sie sich nicht um ihr Land und ihre Häuser gekümmert und nur von den Kains weggewollt, doch nun hatte sie eine Tochter – ein Kind, das nicht so leiden sollte wie sie –, daher wollte sie nicht nur die Kains loswerden und sich das zurückholen, was ihr gehörte, sondern sie wollte auch all das Geld zurück, das die da verprasst hatten, samt Zins und Zinseszins, so wie sie es einmal von Mina gehört hatte, bevor diese starb.

Hätte Giona ihre Gedanken lesen können, er hätte es mit der Angst bekommen.

In diesem Moment schallte das Hämmern des Türklopfers durch das Haus. Lori erzitterte, kuschelte sich in den Sessel, umschlang ihre Tochter und dachte, dass sie vermutlich nie Ruhe finden würde, nie.

Da erklangen von der Treppe die Stimme Sarinos – wie sehr sie diesen Mann mochte! – sowie das Gelächter von Franca und Lisabetta. Violante rief: »Signora Tabbacchera, in Ihrem Haus mit all diesen Treppen sollten Sie aber wirklich mal einen Fahrstuhl einbauen, denn ein armes Mädel mit einem verstauchten Fuß braucht dreimal so lange, um hier hochzukommen.« Schon lachten alle, lärmten, verneinten, Violante kicherte und sagte: »So hab ich das nicht gemeint, Signor Motta! Sie brauchen mich nicht hochtragen.« Doch offensichtlich hatte Sarino sie schon gepackt, die Treppe hochbefördert und im Wohnzimmer abgesetzt, denn nun klangen ihre Stimmen ganz nah.

Was für liebe Leute, dachte Lori und sagte sich, dass sie Glück im Unglück gehabt hatte. Und wer weiß, vielleicht waren ihr dieses ganze Chaos und all diese Merkwürdigkeiten ja zugestoßen, damit sie genau hier landen sollte, an diesem Ort voller Güte, der so sehr Minas Terramarina glich. Mina ... erst jetzt erinnerte Lori sich an sie und schämte sich. Mama, rief sie in Gedanken. Erinnerungen an sie beide am Meer stiegen als Antwort in ihr hoch: Mina, die sie mit Wasser bespritzte, und die Tropfen bildeten in den Sonnenstrahlen einen Regenbogen. Sie war glücklich.

»Signorina Lori«, sagte Sarino da und klopfte gleichzeitig an die Tür. »Was ist, zeigen Sie uns die Prinzessin?«

»Natürlich, Signor Motta«, und ihrer Tochter flüsterte sie zu: »Ich glaube, heute wird hier auch noch gefeiert.«

›Das könnte euch so passen!‹, sagte eine bösartige Stimme.

Die Lori aber zum Glück nicht hörte.

24

Von den vielen zusammengetragenen Informationen ging Andrea zunächst der nach, die Luigi Francantonio betraf. Lori hatte ihm von dem Brigadiere erzählt und Giona eine Charakterisierung beigetragen, indem er Francantonio einen Mann mit Rückgrat nannte, der sich nicht beugt, außer es rauscht eine Flut vorbei – so wie der Bambus aus dem Sprichwort – und das nur, um sich hinterher noch gerader aufzurichten, sobald die Wucht des Wassers vorüber ist.

Als Locatelli die Carabinieri-Kaserne des Ortes betrat, wies er sich aus und fragte den Wachposten, wo er den Brigadiere finden könne.

»In seinem Zimmer«, lautete die Antwort.

Falls Andrea über so viel Glück überrascht war, da es sich ja immer noch um einen Feiertag handelte, so ließ er sich das nicht anmerken. »Ich muss mit ihm Rücksprache halten«, sagte er und benutzte absichtlich die Amtssprache, um klar zustellen, dass er, obgleich er keine Uniform trug, immer noch ranghöher war.

Der Wachmann zeigte auf einen Korridor. »Dritte Tür links.«

Andrea eilte los, klopfte und trat ein. »Ich bin Maresciallo Locatelli.«

Francantonio erhob sich. »Bitte, nehmen Sie Platz.«

Andrea setzte sich ihm gegenüber. »Ich bin in Turin stationiert, aber ich habe einige Jahre hier auf Sizilien gearbeitet. In der Provinz Syrakus.«

»Sind Sie über die Feiertage hier?«

»Ja«, sagte er. »Ihre Insel ist einfach unwiderstehlich: Wenn man einmal hier gelebt hat, kommt man nicht mehr von ihr los. Das Meer, die Sonne, die Liebesbezeugungen…«

»Die was?« Der andere verstand nicht.

»Die Liebesbezeugungen. Gehört dieser Ausdruck nicht zu Ihrem Wortschatz?«

»Ehrlich gesagt, nein«, sagte er. »Wir reden hier nur von der Liebe.«

»Tja, davon leitet es sich ab.«

»Und das wird in Syrakus benutzt?«

»Jedenfalls in dem Dorf, in dem ich gearbeitet habe.«

»Und was bedeutet es?«

Andrea machte eine unbestimmte Handbewegung. »Kleine Beweise der Liebe«, versuchte er zu erklären, da das Wort eigentlich nicht in einer genauen Definition fassbar war. »Konkrete Taten des Guten. Also, kleine Gesten, die Berge versetzen können. Aber ich will Sie mit diesen terminologischen Fragen nicht langweilen.«

Dieses Gespräch, so ohne Anfang und Ende, kam dem Brigadiere eher rhetorisch vor und umso mehr war er auf der Hut.

»Also, ja, ich bin im Urlaub«, fuhr der Maresciallo fort. »Aber weil diese Bullen-Seele, die Sie ja sicher auch kennen, einen nie in Ruhe lässt, habe ich einen Abstecher zu Ihnen gemacht, um ein paar letzte Hinweise zu einem Fall zusammenzutragen, der mich interessiert.«

›Von Syrakus hierher ist es kein Abstecher, mein Lieber‹, dachte der Brigadiere. ›Zu uns kommt man nur aus einem guten Grund. Und wenn du ausgerechnet am zweiten Weihnachtstag auf die Schnapsidee verfällst, einmal quer über die ganze Insel zu fahren, dann ist das alles andere als ein Abstecher und du willst nicht nur ein paar Hinweise zusammentragen, sondern dir brennt der Fall auf den Nägeln und du hast es höllisch eilig.‹

»Ganz zu Ihren Diensten«, sagte er höflich.

Mit einem raschen Blick musterte Andrea ihn: aufrechte Haltung, raspelkurze Haare, makellose Uniform, akkurat rasiertes Gesicht, Augen, die ihn erwartungsvoll betrachteten und auf den eigentlichen Grund seines Besuches warteten. Zu Recht, denn diese Geschichte mit dem *Abstecher* hatte selbst in seinen Ohren ziemlich unglaubwürdig geklungen und zwar bereits in dem Moment, als er sie erzählte. »Was können Sie mir über Loredana Delle Rose sagen?«, fragte er daher ohne weitere Umschweife.

Francantonio erstarrte, all seine Sinne schalteten auf Alarm. »Haben Sie sie gefunden?«, fragte er vorsichtig.

»Kennen Sie das Mädchen?«

Er hob unmerklich die Schultern. »So wie alle hier. Das ist ein kleiner Ort…«

»Das meine ich nicht«, sagte der Kontinentale und beendete endgültig die Posse. »Ich will wissen, ob Sie je mit ihr geredet haben, ob Sie irgendwelchen Umgang mit ihr hatten.«

»Werden Sie jetzt persönlich?«, fragte Francantonio genervt.

Ach, Maresciallo, das war verkehrt!

»Ja«, antwortete Andrea knapp.

Er will den Patzer wieder gutmachen, dachte der Brigadiere und war fest entschlossen, den Kollegen auf möglichst höfliche Art innerhalb der nächsten fünf Minuten zum Teufel zu jagen.

»Und wieso, wenn ich fragen darf?«

»Ich habe doch gesagt, dass ich ein paar Hinweise bezüglich des Falls benötige.«

Francantonio wich aus. »Einmal habe ich mit ihr geredet, da war sie noch ein Kind, so ungefähr zehn Jahre alt… Haben Sie sie gefunden?«, fragte er erneut und fügte gleich darauf hinzu: »Sehen Sie, sie ist ein braves Mädchen. Sehen Sie, …«

Der Maresciallo fragte: »Glauben Sie, dass ein braves Mädchen eine Schule in Brand setzt?«

»Nein, sicher nicht… aber… So ist es nicht gewesen«, murmelte er.

»Wie dann?«

Wer bist du? Was willst du? Warum kommst du her und gehst mir auf den Sack?, hätte Francantonio ihn fragen wollen, doch stattdessen flüchtete er sich in Gleichgültigkeit: »Na, so wie es in der Zeitung stand.« Wäre dieser Typ nicht so hinterfotzig, nicht so arrogant gewesen, hätte er ihm vielleicht erzählt, wie das Ganze seiner Meinung nach abgelaufen war, aber eine saure Zitrone reizt die Zähne selbst aus der Ferne und diese kontinentale Zitrone war saurer als sauer und von so einer sollte man sich fernhalten.

»Das, was in den Zeitungen steht, sind im Allgemeinen sehr kunstvoll zusammengestellte Informationen«, sagte die saure Zitrone.

»Mögen Sie keine Kunst?«, fragte der Brigadiere unverschämt und wusste gar nicht, warum: Die Worte waren ihm gegen seinen Willen herausgerutscht, und er bereute sie, er schämte sich, denn eigentlich war er nicht der Typ, der einem Ranghöheren den Respekt verweigerte.

»Ich mag die Kunst sehr«, antwortete Andrea überraschenderweise. »Aber es gibt solche und solche Kunst«, erklärte er und sah ihn weiter an, bis es Luigi Francantonio, Brigadiere, einen Meter und neunundsiebzig groß, dunkle Haut, dunkles Haar, grüne Augen wie eine Katze, Vater von zwei erwachsenen Kindern und Ehemann einer schönen Friseurin, unangenehm wurde, und er sagte: »Hören Sie, Maresciallo, lassen wir diese Spielchen. Was wollen Sie wissen?«

»Warum haben Sie gesagt, dass Loredana Delle Rose ein braves Mädchen ist?«

Francantonio zögerte, wollte darüber hinweggehen, wollte das Mädchen nicht kompromittieren, er wollte nicht, dass die saure Zitrone Informationen aus ihm presste und ihr damit noch mehr Schaden zufügte, also holte er ganz weit aus. »Ich kannte ihre Eltern, ich kenne ihren Onkel …«

»Ihren Pflegevater?«

Er schüttelte den Kopf. »Nein! Der ist ein Vetter von ihrer Mutter.«

»Was sind die Pflegeeltern für Leute?«

Francantonio legte die Hände zusammen, die rechten Fingerspitzen berührten nacheinander die linken, und er starrte dabei auf seine Finger, als würde er das schwierigste Werk seines Lebens vollbringen.

Der Maresciallo pochte nicht ungeduldig auf eine Antwort, die – wie er wusste – falsch sein würde, diktiert von der Dringlichkeit, ihn loszuwerden, und so wartete er, während draußen eine Glocke ertönte, acht regelmäßige Schläge, dazu zwei hellere – halb neun, dachte er –, und der Duft frischer Croissants durch den Raum zog, so als grenzte die Kaserne an eine Bäckerei.

»Das sind Leute von auswärts«, sagte der Brigadiere endlich. »Sie haben die Vormundschaft für das Mädchen übernommen, als es zur Waise geworden war.«

Andrea sah ihn unvermindert an und wartete auf weitere Informationen. Die aber nicht kamen.

»Wie sind diese Leute?«, fragte er noch mal.

Francantonio blickte mit vorsichtigem Gesichtsausdruck, die Fingerspitzen immer noch aneinandergelegt, zu ihm, er wog jedes Wort ab, ob er es sagen konnte, aber vor allem, ob der Mann aus dem Norden ihn verstehen würde. Dann sagte er: »Welche mit Beziehungen.«

Der Mann aus dem Norden verstand.

»Und zwar mit guten«, fügte er noch an.

»Fahren Sie fort.«

»Das heißt, wenn die sagen, dass das Mädchen eine verrückte Brandstifterin ist, wird ihnen kaum jemand widersprechen, weil alle hier Familie haben und alle vorsichtig sein müssen.«

»Sie auch?«

»Ich? Was kann ich schon ausrichten?« Er sagte es mit Bitterkeit, so als würde er sich in einem Schlangennest winden, in dem die Wahrheit oft mit Bosheiten vermischt wird.

»Sagen Sie mir, wie die Dinge wirklich stehen.«

»Um dem Mädchen zu schaden?«

»Die Uniform, die ich trage«, sagte Andrea da, »ist makellos.«

Er trug keine Uniform und das machte diese Aussage noch bedeutsamer.

Da holte Francantonio tief Luft, nahm die Hände auseinander und lehnte sich mit dem Oberkörper über den Tisch. »Man gießt nicht literweise Benzin in ein Gebäude, man entzündet kein Streichholz, läuft weg und lässt dort – wo das Feuer nicht hinkommt – ganz offensichtlich Schlüssel, Armband und ein Heft zurück, in dem von einem Feuer die Rede ist. Sie mag minderjährig sein, aber nicht blöd.«

»Es gibt einen Zeugen.«

»Der ist gekauft!«, rief er und mäßigte sofort wieder die Stimme. »Aber das ist nicht das Problem, oder besser, nicht nur. Es gibt einen teuflischen Anwalt, der diese Gauner berät, der die Karten so ausspielt, wie es gerade passt: Falls das Mädchen nicht zurückkommt, egal, dann verwalten die da das Vermögen an ihrer Stelle und führen sich wie die Eigentümer auf. Falls das Mädchen jedoch zurückkehrt, falls die Polizei sie findet, so gibt es bereits Schriftstücke, um sie zu entmündigen. Und die da würden das durchziehen, das schwöre ich Ihnen beim Leben meiner Kinder.«

»Aber warum?«

Er machte eine Geste, als wollte er sagen: »Schaisze, das hätte ich aber nicht von dir erwartet!«

Andrea rührte sich nicht.

Francantonio beugte sich wieder vor und sprach mit extrem leiser Stimme: »Weil nicht alles Gold in der Sonne glänzt, denn es gibt verborgene Geschäfte, die weitergeführt werden müssen, und zwar von denen, die sie schon immer betrieben haben.

Concetta Monteforte, die Mutter des Mädchens, hatte anfangs zugelassen, dass die Verwandten auch ihren Anteil verwalteten, und die Sache lief gut, aber dann wurde ihr Mann zu neugierig. Und starb. Also begann auch sie die Nase dahin zu stecken, wo sie es besser nicht hätte tun sollen. Und sie wurde krank. Eine lange Krankheit, die ihr nach und nach die Kräfte raubte, und am Ende auch das Leben…« Er lehnte sich auf seinem Stuhl zurück, die Fingerspitzen wieder aneinandergelegt.

Dieses Mal schwieg er länger. Im Raum roch es nun nicht mehr nur nach Croissants, sondern auch nach Kaffee, so als hätte jemand eine Espressokanne auf den Herd gestellt.

»Lori hat mir von Ihnen erzählt, Brigadiere«, sagte da der Maresciallo.

Er sagte *Lori*, nicht Loredana, nicht Delle Rose.

Hervorragender Zug, Maresciallo, lobte Francantonio ihn in Gedanken: Wie hätte der Mann aus dem Norden wissen sollen, dass das Mädchen in der Familie Lori genannt wurde, wenn sie es ihm nicht selbst erzählt hätte? Und auch er tat einen Zug: Von verächtlich, verschlossen und misstrauisch öffnete er sich mit einem wohlwollenden Ausdruck und sagte locker: »Mein Haus steht nicht weit vom Palazzo Monteforte entfernt…«

»Palazzo Monteforte?« Andrea verstand nicht.

»Das Haus des Mädchens.«

»Ach so, entschuldigen Sie. Fahren Sie fort.«

»Also, mein Haus steht nicht weit von Loredanas entfernt, und weil ich von der Kaserne für gewöhnlich zu Fuß nach Hause gehe, komme ich oft daran vorbei. Vor Jahren, als das Mädchen noch klein war, hörte ich sie manchmal weinen. Diese Gauner behandelten sie schlecht, und sie tat mir fürchterlich leid. Doch was konnte ich schon tun? Einmal aber weinte sie so verzweifelt, dass ich wütend wurde, und ohne lange zu überlegen, klopfte ich an die Tür. Ich war in Uniform. Die Frau öffnete, sie ist die unausstehlichste Person der gesamten Familie. Sie fragte, was ich wollte. Ich erkundigte mich nach der Kleinen und warum sie so sehr weinte. Sie antwortet, dass ich mir keine Sorgen zu machen brauchte, nichts war geschehen, es gab keinen Grund beim Kindernottelefon anzurufen. ›Die Kleine‹, höhnte sie, ›ist ein verwöhntes Rotzgör und zickt ständig herum‹ … Alles Unsinn, Maresciallo. Sie war ein ruhiges Kind, das selbst mit einem Grashalm spielte. Das habe ich oft beobachtet, wenn ich meine Kinder zu Schule brachte. Also habe ich dem Mädchen heimlich einen Zettel mit meinem Namen und meiner Telefonnummer zukommen lassen … Aber sie hat sich nie gemeldet.«

»Was können Sie mir über den Jungen erzählen, der sie geschwängert hat?«

Francantonio stutzte. »Schwanger … Davon ist hier nichts bekannt.«

»Weil ihre Pflegeeltern es gut verheimlicht haben«, erklärte Andrea. »Außerdem wollten sie, dass Lori abtreibt. Deshalb ist sie weggelaufen.«

Der Brigadiere lief puterrot an, wegen der unglaublichen Wut, die ihm nun sogar die Stimme zittern ließ, während er sagte: »Schwanger … abtreiben … Wiederholen Sie das bitte noch mal, Maresciallo, denn ich verstehe gar nichts mehr.«

Natürlich verstand er, aber er wollte sicher gehen, dass er es nicht missverstand.

»Ein junger Kerl hatte sie zu einer Landpartie eingeladen, sie in seinem Auto mitgenommen und dann vergewaltigt.«

»Oh, so ein verdammtes Arschloch!«, knurrte Francantonio. »So eine Kleine zu missbrauchen, was für ein Schaiszkerl ist das denn? Ein junger Bursche, haben Sie gesagt …«

»Seine Großmutter wohnt im Haus gegenüber von Loris Palazzo«, erwiderte Andrea. »Ich glaube, der ist ganz leicht aufzuspüren.«

»Ich erkundige mich und lasse Sie es wissen«, versprach er. »Auch weil der Gedanken, Sie verstehen, allein der Gedanke, dass man hilflose junge Mädchen missbrauchen könnte, schon ein Verbrechen gegen die Menschheit ist.«

»Haben Sie Töchter?«

»Eine. Sie heißt Francesca und ist schön wie die Sonne. Wenn jemand sie anrühren würde… ich schwöre Ihnen, Maresciallo, ich würde dem die Eier abbeißen«, sagte er. »Und dann sollte mir mal einer kommen!« Er zitterte vor Wut. »Wie auch immer, ich finde ihn und knaste ihn ein.«

Andrea bewegte den Zeigefinger hin und her. »Dafür haben wir keine Handhabe, Brigadiere. Lori hat nicht die Absicht, ihn anzuzeigen.«

Francantonio wunderte sich nicht, es schien eher so, als hätte er diese Antwort erwartet. »Bestimmte Mädchen«, sagte er, »haben ein Ehrgefühl, von dem wir Männer nur träumen können. Aber trotzdem …« Er beendete den Satz nicht.

»Aber trotzdem«, nahm Andrea den Faden auf, »könnte man in diesem jungen Mann – aus angesehener und geschätzter Familie, wie er sich rühmte – eine gewisse Angst schüren … einen gewissen Schrecken … Also, ihn spüren lassen, dass er unter Beobachtung steht, nicht wahr? Nur, um ihm die Lust auszutreiben, so etwas noch mal zu versuchen.«

»Ganz genau: Dem sollen die Eier vor Schreck verschrumpeln«, bestätigte der Brigadiere unzweideutig. »Natürlich, und wenn sich dann ein kleiner Fleck in seiner jungfräulichen Strafakte finden sollte …«

»Tja, ab dem Moment würde die Justiz ihren Gang gehen.«

Sie verstanden sich. Und zwar nicht, weil sie Spitzbuben waren, die das Talionsprinzip anwandten, sondern vor allem, weil dort, wo das Gesetz verstümmelt ist, manchmal eine Krücke hilft und zu einer Stütze wird, bis Gerechtigkeit walten kann.

»Jetzt«, fuhr Andrea fort, »müsste ich nur noch einen Blick in die Akte werfen.«

Francantonio erhob sich und zog ein Bündel aus dem Regal. »Machen Sie es sich bequem, ich geh kurz raus. Soll ich Ihnen einen Kaffee mitbringen?«

»Ja, danke.«

Die Akte gab wenig her, mit erfahrenem Blick überflog Andrea die Blätter: Die Aussagen des Schuldirektors, der Lehrerinnen, der Verletzten, die Krankenhausbefunde, die gefundenen und sichergestellten Beweise, lauter Gegenstände, die selbst der unbegabteste Anwalt auf der Stelle entkräftet hätte. Interessant war nur die Aussage des Hausmeisters der Schule – dieses Cesare Lo Nigro – und darauf konzentrierte er sich.

Cesare … Loris Worte über ihre Mutter fielen ihm wieder ein: »Wenn sie eine Konferenz hatte, dann habe ich immer bei Cesare auf sie gewartet …«

Und hier war also die Aussage von Cesare! Er erklärte, dass er das Mädchen aus der Turnhalle hatte kommen sehen, kurz bevor das Feuer ausbrach. Auf die Frage, ob er sicher sei, hatte er mit Ja geantwortet, weil er sie gut kannte. »Seit sie klein war«, hatte er erklärt – unaufgefordert, bemerkte Andrea –, und hinzugefügt, dass das Mädchen jeden Raum der Schule kannte, eben weil sie durch ihre Mutter die Möglichkeit hatte, auch in Räume zu gelangen, die anderen Schülern verschlossen waren.

Na, bravo, Cesare!, sagte er sich.

Er überprüfte das Datum der Zeugenaussage und fand bestätigt, was er schon vermutet hatte: Die Erklärung war nicht sofort und spontan abgegeben worden, sondern erst ein paar Tage später.

Francantonio kehrte mit dem Kaffee zurück.

»Was ist dieser Lo Nigro für ein Typ?«, fragte Andrea.

»Ein Sonderling.«

»Was heißt das genau?«

»Ein Spinner, einer, der eher im Wolkenkuckucksheim haust als mit beiden Beinen auf der Erde.«

»Er lebt aber immer noch in der Hausmeisterwohnung, oder?«

»Ja. Man hat versucht, ihn rauszuwerfen, aber das haben sie nicht geschafft, er bleibt dort, sagt er, weil er das Grundstück noch weiter bewachen muss.«

»Die Ruine?«

»Ich habe Ihnen doch gesagt, dass er nicht ganz richtig im Kopf ist.«

»Hätte er denn einen Ort, wo er hinkönnte?«

»Die Zweizimmerwohnung, in der seine Eltern leben, am Rand eines Feldes. Dort hat er bis kurz vor dem Brand jedes wilde Bäumchen eingepflanzt, das er am Straßenrand, auf Grundstücksmauern oder zwischen den Gräbern auf dem Friedhof gefunden hat. Jetzt macht er nicht mal mehr das. Sagen wir mal, seit dem Feuer ist er noch ein bisschen verrückter, noch ein bisschen durchgeknallter.«

»Ist er verheiratet? Hat er Kinder?«

»Wo denken Sie hin! Einmal, als er betrunken und ganz redselig war, hat er mir erzählt, dass ihm die Kinder reichten, die die Schule ihm schenkt, so als wäre die Schule sein einziges Weib, die Einzige, die er in all den Jahren geschwängert hätte und die er weiter schwängern würde, solange der Tod sie ihm nicht wegnimmt.«

Andrea schloss die Akte und reichte sie ihm. »Danke«, sagte er.

»Zu Diensten«, antwortete Francantonio.

»Wenn es Sie jemals nach Turin verschlägt, kommen Sie mich besuchen«, fügte Andrea hinzu. Aber sofort bereute er seine Worte, allerdings nicht, weil er den Brigadiere nicht als Gast wollte, sondern vor allem, weil er nicht wusste, wie lange er noch in seiner Heimatstadt bleiben würde. Er schrieb ihm seine Telefonnummer, seinen vollen Namen und die Kasernenadresse auf und reicht ihm den Zettel. »Machen Sie es nicht wie Lori.«

Francantonio lächelte, dann legte er die Hand an die Stirn und salutierte aus Dankbarkeit offiziell vor dem Inoffiziellen.

»Wenn ich in Ihre Gegend komme, rufe ich auf jeden Fall an, verlassen Sie sich drauf. Aber ich glaube, dass wir uns hier wiedersehen. Die Geschichte von Loredana Delle Rose wird ja sicher noch ein Nachspiel haben, oder? Wie alle Geschichten, und daher habe ich das Gefühl, dass Sie und ich uns noch auf Sizilien wiedersehen, in irgendeinem Gerichtssaal, als Unterstützer des Mädchens.«

»Da haben Sie recht«, sagte Andrea. »Also auf bald.«

25

Im hellen Licht des Tages sah die Schule noch grauenerregender aus. Das, was Nacht und Nebel in irreale Bilder getaucht hatten, zeigte sich nun in seiner ganzen Zerstörung. Die Überreste wirkten wie das Gerippe eines Tieres, das dem Feuer hatte standhalten wollen und einiges von sich retten konnte, entfleischte Stücke konservierte, verbrannt bis auf die Knochen, die Haut mit Blasen aus Putz übersät, den das Feuer abgeleckt hatte, ohne seine Reißzähne ganz darin versenken zu können. Ein *Weib*, hatte der Hausmeister im Rausch des Weines diese Schule genannt, das einzige, das er geschwängert hatte; und wie ein verbranntes Weib war die Schule in die Knie gegangen, versteinert wie ein Stück erkaltete Lava. Die Schönheit ihrer Augen und ihrer Haut, ihr Fleisch und ihre Haare waren zu Funken geworden, umschwärmt vom Wind und flüchtig, so wie Schönheit eben vergänglich ist. Es waren der Schädel, die leeren Augenhöhlen, ein paar Zähne geblieben … Und die Seele?

Ein Spatz landete auf der Stange eines kleinen Karussells, verharrte kurz und flog sofort wieder weg, so als würde das Metall noch glühen.

Das Tor war nur angelehnt. Andrea drückte es auf und betrat das, was einst ein Garten gewesen war und ging auf die Hausmeisterunterkunft zu.

Wieder fielen ihm die Töpfe auf den Fensterbänken auf. Die Brennnesseln wucherten so üppig, als wären sie genetisch verändert: Ein auffälliger grüner Fleck in dem allumfassenden Schwarz.

Der Mann, der öffnete, hatte ein unbestimmbares Alter: Er hätte fünfzig sein können oder auch siebzig. Seine Statur war athletisch – ein Boxer, sagte Andrea sich –, Arme und Brust mit den Muskeln eines Kämpfers, gebrochene Nase, eine Narbe über der Lippe. Im kantigen Gesicht stachen die Augen heraus: dunkel, hart, zwei Splitter Obsidian.

»Was wollen Sie?«, sagte Lo Nigro.

Andrea zeigte auf die Brennnesseln. »So üppig habe ich die noch nie gesehen. Ich würde damit ein leckeres Risotto machen, ich bezahle sie Ihnen …«

»Die sind nicht zu verkaufen«, unterbrach ihn der Hausmeister.

»Schade. Solche Brennnesseln habe ich noch nie gesehen.«

Als Lo Nigro schon wieder ins Haus gehen wollte, sagte Andrea mit Turiner Akzent: »Warten Sie mal! Hören Sie sich wenigsten an, was ich Ihnen sagen will.«

Der Blick des Mannes verhärtete sich noch mehr. »Was wollen Sie?«

Andrea lächelte einnehmend, so wie immer, wenn er jemanden bezirzen wollte und es auch schaffte. Bei diesem Typen jedoch misslang die Vorstellung, und weil dieser schon die Tür schließen wollte, improvisierte er: »Ich bin Journalist.«

»Ich hab schon mit der Journaille geredet.«

»Ich weiß, ich hab es gelesen«, behauptete er einfach. »Ich versichere Ihnen, dass mich die Terroristin nicht interessiert.«

»Was wollen Sie dann?«

»Ich soll einen Artikel über die Seele von Orten schreiben«, erfand Andrea. »Auch Orte haben ja eine Seele, das wissen Sie sicherlich.« Er schlug einen professionellen Ton an, während der Nordwind ihm Gesicht und Hals erfror und seine Augen zu tränen begannen.

War es die Wirkung der Tränen? Oder die der Seele der Orte, die er angedeutet hatte? Andrea sah, wie Lo Nigro zögerte, wie er aufmerksam wurde.

»Was wird aus der Seele eines Ortes, nachdem ein Feuer es zerstört hat?«, lockte er ihn und starrte ihn an. »Haben Sie sich das je gefragt? Haben Sie je darüber nachgedacht?«

Der Hausmeister schluckte, schüttelte unmerklich den Kopf.

»Darüber soll ich schreiben«, erklärte Andrea immer noch mit diesem kontinentalen Akzent, der dem Typen Vertrauen einflößen sollte, da ein Kontinentaler als Auswärtiger ja nichts mit den Familienfehden im Ort zu tun haben konnte. »Ein Artikel über die Seele von zerstörten Orten«, sagte er schmeichelnd, während er die Tauwürmer zu einem Aalköder auslegte, denn hier war sein Aal, hier war die Wahrheit, und er würde nicht eher gehen, bis er ihn gefangen hatte.

Lo Nigro sah ihn wortlos an.

Andrea packte noch eine Schippe drauf: »Ist in dem Feuer der Gott gestorben, der an diesem Ort wohnte? Ertrinkt der Gott von überschwemmten Landstrichen im Wasser?« Er machte eine winzige Pause und redete sofort weiter: »Ich komme aus Sarno. Zwei Millionen Kubikmeter Schlamm, hundertsechzig Tote, ein zerstörtes Krankenhaus … ist gerade mal sieben Monate her … Das war im Mai, erinnern Sie sich? Der halbe Berg ist runtergekommen …«

Er neigte ein wenig den Kopf. Im Fernsehen hatten alle Nachrichten von dieser Naturkatastrophe berichtet.

»Was sind die psychologischen Folgen eines so schrecklichen Ereignisses?«, fragte er. »Ich meine, nicht für die Menschen. Es gibt bereits haufenweise Psychologen, Psychoanalytiker, Psychiater und Geistesexperten, die Ihnen alle nötigen Antworten geben. Aber was ist mit der Seele der Welt? Mit der, in die jeder von uns eingesponnen ist und die sich in Seelen aufteilt, die – verzeihen Sie die Dopplung – einen Ort beseelen?« Er sprach mit Inbrunst und glaubte nun sogar selbst jedes Wort, das ihm über die Lippen kam, denn diese Geschichte von der Seele der Orte, ein unfreiwilliger, aber perfekter Vorwand, um an den Zeugen heranzukommen, interessierte ihn tatsächlich. Er las viel darüber und begab sich oft an verlassene, unbewohnte Orte, um eben dort diese Seele zu erspüren. »Wie war dieser Ort, bevor das Feuer ihn zerstörte?«, fragte Andrea unvermittelt.

»Ein Juwel«, antwortete der Hausmeister unwillkürlich.

»Erzählen Sie mir davon? Ich werde Sie auch nicht erwähnen, wenn Sie es nicht wollen. Ich möchte nur wissen, wie diese Schule war, bevor das Feuer sie umbrachte.«

Sie *umbrachte*, sagte er, als wäre die Schule eine Frau, und er sah, dass dieses Wort wie eine Versuchung war, die Lo Nigro ins Gesicht geschrieben stand und der er nicht widerstehen konnte.

»Also?«

Der Hausmeister antwortete nicht. Er sah zu Boden, so als wollte er die Fliesen oder seine Schnürsenkel um Rat fragen.

Hinter ihm lag ein kleiner Raum, die Sonne schien schräg hinein und zeichnete ein verzerrtes Rechteck auf den grauen Boden.

»Ich brauche nur zehn Minuten Ihrer Zeit«, drängte Andrea.

Lo Nigro sah auf und verzog den Mund. »Lassen Sie es gut sein«, sagte er. »Hier ist alles tot. Das sehen Sie doch. Guten Tag.«

»Bitte!« Er klang gramerfüllt, aber nicht, weil er von Berufs wegen so tat. Er dachte an Lori, an Luce, an die Tabbacchera, er wusste, dass ihrer aller Frieden davon abhing, wie er die Sache mit der falschen Zeugenaussage lösen würde. Daher sagte er: »Ich brauche Ihre Hilfe.«

Diese Offenheit durchstieß die Panzerung, mit der Lo Nigro sich schützte. Und überhaupt, was für eine Gefahr konnte ein Mann aus dem Norden schon sein, der über die Seele der Dinge faselte?

»Kommen Sie rein«, kapitulierte er.

Lo Nigro erzählte, dass die Schulseele sich aus tausend einzelnen zusammengesetzt hatte. Jedes Kind, das hier unterrichtet worden war, hatte einen Teil seiner Seele dagelassen. Dieser Ort hatte aus lauter fröhlichen Seelen bestanden: Seelen von Bäumen, Vögeln … es hatte sogar grüne Papageien gegeben – entflogen aus irgendeinem Käfig, die sich in den Pinien fortgepflanzt hatten –, sie schnatterten wie die Kleinen und genossen nie gekannte Freiheit. Seine Augen wurden lebhaft, der Obsidian funkelte, als träfe ihn ein Sonnenstrahl. Er erzählte, dass es hier die Seele des Gesangs gegeben hatte, denn an schönen Tagen – und auf Sizilien gibt es die auch im Winter –, waren die Kinder in den Garten gegangen und hatten mit den Lehrerinnen gesungen, und irgendjemand spielte sogar Akkordeon, und die Kleinen sangen und tanzten, denn so ein Akkordeon bringt sogar die Stühle zum Tanzen, und die Lehrerinnen zogen sich lange, weite Röcke an und drehten drehten drehten sich, und die Kinder klatschten in die Hände, und manchmal schlüpften sie unter die Röcke, die sich wie Räder drehten, und die Lehrerinnen lachten und das Akkordeon spielte. Und es hatte auch die Seele der Verliebten gegeben, erzählte er, denn abends kamen die Jugendlichen, die sich in dieser Schule kennengelernt hatten, und turtelten, und nachdem er kontrolliert hatte, ob es auch keine Einbrecher oder Vandalen wären, ließ er die Rollläden herunter, damit sie ungestört wären. An diesem Ort hatte es haufenweise Liebe gegeben, in jedweder Form, in allen Farben und allen Schattierungen, denn es kamen die Pärchen, ja, aber am Nachmittag auch die Großeltern, die auf den Bänken im Garten saßen und auf das Schulende warteten: Die Großmütter häkelten, die Großväter diskutierten über die Fußballmeisterschaft, wer gewonnen, wer verloren hatte. Und dann waren da die schwangeren Mütter, die neue Kinder auf die Welt bringen würden, und die Schule würde sie mit offenen Armen wie eine Große Mutter empfangen, da waren die Frauen, die ihre Kinder am Tor erwarteten und untereinander Telefonnummern austauschten, und jedes Jahr entstanden neue Freundschaften, ab und zu brachte eine von ihnen einen Kuchen mit oder eine Pizza, eine andere Kräuterbrot und Getränke, und dann picknickten sie vor der Schule.

Er sprach wie in Trance, erzählte von den Karnevalsfeiern, von Bonbons und Verkleidungen, vom Getröte, denn dieser Ort hatte auch eine Karnevalsseele, aber nicht diese Fastenzeitseele, so kam ihm diese Trauerzeit vor, denn im Feuer war auch Miciu, seine Siamkatze, geröstet worden, die für ihn wie eine Schwester gewesen war, dazu noch zwei Angorakaninchen in einem Käfig, und auch alles andere war geröstet worden, alles andere …

Er verstummte. So als könnte er sich plötzlich überhaupt nicht mehr erinnern.

»Eine kollektive Seele also«, sagte Andrea, damit die Inbrunst nicht erkaltete. »Bahnhöfe besitzen ebenfalls kollektive Seelen: komplexe, widersprüchliche Seelen als Ausdruck der eiligen Menschheit, die jeden Tag wechselt«, rezitierte er. »Und auch Wohnhäuser haben multiple Seelen, die unter dem Einfluss der Gefühlslage der Bewohner stehen, und Häfen bewahren eine Handelsseele …«

Lo Nigro sah ihn fasziniert an. »Darüber habe ich noch nie nachgedacht.«

»Was geschieht also mit der Seele eines Ortes, wenn der Ort zerstört wird?«, fragte Andrea ihn. »Stirbt sie auch?«

Der Hausmeister nickte und murmelte: »Hier herrscht der Tod. Sehen Sie das nicht? Spüren Sie das nicht?«

»Sind Sie ganz sicher? Die Seelen kehren doch wieder an ihre Orte zurück.«

»Wie die Mörder«, sagte er verbittert.

»Ihre Brennnesseln haben Seele im Übermaß. Sie werden den Ort wiederbeleben.«

»Wozu? Dass man sich an ihnen verbrennt?«

»Ach was, die haben so viele nützliche Eigenschaften«, erwiderte Andrea. »Sie verhindern das Wachstum von Tumorzellen, vor allem in der Prostata«, er zwinkerte ihm zu. »Sie befreien das Blut von Giften, beugen Alzheimer und Haarausfall vor, reinigen fettige Haut… Soll ich weiter machen? Sie wirken schleimlösend und antiasthmatisch…«

Lo Nigro sah ihn verwundert an. »Sie entzünden das Feuer in der Haut und produzieren einen unerträglichen Schmerz.«

»Sie sind reich an Eisen und Vitamin C.«

»Sie brennen.«

Andrea fuhr fort, ihn mit komplizierten Argumenten, gespickt mit seltsamen Namen, zu verwirren, die sein unwissendes Gegenüber nicht nachprüfen konnte; er kreiste um sein eigentliches Anliegen wie jemand, der auf dem Rand eines Kraters balancierte, er näherte sich ein paar Millimeter, entfernte sich aber sofort, wenn der Hausmeister wieder misstrauisch seinen Blick verhärtete. »Auf jeden Fall ist es nicht so, wie Sie sagen«, erklärte Andrea plötzlich, um ihn noch mehr zu verwirren.

»Was meinen Sie?«, fragte Lo Nigro erschrocken.

»Es stimmt nicht, dass die Seelen dieses Ortes tot sind: Haben Sie etwa noch nie Miciu neben sich gespürt? Oder die Eidechsen und Kaninchen?«

Die Stirn des Hausmeisters glänzte vor Schweiß.

»Die Seelen der Papageien? Das Singen der Kinder?«

»Die verfolgen mich«, gab er zu.

»Und die Seele von Loredana Delle Rose«, überrumpelte Andrea ihn.

Lo Nigro zuckte zusammen. Der Schlag traf das Ziel, die Nase, dort, wo es am heftigsten schmerzte. »Sie haben gesagt, dass Sie nicht über sie reden wollten.«

»Ach, kommen Sie, nur ganz kurz! Was geht mich denn schon so eine Brandstifterin an?«, sagte er mit gespieltem Ekel. »Ich habe nur nach ihr gefragt, weil das Seelen-Thema immer auch mit den Seelen der Leute zusammenhängt, und ich dann oft überlege: Was für eine Seele hat ein Mörder?«

»Lori ist keine Mörderin.« Lo Nigro brüllte fast.

Andrea zuckte die Schultern. »Sie hat die Schule angezündet.«

Der Hausmeister wurde bleich.

»Was für eine Seele hat eine irre Brandstifterin? Das frage ich mich, wissen Sie?«

Lo Nigro reagiert nicht, doch fing er unmerklich an zu zittern.

Andrea fuhr ungerührt fort: »Eine Fünfzehnjährige, die eine ganze Schülerschaft umbringen will, was ist denn das für ein kriminelles Kind?«

Der zitternde Lo Nigro machte einen Satz nach vorn und war nur noch eine Handbreit von Andrea entfernt. »Was reden Sie da für'nen Schaisz? Was soll der Schaisz?«, knurrte er. »Sie kennen Lori doch gar nicht! Wie können Sie sie da verurteilen?«

Andrea starrte ihm in die Augen. »Sie ist verrückt.«

Wieder zuckte Lo Nigro zusammen. War sein Gesicht eben noch fahl gewesen, so lief es nun hochrot an.

Andrea stieß ihn weg, so als wollte er sich von all dem distanzieren, was ihm scheinbar völlig absurd vorkam. »Sie verteidigen sie auch noch?«, fragte er mit übertriebenem Erstaunen. »Sie haben sie beim Töten gesehen und haben den Mut sie zu verteidigen?« Wütend klang er nun, verächtlich.

»Ich habe sie nicht beim Töten gesehen«, sagte der Hausmeister.

Andrea lachte bitter. »Wie jetzt? Haben Sie etwa nicht geschworen, dass Sie gesehen haben, wie sie aus der Turnhalle geflüchtet ist? Haben Sie etwa nicht ausgesagt, dass Loredana Delle Rose es war, weil Sie sie von klein auf kennen und also gar nicht verwechseln konnten, mit niemandem. Sie waren sich hundertprozentig sicher«, stieß er hervor.

Stille.

Es folgte eine lange, eine sehr lange Stille. So lang, dass die Wut der Worte, die in der Luft widerhallte, Zeit hatte, sich zu legen, auf die Erde zu sinken, sodass die Atmosphäre sich wieder abkühlte. Das darf nicht passieren, dachte Andrea. »Ihre Brennnesseln …«, sagte er daher.

Langsam hob der Hausmeister den Pullover, sein Bauch war violett verfärbt und voller Quaddeln. »Dafür brauche ich sie«, murmelte er.

»Wozu?«, fragte Andrea verwirrt.

Lo Nigro lachte hysterisch. »Weil so das Äußere wie das Innere ist.«

»Was soll das heißen?«

»Was soll das heißen? Dass Sie 'nen Schaiszdreck verstehen! Sie kommen hier her mit Ihrem Blödsinn von den Seelen von Papageien und Steinen, mit diesem Schwachsinn von Risotto mit Brennnesseln! Sie kommen vom Kontinent und Sie sind genauso dämlich wie alle Kontinentalen! Was verstehen Sie schon davon …« Er verstummte, wischte sich mit dem Ärmel den Schweiß von der Stirn.

»Ich kann es ja mal probieren«, sagte Andrea ruhig.

Lo Nigro sah ihn an, wie man einen Verrückten ansieht. Es war ein abfälliger Blick, eine echte Beleidigung, mit der er irgendeine Reaktion provozieren wollte, um ihm dann endlich den Hieb verpassen zu können, der ihm bereits in der Faust juckte.

Aber Andrea ließ sich nicht provozieren.

Da murmelte Lo Nigro langsam: »Weil in mir drin ununterbrochen ein Feuer brennt. 's geht nich aus!«, fügte er im Dialekt an, weil er so die Bedeutung dieses Umstandes scheinbar besser ausdrücken konnte. Dann blickte er durch das Fenster nach draußen. »Die Feuerwehr ist nicht gleich gekommen«, fuhr er fort. »Die ließen der Schule Zeit, vollständig runterzubrennen, und während sie brannte, schrie sie, warf mit Scherben um sich, als wäre sie lebendig, und ich, nur ich konnte sie hören, nur mir rief sie zu: ›Hilf mir, Cesare, hilf mir!‹ Und was hab ich gemacht? Nichts. Ich stand nur da, still und stumm, unbeweglich stand ich da, ich hab nicht mal den Wasserhahn aufgedreht, um sie etwas zu erfrischen.«

Dicke Tränen rannen ihm über das Gesicht, er wischte sie mit dem Handrücken weg. »Feige war ich. Feige aus Eigennutz, um zu überleben. Dabei wär ich lieber tot! Lieber verbrannt! Tausend Mal besser wär das!«, rief er.

Wieder strich er sich mit der Hand über das Gesicht, er sah immer noch nach draußen. »Dann kam die Feuerwehr und endlich löschten sie den Brand und alles war vorbei. Niemand war gestorben, es gab nur ein paar Verletzte. Wir hätten uns freuen können. Aber in mir steckt das Feuer des Verrats, das Tag und Nacht lodert, Tag und Nacht, immer, ohne aufzuhören … In mir löscht niemand das Feuer.« Er schlug sich auf die Brust. »Da hilft keine Feuerwehr, kein Wasser.«

»Und was wollen Sie mir damit sagen?«, spielte Andrea das Gehörte herunter. »Morgen kommen die Bauarbeiter, reißen alles ab und bauen neu. Und das Feuer ist vergessen!«

Da packte Lo Nigro ihn am Kragen und schüttelte ihn. »Ich kenn Lori, seit sie ihm Bauch ihrer Mutter war«. Seine Nase stieß fast gegen die von Andrea.

Mit einem Ruck machte er sich los.

»Ich«, sagte Lo Nigro und packte ihn am Arm und hielt ihn fest, »kannte die Lehrerin Concetta und mochte sie gern. Und ich werde einem Typen wie Ihnen nicht erzählen, wie gern ich sie hatte, diese Signora, denn so wie Sie reden, verstehen Sie nichts von Gefühlen. *Die Seele der Orte*«, äffte er sein Gegenüber nach. »*Die Seele der Mörderin.* Was verstehen Sie schon von einem Feuer, das nicht ausgeht, hä?« Voller Verachtung stieß er Andrea weg. »Lori ist hier aufgewachsen, in meinem Haus. Signora Concetta sagte immer: ›Cesare, das Kind will bei dir bleiben. Stört es dich auch nicht?‹ – ›Nie!‹, habe ich geantwortet, denn es war ein liebes Mädchen und außerdem ihre

Tochter, und sie war die Madonna für mich. Lori kam her, und sofort holte sie Salz, Mehl und Wasser und hier auf diesem Tisch haben wir Salzteig geknetet, weil Lori so gern kleine Figürchen gemacht hat und kleine Tierchen. Wir haben gern Fische gemacht, vor allem Fische, wir haben uns ganz viele ausgedacht, in allen möglichen Formen und Größen, und je merkwürdiger sie waren, umso mehr mochten wir sie. ›Es ist schön, hässlich zu sein‹, sagte Lori immer. Glauben Sie mir etwa nicht?«

Er lief zu einem Schränkchen und holte aus einer Holzkiste einen glänzenden Fisch mit roten und blauen Schuppen hervor, mit einem großen Auge und langen Wimpern wie Betty Boop. »Sie hat allen Fischen solche Wimpern gemacht wie bei diesen Stoffpuppen. ›Auch wenn es Männchen sind?‹, hab ich gefragt. ›Ja. So sind die Augen größer und sehen mehr …‹ Schlau war sie … ganz schlau …« Mit einem Finger strich er am Profil des Fisches entlang, dann über das Schuppenrelief. »Jedes Mal, wenn sie herkam, brachte sie Fröhlichkeit mit, sie brachte alles durcheinander, aber es gab niemanden, der glücklicher war als ich … Dann ist die Signora gestorben. Und die da sind gekommen, diese Bastarde. Und die Kleine ist verschwunden.«

Er schwieg, sein Blick ging ins Leere, als sähe er die Tage mit dem Mädchen wieder vor sich, schließlich wandte er sich an Andrea: »Manche Dinge sind einfach unverzeihlich.«

»Das stimmt nicht«, erwiderte er da. »Lori hat mir voller Zuneigung von Ihnen erzählt.«

»Was reden Sie da?« Lo Nigro sprang auf. Er wurde rot. »Lo-Lori … mit Ihnen … Lori hat mit Ihnen geredet?«, stotterte er. »Wo? Und wann? Lori ist verschwunden, die haben gesagt, dass sie tot ist!«

»Unsinn!«, sagte Andrea auf Sizilianisch. »Sie wird von Menschen gehütet, die sie gern haben.«

Gehütet … Das Wort traf ihn wie ein Messerstich.

»Sie wird gesucht …«, sagte Lo Nigro.

»Das wissen wir, das wissen wir, bei all dem Wirbel, den diese Geschichte gemacht hat, wie könnte es da anders sein? Aber sie hat mir gesagt: ›Geh zu Cesare, sag ihm, dass ich ihn gern hab …‹«

Er riss die Augen auf, stammelte etwas, dann fragte er: »Was reden Sie da nur für'nen Schaisz?« Und schon wurde er wieder laut: »Das denken Sie sich doch nur aus! Raus hier, sofort! Wenn Sie nicht gleich verschwinden, ruf ich die Carabinieri! Sofort! Hauen Sie ab! Raus hier!« Er zitterte, schwitzte, zerrte ihn am Arm und versuchte, ihn vor die Tür zu stoßen.

Andrea blieb stehen. »›Erzähl ihm von der aufgetrennten Puppe‹, hat sie mir gesagt. ›Wenn er dir nicht glaubt, erzähl ihm von der Stoffpuppe, die aufgegangen ist, dann weiß er schon.‹«

Lo Nigro erstarrte, krümmte sich, als hätte ein elektrischer Schlag ihn getroffen, er machte ein paar Schritte, gelangte zum Tisch und hielt sich daran fest. Er sah Andrea an und brach in Gelächter aus. »Die aufgetrennte Puppe? Was ist das fürn Schaisz? Was soll das bedeuten? Ich weiß nichts, gar nichts!« Schon packte ihn wieder die Wut, er griff nach dem ersten, was ihm in die Finger kam, und schleuderte es auf ihn. »Nichts weiß ich!«, brüllte er.

Geschickt wich Andrea aus, der Fisch krachte an die Wand …

… der Fisch … krachte …

zerbrach …

… fiel …

zerbrach noch mal …

Eine unwirkliche Stille breitete sich aus.

Die lange Stille eines Lebens ohne schlagendes Herz, ohne Luft in den Lungen, ohne Blut in den Adern.

Es war diese Stille, wenn jemand versucht, den vorherigen Moment zurückzuholen: den Augenblick davor, Herr im Himmel!, diese Sekunde zuvor …

Doch die Zeit läuft weiter, und die Glocke schlägt schlägt schlägt. *Eins zwei drei vier* silberhelle Schläge von der Turmuhr hinter der Schule, und sie schlägt die Zeit, erzählt von der fröhlich vergehenden Zeit, ahhh, weg weg weg, fröhlich bimmelt die Glocke, so wie damals, als die Kinder und alle Seelen noch hier waren, die die Schule bewohnten und immer noch bewohnen: Miciu eingeschlossen, Papageien und Kaninchen eingeschlossen, und *eins zwei drei vier fünf*, schlägt die Glocke. *Eins zwei drei vier fünf* und noch mal *eins zwei drei*… Und diese verstimmt klingende Glocke läutet wie verhext weiter, die Hand des Teufels läutet diese verhexte Glocke und lässt sie in seinem Kopf dröhnen, sodass der vorherige Moment entwischt, der Moment der Wut, des Aufpralls, und der Fisch ist zerbrochen und lässt sich nicht mehr reparieren.

Lo Nigro stürzte zu Boden.

Er tastete nach den Scherben, nahm das Stück mit dem Auge, das ihm lebendig erschien: Es sah ihn an, verurteilte ihn und vergab ihm zurecht nicht, denn: »Es gibt keine Vergebung.« Er glaubte, es nur gedacht zu haben, stattdessen hatte er es ausgesprochen.

»Das nennt sich Hochmut«, sagte da Andrea.

Der Hausmeister sah ihn mit irrem Blick an, so wie man denjenigen ansieht, der dir den gequälten und geschändeten Jesus ins Haus bringt, den du gequält und geschändet und in den Abgrund gestürzt hast, und dieser Jesus steht jetzt vor dir und verzeiht dir, er hält dir die andere Wange hin, und du erschreckst, über dich selbst erschreckst du dich. »Geh weg!«, murmelte er leise.

»Schluss jetzt!«, befahl Andrea, ruhig und wütend zugleich, wie der Berg, in dessen Bauch das Feuer glüht, aber auf dessen Hängen die Lava Ginster erblühen lässt. Er packte den Hausmeister an den Armen und zog ihn hoch. »Schluss mit diesem Theater!« Er sagte es als unausstehlicher Kontinentale, weil die Verzweiflung dieses Mannes seine Seele berührte, doch dieses richtige Maß an Beleidigung brachte den Hausmeister wieder zur Räson.

»Was wissen Sie schon davon?«, sagte Lo Nigro.

Wie es bei den Sizilianern üblich war, antwortete Andrea mit einer Gegenfrage: »Man braucht Mut, um dazubleiben, nicht wahr?«

Er antwortete nicht.

»Und man braucht mehr als Hochmut, um die Vergebung von dem anzunehmen, den man verraten hat, ist es nicht so?«

Stumm blieb er.

»Was hat diese Schule Sie gelehrt?«

Was hatte sie ihn gelehrt? Dass Kolumbus 1492 Amerika entdeckte, dass die Bastille 1789 gestürmt wurde, dass zwei Wasserstoffatome und ein Sauerstoffatom ein Wassermolekül bilden, dass neun mal acht zweiundsiebzig ergibt – Vitaliano Profeta hatte immer *neunundvierzig* geantwortet und die ganze Klasse hatte losgelacht –, dass Gott einer und auch dreifaltig ist, wie Schwester Teresa es immer erzählte …

»Das Lernen bringen sie dir in der Schule bei«, sagte Lo Nigro. »Zahlen, Worte, Daten, Gesetze, Gedichte … Sie bringen dir bei, dich zu erinnern, und man lernt Tabellen und Verse auswendig … Aber sie bringen dir nicht bei, wie man Vergebung erlangt, was man tun muss, um sich die Stacheln der schlechten Gedanken aus dem Geist und die Schmerzensnägel aus der Brust zu reißen.«

Er zog die Nase hoch, als wäre er erkältet, blickte noch einmal auf das Schwarz vor seinem Fenster. Würden die vielfältigen Seelen der Schule zurückkehren? Und, im Falle ihrer Rückkehr, wie viel Zeit würde vergehen, bis jede Seele, jede einzelne, ihm verziehen hätte?

Er sah den Kontinentalen an, der einen anderen Gesichtsausdruck aufgesetzt hatte. Er hatte die Maske des Kontinentalen abgelegt und schien nun ein Sizilianer wie er zu sein, einer von den Rothaarigen und Blauäugigen, die hier einen Teil ihrer nordischen Samen ausgesät hatten; ein Same, der anfangs nur wilde Bäume hervorbrachte, die dann irgendjemand mitten auf dem Feld eingepflanzt hatte, zusammen mit all den anderen Bäumen, und auf diesem Feld vermehrten sich der rote Same und der schwarze Same, der arabische Same, der marokkanische, französische, spanische, barbarische, chinesische und japanische, selbst der außerirdische Same vermehrte sich, denn auch die Außerirdischen hatten sich auf der sizilianischen Erde eingefunden und bevölkerten Sizilien …

Er sah ihn an. Und verstand, dass er kein Gauner war, kein Mafioso, keiner, der ihm weitere Nägel ins Herz rammen würde, sondern er im Gegenteil der mit der richtigen Zange war, mit der er ihm die schmerzhaftesten Nägel aus dem Herzen ziehen würde. Und so, als würde er im Boxring die Hand heben und dem Ringrichter sagen, dass er nicht mehr kämpfen wolle, fragte Lo Nigro: »Was muss ich tun?«

Der Kontinentale mit dem veränderten Gesicht sagte: »Einfach nicht mehr so sicher sein, dass Lori, also Loredana Delle Rose, die Brandstifterin war. Nur das: Sie haben noch mal genau nachgedacht und sich erinnert und jetzt sind Sie sich nicht mehr sicher.«

»Die da bringen mich um«, rutschte es Lo Nigro raus.

»Nicht, wenn Sie untertauchen«, sagte Andrea.

Er sah ihn spöttisch an. »Und wohin soll ich gehen? Ich habe kein Geld, keine …« Hoffnung, Kraft, genügend Durchhaltewillen, hätte er sagen wollen, doch er schwieg.

»Ins Piemont. Ich kann Sie noch heute dort hinschicken«, sagte Andrea. Voller Aufrichtigkeit sagte er es.

Lo Nigro verstand, dass er ehrlich war, und in seinen Augen flammte Hoffnung auf. »Meinen Sie das ernst?«, fragte er trotzdem. Er fragte es, um eine Bestätigung zu erhalten, denn man kann zwar etwas erahnen, doch eine mit sicherer und selbstbewusster Stimme vorgetragene Erklärung zu hören, ist etwas anderes.

»Ja. Ich komme aus Turin. Ich kenne eine Firma, die Arbeiter sucht.« Auch das stimmte: Andrea arbeitete dort seit seiner Rückkehr für das Zeugenschutzprogramm und wusste daher, wo man den Hausmeister unterbringen konnte.

»Was muss ich tun?«, fragte dieser noch einmal.

»Schreiben Sie auf ein Blatt, dass Sie nicht sicher sind, dass das Mädchen, das Sie gesehen haben, Loredana Delle Rose war, dass Sie nachgedacht haben und sich daran erinnert haben, dass die Delle Rose lange Haar bis zum Po hatte und keinen Pagenkopf, oder beschreiben Sie ihre Figur anders, oder … alles, was Sie wollen, sodass klar wird, dass am Wahrheitsgehalt Ihrer Aussage gezweifelt werden muss.«

Lo Nigro zögerte nicht eine Sekunde. Aus einer Schublade holte er Papier und Stift, dann schrieb er:

Am 26. Dezember 1998, erkläre ich, der Unterzeichnende, Cesare Lo Nigro, im Vollbesitz meiner geistigen Kräfte und ohne Druck vonseiten Dritter, dass die Person, die ich aus der Turnhalle der Primo-Levi-Grundschule habe fliehen sehen, die am 5. Juni dieses Jahres niederbrannte, kein Mädchen war, sondern ein Mann. Ich habe gelogen, weil ich mit dem Tod bedroht wurde.

Er blickte zu Locatelli, der bereits alles gelesen hatte, und sagte: »Reicht das?«

»Für den Augenblick, ja.«

Lo Nigro setzte seine Unterschrift unter den Text, faltete das Blatt und reichte es ihm. »Sie wissen, dass mein Leben jetzt in Ihrer Hand liegt?«

»Ich bin Maresciallo der Carabinieri, Sie haben mein Wort und den Schutz des Staates«, erklärte er. »Packen Sie einen Koffer, ich bringe Sie nach Catania zum Flughafen.«

Der Hausmeister sah ihn an. »Warum tun Sie das?«

In den Augen und im Gesicht des Piemontesen spielte ein Lächeln. »Weil ich ein Diener des Gesetzes bin.«

26

Es war noch nicht einmal neun Uhr morgens, als Ada bereits wieder aus Syrakus zurück war. Sie saß am Küchentisch und starrte ins Leere.

Paolo ist gerettet, dachte sie immer und immer wieder.

Sie fühlte sich erleichtert und war doch gleichzeitig erschrocken, denn diese in Terratorta vergrabenen Giftstoffe könnten trotzdem zu ihm gelangen und ihn umbringen, so wie sie auch große Teile der Bevölkerung erreichen und umbringen könnten. Und deshalb würde diese Geschichte irgendwann auffliegen, deshalb hätte Paolo ja recht, wenn er, sobald er davon erführe, zum Richter rennen würde, um das zu retten, was noch zu retten war, denn diese Gifte waren eine Bombe, die langsam explodierte, ununterbrochen, und dabei Pollen in die Luft abgab, die der Wind bis in die Atemwege der Menschen trug.

Ada verbarg ihr Gesicht in den Händen.

Und so fand Paolo sie zwei Stunden später.

»Immer noch üble Gedanken?« Er trat zu ihr.

»Hast du ausgeschlafen?«, fragte sie und wechselte das Thema.

»Es ist elf Uhr, Mammuzza«, sagte er und drückte ihr einen Kuss auf die Stirn. »Ich hab den Schlaf der Gerechten geschlafen. Das hab ich gebraucht.« Er reckte sich. Da bemerkte er den Striemen auf ihrem Gesicht. »Hast du dich verbrannt?«

Nein, das war der Peitschenhieb eines Spuks, wollte sie sagen, doch sie improvisierte: »Ja, vorhin mit dem Lockenstab … ich war abgelenkt.«

Ihre Haare waren glatt wie immer. Er sagte es ihr.

»Ich hab mich gleich am Anfang verbrannt, da hab ich es gelassen«, sagte sie rasch. Doch der lange Striemen reichte von der Wange bis zum Ohr und passte nicht zur Form des Lockenstabes.

Paolo überging dieses Detail. »Ich hole die Salbe«, sagte er nur.

»Bitte nicht, die stinkt so fürchterlich. Soll ich dir Milch warm machen?«

»Um elf? Wollen wir nicht lieber Rührei essen?« Er zwinkerte ihr zu und war sich sicher, dass sie wie immer antworten würde: »Nein, ich bin auf Diät!«

Allein bei dem Gedanken an Essen überkam Ada eine große Übelkeit. »Vielleicht später.« Nur mühsam und abgehackt brachte sie die Worte hervor.

Der Junge begann vor sich hinzuträllern. Er war glücklich, wie sich die Dinge mit dem Colonnello entwickelt hatten. Ein Weihnachtswunder, sagte er sich und hoffte, dass es andauern möge, dass es auch in Zukunft wirken würde. Und um ganz sicherzugehen, fragte er: »Meinst du, dass der Colonnello sich wirklich verändert hat?«

Und sie, die ihren Gatten schon ein ganzes Leben lang kannte und ihn noch nie wie am Vortag erlebt hatte, sagte: »Ich glaube schon.«

Es war elf Uhr morgens und das Haus der Tabbacchera war voller Menschen: Alle wollten das Kind sehen, natürlich, und die Mutter des Kindes. Violante hatte wie üblich eine vollgepackte Tasche mit allen notwendigen Dingen dabei. »Lucietta und Franca fahren morgen, wenn die Läden wieder aufmachen, nach Syrakus. Ich kann ja immer noch nicht richtig laufen, und dann kleiden die beiden dieses Schätzchen von Kopf bis Fuß ein und besorgen all die Dinge, die es im Leben braucht.« Sarino erschien in Jägerkluft, in seiner Weste mit den tausend Taschen, die er mit allem möglichen Krimskrams gefüllt hatte, von dem er dachte, dass das Mädchen ihn brauchen könnte: vom Rosenkranz, der seiner Mutter gehört hatte – »Bist du plötzlich katholisch geworden?«, fragte Franca ihn scheinheilig –, über einen kleinen Spiegel, den er beim Schützenfest gewonnen hatte, bis zu einem Portemonnaie voller Geld, von dem er nicht wusste, wie er ihr es geben sollte, denn auf der einen Seite wollte er sie nicht beschämen, auf der anderen Seite wusste er, dass sie Geld brauchte, denn ohne Geld lesen nicht mal die Pfaffen eine Messe, und all der Kleinkram in seinen Taschen diente eigentlich nur dazu, dieses Portemonnaie zu tarnen, das eine Innentasche auf Höhe seines Herzens ausbeulte.

»Schläft Toni?«, fragte Agata Violante.

»Er ruht sich aus«, sagte sie und lief rot an, denn es war eine leidenschaftliche Nacht gewesen, und Toni, der doch nicht mehr ganz so jung war, brauchte ein bisschen Ruhe, um wieder zu Kräften zu kommen.

»Und die Kinder?«, fragte Lucietta.

»Sie schlafen bei ihm im Bett. Schlaue Kinder sind das.«

Lucietta freute sich. Sie dachte an die Worte ihrer Mutter: »Schlaue Kinder sind die, die den Müttern keine grauen Haare vor Angst wachsen lassen, die nicht auf die schiefe Bahn geraten, sich nicht betrinken, nicht rauchen, im Kartenspiel nicht Grund und Boden verspielen, keine leichten Weiber aufsuchen, wohlerzogen sind und sich in Gesellschaft benehmen können. Und du, mein Schatz, musst dir einen schlauen Ehemann suchen.«

Sie sah zu Ugo und lächelte ihn an. »Möchtest du einen Keks?«

»Vielleicht später.«

»Einen Schluck Kaffee?«

»Den immer, wie du weißt«, erwiderte er mit einem Lächeln.

Sie goss ihm eine Tasse ein und reichte sie ihm, während sie in Gedanken zu ihrer Mutter sagte: ›Fünfzig Jahre habe ich gebraucht, Carmiledda, aber ich habe ihn gefunden.‹ Sie dachte an ihre Mutter, die, wäre sie am Leben gewesen, vermutlich erwidert hätte: ›So ist das, mein Schatz: Wer sucht und warten kann, der findet.‹

»Einen Toast auf Luce!«, rief Sarino.

Sie hoben die Gläser voll Orangensaft, Tassen mit Espresso und Malzkaffee. Und gleich darauf kehrten alle zu ihren Gesprächen zurück, zu dem reich gedeckten Frühstückstisch, zum festlichen Durcheinander rund um dieses Kind des Lichts, das in diesem Haus gelandet war und all die Trauer vertrieb und Freude brachte.

Lori, im Zentrum dieses babylonischen Spektakels, sah aus wie die Königin von Saba: So dachte es Sarino, der außer dem exotischen Namen nichts von dieser Königin wusste, die ihm jedoch beim Anblick dieses Mädelchens eingefallen war, dem das Tabbacchera-Volk huldigte, als wäre sie eine echte Königin.

»... und wenn die Haar hinten am Köpfchen verfilzen«, sagte Violante grade, »dann schneid sie nur nicht ab, das sind nämlich die Muhmen, die das machen, um das Baby zu ärgern.«

»Die Muhmen?«

»Die Hexen, die nachts umgehen und sich einen Spaß erlauben...«

»Schaisze!«, Carmines Stimme knallte wie ein Schuss.

Alle erstarrten. Sie sahen, dass er blass wurde.

»Was ist?«, fragte Luisa.

Er antwortete nicht sofort, so als wollte er erst sichergehen, sich nicht geirrt zu haben, bevor er sprach.

»Und?«, sagte Franca.

»Die Bullen...«

Sarinos Herz setzte einen Schlag aus, das der Tabbacchera fiel nach einem kurzen Galopp wieder in den ruhigen Takt zurück, denn sie verfügte dermaßen über Eier, um es selbst mit dem Unmöglichen aufzunehmen.

»Die waren doch gestern schon da. Warum sollten die noch mal herkommen?«, beruhigte Lisabetta sie.

»Aber sie steuern genau auf dieses Haus zu«, sagte Carmine. »Und die sind nicht von hier.«

»Was heißt das?«, fragte Sarino.

Aber schon befahl Agata: »Franca, nimm das Baby. Lori, du kommst mit mir.« Und ohne ihr Zeit für eine Erwiderung zu lassen, zog sie das Mädchen in den Korridor, die Treppe hoch bis zur Dachterrasse, dann über einen Trockenboden, und von dort in eine Kammer mit einer Falltür, unter der sich eine Wendeltreppe versteckte, die drei Stockwerke in einen Keller hinunterführte: Eine Tür, noch eine, deren Flügel wie Schranktüren aussahen, hinter denen jedoch ein völlig dunkles Kabuff lag.

»Du bleibst hier«, befahl sie. »Du rührst dich nicht, unter gar keinen Umständen.«

Und dort ließ sie Lori zurück, im Dunkeln, in der Kälte, während sie rasch wieder jede Tür verschloss, hinaufstieg, die Falltür zumachte, über die Dachterrasse eilte und die Treppe hinunter, wo sie schon das Klopfen an der Haustür hörte, und zu Sarino, der öffnen wollte, sagte: »Warte, ich geh schon.«

In Dunkelheit und Kälte, allein und verschreckt bleibt Lori zurück.

Und ihr Baby? Was werden sie mit ihm machen? Nehmen sie es mit? Rufen sie die Kains und alles ist aus?

Sie zittert. Vor Angst, aber auch vor Kälte.

Sie zittert und klappert mit den Zähnen.

Das aufgetrennte Mädchen hat Wimpern aus weißem Garn, weiße Stoffhaut, weiße Stickereien auf dem Stoff, Schnitte und Risse auf der Haut. Die Schnitte und Risse sind mit langen Stichen zusammengeheftet. »Aus solchen Nähten besteht das Leben«, sagte Giona. »Du nimmst weiße Zwirnseide und vernähst einen Saum mit dem anderen und machst weiter.«

Weitermachen? Wie denn? Sie sitzt in einer Grube, im schwärzesten Schwarz voller Toter, die sie auffressen werden.

Sie steht nicht auf, sie sucht nicht nach irgendetwas, das sie sich umlegen könnte. Nicht mal ihre Jacke hat sie mitgenommen, nicht mal einen Schal, und hier ist es feucht und eisig, eine Kälte, die sie durchdringt, die Lippen und Finger blau anlaufen lässt, Füße, Hände, eine Eiseskälte, eine Sterbensangst, ihr Herz schlägt so heftig, dass sie meint, es zu hören: tu-tum-tu-tum.

Still, denkt sie und presst sich die Hände auf die Brust. Still. Sie hält die Luft an und spitzt die Ohren, ob jemand die Treppe herunterkommt.

Mama, bitte, hilf mir!

Die Dunkelheit erschreckt sie. Im Dunkeln sind die Skelette, die dich mit ihren Knochenhänden wegholen, da sind die zerfetzten, vermoderten Zombies, die dich fressen wollen, hau ab, Lori, hau ab! Nachts ist sie immer in Minas Bett gekrochen, wegen der Monster, die sie bis unter die Bettdecke verfolgten.

Mina, bitte!

Die Tür öffnet sich.

Lori zuckt zusammen, presst sich die Hände vor den Mund, um nicht zu schreien.

»Nich erschrecken!«, sagt da eine Stimme.

Ein Feuerzeug schnappt, ein Flämmchen erhellt das Gesicht von Signor Motta.

Ein Schluchzer entweicht ihr. Ganz klein hat sie sich in dem zerschlissenen Sessel gemacht, der wackelt, als wäre er ein Bötchen mitten auf dem Meer. »Nich erschrecken«, wiederholt er und hüllt sie in eine Decke. Dann drückt er ihr eine Wärmflasche in die Hände, und weil er merkt, dass sie eiskalt ist, beginnt er, ihre Arme zu reiben, ihre Schultern, ganz fest, damit sie warm wird. »Nich erschrecken«, flüstert er weiter, »es wird dir nix passieren, gar nix, ich schwöre es dir, denn ich bin bei dir und beschütz dich.«

Ich bin bei dir und beschütz dich … Lori schluchzt. Seit Papa und Mina gestorben sind, hat niemand mehr so mit ihr gesprochen, niemand hat sie gewärmt und so liebevoll getröstet. Und da bricht sie zusammen und schluchzt im Dunkeln: »Ich hab Angst, ich hab solche Angst …« Und ihre Stimme geht in einem atemlosen Weinen unter.

»Aber warum denn, Dummerchen?«, sagt Sarino. »Du musst keine Angst haben. Du bist nich allein.«

Du bist nicht allein …

»Und wenn sie mir das Baby wegnehmen?«

»Dann entführ ich's und bring's dir zurück, ich schwör's.« Er knipst eine kleine Taschenlampe an, stellt sie auf ein Schränkchen. »In einer Minute machen wir sie wieder aus«, sagt er. »Die Carabinieri reden mit der Tabbacchera und die kann sogar Gott höchstpersönlich mit ihren Worten betrunken machen und …«

Ein Geräusch hinter der Tür lässt beide erstarren.

Er macht die Taschenlampe aus.

Sie ist erschreckt, er ganz ruhig, denn er hat zwei Fäuste, mit denen er jeden ins Jenseits befördern könnte.

Sie greift nach seiner Hand, er drückt sie fest.

Sie halten die Luft an.

Stille. Kurzes Atmen, um gleich wieder still zu verharren.

Von irgendwoher tönt ein Schlagen, als hämmerte ein Schmied auf den Amboss. Die Schläge hallen nach. Geräusche gehen durcheinander, in einer Leitung rauscht Wasser. Dann wieder Stille.

Immer noch Stille.

Da sagt er: »Ganz ruhig, da ist niemand.«

»Wie lange müssen wir hierbleiben?«

»Bis die da wieder weg sind.« Sie schweigen.

Aber Lori zittert, sie atmet immer hektischer, ihr Herz trommelt. »Können Sie mich bitte in den Arm nehmen?«, fragte sie da Sarino.

»Klar doch!« Er ist etwas verlegen. »Komm her.« Er setzt sich auf den Sessel und macht das, was seine Mutter immer machte, als er ein verängstigter kleiner Junge war: Er nimmt sie auf den Schoß, drückt sie fest an sich, aber richtig fest, und flüstert: »Hab keine Angst. Hab keine Angst…«

Tränen rinnen ihr über das Gesicht, vor Erleichterung, aber auch aus Dankbarkeit, denn, sobald jemand dir sagt, dass du keine Angst zu haben brauchst, weil er dich beschützt und seine Kraft mit deiner Schwäche vereint und sich mit dir verbündet und sich gemeinsam mit dir allen sichtbaren Gefahren stellt, und auch den unsichtbaren, wenn es also so jemanden gibt, wie könntest du dich ihm nicht anvertrauen, ihm nicht deine Ängste übergeben und dir nicht helfen lassen, das Kreuz zu tragen?

Lori entspannt sich, gibt sich der Müdigkeit nach der schlaflosen Nacht hin, in der sie das Baby beruhigte, das sicherlich das Kommen der Carabinieri geahnt hat und sie – wer weiß – vielleicht warnen wollte, auf die einzige ihm mögliche Art. So gibt sie sich dem Schlaf, der Erschöpfung hin. Im Schlaf trifft sie Mina, die sie an die Hand nimmt und zu einem Haus führt, das ganz von Blumen umgeben ist, mit einem Laubengang aus weißen Säulen und einem Türmchen, aus dessen offenen Fenstern Schleier wie die einer Braut wehen. Es ist eine so beruhigende Vision, dass Lori lächeln muss.

Auf Sarinos Stirn jedoch – der sich wegen der Bullen sehr sorgt, die der Unstern ins Haus führte – erscheint eine steile Falte, während er denkt: ›Tabbacchere, reden wir mal Klartext. Ich tu alles, was in meiner Macht steht, für dieses Mädelchen, das mir in Fleisch und Blut gedrungen ist, obwohl sie nich mal meine Tochter ist. Ich kann das aber nur bis zu einem gewissen Punkt, weil ich immer noch ’n einfacher Mann bin, deshalb musst du helfen, wo ich das nich kann. Und ich schwör dir bei Franca – der größten Liebe meines Lebens –, dass die Saracina spektakulär wird. Ich schwör’s dir, Tabbacchere, ich mach aus ihr das, was du dir immer vorgestellt hast und nie machen konntest. Hast du mich verstanden?‹

Er hofft auf eine Antwort, einen Windhauch etwa, eine rasche Erscheinung, ein Knarzen der Tür, die zustimmend schlägt. Doch nichts. Wer weiß, wo er gerade ist, der Tabbacchere? Also rückt Sarino sich das Mädchen auf dem Schoß zurecht, und weil die Dunkelheit so undurchdringlich ist, und weil die Stille so absolut ist, und weil die Tabbacchera die Bullen mit Geschwätz zum Narren hält, um sie dann überaus höflich vor die Tür zu setzen, wofür die sich auch noch bedanken werden – da also keine Gefahr besteht und die einzige Unannehmlichkeit die Warterei ist –, und weil auch er in der Nacht kein Auge zugetan hat, nickt Sarino ein.

Würde jemand die beiden so sehen – Arm in Arm, ganz vertraut –, sie würden ihm wie eine Pietà mit umgedrehten Vorzeichen vorkommen: Die Mutter wird zum Vater, der Sohn zur Tochter, der Tod wird zum Schlaf, der Schmerz zum Trost, die Angst wird zum Frieden, der Mangel zur Fülle. Wäre also ein Fotograf bereit, eine Aufnahme dieser Szene zu machen, so würde er sich vor dem Bildnis eines Vaters mit seiner schlafenden Tochter im Arm finden. Doch er würde das Foto nicht machen, und zwar nicht wegen der Banalität des Motivs, sondern vor allem, weil er von dieser Zärtlichkeit überwältigt wäre, er würde sich in aller Stille zurückziehen, um noch nicht mal mit seinem Atem die Vollkommenheit dieses Augenblicks zu stören.

Im Stockwerk darüber redet die Tabbacchera mit den Carabinieri. Sie tut, als hätte sie es eilig, sehr eilig, denn man erwarte sie im Rathaus, man möge Verständnis haben, da es sich um einen Notfall handelt: Als Bürgermeisterin hätte sie institutionelle Aufgaben zu erledigen und dürfe keine Zeit verlieren; außerdem wären gestern ja schon die Kollegen da gewesen und hätten nach der Brandstifterin gefragt.

»Aber die haben keine Hausdurchsuchung vorgenommen«, präzisiert einer der beiden, der Unangenehmere. Der andere ist ein kleiner Anfänger, der noch lernt und sich in Gedanken Notizen macht. »Sie haben das nicht gemacht, weil ein Maresciallo dafür bürgte, dass hier keine Brandstifterin zugegen wäre. Könnten wir freundlicherweise mit dem Maresciallo, Ihrem Gast, Rücksprache halten?«

Die beiden sind gut informiert.

»Es tut mir leid, dieser Gast ist abgereist.«

Sie glauben ihr nicht. Und außerdem sind sie sich viel zu sicher, denkt Agata. Die Möglichkeit, dass jemand durch die offenen Fensterläden Lori gesehen und erkannt haben könnte, ist nicht ganz unwahrscheinlich, und allein dieser Gedanke treibt ihr bereits den kalten Schweiß auf die Stirn.

»Wir haben einen Durchsuchungsbefehl, *Signora*«, sagt der Unangenehme respektlos, denn er muss sie nicht Bürgermeisterin nennen, da sie sich in einem Privathaus befinden.

»Wegen welchen Verbrechens, *Gefreiter*?«, fragt Agata respektlos den, der ein Brigadiere ist. Sie kennt die Abzeichen, aber sie degradiert ihn absichtlich.

»Brigadiere Orazio Ligresti.« Er steht stramm, als hätte man ihn in den Hintern gestochen. »Vom Provinzkommando Syrakus.«

»Sogar vom Provinzkommando«, ruft sie mit gespielter Überraschung.

Schaisze, Tabbacchera, denkt der zitternde Carmine. Man macht die Bullen nicht wütend, die dich zu Hause aufsuchen.

»Sie verstecken eine Terroristin, Signora, eine Flüchtige«, erklärt Ligresti, ohne sich in Geschwätz zu verheddern, weil die Weiber dich mit ihrem geschickten Gerede umschmeicheln und dich dazu bringen, Schaisze zu bauen.

»Das sind unbegründete Anschuldigungen, Brigadiere, wenn Sie erlauben«, mischt sich Toni ein, der in diesem Augenblick hinter ihnen auftaucht.

Brigadiere, so wie es sich gehört. Und schon beruhigt sich der Gesetzeshüter. »Uns liegt eine Anzeige vor, Professore.« Er hat den Lehrer erkannt. »Die Terroristin wurde hier gesehen. Wir müssen das nur schnell kontrollieren.« Und ausgenommen höflich fügt er hinzu: »Wir fassen auch nichts an, keine Sorge.«

»Das wäre ja auch noch schöner!«, sagt Agata.

Also wirklich, Tabbacchera! Sie werden haufenweise Ärger bekommen, denkt Carmine verzweifelt. Er sieht das Schielauge an (das eine Auge des Brigadiere ist kleiner als das andere) und denkt, dass dieser ein echt hässliches Gesicht hat.

›Das ist auch einer von diesen Schaiszkerlen‹, denkt Toni über das Schielauge, ›der benutzt die Uniform, um sich mithilfe des wenige Zentimeter hohen Absatzes von der Größe eines halben Zwergs auf die eines ganzen zu bringen.‹

Warum dieses harte Urteil? Weil der Typ nicht nur unnötig anmaßend ist, sondern auch ein Flegel. Von wegen *wir fassen auch nichts an*! Er öffnet Türen, öffnet Vitrinen, als könnte sich eine Terroristin in einer Zucker- oder Kaffeedose verstecken, er beäugt jeden Gegenstand, lässt keinen Schrank ungeöffnet, kein Kleidungsstück unberührt.

»Haben Sie wenigstens saubere Hände?«, fragt Agata angewidert.

»Sogar desinfizierte, Signuruzza«, antwortet er verächtlich.

Auch sie hat er bei seiner Ankunft bereits genau beäugt: Man hatte ihm gesagt, dass die Bürgermeisterin dieses Dorfes eine Lady wäre – er hatte sie sogar schon im Fernsehen gesehen, aber dort hübschen Make-up und Frisuren selbst die Potthässlichsten auf –, und daher hatte er das für das übliche Bar-Gequatsche gehalten. Doch sie ist eine Lady. Und das schon fast zu sehr: grauer Businessanzug, Perlenohrringe, funkelnde blaue Augen, üppige Brüste, sie ist größer als er … Ligresti verspürt ein gewisses Unbehagen und das macht ihn noch wütender. Und daher fragt er: »Haben Sie die Kleine aufgenommen? Haben Sie ihr Schutz gewährt, Signora?«, und gleich darauf, weil er weiß, dass sie Witwe und kinderlos ist: »Sehen Sie, daran ist nichts verkehrt, jedes Mutterherz würde das machen.«

Und so hochmütig wie möglich erwidert sie: »Sie haben Recht, *Capitano*«, und spielt das Spiel der falschen Anreden weiter. »Jedes Mutterherz würde das tun. Und jedes Vaterherz auch, wenn dieser Vater, wie Sie vermutlich einer sind, sich in der Situation befände, der Sie mich beschuldigen.«

»Ich beschuldige Sie nicht, *Signora*!«, brummt er. »Befehl ist Befehl!« Er wedelt mit dem Durchsuchungsbeschluss.

Arrogant und überheblich gibt sich Agata, aber nur, um den Schrecken über jede Bewegung des Carabiniere in ihrem Haus zu verbergen, das zu einer Falle für das Mädelchen werden könnte. In Gedanken fleht sie Andrea an: Komm schnell zurück!, während Ligrasti wie ein auf Hühner abgerichteter Jagdhund sie umkreist und verwirrt ist von dem köstlichen Weiberduft, den ihr Körper verströmt.

Plötzlich weint ein Baby, und schon stellt der Köter die Ohren auf und fragt: »Wer ist das?«

Dabei hat er die Frau im Sessel, die ganz in einen Schal gehüllt ist, bereits gesehen, sie aber nicht weiter beachtet; dieses Schreien erinnert ihn nun an den letzten Teil der Aussage der Denunziantin, die in die Geschichte der Terroristin noch eine andere schwerwiegende Straftat eingeflochten hat, dass nämlich die Terroristin – die »Minderjährige«, hatte sie betont – angeblich ein Neugeborenes im Schnee ausgesetzt hätte, und wäre der Pfaffe nicht wenig später dort vorbeigekommen, dann hätte die Terroristin auch noch Kindsmord begangen.

Er geht zu der Frau mit dem Schal und betrachtet das Baby. »Wem gehört das?«, fragt er.

»Mir. Das ist meine Enkelin«, sagt Franca.

»Wessen Tochter ist das?«

»Die meines Sohnes.«

»Wo sind ihre Eltern?«

Franca sieht ihn verblüfft an: »Entschuldigung, aber was geht Sie das an? Hat das etwas mit Ihren Ermittlungen zu tun?« Sie fragt es resolut und kann sich ihren Mut später gar nicht erklären, denn die Bullen sind immer noch die Bullen, und mit denen legt man sich besser nicht an, um sich nicht verdächtig zu machen.

»Wenn Sie nicht antworten«, überlegt Ligresti, »ist das ein Zeichen, dass Sie etwas zu verbergen haben, denn ich habe Ihnen eine legitime Frage gestellt.«

»Sie schlafen. Die Kleine war die ganz Nacht unruhig. Wollen Sie wissen, wie oft sie ihr die Windeln wechseln mussten? Wie viele Tropfen gegen Blähungen sie ihr gegeben haben?«

Schaisze, Carmine zittert.

»Kommen Sie, Brigadiere, ich begleite Sie durchs Haus«, unterbricht Toni mit äußerster Höflichkeit den Schlagabtausch.

Na gut, denkt der Carabiniere, dann finden wir eben die Terroristin und klagen sie zusätzlich wegen Kindsmord an, so wie die Denunziantin es ausgesagt hat. Und weil die Durchsuchung dieses Stockwerks beendet ist, zeigt er auf die Treppe und fragt: »Was ist da oben?«

»Die Dachterrasse«, antwortet die Tabbacchera.

»Wollen Sie uns die nicht mal zeigen?«

»Ich werde im Rathaus erwartet«, erinnert sie ihn.

»Ein schönes Weib lässt immer auf sich warten.«

»Stimmt. Und gewisse Idioten auch«, kann sie sich nicht verkneifen.

Das Schielauge schweigt. Und merkt sich das. Dieser Lady wird er so manches heimzahlen. So bald wie möglich wird er ihr eine Hand auf den Arsch legen, schwört er sich selbst: Ihm müssten schon die Eier eintrocknen, wenn er nicht zumindest das täte. »Bitte«, sagt er und lässt ihr den Vortritt, damit wenigstens seine Augen sich schon mal an ihr laben können.

»Zuerst das Gesetz«, sagt sie jedoch und erwidert die Höflichkeit. Innerlich stirbt sie derweil tausend Tode und fragt sich, ob Sarino die Falltür gut verschlossen hat oder ob sie einen Spalt offen steht, und derweil fleht sie im Geiste: Andrea, komm zurück!

Toni schließt sich ihnen an, und die Hand des Chauvis muss an ihrem Platz bleiben.

Sie gelangen auf die Dachterrasse.

Nichts Auffälliges.

Doch schon entdeckt das Schielauge den Trockenboden und betritt ihn: »Wie schick!«, kommentiert er. »Sollte hier nicht nur eine Dachterrasse sein?«

»Und eine Waschküche«, ergänzt sie, denn die Tür zur Waschküche ist neben der zum Trockenboden. »Wollen Sie in dreckiger Wäsche wühlen?«

»Ja, Dreckwäsche mögen wir ganz besonders.«

Doch hier gibt es keine Dreckwäsche. Alles ist perfekt sauber, alles ist in bester Ordnung.

Sie kommen an der Abstellkammer vorbei.

Nichts.

»Schauen Sie mal, wie gut man das Rathaus von hier aus sieht«, sagt Toni.

Ligresti antwortet nicht. Er ist zwar ein auf Hühner abgerichteter Jagdhund, aber eben ein Jagdhund, und dieses ungeahnte Labyrinth aus kleinen Zimmern irritiert seine Nase, als wäre es ein mit Pfeffer bestreutes Brot.

Von der Abstellkammer geht es zum Zimmerchen mit der hölzernen Falltür, die er sofort entdeckt. Als hätte er ein Radar anstelle der Augen, denkt Agata zitternd.

»Was haben wir denn hier?«

Die Tabbacchera beginnt zu husten, in der Hoffnung, dass Sarino und Lori sie hören und durch das Türchen verschwinden, das in den Hinterhof führt.

»Ist Ihnen die Ausspuckerei im Hals steckengeblieben,

Signora?«, bemerkt das Schielauge, und weil sie nicht von der Falltür heruntergeht, murmelt er süßlich: »Wenn Sie nicht wollen, dass wir noch mal wiederkommen, schauen wir da schnell mal rein. Dann überlassen wir Sie wieder Ihren Amtsgeschäften.« Agata tritt zur Seite. Er hebt die Falltür an, und war er bis eben langsam wie eine Schildkröte, so verwandelt er sich jetzt in einen Hasen, stürzt die Treppe hinunter, erreicht eine Tür und reißt sie auf.

Dahinter liegt ein Zimmer, das wie das Vorzimmer eines Palastes wirkt und vollständig eingerichtet ist. Mit raschen Blicken durchsucht er es: nichts, keine Terroristin.

»Der touristische Rundgang endet hier«, sagt da die Hausherrin, ergreift die Klinke und will die Tür wieder zumachen.

»Moment!« Das Schielauge blickt sich um. Er sieht ein Tuch an der Wand hängen. Rasch zieht er es herunter.

Ein Bild kommt zum Vorschein.

»Haben Sie immer noch nicht genug?«, brummt sie.

»Noch ein bisschen Geduld.« Er entdeckt die Türen, die wie ein Schrank aussehen, und öffnet sie.

Es ist kein Schrank, sondern ein weiteres Zimmer, in dem hingegossen auf einem Sessel eine seltsame Pietà sitzt.

Der Mann ist gerade aufgewacht, er hat das Husten nicht gehört und auch nicht das Getrampel auf der Treppe, daher ist er dort geblieben, unbeweglich wie eine Maus in der Falle, in den Augen die brennende Wut der Ohnmacht.

Das Mädchen hat lange schwarze Haare, nur das bemerkt der Brigadiere in diesem Moment. Und das reicht ihm schon, denn auch die Attentäterin hat lange schwarze Haare. Und sie ist so hübsch wie dieses Mädchen hier.

Aber was soll man eigentlich davon halten, wenn diese zwei – in welchem Verhältnis stehen sie eigentlich zueinander? – sich in einen Keller zurückziehen, nur um ein Nickerchen zu machen?

Ligresti schüttelt den Kopf und sagt zum Gefreiten, der ihn

begleitet: »Die Weiber sind doch alles nur Nutten. Vor allem die mit den Engelsgesichtern.«

»Wenn Sie das noch einmal sagen, lasse ich Sie nach Gaeta versetzen«, zischt Toni.

Das Schielauge lacht. »Professore, meinen Sie, das ist der richtige Moment für Drohungen?«

»Das ist nur eine *Warnung.*«

Ach, Toni, was für ein unschönes Wort! Es weckt die Fieslingsseele im Schielauge. »Sie sind natürlich ein Komplize. Das war's dann mit dem Rathaus«, sagt er zu seinem Kollege. »Man sollte diese Kommune unter Aufsicht stellen.« Und schon sieht er sich auf den Titelseiten aller Zeitungen, nicht nur als Terroristen-Fänger, sondern auch als Reformer von korrupten Kommunalverwaltungen.

Lori ist erwacht und springt auf.

»Halt!«, ruft das Schielauge.

Sie sieht ihn an, dann den Professore, die Tabbacchera, Signor Motta, wägt die Gefährlichkeit dieser Situation ab, in die sie diese Menschen gebracht hat, denkt an die offenen Fragen in ihrem Leben, die wie eine Schlinge um ihren Hals liegen, solange sie nicht gelöst sind, dann sagt sie: »Gehen wir in die Kaserne. Und beenden das Ganze.«

»Beenden?«, höhnt das Schielauge. »Dann hast du ja so gar nichts verstanden. Von wegen beenden, jetzt geht's erst richtig los, und der Weg wird lang und steil.« Er holt die Handschellen heraus, tritt zu ihr und… brüllt los! Schaisze, wie der brüllt! Die Handschellen fallen herunter und rutschen in die andere Ecke, während er sich krümmt und wie vom Teufel besessen schreit.

Der Brigadiere sieht die Lufthand nicht, die ihm die Eier langzieht: Die anderen stehen einen Meter von ihm entfernt, daher verstehen sie nicht, was mit ihm passiert. Er brüllt und krümmt sich, weil Costanzo… Schaisze, Costanzo zieht so stark an ihm, als wollte er die Eier dieses Schrumpfpimmels abreißen, der die Uniform ohne die Ehre trägt, die solch eine Uniform erfordert. Und Costanzo zieht und zieht, während der junge Carabiniere seinen sich krümmenden Kollegen betrachtet und denkt, er sei verrückt geworden, und im Geiste notiert er sich den ungewöhnlichen Vorfall, von dem er seinem Vorgesetzten berichten muss, denn noch nie im Leben ist ihm einer begegnet, der scheinbar von einer Tarantel gestochen wurde.

Auch den anderen ist solch ein Spektakel noch nicht untergekommen, und so beobachten sie es stumm und voller Bestürzung.

Nur Sarino lacht, Tränen lacht er, denn er sieht den Tabbacchere am Werk, der beide Hände für dieses Werk benutzt und ihm dabei zuzwinkert.

Also hast du mich doch gehört, sagt er ihm in Gedanken.

Und Costanzo, schön wie ein Racheengel, erwidert: ›Meinst du etwa, das gewisse Gebete unerhört bleiben können?‹

Sarino schüttelt den Kopf, hört auf zu lachen und denkt, dass zwischen Leben und Tod nur ein Schleier ist, und dieser Schleier hat manchmal so große Löcher, dass die Toten in das Reich der Lebenden zurückkehren können, um Gerechtigkeit walten zu lassen.

27

TUMULT BRACH LOS, Schaisze, was für ein Tumult! Wie kam es, dass mit einem Schlag alle Dorfbewohner aus ihren Häusern auf die Piazza stürmten? Wirklich schlagartig, kaum, dass sich ihnen das spektakuläre Spektakel der Bürgermeisterin zwischen zwei Bullen offenbarte – einer davon krumm und hüftlahm –, gefolgt von einem großen Mädchen mit so schwarzen Haaren wie die Tabbacchera und fast so schön wie diese.

»Was ist?«

»Sie haben die Bürgermeisterin am Arsch.«

»Kann nicht sein.«

»Doch so isses, komm und schau selbst.«

»Schaisze!«

Und das Volk stürzte herbei, so wie eine Ameisenarmee auf eine große Pfütze voll Honig, die in diesem Fall die Bürgermeisterin in Handschellen war – »Natürlich nicht! Keinem wurden Handschellen angelegt«, wird Toni der Signora mit dem Notizblock erzählen – und während die Menge um sie herum immer größer wurde und man schon fast wie beim Mai-Fest keine Luft mehr bekam, streckte die Tabbacchera die Hand nach dem völlig verstörten Mädchen aus und zog sie an sich, womit sie sagen wollte: »Achtung, wehe, es rührt jemand sie an! Sie gehört mir.«

Grimaldi kam angelaufen und auch Calcaterra, Don Bruno stürzte aus der Kirche, um mit den Carabinieri Rücksprache zu halten. Doch vor ihm erreichte Giallongo, Kommandant der örtlichen Kaserne, die beiden. Er hatte die fremden Kollegen entdeckt, und weil er nichts von deren Operation wusste, fragte er sie entrüstet: »Darf ich mal erfahren, was hier los ist?«

Dem Hüftlahmen kamen die Worte der Denunziantin wieder in den Sinn: »Die stecken alle unter einer Decke: Bürgermeisterin, Carabinieri, alle.« Daher sagte er: »Kommen Sie mit nach Syrakus, dort erklären wir es.«

»Aber ich bestehe darauf…«

»Maresciallo«, sagte Ligresti. »Wir haben eine Terroristin gefasst, vergeuden Sie nicht unsere Zeit!«

Das Wort *Terroristin* fiel wie ein Streichholz in die Benzinpfütze der üblen Gerüchte, der Wind versprühte flink die Funken und verbreitete so im ganzen Dorf die Nachricht: Das Haus der Bürgermeisterin ist ein Terroristennest, in dem man Anschläge vorbereitet, um die Macht auf der Insel an sich zu reißen.

»So ein unglaublicher Schaisz!«, wird Toni erzählen. »Aber an jenem Tag nahm alles plötzlich die Züge einer Farce an, einer Groteske, und es gab so einige, die tatsächlich glaubten, dass die Bürgermeisterin Terroristen Unterschlupf gewährte, um Königin von Sizilien zu werden.«

In der Menge aber gab es auch einige, die das Mädchen erkannten. »Ist das nicht die, die die Schule angesteckt hat?«

»In der Provinz Trapani, ja. Das ist sie!«

»Aber wieso ist sie hier?«

»Sie ist die Nichte der Bürgermeisterin. Sehen Sie nicht, wie sehr die beiden sich ähneln.«

»Die Bürgermeisterin hat keine Nichten.«

»Sie hat bestimmt irgendwelche Verwandten.«

Die Leute drängten sich immer dichter, während Don Bruno die Stimme erhob, um sich Gehör zu verschaffen. Das Gleiche tat auch Toni Scianna. Der Hüftlahme mit seinen brennenden primären Geschlechtsmerkmalen konnte es hingegen gar nicht abwarten, die Terroristin in der Kommandantur abzuliefern und sich dann in ein Krankenhaus zu begeben, um von seiner Männlichkeit das zu retten, was noch zu retten war. »Platz, macht Platz!«, schrie er und fuhr die Ellenbogen aus.

Derweil stand Franca mit dem Baby im Arm auf dem Balkon und betete zur Madonna – zu der, die Don Bruno erschienen war, denn die war bestimmt noch in der Nähe –, sie möge ein Wunder vollbringen und wieder Frieden im Leben aller einkehren lassen, und Violante, auch sie war auf den Balkon getreten, rief zu den versammelten Freundinnen auf den Platz hinunter: »Das sind alles Lügen, lauter Lügen.« Und weil die Freundinnen darauf drängten, dass Violante zu ihnen herunterkäme und alle Einzelheiten erzählen sollte, fügte sie hinzu: »Ich hab mir den Fuß verstaucht.« Und derweil rannte Carmine zum Avvocato Pitigrilli, ein hervorragender Mann seines Fachs, derweil bat Grimaldi Toni um Auskunft, und die Menge war so groß, dass man keinen Schritt mehr tun konnte, und die Gegner der Bürgermeisterin rieben sich schon die Hände, weil das hier ein herrliches Weihnachtsgeschenk war, geradezu großartig, und die ersten telefonierten bereits, irgendwer informierte die Presse, einer die »Gazzetta del Sud«, ein anderer »La Sicilia«, denn zu süffisant war die Nachricht von der Sackgeherin in der Hand der Carabinieri, so als wäre sie bereits verurteilt.

»Verurteilt weswegen?«, fragte irgendjemand.

»Was interessiert dich das? Es reicht doch, dass ihr Ruf ruiniert ist!«

Roberto, Francas Sohn und Geschäftsführer des Tabakladens, drängelte sich zu ihr und fragte: »Agata, was kann ich tun?«

»Ruf Andrea an.«

»Locatelli?« Er verstand nicht, der Kontinentale war doch in Turin.

Sie nickte. »Sag ihm, dass sie uns ins Provinzkommando von Syrakus bringen.«

Der Hüftlahme stieß sie weiter. Roberto sah sich verstört um: Da war er gerade einmal zwei Tage mit seiner Freundin in Taormina gewesen und … Schaisze, was für ein Tohuwabohu!

»Roberto!«, rief seine Mutter vom Balkon. »Komm rauf, schnell!«

Und schon sprang er die Stufen hoch und lief zu ihr. »Darf man mal erfahren, was hier passiert ist?«

»Erzähl ich dir gleich, ruf erst mal Locatelli an.«

»Was hat Locatelli denn damit zu tun? Der ist doch in Turin …«

»Der ist auf Sizilien«, unterbrach sie ihn. »Er ist gestern hier aufgetaucht.«

Verwundert schüttelte Roberto den Kopf. »Kaum ist man mal zwei Tage weg, und dann das.«

»Mach schon, ruf an und dann gib ihn mir!«

Er gehorchte, und Franca riss ihm das Handy aus der Hand. »Andrea, die Carabinieri sind hier und haben sie verhaftet …«

»Andrea?«, rief Roberto verwundert.

»Still!«, zischte seine Mutter und zum Maresciallo: »Sie haben das Mädchen gefunden, sie sagen, dass es eine Anzeige gibt, und jetzt bringen sie sie nach Syrakus, das Mädchen und Agata. Das ist eine ganz gräuliche Sache.«

»Ich komme«, sagte Andrea, und zum Hausmeister neben ihm: »Wir müssen uns beeilen.«

Paolo, der vom Fenster aus das Zusammenlaufen der Menge auf der Piazza beobachtete, sagte zu seiner Mutter, die in einer Ecke des Sofas kauerte, als hätte sie Fieber: »Da muss was Schlimmes passiert sein.«

»Wieso?«, fragte sie.

»Draußen herrscht ein fürchterliches Durcheinander.«

»Gehts etwas deutlicher?«

»Da sind Carabinieri …« Er sah genauer hin. »Und zwischen ihnen die Tabbacchera und ein Mädchen …«

Ada erstarrte. Die Carabinieri waren schneller als gedacht. Sie zog die Strickjacke fester um sich, senkte den Kopf, um nicht zu verraten, wie aufgewühlt sie war, und mit dem verächtlichsten Ton, den sie hinbekam, sagte sie: »Das wird wieder so eine Demo für die Bürgermeisterin sein.«

»Nein, nein, da ist was anderes passiert, was Schlimmes! Komm, wir schauen mal nach!«

»Bloß nicht!«

Paolo sah sie verwundert an. »Machst du Witze, Mama? Die Tabbacchera wird von Ordnungskräften abgeführt, und du brichst nicht in Jubel aus, springst nicht vor Freude in die Luft?« Er wusste doch genau, wie sehr sie die Tabbacchera hasste, wie sehr sie sich in der Vergangenheit für diese Geschichte eingesetzt hatte, damit aus der Saracina eine Müllhalde würde.

»Das ist bestimmt so, wie ich es sage«, wiederholte Ada. »Die weiß einfach nicht mehr, was sie noch machen soll, um Aufmerksamkeit zu bekommen, damit wieder alle Augen auf sie schauen, einschließlich der Fernsehkameras.«

Sie selbst jedoch wurde vom unversöhnlichen Auge Gottes verfolgt.

»Gehen wir hin und schauen nach, was da passiert! Los! Es ist wie beim Mai-Fest!«

»Auch das noch!«

Beim Mai-Fest gedachte das Dorf dem lokalen Schutzheiligen, zu dem auch massenhaft Gläubige aus allen Nachbarorten kamen, denn die Reliquien dieses Heiligen waren in einer Kiste hierher gelangt, und diese Kiste hatte an der Stelle, an der sich nun die Kirche erhob, so unverrückbar Wurzeln geschlagen, dass niemand mehr sie von dort hatte fortschaffen können.

»Komm schon, los!«, drängte Paolo sie mit einer seltsamen Euphorie, die so gar nicht zu dem Bild der von Carabinieri abgeführten Bürgermeisterin passte, da er doch ein Freund der

Tabbacchera war. »Los, komm schon, spiel hier nicht das alte Mütterchen!«, neckte er sie.

»Du bist einfach unerträglich!« Sie sagte es mit verstörender Boshaftigkeit. »Entschuldige, Paolo, entschuldige«, schob sie sofort nach, und ihre Augen röteten sich – sie, die Gockelfresserin, bekam rote Augen!

Da sah er sie an und sagte: »Du bist heute aber echt schräg drauf.« Von der Straße her erklangen Pfiffe und Applaus.

»Gehen wir!« Er packte sie an der Hand und zog sie hinter sich her.

Die Piazza war überfüllt, es herrschte ein heilloses Gedränge. Um den Wagen der Carabinieri knäulten sich die Unterstützer der Bürgermeisterin, die gegen die Art und den Zeitpunkt dieser Verhaftung protestierten und wahllos mit Berufung, Anzeige oder Klage drohten; Don Bruno bemühte sich derweil, dem Hilfscarabiniere zu erklären, dass nichts Ungesetzliches geschehen war, aber der lachte ihm ins Gesicht: »Nichts Ungesetzliches? Wenn man eine Terroristin im Haus hat?«

»Was denn für eine Terroristin? Das sind unbegründete Anschuldigungen!«, schrie der Anwalt, während er sich mit Hieben seiner gewichtigen Aktentasche, als wäre sie mit Blei statt mit Papier gefüllt, einen Weg durch die Menge bahnte.

Der Hüftlahme, dem der Schmerz immer noch von den Genitalien bis ins Hirn zog, versuchte, die wertvollen Zentimeter zu erobern, die ihn noch von seinem Wagen trennten.

»Was hat die Bürgermeisterin mit der Terroristin zu tun?«, fragte eine alte Frau Giulio Acquaforte, der in der Gruppe der glühendsten Verteidiger von Tabbacchera und Terroristin stand. Seit er das Mädchen verlassen hatte, kreisten seine Gedanken tatsächlich ununterbrochen um sie, und Lori dort zu sehen, nach all dem, was sie durchgemacht hatte, ließ wilde Wut in ihm aufsteigen. Daher brüllte er: »Das sind lauter falsche Anschuldigungen. Nichts davon ist wahr!«

»Was weißt du denn schon davon?«

»Sie sind unschuldig, dafür lege ich meine Hand ins Feuer.«

»Pass bloß auf, dass du dich nicht verbrennst!«

»Schwachsinn!«

Jemand stieß einen anderen an und schon erhob sich Geschrei. Derweil erklangen aus einem Lautsprecher liebliche Weihnachtslieder, die so gar nicht zu der aufgeheizten Stimmung auf der Piazza passten.

Paolo zog seine Mutter bis zur Menschentraube mit der Tabbacchera, neben der jetzt nicht nur das Mädchen, sondern auch die Kräuterfrau stand.

»Lisabetta!«, rief er.

Sie drehte sich zu ihm und wollte ihn begrüßen, doch da erblickte sie die Gockelfresserin und erinnerte sich schlagartig an die morgendliche Begegnung, die schlichte Kleidung, der flinke Gang an den Hauswänden entlang… Ada sah zu Boden.

Paolo, der diesen raschen Blickwechsel beobachtete, begriff es nicht: Seine Mutter, ausgerechnet seine Mutter senkte den Kopf?

Und mitten in diesem Tohuwabohu wirkte Sarino Motta wie ein Fels in der Brandung. Er lehnte mit verschränkten Armen an einem Laternenpfahl, er brüllte nicht, er prügelte sich nicht, er nahm sich die Sache nicht zu Herzen, mit anderen Worten: Er stand dort, als würde dieser ganze Tumult ihn völlig kalt lassen.

Toni, der anfangs fürchtete, die Wut eines aufgeregten Stiers bändigen zu müssen, fragte ihn: »Entschuldige, aber platzt dir dabei nicht der Kragen?«

»Ganz und gar nicht.«

Merkwürdig kam Sarino ihm vor, ganz merkwürdig. »Wieso das?«

»Aus welchem Grund, sollte mir der Kragen platzen?«

»Weißt du etwas, das ich nicht weiß?«

Sarino zuckte mit den Schultern. »Das Mädelchen steht unter dem Schutz von ganz oben! Ihr wird nichts passieren.«

Unter dem Schutz von ganz oben... Der Hilfscarabiniere schnappte im Vorbeigehen diesen Satz auf und schrieb ihn wortwörtlich in seinen Notizblock, wobei er die Worte *von ganz oben* zweimal unterstrich.

»Also können wir ganz beruhigt sein?«, fragte Toni.

»Total«, erwiderte Sarino. Dann, als er sah, dass die Menge sich immer weiter ereiferte, und meinte, dass es lustig sein könnte, das Widerliche mit noch mehr Widerlichkeiten weiter anzuheizen, sagte er lachend: »Komm, veranstalten wir mal ein klitzekleines Spektakel.« Er nahm die Arme auseinander und schuf sich Platz in der Menge, dann legte er die Hände als Trichter an den Mund und brüllte: »Schaiszregierung!«

Der Carabiniere mit dem Notizblock, zeigte auf das Raubein und fragte einen neben ihm stehenden Typen: »Wie heißt der da?«

Der Typ in Gestalt von Dottore Grimaldi antwortete: »Luigi Spatafora. Metzger von Beruf.« Dann senkte er die Stimme: »Wenn ich Sie wäre, würde ich das aber nicht aufschreiben. Einen wie Spatafora macht man sich besser nicht zum Feind.«

»Halten Sie mich für dämlich?«

»Um Gottes willen, nein!« Grimaldi hob die Hände. »Aber Vorsicht ist besser als Nachsicht«, zog er sich zurück.

Der Carabiniere musterte ihn: Das war ein eleganter Signore, mit der Nadel der Blutspende-Vereinigung am Jackenrevers, also war er mit neunzig-prozentiger Sicherheit Arzt.

»Dottore, seien Sie gegrüßt!«, sagte auch prompt ein alter Herr und zog den Hut.

Der Carabiniere beglückwünschte sich im Stillen zu seiner hervorragenden Menschenkenntnis. Dann, da er lieber keine Beweise hinterlassen sollte, riss er das Blatt ab, knüllte es zusammen und steckte es in die Tasche, während der Metzger brüllte: »Unter Mussolini war alles besser!« Fast alle lachten, manch einer jedoch wurde blass und nahm sich vor, dem Raubein bei nächstbester Gelegenheit einen schönen Einlauf mit Rizinusöl zu verpassen.

Da blickte Toni zum Balkon der Tabbacchera und sah Violante. Er betrachtete sie, lächelte ihr zu und flüsterte: »In dieser verrückten Welt bist du mein einziger Halt.«

Sie sah ihn verwirrt an, denn die Verhaftung Loris, die Geburt im Schnee, die Beschuldigung der Tabbacchera und alles andere hatten ihr so einen Schrecken eingejagt, dass es ihr die Sprache verschlagen hatte. Und damit es Violante, verheiratete Scianna, mal die Sprache verschlug, musste schon so einiges geschehen.

Auch Ada blieb in dem ganzen Trubel stumm. Blass und stumm, während Paolo das bisschen Wahrheit aus den vielen fantasievollen Gerüchten fischte, die in der Menge herumschwammen, und die einzige haltbare Aussage, die er dingfest machen konnte, war, dass eine Terroristin verhaftet worden war, die Monate zuvor einen Anschlag verübt hatte.

»Das sieht schlecht aus für Agata«, überlegte er voller Bitterkeit.

Ada betrachtete die Menge, als würde sie sie gar nicht sehen.

»Mama!«

Sie blickte zu ihm.

»Gehts dir nicht gut?«, fragte er.

Sie erschauderte, war aber plötzlich schweißgebadet. Da wurde sie wütend auf sich selbst: Gewissensbisse hatten ihr gerade noch gefehlt. Die Tabbacchera war in Gefahr? Schaiszegal! Nur die Rettung ihres Sohnes war wirklich wichtig. »Ich geh wieder nach Haus«, sagte sie ungeduldig. »Dieses ganze Theater gefällt mir nicht!«

Paolo musterte sie so argwöhnisch, dass sie zu zittern begann.

»Was ist?«, stöhnte sie.

»Du bist echt sonderbar«, sagte er. »Sie verhaften die Tabbacchera, und du rührst dich nicht … du stehst mitten auf der Piazza und hältst keine Brandrede … hier gibt es Gründe, um einen draufzumachen, und du benimmst dich, als sei deine Katze krepiert …«

»Wie oft muss ich es dir noch sagen?«, jammerte sie. »Das ist alles nur Show, um ein bisschen Aufmerksamkeit zu erhaschen. Glaubst du wirklich, die Carabinieri bequemen sich ausgerechnet an Weihnachten, ein Haus nach einer Terroristin zu durchsuchen, die zudem noch eine Kindsmörderin ist?« Kaum hatte sie das gesagt, erzitterte sie wieder: Sie hatte sich verplappert.

Und da sagte er auch schon: »Niemand hat von Kindsmord gesprochen …«

»Aber ja doch, vorhin, einer …« Ihr Gesicht färbte sich weinrot, und das Gewissen quälte sie.

»Paolo«, rief Giulio und winkte.

»Wir sehen uns später«, vertröstete er den Freund.

»Hast du mit den Leuten da etwa auch was zu tun?«, fragte sie, froh über die Gelegenheit, vom Kindsmord abzulenken.

»Jeder hat die Freunde, die er verdient«, erwiderte Paolo.

Ada zog den Mantel enger zusammen, rückte sich den Schal zurecht, schob die eiskalten Hände in die Taschen und versuchte, einen Klagelaut zu unterdrücken. Ach, wie ihr das Herz schmerzte! Es war, als regte sich ihr Gewissen, als wäre es aus einem langen Koma erwacht und litt jetzt an all dem Schlechten, an all den Ungerechtigkeiten, die sie zu Lebzeiten Occhi janchis als dessen perfekte Handlangerin begangen hatte. Der Gedanke an den Spuk traf sie wie ein Faustschlag und ließ sie wanken.

»Was ist denn jetzt schon wieder?«, fragte ihr Sohn.

»Ich hab Kopfschmerzen.« Ihr Mund war trocken, eine heftige Übelkeit stieg in ihr auf. »Bitte, lass uns nach Haus gehen.«

Paolo sah zur Kräuterfrau, die seine Mutter immer noch erbost anstarrte.

Da verspürte auch er plötzlich ein Unwohlsein, so als blitzte vor deinen Augen eine Wahrheit auf, du aber die Augen zudrückst, um diese Wahrheit nicht sehen zu müssen, obwohl du genau weißt, dass sie da ist und zuschlagen wird, sobald du wieder hinsiehst. »Gehen wir«, sagte er.

Brigadiere Orazio Ligresti ließ die Sirene heulen und fuhr an. Die treuesten Unterstützer der Bürgermeisterin versuchten, ihn am Wegfahren zu hindern, doch Maresciallo Giallongo griff mit den Worten ein: »Leute, stellt euch nicht auf die Seite des Unrechts. Lasst die Justiz ihre Arbeit tun.«

Mit einem Mal hatte der Himmel sich völlig verdunkelt, und ein ermatteter Regen fiel aus dem dichten Grau; ermattet, so wie alle Anwesenden plötzlich ermattet waren, als hätte das Gärmittel von vorher, die Gerüchte, das Gerede, der Spott über die Verhaftung der Bürgermeisterin, die emotionalen Energietanks aller bis auf den letzten Tropfen geleert, sodass sie nun langsam nach Hause zurückkehrten und sich von dem kraftlosen Wasser durchnässen ließen. Von diesem Seufzer Gottes, der sich in diesen Tränen der Niederlage offenbarte, einer Niederlage, die sogar die Leute der Opposition durchdrang, so als würden die Schlechtigkeiten der Welt, die Vergehen der Welt, die Schmerzen der Vielen auf sie niederregnen, und – anstatt die weihnachtliche Besinnlichkeit zu genießen – litten alle an fürchterlichem Hunger, an dem Trauma der bombardierten Städte, an den missachteten Menschenrechten, sie litten mit den zwangsverheirateten Neunjährigen, die dann erschlagen wurden, sie litten mit den zum Lachen genötigten Frauen, obwohl diese lieber sterben würden, mit den Soldaten, die gezwungenermaßen Bomben warfen, um Grenzen und Gebietsansprüche zu markieren … Der gesamte Schmerz der Welt fiel mit diesem deprimierenden Regen auf sie hernieder, alle Schreie der Welt hallten in dieser Stille, die nicht mal von einem Donner durchbrochen wurde.

Und so überkam viele das dringende Bedürfnis zu rauchen, und da Roberto den Laden aufgemacht hatte, stürzten sich alle hinein und kauften Zigaretten und Feuerzeuge, weil sie die eigenen in der Eile zu Hause vergessen hatten, und baten Roberto um eine Erklärung des Vorgefallenen, die er jedoch nicht liefern konnte. »Ich schwör's euch, ich weiß nichts. Ich bin vor einer Stunde aus Taormina wiedergekommen und in diesem Tumult gelandet. Sagt ihr mir lieber, was passiert ist.«

Und jeder erzählte das bisschen, das er wusste, das bisschen, das er gehört hatte, das bisschen, das er vor Monaten in den Zeitungen gelesen oder in den TV-Nachrichten gesehen hatte.

Irgendjemand erzählte, dass die Geschichte mit der Anklage alles nur eine Erfindung sei, dass das Mädchen gesucht würde, »weil sie über die Fakten Bescheid weiß«, dass bei dem Feuer niemand gestorben ist, und das war ja schon mal gut, und derweil scherte sich einer, vom toxischen Bedürfnis nach Nikotin getrieben, nicht um das Rauchverbot in öffentlichen Räumlichkeiten und zündete sich eine Zigarette an, und zwanzig andere taten es ihm sofort nach, und in Nullkommanichts war der Tabakladen mit einer dichten Rauchwolke gefüllt, die durch die Tür quoll und sich in den Himmel erhob und die Ratlosigkeit aller in sich trug, weshalb sich dieser zweite Weihnachtstag in das Gedächtnis vieler Dorfbewohner als der Tag einbrannte, an dem sich viele Gewissheiten in Rauch auflösten, andere jedoch endgültige Bestätigung fanden.

Zu Hause angekommen ließ Paolo seiner Mutter nicht mal die Zeit, sich den Mantel auszuziehen, und fragte: »Was ist das für eine Sache mit der Kindstötung?«

»Schon wieder?«, stöhnte sie. »Das haben die auf der Piazza erzählt, ich hab's gehört.«

»Nein. Ich war ja auch da, dann hätte ich das auch hören müssen. Niemand hat von Kindstötung geredet. Glaubst du etwa, dass so eine Nachricht ohne Tosen und ohne Aufschrei der Leute durchgegangen wäre?«

»Hör mal, lass mich in Ruhe, ich hab Kopfschmerzen.« Versehentlich berührte sie den Striemen an der Wange, der zu bluten begann.

»Du solltest einen Arzt aufsuchen«, sagte Mangiagalli, der in diesem Moment in die Küche trat.

Ein einziger Blick zwischen ihm und Paolo verjagte augenblicklich die beidseitigen Zweifel: Es herrschte Einvernehmen, Zuneigung ebenfalls, und so konnten sie froh sein. Da erst bemerkte der Colonnello, dass zwischen Mutter und Sohn etwas nicht stimmte. »Ist was passiert?«, fragte er.

»Hast du's noch nicht gehört?«, entgegnete seine Frau.

»Was?« Er hatte herrlich geschlafen, geduscht und sich rasiert, während das Radio mit Liedern und Gequatsche den Lärm der Piazza übertönte.

»Sie haben die Bürgermeisterin verhaftet«, sagte Paolo.

»Warum das?« Er fragte es seine Ehefrau, denn sie war das bestinformierte Klatschweib der Straße, des Viertels, des ganzen Dorfes.

»Sie hat einer Brandstifterin Unterschlupf gewährt«, sagte Ada trocken. »Ein schönes Vorbild für Gesetzestreue.«

»Wovon redet ihr eigentlich?« Er verstand gar nichts.

Paolo erklärte es: »Erinnerst du dich an das Mädchen, das die Schule angezündet hat? Sie ist doch abgehauen und man hat sie nirgendwo gefunden.«

»Ja, und?«

»Die Tabbacchera hat sie versteckt«, warf Ada ein.

»Unsinn!« Die Bürgermeisterin war viel zu professionell, um solch einen Quatsch zu machen.

»Das haben sie auf der Piazza erzählt. Und jetzt sieht's so aus, als sei das Mädchen auch noch eine Kindsmörderin.«

»Echt jetzt?« Er lachte auf. Das Ganze kam ihm wie eine Komödie vor, wie eine Operette.

»Das hat sie gesagt.« Paolo zeigte auf seine Mutter.

Ada stöhnte. »Terroristin, Kindsmörderin, ist doch wurscht! Es war doch eine Grundschule, oder? Und gibt es in einer Grundschule etwa keine Kinder? Spricht man nicht von Kindsmord, wenn man ein Schulkind umbringt?«

»Es ist aber niemand gestorben«, bemerkte der Sohn.

Der Colonnello sah sie an, er verstand die Gründe für diesen Streit nicht. An den Fall aus den Nachrichten erinnerte er sich kaum noch, daher sagte er: »Jetzt habt ihr mich richtig neugierig gemacht. Ich geh gleich mal ins Rathaus und seh nach dem Rechten.«

»Kommst du zum Mittagessen?«, fragte der Junge.

»Natürlich, Paolo.«

Paolo … Ada stach es in der Brust. Nicht aus Eifersucht, sondern viel mehr wegen der Erkenntnis, dass der Junge diesen Ersatzvater vielleicht mehr liebte als sie.

Als der Gatte gegangen war, wollte sie in ihr Zimmer. Die Stimme ihres Sohnes traf sie wie ein Messer im Rücken: »Du warst das!«

Sie tat, als hörte sie nicht, und ging weiter.

Er rannte ihr nach, ergriff sie an den Armen, zwang sie, sich umzudrehen und ihn anzuschauen. »Du hast die Tabbacchera verraten!«

Sie machte sich los. »Wovon träumst du jetzt schon wieder? Leg dich lieber wieder hin, los!« Ada ging weiter.

Wieder ergriff er sie, packte sie dieses Mal fester und schüttelte sie, schüttelte sie und rief dabei: »Das warst du! Nur du wusstest von der Kindstötung, nur du bist so fies drauf und machst so was Schreckliches.« Er schüttelte sie, schüttelte sie, als wäre sie eine Stoffpuppe, schüttelte sie weiter und weinte: Vor Wut weinte er und vor Schmerz, denn es gab einen Pakt zwischen ihnen, einen Pakt, den sie nach Occhi janchis Tod geschlossen hatten, als er erfuhr, dass Mangiagalli nicht sein Vater und seine Mutter die Hure des Bürgermeisters gewesen war, die Königin seines Harems, die Widerlichkeit in Person. Er hatte sie mit dem Dreck beworfen, den die anderen über ihm ausgeschüttet hatten. »Ich verschwinde«, hatte er gesagt. »Du ekelst mich an.« Da hatte sie ihm versprochen, ihm geschworen: »Ich ändere mich, keine Schweinerein mehr, keine Männergeschichten, keine Geschäfte mehr, nichts, ich schwör es dir, mein Sohn, ich schwöre.« *Mein Sohn* hatte sie ihn genannt, und er war weich geworden und hatte daher nicht noch einmal wiederholt, dass er keine ehrlose Mutter, kein Gesindel um sich herum wollte. »Ich ändere mich, ich schwör's!« Ada hatte ihn um eine zweite Chance gebeten. Sie würden gemeinsam ein neues Leben beginnen, sie würde wirklich eine Mutter sein: »Eine echte Mutter«. Und wieder hatte sie geschworen… Und so war es abgemacht: Die ganze Zeit über hatte sie ihr Wort gehalten. Natürlich war sie kein braves Lamm geworden, aber sie hatte den Pelz und die Grausamkeit des Wolfes abgelegt, und so haben sie weiter zusammengelebt. Ein verdienter Sohn, ein wiedergefundener Sohn, ein Sohn, der sie mit Stolz erfüllte, der gut in der Schule war und immer viel zu zart, das ja: Sie hätte ihn gern männlicher gehabt, aggressiver, mit härterem Blick und umtriebiger, doch stattdessen war er zart, höflich, ein Engel, entsprungen aus den Samen zweier Teufel, so war er eben, und damit hätte sie ihren Frieden machen können.

Blitzartig erinnerte sich Ada an all das und gab ihm, der sie unentwegt fragte: »Warum?«, keine Antwort. Was hätte sie ihm auch sagen sollen? Ein Spuk hat mich erpresst? Zwischen deinem Tod und deiner Verachtung habe ich deine Verachtung gewählt, damit du lebst?

»Lass mich in Ruhe!«, platzte sie heraus.

Er blieb ein paar Schritte entfernt stehen. »Ich hab dir verziehen«, murmelte er. »Alles. Auch dass ich der Bastard eines unwürdigen Mannes bin, der schmutzige Geschäfte gemacht hat… Aber das jetzt ist zu viel. Du hast Gift im Herzen und wirst dich nie ändern …« Leise sagte er das, so als hätte er nicht genug Luft dafür.

Und derweil zog er sich zurück

Derweil ging er

Auf Zehenspitzen verschwand er.

Und Ada wusste, dass es für immer sein würde.

Sie versuchte nicht einmal, ihn zurückzuhalten. Sie hörte, wie er die Tür voller Wut hinter sich zuschlug.

Oben, von einer Ablage erklang Applaus. ›Schaisze, was für ein Spektakel! Das war dem Theater Massimo in Catania würdig!‹, lachte der Spuk unbeherrscht.

Ada sah ihn nicht mal an: Sie hatte ihren Sohn verloren, was interessierte sie da noch der Rest?

Sie ging zum Medizinschränkchen. Sie nahm ein Fläschchen, und noch eins.

›Alles kommt zu dir zurück, meine Tochter‹, flüsterte die Stimme ihres Vaters in ihr. ›Das Böse, das du getan hast, wie auch das Gute.‹

Sie hatte nur Böses getan.

Doch das war nicht mehr wichtig.

28

Am Flughafen von Catania verabschiedete sich Locatelli von Lo Nigro. »Sie haben alles: Telefonnummern, Adressen, Kontaktpersonen, Geld. Ein Carabiniere in Zivil erwartet sie. Er wird Sie ansprechen.«

»Gut.«

»Dann sehen wir uns also in Turin.« Locatelli streckte die Hand aus.

Er hielt sie einen Moment gedrückt. »Danke.«

»Sie haben das Richtige getan«, fügte der Maresciallo noch rasch hinzu. »Bis bald.«

Cesare beobachtete, wie sein Wagen zügig davonbrauste, wie er immer kleiner wurde und schließlich verschwand. Er fühlte sich so leicht, dass ein Windstoß ihn hätte davonwehen können. Er dachte an Lori, an Signora Concetta, auch an den Animus loci dachte er und fragte sich, welcher das wohl an diesem Ort sei, an dem er sich gerade befand.

Der Lärm von Gelächter und Gesang schwappte über ihn hinweg.

Eine Schulklasse auf Exkursionsfahrt, dachte er.

Es waren jedoch keine Schüler auf Exkursionsfahrt, sondern eine Gruppe von Pfadfindern.

Wölfe und Marienkäfer in dunkel- und hellblauen Uniformen mit Strümpfen bis zum Knie, Halstuch und Abzeichen überquerten die Straße und liefen über einen der vielen Parkplätze. Sie sangen keine Weihnachtslieder, noch nicht einmal Schlager, sondern viel mehr einen unbekannten Marsch, und dabei lachten sie wie über einen Scherz, den sie mit irgendjemandem getrieben hatten, und in den Händen hielten sie Margeriten-Sträuße: gelbe Blüten mit braunem Korb, sehr ungewöhnlich für diese Jahreszeit. »Verlorenes Kleingeld aus der Jackentasche der Sonne« hatte irgendjemand mal diese Blumen in einem Buch genannt. Und Cesare dachte, dass dieser Vergleich schön war. Auch weil an diesem Dezembertag hier in Catania die Sonne schien.

In Turin würde es nicht so sein.

›Egal‹, sagte er sich.

Er drehte sich um und schritt durch die Automatiktüren.

Giona Gur spürte Loris Abwesenheit wie nie zuvor. Das Gespräch mit dem Maresciallo hatte die Vergangenheit mit solcher Wucht in ihm wieder heraufbeschworen, dass sie ihm lebendig und gegenwärtig erschien und ihm schmerzhaft die Leere bewusst machte, die das Mädchen in ihm hinterlassen hatte, diese Einsamkeit, vor der er sich mittels Vergessen zu retten versucht hatte. Traurigkeit und Blindheit ergeben einen tödlichen Ehebund, wenn man sich nicht mit einem Gegenmittel wappnet; sein Gegenmittel war das komplizierte Spiel des Vergessens gewesen, die Sorgfältigkeit, mit der er die bekannten Pfade der Erinnerung zurückließ, um neue Wege zu beschreiten, die sich als Alternative für die Wirklichkeit anboten. Es war ein Spiel, das man jedoch nicht bis in alle Ewigkeiten spielen kann: Denn plötzlich taucht jemand auf, fragt dich nach dieser anderen Zeit und das mühsam errichtete Luftschloss bricht zusammen und du findest dich inmitten der harten und spitzen Trümmer deines Lebens wieder, mit denen du nichts mehr anzufangen weißt. Es bräuchte ein aufgetrenntes Mädchen, um das Haus wieder aufzubauen und die Möbel an die richtige Stelle zu schieben, es bräuchte eine Mitgift aus Fröhlichkeit, um dem Leben wieder einen Sinn zu geben.

»Laika«, rief er.

Die Hündin kam angelaufen.

»Lass uns rausgehen.« Er musste sich ablenken, sich von Geräuschen und Gesprächen zerstreuen lassen, um nicht an Lori und ihr Baby zu denken.

»Luce ...«, sagte er. Würde sie Licht in seine Blindheit bringen?

Als er die Haustürschlüssel aus der Schale nahm, in der er sie immer verwahrte, fand er dort ein unbekanntes Ding, einen Metallring mit einem Kettchen und daran etwas, das er beim Betasten als einen Schuh erkannte. Ein Schlüsselanhänger. Ein Schlüsselanhänger ohne Schlüssel ... Was machte der hier? Er dachte an den Maresciallo, nur er konnte ihn vergessen haben. Aber man vergisst keinen Schlüsselanhänger ohne Schlüssel.

»Ein Meister des Vergessens sind Sie, Maresciallo«, hätte Agata gesagt, wäre sie da gewesen. »In meinem Haus haben Sie Ihre Mütze vergessen, hier dieses Anhängsel. Hat man tatsächlich einen so vergesslichen Menschen zum Maresciallo gemacht?«, und sie hätte gelacht und ihn umarmt und ihm gesagt: »Ach, Maresciallo, ein Teufelskerl sind Sie, und vielleicht haben Sie mir genau deshalb den Kopf verdreht.«

Bei diesen Gedanken lächelte Andrea, während er das Gaspedal durchtrat, und das Auto die Kilometer zwischen Catania und Syrakus fraß. Derweil bezog sich der Himmel mit Wolken und ein leichter Regen machte den Asphalt seifenrutschig – »Fahren Sie vorsichtig, Maresciallo!« –, derweil schwenkte ein Arbeiter am Straßenrand eine rote Flagge und zwang ihn zu bremsen, weil gleich eine Baustelle kam, und er langsam, ganz langsam fahren sollte! Und so musste er gemächlich fahren, im Schneckentempo, obwohl er am liebsten blitzartig ins Dorf geflogen wäre. Im Schneckentempo ging es weiter, und nun musste er sogar anhalten.

Er nutzte die Gelegenheit und rief die Tabbacchera an, die aber nicht antwortete. Also wählte er die Nummer von Roberto, und der Junge brachte ihn auf den neuesten Stand. »Sie sind schon auf dem Weg nach Syrakus, Maresciallo.«

»Ist Scianna auch dabei? Und Motta?«

Er hörte Gelächter und ärgerte sich. »Roberto!«

»Entschuldigen Sie. Nicht nur Scianna und Motta!«, rief er. »Das halbe Dorf ist bei der Tabbacchera, glauben Sie mir. Das war ein Autokorso, als wäre sie eine Braut.«

Andrea atmete auf. »Hoffentlich komme ich nicht zu spät«, sagte er.

»Keine Sorge, die wissen, dass sie auf Sie warten müssen«, beruhigte Roberto ihn. »Und sie wissen auch, was sie zu tun haben.«

»Und was wäre das, bitte?«

»Einen Ticken Tumult.«

›Schaizse!‹ Auf Sizilianisch dachte Andrea es, und all die Hektik, mit der er wie ein Verrückter bis hier her gerast war, legte sich.

Zum Glück, Maresciallo, denn Unser Bruder, Gevatter Tod, steht am Straßenrand und nutzt jede Unaufmerksamkeit, um neue Seelen einzusammeln.

Also fuhr Andrea langsam, und Unser Bruder, Gevatter Tod, sah ihn vorbeifahren und fand Gefallen an der Tatsache, dass er wirklich ein ganz großartiger Prachtkerl war.

Ein Autokorso, ein Volk.

Am Steuer des Bullenwagens befindet sich der Hilfscarabiniere, den Ligresti nun erst mit Arturo Confidenza anspricht und so seine Identität preisgibt. Neben ihm die Tabbacchera, und hinten, in Handschellen an die Terroristin gekettet, sitzt Ligresti.

Arturo Confidenza sieht besorgt in den Rückspiegel. »Es werden immer mehr«, sagt er zum Kollegen und meint die Autos, die ihnen folgen.

»Quatsch nicht, fahr.«

»Und wenn sie uns den Weg versperren?«

»Du siehst wirklich zu viel fern. Fahr einfach!«

Seifenschmierig und rutschig ist die Straße, ein Kleinwagen hat sich gerade um sich selbst gedreht und ist in die Leitplanke gekracht. Zum Glück ist niemand verletzt, auch nicht die Kleine am Steuer, die sich als Könnerin ausgab und nun vom Vater eine geknallt bekommt – Agata beobachtet die Szene durch das Seitenfenster –, was das Mädchen im Leben nicht mehr vergessen wird.

Aber auch der Brigadiere ist besorgt. Er hat in der Zentrale angerufen und Verstärkung angefordert. Da man jedoch seinen Hang zum Dramatisieren kennt, schenkt niemand ihm Glauben.

»Nimm die alte Straße«, hat er dem Kollegen am Steuer gesagt.

Und so sind sie durch das Industriegebiet gefahren, vorbei an Ölwannen und Pfeilern, Abflussgräben, Ventilen, Brücken und metallenen Konglomeraten, die, wären sie nicht verrostet, den Eindruck einer futuristischen Stadt machen könnten. Agata erkennt die unterschiedlichen Gestanksnoten, die in der Luft wabern, und nimmt sich vor, mit dem Zuständigen zu telefonieren, sobald sie wieder zu Hause ist, um die Unatembarkeit an diesem Ort anzuprangern, wo eigentlich kein Gestank herrschen dürfte. Sie ist bereit, wieder zur Sackgeherin zu werden, eine Rolle, die sie selbst gewählt hat.

Hinter ihnen, am Kopf des Autokorsos, fährt der Wagen von Carmine Acquaforte, am Steuer sein Sohn Giulio, der neben seinen Eltern auch ein paar Freunde eingeladen hat, geborene Chaoten, und ihnen erzählt er die Geschichte von Lori und Luce. Aus seinen Worten und seinem leidenschaftlichen Vortrag entnehmen die Passagiere im Fahrgastraum, dass Giulio blitzartig für diese Brandstifterin Feuer gefangen hat, weshalb Carmine erfreut denkt, dass dies ein Feuer ist, das nicht verglühen wird, denn auch er hat das Mädchen bereits ins Herz geschlossen, und Luisa ebenfalls, die sich schon vorstellt, wie die Kleine sie irgendwann *Oma* nennt.

Ihnen folgt der Wagen mit Scianna, Motta, Calcaterra, Don Bruno und Grimaldi. Danach Violante mit Lisabetta und Lucietta.

Franca ist mit dem Baby zurückgeblieben, da man der Kleinen die üble Klientel einer Kaserne nicht zumuten kann.

Es folgen weitere Dorfbewohner, einschließlich Mangiagalli, der sich auf gar keinen Fall das Spektakel der Sackgeherin in den Händen des Gesetzes entgehen lassen will.

29

Bitter ist die Medizin. Zu bitter. Ada kann sie nicht in einem Zug trinken.

Sie hat herumgetrödelt, gewartet, dass Paolo zurückkäme.

Doch nichts.

Der Spuk hat sich in einen Schatten verwandelt, der auf ihr lastet.

Sie kümmert sich nicht darum.

Vor ihr die Dose mit den Plätzchen, die der Colonnello und der Junge am Abend zuvor gebacken haben, dazu die Trostlosigkeit eines Lebens voller irreparabler Fehler. Sie würde gern in die Zeit zurückkehren, als ihre Seele noch unbefleckt war, zu den Tagen, als sie noch einen Vater hatte, der sie so liebte, wie es niemand mehr tun würde.

›Aus Liebe, nur aus Liebe‹, sagt sie sich.

›Alles im Leben kehrt zu dir zurück, meine Tochter‹, wiederholt ihr Vater wie eine verzauberte Schallplatte in ihrem Geist. ›Das Böse, das du getan hast, aber auch das Gute.‹

Was hat sie Gutes getan?

Sie hat ihren Sohn vor dem sicheren Tod bewahrt.

Aber was ist das schon für ein Verdienst? Jede Mutter hätte das getan.

Du gehst. Entschlossen, sie nie wieder zu sehen, nie wieder einen Fuß in das Haus zu setzen, in dem sie lebt. Du rennst, und der Regen durchnässt deine Kleidung, der Wind dringt dir bis in die Knochen, deine Zähne klappern, und währenddessen denkst du, dass du das Blut in dir nicht willst, du willst es einfach nicht, und auch nicht diesen Körper und dieses besondere Lächeln, das genauso ist wie ihres. Du hast es bemerkt, natürlich hast du es bemerkt: Du lächelst, und vor dir im Spiegel siehst du das Gesicht deiner lächelnden Mutter, und du willst dir das Lächeln wegreißen, den Spiegel zertrümmern, dein Gesicht zerstören.

Das Gesicht … dieser lange Striemen … er sieht aus wie ein Schnitt, und nicht wie vom Lockenstab.

Paolo verlangsamt den Schritt.

Und all diese Merkwürdigkeiten? Dieses unnormale Verhalten? Dieses entsetzte Weinen ausgerechnet an Weihnachten? Wieso klammerte sie sich an den Colonnello? Und weshalb dieser glasige Blick? Und die Angst? Dieser Schrecken, den er noch nie bei seiner Mutter erlebt hat?

Er marschiert. Um ihn löst sich die Menge auf, einige krakeelen noch herum, anderen machen sich auf die Suche nach den neuesten Neuigkeiten, ob schon Genaueres über das Schicksal von Bürgermeisterin und Terroristin bekannt ist.

»Die Tabbacchera soll so dumm sein, sich eine Terroristin ins Haus zu holen?«, fragt einer.

Ein Dämon … das ist seine Mutter gewesen, ein Dämon, der aber geschworen hatte aufzuhören, und vier Jahre lang hat sie sich daran gehalten.

»Tja, meine Liebe, mit dem Verstand ist das so eine Sache. Wer weiß schon, welchen Vorteil die Tabbacchera davon hatte, sich die Terroristin ins Haus zu holen?«, sagt der Mechaniker zur Zeitungsfrau, die er endlich ins Bett gekriegt hat.

»Vorteil, sagst du? Niemals! Die ist doch total launisch, je nachdem wie der Mond steht.«

Am liebsten würde Paolo ihr eine runterhauen, aber er geht weiter. Zu groß ist sein eigener Schmerz, um sich auch noch den von Agata aufzuhalsen.

»Und das Leben ist manchmal echt eine Schlampe«, seufzt ein anderes Mädchen.

»Vor allem wenn es brave Leute abzieht«, bestätigt die Freundin, ebenfalls seufzend.

Und wenn jemand sie gezwungen hätte? Wenn sie erpresst worden ist?

Du bist so blöd! Immer musst du sie verteidigen, schimpft er mit sich selbst über seinen Wankelmut, weil er seine Mutter in einem Moment hasst, im nächsten aber schon wieder in den Arm nehmen möchte. Doch dieses Mal ist sie wirklich zu weit gegangen.

»Sohn, so lilienweiß … Sohn, so weiß, so blutig rot …« In der Mittelschule hatte sie dieses Gedicht auswendig gelernt.

Also stimmt es, dass dein ganzes Leben vor dir abläuft, wenn du stirbst, und du dich an alles erinnerst, auch an das, was du schon längst vergessen geglaubt hast.

Sohn mit heiteren Augen, Sohn, der du schweigst … Sohn, so weiß, so blond, Sohn mit heiterem Gesicht … Sohn, so süß, so lieb, Sohn der Schmerzensfrau …

Sie trank. Bitter war die Medizin.

Doch noch bitterer war das Leben.

Was, wenn jemand sie bedroht hatte?

Was wenn die Bedrohung vielleicht so groß gewesen war, dass sie ihren Pakt gezwungenermaßen hatte brechen müssen?

Paolo lacht bitter: Ada, die Gockelfresserin … wer könnte die schon bedrohen, ohne nicht selbst sein Leben zu riskieren?

»Findest du nicht auch, dass die Kirche mit all dem Schnee wie ein Baiser aussieht?«, fragt der Zimmermann seinen Enkel, den er rittlings auf den Schultern trägt.

Auch Paolo wäre gern auf den Schultern von irgendjemandem geritten, doch stattdessen schleppt er sich dahin. Was bist du bloß für ein Arschloch? Solange dein richtiger Vater alle eingeschüchtert und niemand dich mit Dreck beworfen hat und du die Wahrheit nicht kanntest, hast du den Colonnello für einen liebesunfähigen Vater gehalten. Kaum war der Bürgermeister tot, zerrissen sich alle das Maul. Und Paolo wurde noch wütender.

»Kuck mal, da oben, kuck!«, ruft jemand hinter ihm.

Unwillkürlich blickt er nach oben und entdeckt einen roten Adler mit einem Schwanz, der ausgefranstem Licht gleicht, und hoch über dem Dorf seine Kreise zieht.

Und wenn sie einer Erpressung nachgegeben hätte? Laut dröhnt der Zweifel in ihm.

So kann er nicht fortgehen: Wenn er sie schon verlassen muss, dann endgültig, da darf es keinen Angelhaken mehr geben, der ihn sein ganzes Leben an sie binden würde.

Er kehrt um.

Er rennt zurück. Als würde ein Schrei ihn zurücklocken.

Schreit seine Mutter?

Ruft sie nach ihm?

Schneller, immer schneller rennt er nach Hause.

»Ein Jungchen ist er«, würde manch einer sagen, »noch nicht Manns genug, um hart zu bleiben, noch nicht Manns genug, um seine Haltung unverrückbar durchzusetzen, wegen des gebrochenen Paktes.«

»Ein Jungchen ist er, und wie alle Jungchen liebt er mit Haut und Haaren, instinktiv, mit dem Ungestüm der Unvernunft.«

»Mama«, ruft er beim Eintreten.

Das Haus ist leer.

»Mama …«

In der Küche ist sie nicht, auch nicht im Wohnzimmer, nicht im Esszimmer.

»Mama, wo bist du?«

Er läuft in den Garten hinter dem Haus, noch unberührt liegt der Schnee, weil die Sonne dort nicht hinkommt.

»Mama …«

Stille.

Sollte etwa sie es sein, die gegangen ist?

Ein Anflug von Hass durchströmt ihn, ah, verdammt, denkt er, immer musst du das letzte Wort haben!

»Ada!« Sein Brüllen dringt laut durchs Haus.

Stille.

Er läuft zu ihrem Zimmer, reißt die Tür auf.

Da ist sie, liegt auf dem Bauch und schläft. Über ihr schwebt ein böser Schatten.

Doch sie schläft nicht. Ihr Arm hängt schlaff herab, auf dem Nachttisch stehen leere Fläschchen.

Paolo rennt zu ihr, rüttelt sie, dreht sie um. »Mama«, schluchzt er, während der schwarze Spuk zur Schlinge wird und ihm die Hände binden will. Aber die Macht der Liebe treibt diesen Sohn an, seine Mutter zu retten, mit der Macht der Liebe hebt er sie hoch und trägt sie ins Bad, und hier ohrfeigt er sie, heftig, noch heftiger, er hält ihren Kopf unter den eiskalten Wasserstrahl, steckt ihr zwei Finger in den Hals. »Spuck es aus«, schreit er. »Spuck es aus, Mama.«

Sie würgt, einmal, ein zweites Mal, sie ist verwirrt, versteht nichts. Dann erbricht sie sich. Aber zu wenig. Weshalb der Junge sich noch mehr anstrengt, während der Spuk jubelt: ›Stirb, Ada, stirb.‹

Paolo hört ihn nicht, er kann ihn nicht hören.

Ada aber hört ihn, wie durch einen Nebel. Doch noch deutlicher hört sie Paolos Stimme. »Du darfst nicht sterben«, fleht er und schluchzt, wie jeder Sohn schluchzen würde, der das Leben seiner Mutter in Händen hält und nicht auf die Hilfe von anderen hoffen kann.

›Stirb, Gockelfresserin‹, höhnt der Spuk. ›Gib auf, Sohn.‹

Aufgeben?

Die Gockelfresserin öffnet ein Auge und sieht den Verdammten, sie sieht aber auch die Verzweiflung in den Augen ihres Sohnes, der sie liebt, wie ein Sohn seine Mutter nicht besser lieben könnte – und das trotz all ihrer Gemeinheit, trotz all ihrer Minderwertigkeit, denn sie ist seine Mutter, ist trotz allem seine Mutter – und mit zwei Fingern in ihrem Hals versucht er, sie zum Erbrechen zu bringen, und sie kommt dem nach, übergibt sich und spuckt das Gift der beiden Fläschchen aus. Es ist noch nicht viel Zeit vergangen, das Gift ist noch nicht in ihren Blutkreislauf eingedrungen, und damit sie auch alles ausspuckt, füllt Paolo das Zahnbürstenglas mit Wasser und zwingt sie es auszutrinken. Sie schluckt das widerliche Leitungswasser und gibt es prustend wieder von sich, zusammen mit den Benzodiazepinen und den anderen Chemikalien, sie trinkt und spuckt, sie spuckt ihre Seele aus, in Stücken, in Splittern, in Scherben, weiche Teile und spitze Teile, und während der böse Schatten immer noch über ihnen schwebt, faselt sie: »Hau ab.« Sie regt sich auf, weint, und Paolo versteht es nicht, er sieht das Schwarz nicht, sieht den Spuk nicht. Und weil sie sich immer weiter aufregt und nichts sie beruhigt, sagt er: »Hier sind nur du und ich, Mama, sonst ist hier niemand.«

»Occhi … janchi«, flüstert sie.

Er streicht ihr über das Haar, beruhigt sie. »Nur wir beide … Das ist eine Halluzination, eine Nebenwirkung der Tropfen. Sei ganz ruhig«, sagt er. »Ruhig …«

»Er war das.« Sie berührt den Striemen im Gesicht.

Er war das?

»Er hat dir das verpasst?«

Ada nickt und verzieht den Mund zu einer breiten Grimasse. »Er«, murmelt sie.

»Hat er dich erpresst?« Ungläubig fragt Paolo das. Er ist verunsichert. Er sieht keinen Schatten.

»Schau«, sagt sie und zeigt auf den Spiegel.

Paolo sieht hinein. Und schreit!

Dort ist der Spuk in all seinem vermoderten und gräulichen Zerfall.

»Verschwinde!«, schreit Paolo. »Geh weg!«

»Ich bin nicht … verrückt …«, nuschelt sie, schließt die Augen und schläft ein.

Das darf sie nicht, sie darf nicht einschlafen! Er schüttelt sie, ohrfeigt sie.

Ada jammert kurz, es klingt wie ein Seufzen, dann lässt sie den Kopf mit halbgeöffnetem Mund nach hinten fallen.

Da fängt der Spuk an, als grünlicher Schleim vom Spiegel zu rinnen, an den Kacheln entlang bis auf den Fußboden, und langsam kriecht er voran.

Paolo zieht seine Mutter an sich und weicht zurück.

Der Spuk bereitet sich aus, macht sich lang, um sie zu holen, sie mit sich zu nehmen.

Muss Paolo sich verteidigen? Wie? Womit?

Mit Beschwörungen, Sprüchen, Knoblauch, Kruzifixen?

Nein. Ihm kommen die Worte Don Brunos in den Sinn: »Es ist die Liebe, die uns rettet, Paolo, denk dran. Sie rettet uns immer, in jedem Moment.«

Immer, in jedem Moment. Die Liebe, die Barmherzigkeit …

»Mögest du in Frieden ruhen«, sagt er da zu dem Spuk.

Er sagt es, während seine Mutter sich dem Schlaf hingibt, während das Haus erbebt und die Handtücher erzittern, die Parfumflakons klirren, die Lampe wackelt.

»Mögest du in Frieden ruhen.«

Und so verflüchtigte sich Occhi janchi, während sein Sohn, nachdem er eine lange Zeit, fast so lang wie ein ganzes Leben, am Boden gesessen hatte, seine Mutter weckte und sie langsam hochhob. »Du stinkst, Mama. Du brauchst ein Bad.«

Er ließ die Wanne zur Hälfte volllaufen, dann zog er seine Mutter aus und setzte sie in das lauwarme Wasser.

Ada ließ es geschehen, dass er sie von jeglichem Unflat reinigte, und derweil sagte sie sich: »Alles kommt zurück, Papa, du hattest recht.«

Sie hörte ihren über alles geliebten Vater lachen und schloss die Augen, und Paolo bemerkte ihre Tränen nicht, die zusammen mit dem Seifenwasser über ihr Gesicht liefen.

30

Tumult brach los, Schaisze, was für ein Tumult! Im Bruchteil einer Sekunde wurde die leere und verträumte Kaserne – so wie sie an Festtagen manchmal erscheint –, von einer lärmenden kunterbunten Horde überrannt, die sich aus den unterschiedlichsten Männlein und Weiblein zusammensetzte, ein paar Jugendlichen, eleganten Herren mit der Nadel der Blutspende-Vereinigung am Revers, einem Hund mit einem hellblauen und einem haselnussbrauen Auge, einem mitwissenden Metzger, der mit der Terroristin auf dem Schoß in einem Kellerraum der Bürgermeisterin erwischt worden war, wie Arturo Confidenza dem Capitano rapportierte, der erschüttert das Gewimmel betrachtete und nicht wusste, was er sagen sollte.

Er wusste nicht, was er sagen sollte, der Capitano, denn dieser Moment war ein typisches Beispiel dafür, wie der Teufel, wenn er seine Finger im Spiel hat, die Würde eines Menschen innerhalb von Sekunden zerstören kann, die dieser sich in vierzig Jahren ehrenbaren Dienstes aufgebaut hat: Im Zimmer nebenan saß nämlich in Zivil und inkognito ein General auf Inspektionsbesuch. Davon aber wusste niemand etwas, und niemand durfte davon wissen, und so brach dem Capitano der kalte Schweiß aus, und er wiederholte ununterbrochen: »Ruhe! Seien Sie doch ruhig!« Aber in diesem Hexenkessel hörte niemand zu, während Ligresti ihm auf den Pelz rückte und erklärte: »Ich hab Ihnen doch am Telefon gesagt, dass Sie Verstärkung anfordern sollen, aber nichts, und ich hab das Pech, als Cassandra dazustehen!«

»Sind Sie etwa 'n Weib?«, fragte Sarino frech.

»Still, Dummkopf!«, keifte Ligresti, der noch keine Gelegenheit gefunden hatte, ins Bad zu flüchten, um den Zustand seiner weiterhin glühenden Prachtstücke zu kontrollieren.

»Ruhe!«, donnerte der Capitano erneut.

Aber glauben Sie etwa, irgendjemand hätte gehorcht?

Da sagte schließlich die Tabbacchera: »Bitte, meine Herrschaften, beruhigen Sie sich ein wenig.« Sie sagte es sanft wie Kirke, die die Bestien zähmt. Und mit einem Schlag wurde es still.

In dieser Stille öffnete sich die Tür des anderen Zimmers, und es erschien ein Mann mit hellblauen Augen, sehr heller Haut, wohlerzogen, höflich, elegant, vollständig in Blau gekleidet.

Er betrachtete die Tabbacchera und sagte: »Wären Sie so freundlich mir die Sachlage zu erklären, Signora?«

Agata sah den Capitano verwundert an, der sich beeilte zu sagen: »Ja, jaja. Gehen Sie nur!«

Sie traten in das Zimmer, und der Mann schloss hinter sich die Tür.

Der Mann und die Tabbacchera saßen sich gegenüber.

Wie sie im Laufe des Gesprächs dann feststellen mussten, hatten sie mehr Dinge gemein, als auf den ersten Blick offensichtlich waren (das Blau der Augen, die extrem helle Haut).

»Mit wem habe ich die Ehre zu sprechen?«, fragte die Bürgermeisterin als erstes.

Der Mann hätte einfach nur seinen Namen nennen können, ohne seinen Dienstgrad anzuführen, aber das hätte die unrechtmäßige Besetzung des Arbeitszimmers des Capitano nicht erklärt, daher sagte er: »General Alberti.«

»Agata Lipari«, erwiderte sie.

»Bitte erklären Sie mir umfassend, was da draußen gerade vor sich geht.«

»Ich werde mich kurz halten.«

Schön war sie, wunderschön, ein Wohlgefallen für die Augen, sodass der General sagte: »Nein, ich bitte Sie. Keine Eile. Erzählen Sie alles in Ruhe und ausführlich.« Er lehnte sich zurück und widmete sich dem Zuhören.

Und die Tabbacchera erzählte.

Und mit ihrer harmonischen Stimme, ihrer exakten Wortwahl, ihren genauen Zusammenfassungen, der Aufrichtigkeit ihrer Gefühle, der Logik der Prämissen, gefolgt von der Logik der Resümees verzauberte sie den General mit einem wegen seiner Schlüssigkeit bestechenden Bericht.

Sie erzählte, wie das Mädchen in ihr Haus gelangt war, wie Don Bruno das Baby gefunden hatte, das Lori zur Welt gebracht – allein, mitten im Schnee – und dann in der Nähe ihres Hauses abgelegt hatte, rasch präzisierte sie, dass die Mutter das Baby erst verlassen hatte, als sie den Priester kommen sah, sie also sicher sein konnte, dass dem Neugeborenen geholfen würde, sie erzählte von Loris Eltern, die starben, als sie noch klein war, von den Pflegeeltern, die sich nicht so verhalten hatten, wie es die Menschlichkeit gebietet.

Hin und wieder unterbrach er sie, um die Situation zusammenzufassen, hin und wieder bat er sie, ein Faktum noch genauer auszuführen, hin und wieder forderte er sie auf, etwas zu wiederholen. Aber nicht, weil sie verwirrt oder ungenau oder oberflächlich oder fehlerhaft erzählt hatte, nein, nur wegen des Vergnügens ihr noch länger zuhören zu können, bat er sie darum.

Auf der anderen Seite der Tür war inzwischen die Verstärkung eingetroffen: Die Terroristin war in einem Kämmerchen eingesperrt worden, der Capitano nahm Scianna und Motta – von wegen Metzger, von wegen Spatafora!, wie Confidenza berichtet hatte – in die Mangel und befragte sie zu den Einzelheiten der Geschichte, alles wollte er wissen, und zwar ganz genau, das Warum und Wieso, das Wann und das Wo, das Weshalb und das Bis-wohin-denken-Sie-können-Sie-das-Gesetz-brechen.

Und Toni erklärte es, in aller Ruhe.

Sarino betrachtete, nachdem er seine Aussage gemacht hatte, Patuzzu: Dieser Hund schien aus einem anderen Stoff zu sein als andere menschliche Wesen. Und während Sarino ihn betrachtete, dachte er wieder an den Schleier, der die Welt der Lebenden von der der Toten trennte, und an die Löcher darin, die es den Lebenden erlaubten, mit den Toten in Kontakt zu treten. Da erinnerte er sich an den Tabbacchere, der die Eier des Landeis langezogen hatte, und lachte, und wieder schwor er Costanzo, dass die Saracina durch seine Hände noch schöner werden und er sie mit derselben Liebe behandeln würde, die Costanzo für sie zu Lebzeiten empfunden hatte. Aber was war das nur für eine stickige Luft in dieser Kaserne. »Macht doch mal die Fenster auf!«, hätte er am liebsten gesagt, aber er blieb stumm, rätselte weiter über diese Löcher im Schleier zwischen Leben und Tod und betrachtete das Hundchen, das ihn ebenso versonnen ansah und anscheinend in weite Ferne schauen konnte, in die kommende Zeit, in der die Dinge so sein würden, wie das Schicksal es wollte.

Also, in der Kaserne summte es wie in einem riesigen Bienenstock, sie war erfüllt von Getuschel, Stimmengewirr, Gehuste, etwas Gelächter, Handygeklingel, Telefongeläut, die Sirene eines Rettungswagens, der zum nächsten Krankenhaus sauste, unterbrach hin und wieder die Stille auf der Straße.

In dem Zimmer, in dem der General und die Tabbacchera redeten, war jedoch nicht einmal das Brummen einer Fliege zu hören: Die Wände waren gedämmt, so wie ein ehemaliger Kommandant es Jahre zuvor für richtig gehalten hatte.

»Und das wars«, schloss Agata.

Der General lächelte und schüttelte den Kopf. »Terramarina ...«, sagte er. »Das habe ich allerdings nicht so ganz verstanden. Ist das ein Land? Eine Insel? Eine Erfindung? Was ist das genau?«

»Das ist schwierig zu sagen«, murmelte Agata.

»Sie werden sich doch ein Bild gemacht haben.«

»Ich glaube, es ist ein Traum von uns allen, unser größter Wunsch.«

»Also existiert sie gar nicht.«

»Sie existiert in dem Maße, wie auch Träume existieren und unser Wille, ihnen zu folgen.«

»Ein bisschen so wie *Ithaca* von Kavafis?«

Agata lächelte. »Ithaca ist die Reise.«

»Stimmt«, sagte er. »*Brichst du aufgen Ithaka, so wünsch dir eine lange Fahrt, voller Abenteuer und Erkenntnisse.*«

«*Stets halte Ithaka im Sinn*«, fuhr sie fort. »*Dort anzukommen ist dir vorbestimmt.*«

»*Jedoch beeile deine Reise nicht ...*«

»*Besser ist, sie dauere viele Jahre; und alt geworden lege auf der Insel an, nun reich an dem, was du auf deiner Fahrt gewannst und ohne zu erwarten, dass Ithaka dir Reichtum gäbe ...*«

»*Ithaka gab dir die schöne Reise. Du wärest ohne es nicht auf die Fahrt gegangen ...*« Dann fragte er: »Also ist Terramarina Ithaka?«

»Auch«, antwortete sie.

Andrea Locatelli erreichte die Stadt später als beabsichtigt. Und da er in der Nähe der Kaserne keinen Parkplatz fand, musste er noch ein langes Stück zu Fuß gehen.

Aber er war entspannt: Er hatte Lo Nigros Erklärung in der Tasche, zudem hatte der Hausmeister versprochen, auch im Prozess seine gemachte Aussage zu widerrufen. All das verlieh Andrea das richtige Maß an Optimismus, dass sich alles zum Guten wenden würden.

»Und damit«, schloss Agata, »habe ich wohl alle Aspekte dieses Themas aufgeführt.«

»Nicht ganz«, sagte der General.

Sie sah ihn besorgt an. »Was denn noch?«

»Ihr Motto … es hat ganz Italien durchquert und ist sogar noch weitergezogen, wissen Sie das?«

»Die Welt mit Poesieschüssen zu verändern?«, fragte sie überrascht.

Er lächelte. »Und auch dieses Wort von Ihnen …«

»Liebesbezeugung?«

»Genau das.«

Ungläubig schüttelte Agata Lipari den Kopf. »Ach was, davon hat man hier in der Gegend, auf Sizilien geredet, General. Aber nicht …«

»Doch, auch anderswo, Signora Tabbacchera.«

Sie wurde rot. »Entschuldigung, aber woher wissen Sie, dass man mich so nennt?«

»Sind Sie nicht Agata, die Tabbacchera?«

»Ja, doch … Wer hat Ihnen das erzählt?«

»Mir kam an meinem Wohnort, also in Rom, die Geschichte einer Tabbacchera-Clique zu Ohren, die die Welt mit Poesieschüssen verändern wollte und es in Teilen sogar geschafft hat.«

»Und wieso kam Ihnen ausgerechnet diese Geschichte zu Ohren, General?«, fragte sie.

Der General schwankte zwischen Wahrheit und Diskretion, da jedoch niemand die Aussage protokollierte, gestand er ihr: »Ich kenne da in Rom eine Signora, eine, die von einem Tabbacchere erzählt … Ab und zu trinke ich mit ihr einen Kaffee.«

Liebesbezeugend lächelte Agata. »Grüßen Sie sie von mir«, mit diesen Worten verabschiedete sie sich. »Sagen Sie ihr, dass wir sie erwarten, denn wir können ihr noch viele weitere Geschichten erzählen.«

Locatelli zittert.

Motta zittert.

Scianna zittert am meisten, der um die (mittlerweile) brüderlich geliebte Bürgermeisterin fürchtet, die mit diesem Typen allein in einem Zimmer ist … Der wird das doch wohl nicht ausnutzen?

Der Capitano zittert, weil er nicht begreift, was hinter der verschlossenen Tür vor sich geht.

Lori bleibt als Einzige ruhig. Eingeschlossen in dem Kämmerchen singt sie mit der Stimme ihrer Mutter vor sich hin: »*Nach Terramarina ziehe ich, wenn ich nicht wach bin, aber auch nicht schlafe.*«

Und die Zeit setzt sich.

Sie ist ein barfüßiges Kind, das sich an das Mädchen kuschelt und mit dem Sand von Terramarina zu spielen beginnt.

Endlich öffnet sich die Tür, und die Tabbacchera tritt heraus.

Der General ruft den bereitstehenden Locatelli zu sich. Er nimmt die Erklärung des Hausmeisters an sich, vergleicht mit dem Maresciallo die Aussagen über das Vorgefallene und spricht mit ihm das nachfolgende Prozedere ab. Dann hört er zu und lässt die Berichte der übrigen Anwesenden zu Protokoll nehmen.

Der Eifrigste ist Don Bruno. Er sagt aus, das Baby sofort hochgenommen zu haben, nachdem die Mutter es abgelegt hatte, er würde es bei der heiligen Hostie beschwören: Lori hätte das Baby nie den Straßenkötern vorgeworfen. »Wirklich, Signor General, nie.«

Und nun sind die Helden dieses Abenteuers wieder vereint, einschließlich Lori.

»Jetzt müssen wir nur noch die Frage der Minderjährigkeit des Mädchens klären.«

Alle verstummen.

Wir sind am Arsch, denkt Sarino zitternd.

Und was erzählen wir jetzt?, fragt sich Toni. Er weiß, dass das Gesetz Minderjährige für unfähig hält, auch wenn sie Experten sind, weshalb es sie an die Leine der Eltern legt oder wer auch immer für sie zuständig ist, er weiß auch, dass eine Minderjährige nicht einfach so ihr Kind behalten darf, das …

»Von welcher Minderjährigen sprechen Sie?«, fragt der Capitano verwundert.

»Von Loredana Delle Rose«, sagt der General.

Ligresti, der in der Zwischenzeit im Meldeamt in Trapani nachgefragt hatte, sagt: »Nein, sie ist nicht minderjährig. Sehen Sie hier.«

Der General nimmt das Blatt und liest laut vor: »Loredana Delle Rose, geboren in Salemi, Provinz Trapani, am 24. Dezember 1980.« Er sieht zu Agata: »Wir haben 1998, und wenn die Mathematik keine Interpretationssache ist, dann ist Loredana Delle Rose vor zwei Tagen achtzehn geworden.«

Sie erstarren. Alle erstarren. Loredana Delle Rose ist, und das weiß niemand besser als sie selbst, am 24. Dezember 1982 geboren worden. Aber sie bleibt still, stumm und still.

Alle sehen sich an. ›Still, stumm und still‹, sagen sie sich mit Blicken. ›Das ist ein Fehler, aber den behalten wir bitte für uns.‹

Still, stumm und still.

Sarino blickt zum Regal, auf dem der beinebaumelnde Costanzo sitzt.

Er sieht ihn an und begreift. Die falschen Papiere, Tabbacchere, die hast letztendlich also du gemacht, denkt er.

Costanzo lacht. ›Aber alles andere ist euer Werk.‹

31

Und Sie meinen nun also, dass diese Geschichte so endet? Mit einem *Te Deum* – wie Don Bruno es sich wünscht –, einer Messe, Jubel, Trubel, Heiterkeit und sie lebten glücklich und zufrieden bis an ihr Lebensende?

Meinen Sie wirklich, dass es hier ein Happy End geben kann wie in einem gewöhnlichen Weihnachtsmärchen, in dem die Schöne das Biest erobert, der Gute den Bösen an den Pranger stellt, die Armen reich werden, die Attentäterin für unschuldig erklärt wird (wie wenig später ein Richter urteilt), wo beim Hütchenspiel aus einer Minderjährigen plötzlich eine Volljährige wird, ein General von der immer hinterhältigeren Tabbacchera beschwatzt wird (wie die Lästermäuler später verbreiten), eine Schlampe sich in eine liebevolle Mutter verwandelt, ein gehörnter Bock zum Vater eines Bastards wird, ein Weichei doch kein Weichei ist, ein Bauer sich gebärdet wie ein König, ein Kontinentaler im sizilianischen Bett vögelt, ein Dorfpfaffe zum Monsignore erhoben wird (so kommt es, nachdem die Kurie von dem geretteten Kind erfährt), ein Hund nach Vorsehung riecht und ein Loch im Schleier die Welt der Lebenden mit der der Toten verbindet?

Meinen Sie wirklich, dass diese Geschichte mit Friede, Freude, Eierkuchen endet?

32

Sie sitzen im Auto, das Raubein am Steuer, Lori mit Luce auf dem Arm daneben.

»Habt ihr einen Ort, mein Kind«, sagt Sarino in poetischem Ton, »wo ihr gern einen Teil eures Lebens zubringen würdet? Einen Ort etwa, der einem Stück vom Paradies gleicht?«

»Wenn ich so einen Ort fände, Signor Motta, würde ich mein ganzes Leben dort verbringen.«

»Zum Teufel mit diesem *Signor Motta*! Wann hörst du endlich damit auf? Da fühl ich mich ja so alt, als könnt ich nich mal mehr 'nen Hund kommandieren.«

»Es ist nur …«

»… dass ich zu alt bin, um mich zu duzen? Würdest du deinen Großvater etwa nich duzen? Würdest du ihn »Signor Großvater« nennen?«

Lori lacht. Beide lachen.

»Sarino«, sagt sie. Und verzieht den Mund. Einen alten Menschen mit dem vertraulichen Du anzureden, will ihr nicht gelingen. »Und wenn ich dich Zio nennen würde?«

Zio? Onkel? Schaisze, sein raubeiniges Herz würde die Stufen des Glücks herunterpurzeln, weil noch nie im Leben jemand ihn so genannt hat.

»Es wäre mir eine Ehre.«

»Dann ist es abgemacht«, und zu ihrer Tochter sagt sie: »Er heißt Sarino, Schatz, aber wir nennen ihn Zio.«

Und weil diese Sache von solch einer Bedeutsamkeit ist, an die sich alle drei erst einmal gewöhnen müssen, versiegeln sie ihre Münder.

Außerhalb des Wagens zieht das Panorama aus Trockenmauern, Mandel- und Johannisbrotbäumen sowie Brombeerbüschen vorbei, zwischen denen Lori im Winter wilden Spargel ernten wird, den Franca brät oder zu Soßen kocht, die das Mädchen mit Brot vom Teller putzt, sodass er ganz sauber zurückbleibt, und im Sommer wird Lori die Brombeeren pflücken, für Granita und Marmelade, dazu den wilden Salbei und die Kräuter, die Lisabetta ihr zeigt und so die Megären-Kunst an sie weiterreicht, nämlich die Heilung – durch Kräuter – von Körper und Seele, von sichtbaren Schnitten und unsichtbaren Wunden, geschlagen beispielsweise von der Liebe, wenn sie dich verlässt und alles mitnimmt, was sie dir geschenkt hat.

Dann, nach einer Haarnadelkurve, liegt sie vor ihnen.

Die Saracina erstreckt sich stolz bis ans Meer. In der Mitte des weitläufigen Grundstücks steht ein massives Haus mit einem Laubengang aus schlanken Säulen, alles ganz in weiß wie der Schleier einer Jungfrau, umgeben von Blumen und blühenden Bäumen, in Jasminduft gehüllt und gekrönt vom Geflatter schneeweißer Ringeltauben. Es ist der alte Familienbesitz, den Costanzo, der Tabbacchere, so schön wie möglich gemacht hat, so wie es ihm gefiel, indem er einen Samen nach dem anderen aussäte, bis Mandelhain und Obstgarten wuchsen und windschützende Pinien sich erhoben, die in dieser Januarsonne knistern, als wäre es Juni.

Der Wagen hält vor dem Tor. Hustend steigt Sarino aus und öffnet es. Der verdammte Husten quält ihn und lässt ihm keine Ruhe, weil er den Mund geschlossen halten will, um das Mädchen und die Kleine nicht mit der Grippe anzustecken.

»Du musst ein paar Tests machen lassen, Sarino«, hat Grimaldi ihm gesagt und ihm einen Haufen Untersuchungen verschrieben, denen er sich aber nicht unterziehen will: Bei all der Arbeit, die anliegt? Wo doch Lori und Luce jetzt hier sind? Wo dieses neue Leben nur noch Freude braucht, um die vorangegangen Schäden zu reparieren? Das war doch nur ein kalter Luftzug, der mir die Bronchitis beschert hat, Dottore, das ist doch nichts, wir sind so gemacht, dass wir uns selbst kurieren, in ein paar Tagen ist der Husten wieder vergessen.

Franca hat das Tor quietschen gehört – »Wir müssen es mal ölen« –, das Gehuste wird von fröhlichem Gehupe übertönt. Sie rennt hinaus und trocknet sich die Hände an der Schürze.

Sie sieht die beiden: Lori auf dem Beifahrersitz, Luce auf ihrem Arm. Und sie ist so glücklich, dass sie keinen Schritt mehr tun kann.

»Herzlich willkommen auf der Saracina«, sagt Sarino feierlich und reißt die Wagentür auf.

Lori starrt auf diese umwerfende Vision. »Ich bin da, Mama«, flüstert sie.

Und es wird still. Sarino hört auf zu husten, die Hunde bellen nicht mehr, die Vögel lassen das Zwitschern, der Traktor pflügt nicht mehr durch den Boden, der Bauer lässt das Hacken, die Pumpe das Bewässern … Und wie beim Schlag des Ave hört jede Beschäftigung auf, schweigt jede Stimme und mit dem Hut in der Hand danken alle Gott.

Alle kamen aus dem Haus gelaufen: die Tabbacchera, Andrea, Violante und Toni, Lucietta, Ugo, Lisa … Alle waren da, um sie zu begrüßen, alle wurden zu einem gefühlten Zuhause, in dem Loredana Delle Rose so lange würde wohnen können, wie sie mochte. Selbst Giulio war da, mit seinen Eltern, und einem tanzenden Herzen in der Brust.

»Komm, komm herein«, sagte Franca und überwand ihre Befangenheit, während Sarino alle Fenster aufstieß, um die ganz unwinterliche Vormittagssonne hereinzulassen.

»Kommt, kommt alle rein.«

Lori mit Luce auf dem Arm tritt über die Schwelle dieses herrlichen Hauses. Große, luftige Räume mit hohen Decken öffnen sich, Rundbogentüren führen in die nachfolgenden

Zimmer. Der erste Raum ist ein Saal mit einem langen Tisch aus dunklem Holz, an dem mindestens zwanzig Gäste Platz finden, am anderen Ende ein Kamin, in dem die Scheite knistern und eine wohlige Wärme verbreiten, vor dem Kamin zwei geblümte Sessel, dazu eine antike Kredenz mit schönen Keramiken aus Caltagirone und Santo Stefano di Camastra, auf der rechten Seite ein Klavier, auf dem eines Tages Luce die Mozart-Sonate spielen wird, die die Tabbacchera so liebt, dann eine Ecke mit einem Schreibtisch und Bücherregalen. Durch eine Tür auf der Linken gelangt man in die Küche …

»Komm schon …« Sarino führt sie, zeigt ihr aufgeregt den Weg, als wäre dies sein Haus, und er bringt das Mädchen und das Baby drei Stockwerke höher, auf den Dachboden, von wo aus man das Meer am Ende des Grundstückes sieht.

»Komm, tritt ein, schau …«

Sie kommt, tritt ein, schaut.

Zimmer um Zimmer, ein Hinauf und Hinab über Treppen in andere Stockwerke, die Fenster sind geöffnet, die weißen Gardinen flattern, antike Möbel, die Costanzo bei Trödlern und auf Flohmärkten gekauft hat, restaurieren und herbringen ließ, füllen dieses Haus, das er so gern mit Kindern und Enkeln gefüllt hätte, so wie es eigentlich gedacht war, doch wenn man nun mal keine Kinder und Enkel hat, was kümmert einen da schon das Blut? Elternschaft gründet sich nicht auf Hämoglobin und Plasma, sondern auf Seelenverwandtschaft, also ist alles gut.

»Wartet mal«, sagt Sarino plötzlich. Und er holt einen Fotoapparat, um diesen Augenblick festzuhalten. »Stellt euch auf die Treppe«, befiehlt er.

Sie gehorchen.

Lori mit Luce steht neben Sarino, der sie mit dem linken Arm umfasst, mit dem rechten umarmt er Franca und drückt sie fest an sich. Auf dem Foto flüstert Sarino seiner Frau etwas ins Ohr, wer weiß, was er ihr sagt. Franca lacht, die Augen aller strahlen; Lori lächelt, die Kleine, aufrecht mit offenen Augen, sieht ins Objektiv, durch den Fotografen hindurch, dorthin, wo der Tabbacchere steht, auf den Schultern in Spielzeuggröße – jeweils rechts und links – Patuzzu und Laika, die gemeinsam diese Szene genießen.

33

Doch der Husten, Sarino, all dieser Husten, den du nicht zum Teufel jagen kannst, bringt schmerzende Knochen und schleudernden Kopfschwindel mit sich, weswegen du mittlerweile kapierst, dass diese Sache nicht einfach wieder vergeht, sie auch nichts mit dem Schmerz der zu lange gerauchten, die Lungen verkrustenden Zigaretten zu tun hat.

Es ist vielmehr – aber das weißt du nicht – die Frucht jenes Giftes, das je nach Windrichtung aus den in Terratorta versenkten Substanzen zu dir gelangt.

Dein Husten dröhnt durch die einst sonnendurchfluteten Räume, in denen nun der Schatten regiert, und du wartest und sagst: »Es hört gleich auf, es ist gleich vorbei.« Doch es hört nicht auf, es geht nicht vorbei.

Und dann folgt der ganze Rest, dieser Rest, den so viele Menschen kennen, zu dem im Vergleich der Verlust der Haare eine Kleinigkeit ist und der Verlust der Zähne auch.

Für alles gibt es ein Mittel, denn wer kann schon die Wissenschaft besiegen?

Die Natur jedoch holt sich alles zurück, und die Gleichung stimmt nicht mehr, sie geht nicht auf.

Lori läuft auf Zehenspitzen durch die Zimmer, um nicht zu stören, dabei würde sie so gern singen, auch wenn jeder Ton, der lauter ist als ein Flüstern, wie eine Nadel in deinen Kopf sticht.

»Sing«, sagst du ihr. »Sing.«

Doch sie gehorcht dir nicht.

Niemand gehorcht dir.

Niemand gehorcht dir mehr, alter Mann, der du die Erinnerungen reparierst. Nur Laika gesellt sich an deine Seite, und du musst ihr nicht mal sagen, was sie tun soll. Der Weg nach Terramarina ist weit, vor allem, wenn man ihn zu Fuß geht. Aber du hast keine Eile.

»Komm doch her!«, hat Lori dir am Telefon gesagt. »Ich bin in Terramarina.«

Aber es war tiefster Winter.

»Im Frühling«, hast du versprochen.

Und plötzlich ist der Frühling da, und so sagst du zu Laika: »Lass uns gehen!« Und du machst dich auf den Weg.

Zu Fuß, ja, weil in Terramarina musst du langsam ankommen, du musst die Kräuter vom Wegesrand essen, musst durch den Staub marschieren, der in dir die Karte von Terramarina formt, musst dich am Feldrand an Trockenmauern lehnen, zwischen Rosen, Mandelbäumen und Gärten, du musst rasten, musst schlafen, musst weiterwandern.

Die Hündin leitet dich.

Mit der Hand auf ihrem Kopf gehst du die Tage mit Filippo und Mina durch, holst eine Erinnerung nach der anderen hervor, einen Schritt nach dem anderen.

Du wanderst entlang der Küste, die dich von einem Zipfel Siziliens zum anderen bringt, weswegen du vom tyrrhenischen Zweimeer zum ionischen Zweimeer gelangst, in einer Nacht Messina erreichst, und die mit Salz schwarzhandelnden Feminoten überqueren, begleitet von Delfinen und *Klingeling*, das dämonische Meer zwischen Szylla und Charybdis. Du bleibst stehen, schnupperst nach dem Duft des Weibes, der von den Feminoten ausgeht und erinnerst dich an die Zeit, in der auch du bei diesem Duft entbranntest und dein Blut in Wallung kam. Die Erinnerungen umschwärmen dich wie kleine Fische zu Kriegszeiten – durch diesen Kleinfang überlebte das Fischervolk –, und von den Feminoten hörst du, wie ihr Ruderschlag das Wasser peitscht, von den Delfinen hörst du, wie sie spritzend das Wasser aufschäumen, du siehst sie nicht, und nicht nur weil es Nacht ist.

Du drehst Charybdis den Rücken zu und gehst von Messina die Küste nach Süden: Zu Fuß wie ein gewöhnlicher Wanderer und nicht wie ein Mann, der eine Verabredung mit dem Tod hat.

Schon seit einiger Zeit scherst du dich nicht mehr um die Verabredungen, dabei war damals, zu deiner Zeit als Raubein, den die anderen wegen deiner Mäuler und Zähne einschlagenden Fäuste fürchteten, deine Pünktlichkeit die Tugend, die alle an dir schätzten. Pünktlich gingst du am Haus der Witwe Franca Cortese vorbei, die ihre Einsamkeit nicht zum Kauf anbot, damit sie vom nächstbesten Heiligen erworben würde.

Sie saß an ihrem Schneidertisch, nähte Stich um Stich an einem nie endenden Stoff, denn das ist die Aufgabe einer Schneiderin: Ein Kleid zu nähen, es fertigzustellen, während das nächste schon zugeschnitten ist, und dann das nächste, danach noch eins, und daher endet diese Näharbeit nie, und immer sitzt sie gebeugt am Tisch: mit Maßband, Kreide zum Anzeichnen der Nähte, Schere und Nadelkissen. Du beobachtetest sie durch das Fenster, und sie wusste, dass du sie beobachtetest, und tat so, als würde sie dich nicht sehen, währenddessen hast du ihr in dir einen Altar bereitet und ihn Tag um Tag mit einer Geste, einem Wort, einer Tat so vollkommen geschmückt, dass sie zu Reliquien einer verrückten Liebe wurden: Zwanzig Jahre?

Zwanzig Jahre, Sissignore, hast du auf dieses Weib gewartet, das nun zu dir kommt, sich setzt, dir ein Glas an die Lippen führt, dich füttert und dir Geschichten von märchenhaften Ländern vorliest, die es mit deiner Saracina aufnehmen können, von der du dank Loris täglichen Erzählungen alles weißt.

Der Wanderer ohne Eile bleibt oft stehen, atmet die Brise ein oder verliert sich zwischen den vielen Marktständen, verzaubert vom frischen Fischgeruch, von den aufgeknackten Seeigeln auf den großen Platten, von Knoblauch und Paprika, dazu der Duft von Sonnencreme, die die Touristen vercremen, und die Würze der Seealgen, die in grünen Fäden von den mit Eis gefüllten Kisten herabhängen, alles überlagert vom Stimmengewirr: Da verkauft einer Strümpfe, ein anderer Salz, wieder einer Fahnen mit aufgestickten Sternen. Irgendwer umsäumt Stoffränder.

Die Nähmaschine rattert zwischen Ständen mit Orangen und Fenchel, der Mann aus Kalkutta hat sich den Beruf des fliegenden Schneiders ausgedacht; du gehst zu ihm, fragst ihn nach seinem Namen, seiner Herkunft, er kaut auf wenigen Worten herum, ausreichend für eine Erklärung, er erzählt dir, wie er in seinem Land an der Börse investiert und das Schicksal ihn dann hierher gebracht hat, wo er das Gewerbe seiner Großmutter ausübt und Risse vernäht, um ein neues Vermögen zu schaffen.

»Um die gleichen Fehler wie damals zu begehen?«

»Niemals!« Er drückt mit dem Fuß das Pedal hinunter, und du hörst die Nadel rattern, die das zuvor Zerrissene verbindet, Unförmigem eine Form verleiht und ein Gespräch unterbindet, das sonst kein Ende finden würde.

Wanderer verfügen über das Privileg der Langsamkeit, das sich in hundert andere Privilegien aufteilt, darunter das Wichtigste: anzuhalten, um das Brot mit dem zu teilen, der kein Brot und keinen Brotbelag hat. Du nimmst diesen Elenden zur Seite, ihr setzt euch dorthin, wo es etwas Platz gibt, du schneidest den Brotlaib auf – »Eine Hälfte du, die andere ich« –, öffnest das Schälchen mit den Oliven oder Sardellen oder wickelst ein Stück Pecorino aus. »Essen wir was«, sagst du. Im Gegenzug bittest du um Geschichten. »Woher kommen Sie? Wie sind Sie hier hergelangt?«

Und ihr esst und redet und trinkt Wein, und der andere erzählt dir Unerwartetes, zum Beispiel, wie es kam, dass die Welt in Land und Wasser geteilt wurde, und der Geist weht über euch.

Der Husten ist eine Bestie, die dich von hier fortzerrt. Du siehst aus dem Fenster, ein dünner Schlauch in der Nase versorgt dich mit Luft, ein dünner Schlauch im Arm nimmt dem Schmerz die Zähne. Du siehst auf den Orangenhain, der sich bis zum Meer zieht. Du denkst an den Tabbacchere, der das Haus seiner Großeltern mit der Leidenschaft, die einem Heiligen würdig ist, verschönert hat, du denkst an den alten Occhi janchi, der dieses Paradies zerstören wollte, denkst, dass das Leben schlauer ist als alte teuflische Füchse, die Müll in Gold verwandeln wollen, denkst an die Tabbacchera, die den Krieg, um des Friedens willen, zu ihrem gemacht hat und nun in einem Glücksrausch lebt, schwanger mit einem Sohn, der im September geboren wird.

Nach Terramarina ziehe ich, solange ich noch am Leben bin, sagt er sich. Und dann sehen wir weiter.

Francas Augen sind immer ruhig. Sie zeigt keine Verzweiflung. Die Anwesenheit des Babys mildert ihre Qual.

Lori geht mit Engelsschritten einher. In Terramarina erlebt man nicht nur Freude.

»So ist es, Kind«, hat er ihr gestern gesagt. »Selbst das schönste Paradies hat einen Feuerschlund. Und darum lache, Kind, lache, weil ich noch am Leben bin. Und noch eine Weile leben werde. Zwar bin ich schlecht beieinander und in diesem Bett, aber ich lebe. Freu dich.«

Sie hat ihn angesehen, hat den Kopf gesenkt, wie brave Kinder es tun, wenn sie einen Befehl erhalten, dem sie nicht gehorchen wollen, dem sie sich dann aber aus Liebe – und zwar nur aus Liebe – fügen.

Laika läuft. Ihr glattes Fell liegt unter deiner Hand.

»Nach Terramarina gehe ich singend, wenn ein Schmerz mir keine Ruhe lässt«, hatte Mina immer gesagt.

Oder ist es vielleicht Loris Stimme, die dich ruft?

Du gehst.

Du bleibst stehen.

Du findest einen Ort zum Ausruhen.

Die Hündin kuschelt sich neben dich ins Bett. Ihr immer leichter Atem, so als würde sie beim Schlafen nur ein Auge schließen, passt sich deinem an, der genauso leicht ist, denn du schläfst nicht tief, du lässt nie ganz los.

Die Zeit ist eine gerupfte Margerite.

Lori kommt und verstummt.

Du erkennst sie an dem Duft, den sie an den Händen trägt.

Frisch duften ihre Hände. Sie legt sie dir auf die Stirn, auf den Mund zusammen mit einem Eiswürfel, der das Brennen mindert.

Du machst die Augen nicht auf, die Lider sind eiserne Fensterläden, die du nicht zu öffnen vermagst.

Mit dem Eiswürfel zeichnet sie dir ein Herz auf die Lippen.

Hatte sie zuvor immer gesagt: »Werd schnell wieder gesund«, so seufzt sie jetzt nur noch.

Es ist die Zeit, die dich verändert. Das denkst du, und Laika leckt dir die Hand. Dass sie deine Gedanken spürt ist eine alte Wahrheit, die dich nicht mehr überrascht.

Du träumst von Scheren, die Bänder abschneiden, einen Wald von Bändern. Schaisze, wie viele sind das denn?

Im Traum bist du voller Kraft und Energie, du nimmst Luce auf die Schultern und galoppierst mit ihr durch den Laubengang. Und selbst wenn du husten musst, im Traum galoppierst du trotzdem.

34

Franca ist ins Zimmer gekommen und trägt den Duft von Basilikum und Minze herein, sie ist elegant gekleidet, als wollte sie zur Messe.

Sie setzt sich aufs Bett und flüstert: »Ich muss dir etwas vorlesen.« Er nickt.

»Hör gut zu«, murmelt sie. »Und dann sag mir, dass das nicht wie für uns geschrieben ist.«

Wieder das Zeichen mit dem Kopf, das Ja bedeutet.

Sie räuspert sich und beginnt:

Liebesbezeugungen, mein Herr, pflasterten Euren Weg
ich kehre zurück zu den Ufern meines Herzens
Eure Belagerung mit
rücksichtsloser Leidenschaft war wie
Zucker und Mandarinen, jedes Mal, wenn ich mit Euch sprach
Rauch und Wind
banden mich
als ich versuchte zu entfliehen
waren es Eure Liebesbezeugungen
Euer Klopfen an meiner Tür
des Nachts
das mir den Schlaf raubte
Ihr nahmt mich an die Hand und brachtet mich in dieses Land
wo die Liebe blüht
an trockenen Winterästen

und hier verweilt
wie Öl in einer Lampe
die niemals verlöscht.

»Ist das nicht wie für uns geschrieben?«

Er lächelt, schüttelt langsam den Kopf: »Ich … war ein Raubein …«

Sie legt den Kopf auf seine Brust. »Du bist mein Schatz.«

Er möchte mit ihr reden, ihr genauso poetisch antworten, doch die Worte bleiben in seinem Mund eingemauert, nur in Gedanken tönen diese Worte, die Franca eines Tages in einem Buch geschrieben findet, und sie wird sie lesen und wird ihn in ihrem Ohr flüstern hören, so wie im Traum die Liebenden miteinander reden:

Nährende Liebesbezeugung seid Ihr, meine Dame,
Ihr kennt mein Herz und mein Lachen,
die Fröhlichkeit dringt von hier zu Euch
wird Euch Morgana sein, die aufsteigt
gleich über dem Meer
und das Meer singt
und sagt
und ich höre Euch
Signora
und ich spreche zu Euch
wie Wachen und Schlaf es mir erlauben
und ich bin hier
und von hier sehe ich Euch
und von hier schreiben meine Hände die Liebe zu Euch
auf jeden Zentimeter Eurer Haut,
und ich werde zum Schatten Eurer Schritte
und küsse Euch küsse Euch immer wieder
und halte Eure Hände in meinen.

35

Den Sarg tragen Toni Scianna, Roberto Mancuso, Carmine Acquaforte und Ugo Calcaterra auf ihren Schultern.

Dottore Grimaldi geht dahinter. An seinem Arm Franca Cortese. Sie schreitet wie eine Aufziehpuppe. Die Beine bewegen sich. Das Herz schlägt, natürlich. Die Lungen pumpen Luft. Das Blut kreist durch die Adern, aber sie ist nicht da. Sie hat sich in das Foto geflüchtet, dass sie am Tag von Loris und Luces Ankunft auf der Saracina gemacht haben, an dem ihr Mann vor Freude fast verrückt geworden ist. Und dort bleibt sie, eng umschlungen mit ihrem Mann, der ihr ins Ohr flüstert: »Erinner mich dran, dass ich mich beim Leben für jeden Tag bedanke, den ich auf der Welt bin.«

Ihr folgen Luisa, Giulio, Lori, die Tabbacchera und Andrea. Dann Violante, Lisabetta und Lucietta.

In der Luft das Getöse der Zikaden. Ansonsten, Stille. Niemandem entrinnt ein Laut.

Plötzlich ein Schrei: »Giona!«

Der Alte zuckt zusammen. Von Terramarina hat er den Duft vernommen, das Meer und die Orangenblüten, den Jasmin, auch einen Hauch von Medikamenten und den Duft der geweinten Tränen und den der unweinbaren Tränen.

Er ist da.

Er steht vor dem Sarg. Seine Hand liegt auf dem Kopf der Hündin.

Die Saracina strahlt. Noch nie war sie so schön.

Giona spürt die Trauer, spürt den Schmerz.

Er erkennt die piemontesische Stimme.

Er macht einen Schritt zur Seite, macht Platz.

Die Männer stellen den Sarg auf die Totenbahre, nehmen den Deckel ab für einen letzten Gruß.

»Ciao Sarino«, murmelt Franca.

Sie verschließen den Sarg.

Giona stellt sich neben Lori.

Luce lächelt den Mann an, der ihr Gesicht streichelt: Er sieht genauso aus wie dieser Sarino, der im Sarg schläft.

»Bist du es wirklich?«, fragt Lori verwundert.

Sarino sieht sie an. ›Mein Schatz, alles ist möglich‹, sagt er.

Sie sieht, wie er sich neben Franca stellt, die aufrecht am Sarg steht, und ihr einen Arm um die Taille legt.

Franca spürt den Arm, hört das Flüstern, die Stimme, die ihr sagt: ›In Terramarina stirbt man nie, *amore mio.*‹

Don Bruno läutet das Glöckchen. »Es wird spät ...«, murmelt er.

Seine Augen sind geschwollen, nie hätte er gedacht, dass er wegen des Raubeins so weinen würde, das er einst in der Luft zerreißen wollte. Nie. Und er nimmt sich vor, mit ihm im Traum zu sprechen, wie er es ab und zu mit seiner Mutter macht.

Sarino Motta dreht sich um und sieht zu Lori, er zwinkert ihr zu.

Sie lächelt unmerklich.

Laika bellt. Grüßend bellt sie.

Sarino Motta neigt dankend den Kopf.

Die Totenbahre setzt sich in Bewegung.

Alle Glocken glocken.

Und das Leben lacht.

Das Leben singt.

Danksagung

Ich danke Linda Fava und Massimiliano Catoni, meinen wunderbaren Gefährten, meinen wunderbaren Steuerleuten auf der Reise nach Terramarina.

S. 13: »Frage uns nicht nach der weltenöffnenden Formel …« … »… such nach der Silbe, die knorrig und dürr ist wie Reisig …«: Eugenio Montale: Ossi di Sepia/Tintenfischknochen, Übersetzung: Christoph Ferber, Dieterich'sche Verlagsbuchhandlung Mainz, 2013, S. 27.

S. 47: »Ich kann nicht verschwinden, noch wiedererscheinen.«: Montale: Über einen ungeschriebenen Brief, Augabe: Was bleibt (wenn es bleibt), Gedichte 1920-1980, Italienisch-Deutsch, Übersetzt von Christoph Ferber, DVB, 2013, S. 132 – diese Ausgabe liegt auch allen anderen Montale-Zitaten zugrunde, eigene Übersetzung nur bei: *Ich denke an dein Lächeln …*

S. 68: ›Darum seid klug wie die Schlangen und ohne Falsch wie die Tauben.‹ Lutherübersetzung, revidierte Fassung 2017.

S. 218: »Die Wahrheit liegt offen in unseren Händen, aber festhalten lässt sie sich nicht: sie entschlüpft wie ein Aal«: Montale: Über einen ungeschriebenen Brief, Augabe: Was bleibt (wenn es bleibt), Gedichte 1920-1980, Italienisch-Deutsch, Übersetzt von Christoph Ferber, DVB, 2013, S. 317.

S. 315: »Sohn, so lilienweiß … Sohn, so weiß, so blutig rot …« Jacopone da Todi, Pianto della Madonna in: Poesia di Pasqua.

S. 324: »Brichst du auf gen Ithaka, so wünsch dir eine lange Fahrt, voller Abenteuer und Erkenntnisse. …«: Konstantinos Kavafis, Brichst du auf gen Ithaka… – Sämtliche Gedichte, Griechisch Deutsch, erschienen im: Romiosini-Verlag, Köln 2009, in der Übertragung von Wolfgang Josing unter Mitarbeit von Doris Gundert und in der Bearbeitung von Alexios Mainas.

Tea Ranno

Agata und ihr fabelhaftes Dorf

Aus dem Italienischen von Ulrike Schimming

Ein kleines sizilianisches Dorf. Das Rathaus wird vom geldgierigen Bürgermeister und seiner Clique verwaltet, die in verschiedene schmutzige Angelegenheiten verwickelt sind. Mafia, was sonst.

Als der Tabacchere Costanzo plötzlich stirbt, wird seine Frau Agata von der Bande rund um den Bürgermeister ins Visier genommen. Sie wollen sie und sie wollen ihr das üppige, mit Orangen- und Zitronenbäumen bepflanzte Land abnehmen, das der Stolz ihres Mannes war.
Doch Agata wehrt sich. Sie schart eine Reihe von Verbündeten um sich: Toni Scianna, der Lehrer, die Kräuterkundlerin Lisabetta, die in der Lage ist, wunderbare Gerichte für Bauch und Seele zuzubereiten und Lucietta, eine einsame Jungfer, die über ungeahnte Kräfte verfügt. Weitere Dorfbewohner schließen sich an. Und die rebellische Gemeinschaft nimmt es mit dem hinterhältigen Bürgermeister und seinen Kumpanen auf.

Erschienen am 25.01.2021

ISBN 978-3-312-01215-2

NAGEL & KIMCHE

Kate Grenville

Ein Raum aus Blättern

Aus dem Englischen von Anne Emmert

»Ich wurde zu einer Person, die, wenn sie sich nicht vollständig von sich abgewandt hatte, so doch auch nicht zur Gänze sie selbst war. Ich war verbindlicher, liebenswürdiger, eine, die sich klein zusammengefaltet und sorgfältig versteckt hatte, dort, wo niemand sie sehen konnte.«

1788. Die 21-jährige Elizabeth hat nicht viele Optionen in ihrem Leben. Als Halbwaise, ohne große Mitgift in einer Zeit, in der für Frauen das Wichtigste war, einen Ehemann zu finden, muss sie denjenigen zum Ehemann nehmen, der sie als erstes fragt. John McArthur ist rücksichtslos und getrieben von einer dunklen Wut auf die Welt. Er soll eine Stelle als Leutnant in einer Strafkolonie in New South Wales antreten, und Elizabeth als seine Ehefrau hat keine andere Wahl, als mit ihm zu gehen. Die Ehe mit einem rücksichtslosen Tyrannen, ihre eigenen Sehnsüchte, die Suche nach Macht in einer Gesellschaft, die den Frauen keine gab: Elizabeths Memoiren lassen uns hören, was eine dieser scheinbar sittsamen Frauen aus der Geschichte wirklich gedacht haben mag.

Erschienen am 26.07.2021
ISBN 978-3-312-01234-3

NAGEL & KIMCHE

Jane Smiley

Streuner in Paris

Aus dem Englischen von Christine Ammann

Paras ist ein temperamentvolles und neugieriges junges Rennpferd, das in einem Stall westlich von Paris lebt. Eines Nachmittags stößt Paras das Tor ihres Stalls auf und kommt nach einer Reise durch die Nacht zufällig in Paris an. Dort lernt sie einen eleganten Hund kennen, Frida, die weiß, wie man in der Stadt zurechtkommt, ohne die Aufmerksamkeit misstrauischer Pariserinnen und Pariser auf sich zu ziehen. Paras und Frida leben eine Zeit lang im sich an den Eiffelturm anschließenden Marsfeld. Sie bekommen Gesellschaft von zwei Enten und einem eigensinnigen Raben, Raoul. Schließlich trifft Paras einen Menschenjungen, Etienne, und entdeckt einen andersweltlichen Teil von Paris: das abgelegene, von Efeu ummauerte Haus, in dem der Junge und seine fast einhundert Jahre alte Urgroßmutter ruhig und für sich leben. Eine Freundschaft entsteht zwischen Mensch und Tier. Doch wie lange kann ein entlaufenes Pferd unentdeckt in Paris leben?

»Wenn Sie auf der Suche nach einer Wohlfühl-Flucht sind, versuchen Sie es hiermit.«
THE NEW YORK TIMES

Erscheint am 25.10.2021
ISBN 978-3-312-01252-7

NAGEL & KIMCHE